ハヤカワ・ミステリ

NICK DYBEK

フリント船長がまだいい人だったころ

WHEN CAPTAIN FLINT WAS STILL A GOOD MAN

ニック・ダイベック
田中　文訳

TOKYO
HAYAKAWA
BOOKS

A HAYAKAWA
POCKET MYSTERY BOOK

装幀／水戸部 功

母へ。

船長自身の話からすると、彼は大海原を暴れまわった連中の中でも、とりわけ邪悪な男のひとりだったにちがいない。

——ロバート・ルイス・スティーヴンスン『宝島』

リズムが乱れ、調和しなくなると、
甘美な音楽もだいなしになる！

——ウィリアム・シェークスピア『リチャード二世』

フリント船長がまだいい人だったころ

おもな登場人物

カル・ボーリングズ……………語り手
ヘンリー・ボーリングズ………カルの父、〈ローレンタイド〉船長
ドナ・ボーリングズ……………カルの母
ジェイミー・ノース……………カルの同級生
サム・ノース……………………ジェイミーの父、〈コルディレラン〉船長
ベティー・ノース………………ジェイミーの母
ドン・ブルック…………………船長
ジョン・ゴーント………………〈ロイヤルティ・フィッシング〉社長
リチャード・ゴーント…………そのひとり息子
メグ………………………………ドナの親友

妹がまだ赤ん坊だったころ、母はよく妹をハイチェアから抱き上げて歌った。「振り払おう、振り払おう、振り払おう。悪魔を振り払おう」僕らはワシントン州ロイヤルティ・アイランド、シーチェイス通り二一三番地に住んでいた。僕らの家の居間には、天井から四本の鎖で吊り下げられた真鍮製の照明があって、それは僕が爪先立ちになって手を伸ばせば指先で揺らせるほど低い位置にあった。夜、母は照明の調光器を調節して居間を明るくし、妹を腕に抱いたままグリーン・ハーバーを望む窓に近づけた。まるでガラス窓の向こうに押し出そうとするみたいに。それから何年も経った今でも、僕の耳にはまだあの歌のメロディーが残っている。こわばった腕でエムを抱き、腰の上で揺らしている母の姿を今もありありと眼に浮かべることができる。窓ガラスにぼんやりと映った母とエムの顔の向こうに広がる闇も、闇の中にぽつぽつと浮かぶ家々の窓のやわらかな明かりも、その下のほうで、まるで母の歌が聞こえているみたいに揺れていたトロール船の明かりも。

ある夜、僕は母に訊いた。「その歌、僕にも歌った？」

「いいえ、カル」母はエムを揺り椅子にのせた。

僕はキッチンまで母についていって尋ねた。「どうして？」

それは一九八七年の春のことで、その年の冬に母はカリフォルニアから戻ってきたのだった。髪を焼けた鉄みたいな色に染めて。戻ってきたあとの母は、もう以前のようにレコードをかけなかった。それ以外の歌を歌うこともめったになかった。

「どこかでこの歌を聞いたの」と母は言った。「そしたら頭から離れなくなった。そういうことってときどきあるわよね。でも、どうして訊くの？」

妹はいつのまにか眠っていた。風が窓ガラスに雨を叩きつけていた。母は僕が話すのを待っていた。その歌はひとつのシグナルみたいなものなのだと、僕らの町と僕らの家で起こったことについて母が心のどこかで気づいていることを示すシグナルみたいなものだと僕が言うのを、待っていた。十四歳のときには絶対に話せなかったことを――二十八歳の今もうまく話せそうにないことを――僕が話すのを待っていた。あの事件に自分も関わったことを認めそうになったのは、あとにも先にもそのときだけだった。そのときの沈黙は顎の痛みとなって、今も僕の中に残っている。

第一章

ロイヤルティ・アイランドについてまず思い出すのは、ニシンとニッケルメッキの鼻をつくにおいと、係留所や浜辺で腐りつつあるケルプのにおいと、地面の上で茶色に変わりつつある松の葉のにおいだ。それから、船外モーター付ボートのエンジン音と、風の音と、製氷機の音と、油圧式昇降装置の甲高い金属音。満ちては引く海の、夜明けと夕暮れの灰色の光。

孤独は習慣だった。僕らはカレンダーを眺めながら暮らした。僕らが待っていたのは、無線がパチパチと音をたて、電話が鳴り、グリーン・ハーバー周辺の駐車場でタイヤが土埃を巻き上げるとほどなくして訪れる混沌だった。漁師たちが戻ってくるのを見ようと、僕らは水平線に眼を凝らした。ひげが伸び放題の、脂じみた漁師たちが帰ってきて、いろいろな話を――彼らが秘密を語ることは決してなかったけれど――聞かせてくれるのを待っていた。

自分の生まれた町は特別だと考えるのはごく自然なことだけれど、僕らの町に関していえば、同じような町は半島全体に、さらに言えば太平洋沿岸全体に、いくらでもあった。町の公立図書館の本は常に〝返却済み〟で、映画のビデオは常に〝貸し出し中〟。子供たちは雑草の生い茂った空き地でベースボールをし、高校生は学校をさぼって安食堂に集まり、甘いコーヒーで火傷した舌で両親の罵りことばを試した。大人は車や洗濯機をつけで買った。誰かが悲劇に見舞われればみんなで泣き、互いを慰め合った。実際、悲劇は多すぎるほどあった。

ロイヤルティ・アイランドというのは実のところ、島（アイランド）ではなく、ファンデフカ海峡（ワシントン州西部の海峡）の中に飛び出した瘤――キリンの頭と首みたいに九十度の角度で海峡に突き出した小さな半島――にある町の名前だった。町のうしろには多雨林があり、生い茂るシダや苔が樹皮を背景に緑色に光っていた。ハイウェイ沿いには木がびっしりと斜めに傾いて生えていて、そのせいで光が遮られていたために、ハイウェイを走るときには、まるで氷のようになめらかな滑り台をすべっているような感覚を覚えた。多雨林のうしろに、霧の中でぼんやりと光る白い山々が見えた。

　海峡は灰色、青、緑、黒と次々に色を変えるカメレオンだった。何日も桟橋か丘の上に佇んで――運がよければ僕の家族みたいに自分の家の居間に佇んで――何もせずに海の色の名前を考えて過ごしても飽きることはなかった。水と光の鱗の向こうでは、黒っぽい木々に覆われた島々が水平線を区切り、島々のさらに向こうの空には、海に押し上げられた雲が浮かんでいた。雨は秋じゅう降った。冬も。春も。空は高くなったり、低くなったりした。潮は満ち、引いた。それでも、ロイヤルティ・アイランドが変わることはなかった。僕が十四歳になったあの夏までは。

　あの夏、つまり一九八六年の夏、雨は容赦なく降りつづいた。父は毎晩、ゴム長靴のきゅっきゅっという音とともに帰ってきた。いつもなら僕は、玄関ドアの鉛枠のガラスに父のシルエットが浮かぶのを待っているのだけれど、その日は母と一緒にオーヴンのファンの音の響きわたるキッチンにいた。

「明日、ゴーントの家に行ってくる」と父は言った。「ジョンは、あと一日もたないかもしれない」

「こっちへおいで」扉の開いたオーヴンのまえで屈んだまま、母は僕に言った。その顔はオーヴンの火で赤く染まっていた。

「ひょっとしたら、今晩亡くなるかもしれない」と父は言った。「でもたぶん、明日だろうな」

僕はぐつぐつと煮えたぎる野菜のはいった皿を手に取った。が、手を覆う布の中で皿がすべり、母がとっさに、その火傷するほど熱い皿を素手でつかんだ。オーヴンの扉を足で閉めてから、母は蛇口の下に手を差し込んだ。「そんなのまちがってる」と母は言った。

「ほんとうのことだ」

「ほかに何か言えないの?」と母は訊いた。

「これ以上何が言えるっていうんだ?」父の唇の上には何年もまえに犬に嚙まれた跡があって、父はときどき口ではなく、その傷跡で話しているように見えた。「肝不全だったか、腎不全だったか。医者の話をちゃんと聞いていられなかった」父は朝食用スペースの赤いビニールの長椅子に崩れるように坐り、髪についた雨を拭った。

どんなことにしろ、父が僕らにうまく話せたためしはなかった。別に面倒くさがっていたからでも、機転が利かなかったからでもない。僕らのことをよく知らなかったからだ。毎年、少なくとも一年の半分をアラスカで過ごす父にとっては、不在にしているあいだに失った途方もなく長い時間を取り戻すだけで精いっぱいだった。夏のあいだじゅう、父は毎晩、僕が寝るまえに本を読んでくれた。おそらくは母に好印象を与えるために。僕に父と同じ道をただ盲目的に進ませてはならないという母の命令に、自分がどれほどまじめに従っているか。そのことを母に印象づけるために。僕が八歳になった年には『宝島』を読んでくれた。最初から最後まで三回。僕は若き語り手、ジム・ホーキンズのことが大好きだったけれど、なんといっても、あの呪われた海賊たちに夢中だった。道で馬に踏みつけられる盲人のピュー。父の友人のドン・ブルックみたいに指のない黒犬（ブラック・ドッグ）。回転する舵の柄に胸を強く打ちつけられるイズレール・ハンズ。中でもとりわけ夢中だったのは、死んだあとで宝と同じように埋められたフリント船長だった。サヴァナで酒を飲みすぎて死んでから数十年経ったあともなお、その影が骸骨島に落ちたフリント船長。もっと話して、と僕は父に頼んだ。

「これ以上、どんな話をすればいいんだ?」と父は可笑しそうに笑いながら言った。「ロバート・ルイス・スティーヴンスンに尋ねるんだな。死んだ? そうか、ちょっと待ってくれよ」

僕は上掛けの下で待った。父は床に置かれた青いビーンバッグチェアの上にどっしりと坐ると、ベッド脇のスタンドの明かりを消した。父の息は毎晩飲むコーヒーのにおいがした。「昔々」と父は話しはじめた。「フリント船長がまだいい人だったころ……」

その夏の残りの日々、父は毎晩新しい話を聞かせてくれた。フリント船長がハイチで盗賊から村を救った話。ブラジルで奴隷を逃がしてやった話。ネパールで雪男と友達になった話。

秋が来ると、父はいつものようにアラスカに発ち、その冬のあいだじゅう、僕はフリント船長のことを考えて過ごした。いい人だったフリント船長はなぜあんな人間になってしまったんだろう。骸骨島に宝を埋め、その秘密を守るために手下を残らず殺すような人間に。アラダイスを殺したあと、死体をまっすぐに横たえ、その両腕を伸ばして宝の方角を指させ、その恰好のまま腐るにまかせるような人間に。春が来て父が帰ってくると、僕はまっさきにそのことを訊いた。

「ただのつくり話だよ、カル。知ってるだろ?」アラスカから帰ってくるといつもそうするように、父は部屋から部屋へと歩いていた。まるでもう一度家を覚え直す必要があるみたいに。

ただのつくり話だということを、僕は知っていたのだろうか?

知ってる、と僕は答えた。

僕は父のあとについて居間にはいった。「そうだな、たぶん、欲深くなったんだろうな」と父は言った。

「どうして？」と僕は訊いた。「何がほしかったの？」

父の手はストリップステーキみたいに分厚くて、いくつもの傷跡で覆われていた。とりわけ指先は傷だらけだった。肩幅は広く、脚は短くて、まるで揺れる甲板での作業向けに特別につくられたみたいな体型だった。家にいるときでも、まるでバランスを取っているかのように、いつも脚を開いて立っていた。

「そういうもんじゃないんだ」と父は言った。「欲深いというのは、たったひとつのものをほしがるのとはちがう。何もかもほしがることだ。何がほしいのか自分でもわからないことだ。ひとつのものをほしがるのは問題ない。そういうのは欲深いとは言わないんだ」

「じゃあなんて言うの？」と僕は訊いた。


そのときの父の答を覚えていたらどんなによかったんだろう。どうして忘れてしまったのだろう？　人が何を記憶に留め、何を忘れるか、それを決めるのはいったい誰なんだ？　父が僕と母にジョン・ゴーントが死にかけていると告げたあの夜、その顔にあった絶望を僕が今もはっきりと覚えているように決めたのは、いったい誰なんだ？　いつもは完璧に均衡の取れた自然の力のような父——塩に覆われた皮膚を、海水と霧雨が濡らしていた——があの夜は、ムートンの裏地のついたタン皮色のコーデュロイのジャケットを力なく脱いでテーブルの上に置き、その上に頬をのせた。

「何年もまえからじっと見られていたのに、そのことにまるで気づかなかった、そんな感じだ」と父は言った。「何もかもジョンの所有物だ。リチャードが戻ってきたら、それが全部やつのものになる」

母の口元がぴくりとひきつった。畝のような細かな白い線のある母の緑色の眼は、砕ける直前の波を思わせた。父はよく、母さんと結婚したのはいつも海のそばにいたかったからだ、と言った。下手な詩だ。でもそれは嘘ではなかったのだろう。

「たった今、ジョンは死にかけてるって言わなかった？　それなのに、そんな話をするためにここに来たっていうの？」母は父を見すえ、そして眼を閉じた。眼に映った光景をもうそれ以上見ていられないとでもいうように。

「おれだってこんな話をしたいわけじゃない」と父は言った。

母は蛇口のほうに向き直り、水の音にかき消されないように声を張り上げた。「いつから知ってたの？　どうして何も教えてくれなかったの？」さらに何か言いかけたが、僕には聞こえなかった。やがて母は水を止め、ふきんで眼を拭いた。

ジャケットに頬を貼りつかせたまま、父は眼を上げた。手首に灰色がかった薄い緑色のペンキがついていて、服からはテレピン油のにおいがした。「昨日倒れたんだ。でも、深刻な容態だってことは今晩まで誰も知らなかった。わかってるだろ？　おれだってものすごく悲しんでいる。」父が上体を起こして両脚を伸ばすと、オレンジ色のタイルの上でブーツの踵がこすれる音がした。火傷した手をふきんで覆ったまま、母は父の足元にひざまずき、いいほうの手で父のブーツをゆっくりと脱がせはじめた。母がそんなことをするのを見るのは初めてだった。

「わたしたちも明日、ジョンのところへ行くわ」と母は行った。「カルとわたしで」

父は何も言わなかった。父が母にノーと言えたためしはなかった。

スパゲッティーをゆでる湯が、蒸気の膜となってどんどん蒸発していた。母はキッチンのドアのそばに父のブーツを置いた。「カル、スパゲッティーのお湯を切って」と言い、そして、泣きだした。父はいっときそんな母を見つめてから、また頭をジャケットの上にのせ、下唇を金属のボタンに押しあてた。

ジョン・ゴーントは〈ロイヤルティ・フィッシング〉の社長で、町でただひとりの本物の金持ちだった。父が船長をつとめる全長五十七メートルのカニ漁船〈ローレンタイド〉と、父の友人のサム・ノースが船長をつとめる〈コルディレラン〉を含む〈ロイヤルティ・フィッシング〉のすべての船が彼のものだった。冷蔵施設も、悪臭を放つ缶詰工場も、ダッチハーバー（アラスカ州の北太平洋アリューシャン列島にある港湾地区）に保管してあるカニ捕りかごも、グリーン・ハーバーに保管してある刺し網も、底引き用さお（トロール）も、ジグや六インチ半のスプーンといった疑似餌も、操舵室に備えつけられた自位測定装置（ロラン）や無線やレーダーや音響測深機（ファゾメーター）も、調理室に置かれたやかんやコーヒーメーカーや欠けたマグカップや松材のキャビネットや、コーヒーカップをぶら下げる真鍮のフックも、トロール船の停泊するグリーン・ハーバーのドック内の引き揚げ用造船台も、さらにいえば、ドック内の残りのすべての引き揚げ用造船台も、港に運ばれてくるタラバガニやズワイガニやオオズワイガニやサケやオヒョウやタラやコダラといったすべての海産物も、すべて彼のものだった。

これらのものを、ジョンは生まれたときから所有していた。この漁業会社は、そしておそらくはこの町自体も、ジョンの曾祖父のローリーが創設したもので、それからゴーント家三代にわたって受け継がれてきた。

僕らにとって、ゴーント家の物語はギリシャ神話のように根源的で、かつとらえどころのないものだった。ローリーはシアトルの売春婦のもとに生まれた望まれない子供だと言われていた。ある月のない夜、売春婦は赤ん坊を乳母車に乗せ、乳母車ごとエリオット湾に落とした。潮流がローリーをピュージェット湾へ、さらには太平洋へと運び、それからオリンピック半島の北側の海岸へと押し戻したと言われている。また別の話では、ローリーは太平洋単独横断を試みたイギリスの気球乗りかつ身分のある冒険家として描かれていて、ヴァンクーヴァーから数百キロのところで気球の熱気がなくなったために、この岩石海岸に気球を不時着させたと言われている。

毎年九月に、ジョンの所有する船の船長のひとりであるドン・ブルックは、彼自身がつくったローリー物語を語った。ドンはみすぼらしい、小人のような男だった。ただ単に背が低いという意味ではない——確かに背は低かったけれど——とにかく、ちっちゃかったのだ。人と眼を合わせるのを常に避けていて、とくに子供とは絶対に合わせなかった。彼の思いつくジョークは首を絞めるふりをすることで、実際、ものすごくきつく締めた。が、そんな彼も、一年のうち一日だけは、僕にとって世界で一番好きな男になった。

ロイヤルティ・アイランドでは、人は戦争で死ぬのではなく、ベーリング海の海流に呑まれて死んだ。毎年九月、漁のシーズンが始まる直前に、僕らは町の〈記念日〉を祝って集まり、一緒に黙禱を捧げ、サラダで始まる夕食を食べた。夕食がすむと、ジョン・ゴーントが結婚指輪でグラスを打ち鳴らし、テーブルの上にやわらかな声を響かせた。「この一年の無事を願って」と言って、彼はグラスを掲げた。「望むのはそれだけだ」

大人たちは煙草に火をつけ、膝の上からナプキンを取ってテーブルの上に旗みたいに立て、手首の甲で口を拭った。それが、ドンが待っていた合図だった。彼は重い足取りでテーブルの一番端まで歩いていくと、ぞっとするほど物憂げな話し方で——まさしくビリー・ボーンズ（『宝島』に登場する老船乗り）みたいな声で——ローリー・ゴーントの物語を語りはじめた。片膝を椅子の上に置いて痛む腰を支えつつ、子供たちのテーブルを見やって、ひとりずつ順番にぎろりとにらみつけながら。

「ローリー・ゴーント」まるでその名前自体が祝福に値するとでもいうように拳を振り上げて、ドンは言った。「ローリー・ゴーントについておれたちはいったい何を知っているだろう？　彼はサンフランシスコを出港した捕鯨船の航海士だった。そのことは知っている。それから、その船が南太平洋に向かうのではなく、ザトウクジラを追って北に航路を取り、ファンデフカ海峡までやってきたところで悪天候に見舞われたことも知っている。夕暮れには二十六人の乗組員がいた。が、朝までにはその半分が海のもくずと消えた」ここでドンはいつも一呼吸置いた。腫れぼったい片眼を閉じ、もう片方の眼で、まるで短剣の刃先で調べるみたいに子供たちひとりひとりをじっと見てから、おもむろに訊いた。「これで何人になった？」

「十三人！」と僕らは叫んだ。

彼は指で数えるふりをした。彼の右手の人差し指はリールにはさまってつぶれたために失われていたのだが、十三まで来ると、ドンはその小さな瘤を不気味に振りながらにやりとした。

「乗組員が十三人になったら、言い伝えではどうすることになってる？」

「ひとり減らす！」と僕らは叫んだ。

ここで彼はまた一呼吸置いた。今から言おうとすることばが僕らの心に充分染み込むことをねらっているみたいに。でも、そのことばが染み込んだことはなかった。

「言い伝えというのは、まさに歴史の筋肉だ。言い伝えによれば、十三人の乗組員というのは不運を意味する。十三人の乗組員。それはすなわち、最後の晩餐だ。その日の朝、船長は乗組員全員を集めて言った。〝みんな、すまない。どうやらくじ引きをしなければならないようだ〟が、そこでローリーが船長を止めた」

ここで、ドンはジョン・ゴーントのほうを向いて尋ねた。「ローリーはなんて言ったんだっけな？」

ジョンは決まって、まるでほんとうに質問の答を考えているみたいに顎ひげをなでながら言った。「おれじゃだめか？」

「おれじゃだめか？」そう繰り返して、ドンはテーブルに拳を打ちつけた。ローリーが何を差し出そうとしていたのか、僕らに思い出させようとするみたいに。人間の体がいかにもろいものか示すみたいに。「勇敢なことばだ」

ドンは言った。ローリー以外の乗組員が船縁に並んだとき、太陽は東の空低く輝いていた。滑車がキーキー音をたて、ホエールボートは船の二階から海面へと降りていった。朝陽が眩しくて、ローリーには仲間の顔がよく見えなかったけれど、嵐のあとで甲板を洗うのに使った松の石鹸の香りは漂ってきた。子供たちのテーブルについて坐っていた僕も、その香りを嗅いだ気がした。最後の食事としてローリーに与えられた堅パンを僕も食べ、風にはためく旗の音を僕も聞いた気がした。風が大檣帆（メーンスル）をふくらませた。捕鯨船は向きを変え、ローリーを忘却の彼方へ置き去りにした。

「でもなぜローリーだったのか？」とドンは訊いた。「誰かがすべてをあきらめなくちゃならなかった。そしてローリーだけが、その勇気を持ったただひとりの男だったんだ。一時間もしないうちに、捕鯨船は水平線上の指紋みたいになった。だが、それから一週間も経たないうちに、ローリーはおれたちの町を興したんだ」

僕らは手を叩き、歓声をあげた。ローリーの物語は僕ら自身の物語であり、僕らはいったい何者なのかということを語っていた。で、何者なのかというと、平静を保ったまま慣習に則ってホエールボートの船尾に坐ったような、そんな途方もない勇気の持ち主の子孫なのだ。少なくとも魂だけは。簡素なボートをたったひとりで操舵して北太平洋を渡り、大陸の端っこに上陸し——体は疲れはて、唇には水膨れができていたはずだ——古い伝統から新しい伝統をつくりあげた男の子孫なのだ。そこで僕は決まってこう思ったものだ。僕ほど数奇な運命の持ち主は世界じゅうどこを探したっていない、と。

その思いはロイヤルティ・アイランドを離れたあとも消えなかった。九月の日曜日に、僕は今でもときどき子供のころの〈記念日〉のごちそうを再現する。午後じゅう費やしてジャガイモの皮を剝いたり、魚のスープをコトコト煮たり、カレイに小麦粉をまぶして焼いたりするのだ。料理をしながら僕は決まって、もうすぐベーリング海に向けて発つ父やほかの船長たちと一緒に夕食を囲んでいたときのことを思い出す。でも今の僕が招待するのは友人たちで、その中には、生まれてから一度も海を見たことのない者もいる。

ドンの物語はおそらく、ただのつくり話だったのだろう。ローリーはたぶん、どこからともなく金を求めて西部にやってきた男で、金が採れなくなると、今度は魚と運命をともにしようと、はるか北へやってきたのだろう。豊富なキンムツとサケ、それに、わずかばかりのしぶといコククジラからなる、いまだ手つかずの漁場を求めて。それから三十年後、キンムツは姿を消し、四十年後にはサケもおおかた消えたが、そのころにはもうそんなことは問題にならなかったはずだ。ディーゼルエンジンと冷蔵施設が遠洋での漁を可能にしていたからだ。数世代にわたって、ゴーント家は北へ、西へ、さらなる遠洋へ、漁場を開拓していった。

衰退するにまかせたり、観光客相手に悪辣な商売をする町へと変貌したりしなければならなかった製造工場を主体とする町とはちがって、ロイヤルティ・アイランドは百年間ほとんど変わらなかった。すべてゴーント家のおかげだった。ゴーントは、より大きな船やより性能の高い釣具といったものを、時代を先取りしてすべてローンで買った。おかげで漁師たちは漁場を求めてどこまでも行くことができ、それと同時に、町は事業を多角化し他を圧倒していった。七〇年代にアラスカのカニの漁獲高が一気に増加したときも、ジョンはすでに太平洋沿岸のどの漁船団よりも抜かりなく準備を整えていた。〝就役〟させたばかりの五隻のカニ漁船――そのうち二隻は全長四十五メートルで、一隻あたり百二十個のカニ捕りかごを積むことができた――からなる彼の〝艦隊〟が、ロイヤルティの漁師たちを一シーズンで百万ドルを稼ぎだすカニ漁のトップにしたのだ。

ゴーント家のおかげで、漁師たちは職を失わずにすみ、その結果、教師や電気工も職を失わずにすんだ。ボブ・ラスクが〈エリックのキルト〉――ボブがベーリング海から助け上げられたあと、彼を温めて生き返らせた毛布にちなんでつけられた名だ――でオリンピアビールをグラスに注ぎつづけることができたのも、ドライクリーニング店のミセス・チョウが毎日、ビニールの衣裳袋ののったコンベヤのボタンを押すことができたのも、ウィル・パーシーが毎日、スクリーンがひとつしかない〈オーフィウム劇場〉でロビーにパイプの煙のにおいを漂わせながら常連客とぎこちない会話をすることができたのも、顔面神経麻痺のせいで顔の片側が凍りついているように見えるミセス・グラマシーが毎日、町の公立図書館の本棚に並ぶ本の背という背から埃を払い落とすことができたのも、全部ゴーント家のおかげだった。

ジョン・ゴーントが亡くなった日の朝は、まさに北西部らしい朝だった。夜のうちに太陽が燃え尽きてしまい、あとにはただ降りしきる灰だけが残ったような朝だ。僕がシャワーを浴びていると、母がノックもせずにバスルームにはいってきた。鏡のまえで髪を整える母を、僕は不透明なビニールのカーテン越しに眺めた。母はそのとき何か言ったのかもしれないけれど、熱いシャワーの音にかき消されて、僕の耳には届かなかった。部屋に戻ると、僕のグレーのスーツがベッドの上に並べられていた。階下で、母は僕にオーヴァーを手渡した。その日の天気には分厚すぎる、黒いオーヴァーだった。

父が母をさらうようにしてロイヤルティ・アイランドに連れてくるまえ、母はカリフォルニア州サンタクルーズで教師をしていた。でも僕は、教師をしている母をうまく思い浮かべることができなかった。ひとつには、僕がそれまでに習ったどの先生よりもずっと、母が美人だったからだ。その朝、母はチャコールのロングドレスを着ていた。ネックレスについた矢じり形の琥珀のペンダントがまるで燃えているみたいに見えた。そのとき母は妊娠五カ月で、僕はもう何週間も、花柄のマタニティドレス姿しか見ていなかったから、眼のまえに立っているその甘さのない姿に驚いた。

何年もまえのことだ。僕と母が昼食を取っていると、電話が鳴った。母は長いこと受話器を耳に押しあてたまま、何も言わずにただポニーテールをもてあそんでいた。受話器を置くと、母は朝食用スペースの椅子に坐り、黄色いテーブルに両手を手のひらを下にして置いた。「アンドロメダ」と母は言った。アンドロメダ。それはその月の合言葉だった。父が不在のあいだ、毎月一日に僕と母はイーディス・ハミルトンの『神話学』から新しい名前を選んだ。ある月は〝ヘルメス〟で、また別の月は〝ハデス〟といった具合に。何か大切な話をしなければならなくなると、母または僕はその月の合言葉を言い、両手の指を広げてテーブルに置く。そして、ふたりとも心の準備が整うまで待つのだ。「昨日から〈ローレンタイド〉と連絡が途絶えているそうよ」と母は言った。「今、捜索中だって。わかる?」

「うん」

「船の破片は見つかっていない。それは、当面の安心材料だわ。わかる?」

「うん」

次のことばを言うまえに、母は僕の眼をまっすぐに見た。まるでずっと練習してきたみたいに。「でも、すごく心配な状況だってことには変わりない。わかる?」母は僕の体に腕をまわし、僕の髪をかき上げながら耳元に囁いた。「大丈夫?」

「うん」と僕は言った。それは嘘ではなかった。が、もし母がそんなふうに僕の眼をじっと見つめながら落ち着いた声で話してくれなかったら、きっと取り乱していたはずだ。母のその視線も、その声も、父はきっと生きているのだという、いつものようにアラスカから帰ってくるのだという確信から来るのだと僕は信じた。そしてほんとうに、父は帰ってきた。母が電話を受けた次の日に、〈ローレンタイド〉は発見されたのだ。電気系統はショートし、無線は使えなくなっていたけれど、それ以外は無事だった。

父の無事を知った夜、夕食の時間になると、母は三人目の席を用意した。僕がまだ幼かったころ、父が漁で不在のあいだによくそうしたように。「何かを本気でお祝いする方法を知ってる?」と母は訊いた。「それはね、料理しながらダンスすることよ」母はグラスにウィスキーを注ぎ、地下のスタジオへ行って好きなレコードを一枚取ってくるようにと僕に命じた。スタジオには僕よりも背の高い棚があって、そこに何百枚ものレコードがびっしりと並べられていた。母が僕ひとりをスタジオに行かせることはめったになかったから、僕は自分に課された仕事にまじめに取り組んだ。僕が選んだのは、『世の終わりのための四重奏曲』(オリヴィエ・メシアン作曲)という名前のレコードだった。冒険物語みたいなタイトルだったからだ。

「ふむ」と母は言った。「では、やれるだけのことをやってみましょう」音楽が始まると——怪談が始まるみたいなヴァイオリンの音と耳障りなピアノの和音が聞こえてきた――母は腰を振りはじめた。

「別のを取ってくるよ」と僕は言った。

「これで完璧だと思うな」と母は言った。

母は長いスカートをはためかせた。キッチンの中はぐつぐつと煮えるトマトのにおいがした。母がウィスキーを飲んでくるりとまわると、その拍子にスプーンが床に落ちた。母は天井の照明を消した。こんろの上の照明だけが、まるでステージ上のまちがった場所を照らすスポットライトみたいにぽつんと残った。

「さあ、早く」と母は言った。「ひとりで踊るなんてありえないわ。ほんとうに」母は僕の手を取り、僕らは数回、ワルツみたいなターンをした。

「なんか変だよ」と僕は言った。「全然曲に合ってない」

「まあね。リードはまかせたわ」

ピアノが地面を打ち鳴らす蹄みたいな音を響かせ、クラリネットが悲しげに震えた。僕はどうにか音楽に合わせようとした。母はそんな僕を見ながら満面の笑みを浮かべていたけれど、やがて僕の真似を始め、両手を頭の上にあげて、ぎくしゃくした動きでくるりとまわった。そのうちに、ふたりとも笑いすぎて、もうそれ以上踊れなくなった。

でもそのあと、夕食を食べている最中に、母は笑うのをやめた。母がもう幸せな気分じゃないことがわかった。でも僕は、母の気分がそんなふうに急に変わることには慣れていた。求人に応募しておきながら面接に行かなかったこともあったし、夕食を完璧につくったあとで全部捨てたこともあった。母はたぶん、いつでも好きなときに気分を変えられるという事実の中に、たとえ自分自身に対してだけにしろ、いつでも好きなときに反抗できるという事実の中に、強さや自由を見いだしていたのだろう。

「お父さんがしていることがどれほど危険かわかった

でしょ」と母は言った。「同じ道に進んだら、どんなことが起こりうるか」

もちろん、わかっていた。でも、父が生きていたという事実は今度も、僕にとって大切な人もいつかは死ぬのだという不安をかき消した。

「何か価値のあることをしようと思ったら、そこには必ず危険がつきまとうものなんだ」と僕は言った。父のことばだった。母はうなずいて椅子から立ち上がり、グラスにウィスキーを注いでから言った。「あなたのせいじゃないことはわかってる。でも、今あなたが言ったことがどれほど馬鹿げているか、もうことばでは言い表せないくらいよ。人生をかけて何かをしたいと思うなら、少なくとも、なぜそれがしたいのか説明できなくちゃだめ。他人のことばを繰り返すんじゃなくて。たいていの人がそうしているのはわかっている。でも、あなただけはしないで。そんなのはフェアじゃない」

「フェアじゃないって、誰に対して？」と僕は訊いた。

「わたしに対して」と母は言った。

父のことや僕の将来のことになると、母は絶対に妥協しなかった。いつも頑として譲らなかった。が、そんな母も、ジョン・ゴーントが亡くなった日には、赤く腫らした目尻をこすりながら居間の中を行ったり来たりしていた。アイメークは崩れかけていた。僕が革靴のひもを結んでいるそばで、母はくしゃくしゃになったティッシュを口にあてて咳をした。玄関ドアに向かいかけた僕を母は引き寄せ、肩に額を押しつけた。

「今日はあなたの助けが要る」と母は静かに言った。「ジョンの家に行ったら、たぶん、あなたの助けが要る」僕はあまりにもびっくりして、どんな助けが要るのか尋ねることもできなかった。

僕が物心ついたときにはジョンはすでに船に乗っていなかった。今では漁師にすら見えなかった。歳は六十五くらいで、背が高く、華奢な体つきをしていた。僕の最初の記憶にあるジョンは顎ひげがもう白かったけれど、そこにはまだ霧の中の夜明けみたいなオレンジ色がほんの少し残っていた。脚が不自由で、いつも光沢のある杖をついて歩いていた。

シーズンオフに、ジョンとほかの船長たちが僕の家に夕食を食べにくるときには決まって、ジョンが最初にやってきて、玄関ドアを杖で二回叩いた。コン、コン。

そんな夜、母が料理をするキッチンはまるで金切り声をあげているみたいだった。ソテー鍋の中でジュージュー音をたてる油。カチッというバーナーの音。深鍋の下でボッと燃え上がる青い炎。母はこんろのまえに立って、もうもうと立ち昇る湯気の中でスープや野菜の味見をし、まな板とシンクのあいだを行ったり来たりした。オレンジ色のタイルの上で母のヒールがコツコツ鳴った。

ジョンのスタッカートのようなノックが聞こえると、それを合図に母が髪を整えて、最後にもう一度居間に眼をやる。そしてようやく母が玄関ドアを開けると、家の中の張り詰めた空気が外にすーっと抜け出るようだった。

船長たち——ドン・ブルックとサム・ノース——がやってくると、僕ら六人はクリーム色のリネンのテーブルクロスのかかったテーブルにつき、プラスティック製のナプキンリングからナプキンを抜き取った。母のほうから料理について感想を尋ねることはなかったけれど、ジョンに褒められると、母はほんの少し唇をゆがめた。まるで、微笑んだりしたら何かが知られてしまうのを恐れてでもいるみたいに。

話題はすべて仕事の話だった。ジョンとサムとドンと父は、燃料費のことや、スクリューの仕事をまかせられそうなのはどの業者で、どの業者なら信用できるかといったことについて熱っぽく意見を交わした。僕は父たちみたいに椅子をうしろに押して、テーブルマットの上に両肘をつき、男たちの話を隅から隅まで記憶に留めようとした。残らず覚えておけば、いつか役に立つかもしれないと思ったからだ。ある日、ドンかサムか、ひょっとしたら父が、何かまちがう。ほんの些細なことにちがいないけれど。そしたら僕がすかさずそのまちがいを正すのだ。でも、いくら聞き耳を立てようとしても、僕の頭は決まって皿の上の魚やステレオから流れるジャズのほうに戻っていった。

そんな僕も、父たちの話題が船の航路へと変わると、ようやく話に集中することができた。内航路、ディシジョン岬、ヴェータ湾、アラスカ。どの地名も〝骸骨島〟や〝アトランティス〟や〝猿の惑星〟と同じくらい奇抜で、現実離れして聞こえた。名前を聞いただけで、脳が引き伸ばされたみたいに感じた。僕は沈黙に包まれた白い海を思い描いた。かすかな光。刺すような冷たい風。空に点々と開いた鍵穴のような黒い鳥の群れ。その下で波をかき分けて進む船。

母の運転する車はゴーントの家のドライヴウェイで土埃を巻き上げて停まった。母と僕は暗い居間を駆け抜け、階段を大急ぎでのぼった。が、ジョンの寝室のまえまで来ると、母は開いたドアのまえで足を止めた。声が聞こえた。

「今決めなくちゃならない理由なんてない——きみのお父さんは……ちくしょう……まだどうなるかわからないだろ」サム・ノースの声だった。

「親父が今すぐむくっと起き上がるように見える？　ぼくにはそうは見えないな」濁ったような、温かみのない声だった。僕にはすぐに、ジョンのひとり息子のリチャードの声だとわかった。リチャードには少なくともまる一年会っていなかった。彼はどこかに行っていた。やつはどこかに行った——リチャードについてみんなが言うのはそれだけだった。でも、どこに行ったのかは誰も言わなかった。

「それじゃあ、この先どうするかきみが決めるんだな。タイミングは最悪だ。あと一カ月でタラバガニのシーズンにはいる。おれたちで全部やる。ただ、今年も漁に出られるということを知っておきたいだけなんだ」とサムは言った。

「ぼくもあんたたちと一緒に行こうかな」とリチャードは言った。

「そうしたければすればいい」

「せいぜい顔に凍傷の跡をふたつばかりこしらえるくらいのものだしね？」

サムは声をあげて笑った。「せいぜいそんなもんだ」

「とはいえ、ホラー映画みたいな顔になるのはいやかもしれないな」

「リチャード、これがきみのお父さんにとってどれほど大切なことだったか、考えてみるんだ」

「どれほど大切なことかだろ」とドン・ブルックがたしなめた。「大切なことだったじゃない。きっと聞こえてるぞ。ジョンに思ってほしくないんだ……」

「なんにも思っていないと思うけど」とリチャードが言った。

彼らが話していたのは、ジョンが亡くなったあと、会社をどうするかということだった。一度も漁船に乗ったことのないリチャードが何もかも相続することを僕は知っていたし、父とサムとドンのリチャードに対する軽蔑心に匹敵するものがあるとすればそれは、リチャードの彼らに対する憎悪だということも知っていた。が、それと同時に、結局は何ひとつ変わらないということも知っていた。

毎年秋になると、漁船はアラスカ州のダッチハーバーに向けて出港し、春になると戻ってきた。夏には、いつまでも沈まない太陽の下、人々はカズンズ・パークでグリルを囲んでパーティーをし、週末には、板張りの遊歩道のそばの小さなステージに立つバンドの演奏を聴きながら、グリーン・ハーバーの夜空を染める花火を眺めた。でも、八月までには、〈セーフウェー〉は冷凍食品とドライミルクを仕入れおわり、夜更かししたりベースボール観戦をしたりして夏を過ごしてきた男たちはみな仕事に戻っていった。男たちは船にペンキを塗り、船や道具の修理をした。残された僕らは、夏が終わっていくのをただじっと見守っていた。数週間が数日になり、やがて数時間になるのを。

どの男も町を発つまえには自分なりの儀式をした。サムの船の乗組員のジャスティン・ハワードは、はるばるアッシュランドまで車で出かけていって、〈シェークスピア・フェスティバル〉の劇を見た。女優のひとりに恋をしていたのだ。アンドリュー・ラムジは一晩じゅう映画を見た。甲板でのシフトの最中に心の中で再生できる何かを記憶に留めておくために。それ以外のほとんどの男たちは、〈エリックのキルト〉で酔いつぶれるまで飲んだ。

父は顎ひげを剃り落とした。毎年九月、父がひげを短くするハサミの音が聞こえた。それから、時代遅れのブラシがシェーヴィングクリームをゆっくりと顔に広げる音が聞こえ、続いて、剃刀がシェーヴィングクリームごとひげを剃る音が聞こえた。すべてが終わると、父の新しい顔はまえの顔よりも少しだけ不親切に見えた。そう見えたのは、その顔が何を意味しているかわかっていたからかもしれない。夜になったら父が僕を抱きしめて、僕の顔にアフターシェーヴローションのにおいのするつるりとした顔を押しつけ、そして朝が来たら、洗面台の上の散らばったひげ——父の髪は茶色なのに、白い洗面台の上のひげは赤に近い色に見えた——だけを残していなくなっているだろうということが。

あとに残された僕らはひたすら待った。秋が来て、冬が来た。そのあいだじゅう僕らはずっと、どこか別の場所にある本物の人生の外側で生きているような気がした。不在にしているのは僕らのほうであって、彼らではないという気がした。行ってしまったのは彼らではなくて、僕らだという気がした。たとえその人生がどれほど自分に向いていなくても、たとえどれほど少ししかそれについて理解していなくても彼らの人生に加わることができるのなら、どんなものを犠牲にしてもかまわないと大勢が思っていたことになんの不思議があるだろう？

「はいりましょう」と母が言った。

部屋にはいると、まるで一世紀まえにタイムスリップしたような錯覚を覚えた。誰も寝ていない、きれいに整えられた四柱ベッド。黒っぽい色の床板の上に垂れた、撚りひもで束ねられた深紅のカーテン。壁一面に並んだ埃まみれの本。汚れた爪みたいなにおいのする空気。部屋の奥の隅に、三人の男が入り口に背を向けて立っていた。

「ヘンリー」と母が小声で父を呼んだ。「わたしたちよ」

父が振り向いて僕らのほうに一歩進み出ると、円が割れてその向こうにジョンが見えた。ジョンは病院用ベッドの上に寝ていて、まわりを緑と黒の画面のモニターが取り囲んでいた。母は眼を閉じた。

「あんたの家族？　ヘンリー？」とリチャードが尋ねた。リチャードは病院用ベッドの脇に置かれた椅子に坐って、両肘を膝についていた。黒いストライプのシャツの襟のボタンは外され、黒いもじゃもじゃの胸毛が覗いていた。まっすぐに切りそろえられた前髪が眼のすぐ上に垂れ、鼻は右側に傾いていた。まるで顔全体が頭蓋骨からこっそり逃げ出そうとしているみたいに。

「帰したほうがいいか?」と父は言った。

「ぼくはまったくかまわない」と言って、リチャードは椅子から立ち上がった。「今この状況がなんにしろ、あのふたりにだって、ここにいる権利がしっかりあるはずだ。あんたたちと同じくらいしっかりね」そう言って、部屋を横切ると、四柱ベッドの上にどさっと身を投げた。「つまりさ、今は〝家族の時間〟なんだ。でもどこまでが〝家族〟かってことは、いったい誰が決めるんだ?」

「どうしてほしいのか言ってくれ、リチャード」と父が言った。

「それじゃ、あんたの好きにしてよ」とリチャードは言った。「今は頭が働かなくってね」彼は片肘を膝について頭を支え、かすかな笑みを浮かべて言った。「ヘンリー、あのドライクリーニング店の中国人女は、死の床にいる親父を見舞いたいと思うだろうか? 彼女は親父のことが好きだったみたいだけど」

「リチャード、きみが望むなら、おれたちは帰るよ」とサムが言った。「でも、お父さんのまえで今みたいな口を利くのはよくない」

「おっしゃるとおりだ。ぼくはちょっとヒステリックになっているのかもしれない」

「それはまあ仕方ないが」とサムが言った。

「ああ、仕方ないよね」とリチャードは静かに言った。次に彼が眼を上げたとき、その視線は僕をとらえた。「立派なスーツだね。今日は中学校の卒業式かい?」

僕は眼を落として、グレーのスラックスのしわを見た。ドン・ブルックのフランネルシャツの袖はまくり上げられ、父のワークブーツは灰色の泥で縁取られていた。僕は恥ずかしくなって、それから、怒りを覚えた。が、それはリチャードに対してではなかった。僕は母をじっと見た。視線に気づいても、母はただ唇を嚙んで首を振っただけだった。悲しんでいるというよりも怒っているみたいに。

父もまた、僕を無視していた。僕らがやってきたときにちらっと見ただけで、それからは僕と母のほうを一度も見ていなかった。今ではさっきまでリチャードが坐っていたベッド脇の椅子に坐っていて、椅子の背にもたれ、まるで誰かにうしろから髪を引っぱられているみたいに顎を上に向けていた。僕と母が戸口のすぐそばで立ち尽くしていると、サム・ノースがやってきて、僕の上腕をぎゅっとつかんで言った。

「大丈夫か、鉄人？」彼はいつも僕を〝鉄人〟と呼んだ。メジャーリーガーのカル・リプケン・ジュニアのあだ名で。

「状況を説明して」と母はサムに言った。

サムはすごく背が高くて、母の肩に腕をまわすために屈まなければならなかった。

「あらゆることが起こってるのに、何も効いていない」と彼は言った。「今一番問題なのは血圧だ。医者が血圧を上げる薬を入れてるんだが、血圧のほうは下がりたがっている」

「彼には……その……わたしたちの声が聞こえるの？」

「あれは血圧を表してるんだ」ベッド脇でピッピッと音をたてているセンターのほうを指差してサムは言った。「おれたちは今朝からずっとここに立って、昔話をしてた。ときどき、とっておきの話になると、血圧の数値が上がったんだ。でも、効いたのはそれくらいだ」

「どんな話？」と母は訊いた。

サムは僕のほうを向き、ウィスキーみたいなにおいのする笑みを浮かべて言った。「ひとつ頼みがあるんだ、鉄人。ジェイミーが外にいるんだが、探してきてくれないか？」

「どんな話なの？　サム」と母はもう一度訊いた。「あなたたちの下品な話をわたしが一度も聞いたことがないとでも思ってるの？」

サムは真顔になった。「ドナ」と彼は言った。「きみがどんな話を聞いたのか、見当もつかないな」

父が病院用ベッドの脇に置かれた椅子からようやく立ち上がると、母は父の手を取ろうと手を伸ばした。が、父は体をドアのほうに向け、そのまま一度もうしろを振り返らずに部屋から出ていった。僕は別に驚かなかった。幸せじゃないとき、父と母はたいてい別々の方向を見ていたからだ。ときには何週間もそういうのが続いた。ふたりがほんとうに喧嘩しているのを見たのは数回しかない。僕が六歳か七歳のときに一度、怒鳴り合う声に引き寄せられて居間に行ったことがあった。見ると、ちょうど母がスタンドを蹴って倒したところだった。シェードがはずれて部屋の中に光があふれ、父の影が天井に映った。父は黙ったままスタンドを起こし、ゆっくりとした動作でシェードを戻した。

「ごめんなさい」シェードのプリーツについた埃を払っている父に向かって、母は言った。「あの子にはいろんな経験をさせてあげたいって思っているだけなの。世の中にはあなたのしてること以外の生き方がいくらでもあるのよ。あなたにはわからないかもしれないけれど」

「本気で言ってるのか？　おれがほんとうに知らないとでも思ってるのか？」と父は言った。「そういうのはおれがカルに一番してほしくない生き方だ」

僕はそのとき母を恨んだ。母がそんなことを言ったからではなくて、父にそんなことを言わせたから。ちょうど今、父が僕と母を無視したままジョンの寝室から出ていったことで母を恨んだように。父が廊下に出たところで、母は僕のほうを向いて言った。

「わたしのおじいちゃんが亡くなるまえ、わたしはおじいちゃんのそばに行って額にキスしたの。すごく怖かったけど、そうしたのよ」

「僕は怖くなんかない」と僕は言った。「それにジョンは僕のおじいちゃんじゃない」

母は舌打ちした。失望を表す、母が持ち合わせている中で最も痛烈な表現だった。どうして母さんにはわからないんだ？　僕らはもうとっくにここから出ていってなくちゃならないってことが。僕らがここにいること自体が、何かのルールを、魔法を解いているようなものだってことが。

病院用ベッドのほうに歩きながら、足の下で床板の軋む音が、自分の歩いている証拠が聞こえないかと耳をすました。でも東洋絨緞があらゆる音を消してしまっていた。ジョンのお腹のところで掛け布団がくしゃくしゃになっていて、僕は一瞬、それを顎の下まで引っぱり上げようかと思った。灰色の唇のまわりの顎ひげは汚れ、チューブが四方八方から出ていた。どのコードがどのモニターにつながっているのか見当もつかなかった。すべてがとてももろく見え、僕がもう一回息を吐いたら、全部ばらばらになってしまうような気がした。

僕は二本の指をジョンの手に押しあてた。その手は冷たくて、僕が人差し指と親指のあいだに指を差し入れると、一層冷たくなったように感じられた。僕は血圧のモニターを見た。僕に抗議して数値が下がることを半ば期待して。一刻も早く部屋を出たかったけれど、サムとドンとリチャードの視線が自分に注がれているように感じて、身動きできなかった。

ジョンの指がそんなに長いなんて、僕はそれまで気づかなかった。そういえば母は言っていた。ジョンは大学でクラシックギターを学んだのだと。でも僕が知っている人で、ジョンがギターを弾くところを見た人はいなかった。僕は急に、その話がほんとうかどうか知りたくなった。

一世紀とも思えるほどの長い時間、僕はベッド脇に立って、ジョンの手を握っていた。スーツを着てきてよかったとすら思いはじめていた。落ち着き払った自分のイメージを、きちんと梳かした髪や弱い陽の光を受けた背を思い浮かべることができたからだ。みんな、僕の様子に感心しているにちがいない、と思った。でもうしろを振り向くと、男たちは隅のほうに立ってうつむきながらなにやら低い声で話していた。母だけが、僕を見ていた。

僕は外に出て、森の手前の丘の上でジェイミー・ノースを見つけた。海からはそれほど遠くなく、強い海風が高い木から振り落とした黒い枝が丘の斜面に散らばっていた。ジェイミーは長い枝を一本靴の下にはさんで曲げ、体重をかけてポキンと折った。

「カル、いったいおまえ……」

ジェイミーは結婚式やディナーパーティーや葬式があると必ず、僕の好むと好まざるとにかかわらず顔を合わせることになる友人だった。僕とは同い年で、誕生日もほぼ同じだった。よくもっともらしいことを言うのだけれど、そこに意味があったためしはほとんどなかった。九歳のとき、彼の父がアラスカに行っていて、彼の母がなんらかの病気で療養中だったときに、僕の家で暮らしたことがあったのだけれど、その一カ月のあいだほぼずっと、わけのわからないことば（本人に言わせればフランス語）で僕に話しかけた。

「〝いったいおまえ〟の続きはなんだ？」と僕は訊いた。

「さあ」とジェイミーは言い、笑みを浮かべた。「いったいおまえこんなところで何してるんだ？　ってとこかな」

「おまえと同じだよ、たぶん。母さんに連れてこられたんだ」

「おれの場合はちがう」と彼はにやりとして言った。

ジェイミーのその笑い方が、僕は好きではなかった。

ピエロみたいに舌を突き出すのだ。「それも母さんに着せてもらったのか？」

「どういう意味だ？　〝おれの場合はちがう〟って」

「おれの母さんは家にいる。父さんに無理矢理連れてこられたんだ。今日行かなかったら、一生忘れる（フォーゲット）って言われてさ」

「後悔する（リグレット）？」

　ジェイミーは別の枝を拾って足の下で曲げ、体重をかけた。ポキン。「ああ、たぶん、そう言いたかったんだろうな」

「うちの父さんは僕のほうを見もしない」気づくと、口走っていた。

「これ以上うんざりさせられたくなかったんだろ」と彼は言った。

「黙れ」と僕は言った。

「元気出せよ」とジェイミーは言い、コーデュロイのジャケットのポケットに手を入れた。「おまえが来ればいいのにって思ってたんだ。ここにボールがひとつと煙草が五本ある。これで何したい？」

「ボールを見せてくれないか？」と僕は言い、ジェイミーが僕の手の中にボールを置くのと同時に木立のほうに思いっきり投げた。

　ジョンが死にかけているというときに、ジョンの家の裏庭で喧嘩しているところを見つかったりしたら絶対に赦してもらえないことはわかっていた。でも僕は、ジェイミーが僕に怒るきっかけをくれたことが嬉しかった。突かれるかと思ったが、ジェイミーはただ僕の肩に腕をまわして可笑しそうに笑っただけだった。

「ごめん」とジェイミーは言った。「おまえがもうトースボールを引退したってこと、忘れてたよ。まじでごめん」ジェイミーのどこが一番嫌いかというと、僕が嘘つきだと知っていることだった。

　二年前の夏、サム・ノースが何かのウイルスに感染して、内耳機能がめちゃくちゃになったことがあった。

なんの前触れもなしに気絶したり、目眩(めまい)の発作に襲われて倒れたりした。やがて最悪の状態は脱したが、完全には回復せず、いずれにしろ、船に乗ることはできなかった。陸封されて、サムは何週間も不機嫌だった。が、やがて、若いころどこかのセミプロのベースボールチームの選手だった彼は、ジェイミーを一流の選手――ピッチャーかショート――に育てるという誓いを立てた。その手伝いをしてほしいと彼は僕に頼んできた。

その夏のあいだ、サムは毎日夕方になると僕とジェイミーを乗せてハイスクールの裏のベースボール場に行った。あたりがだんだん暗くなっていく中、やがてスプリンクラーが咳き込むような音でまわりはじめるまで、僕らは外野を縦横に走りまわって高いフライを追いかけたり、グラブを上にあげて両手でボールをキャッチしたり、ゴロを捕ったりした。アルミニウムのバットの音がドラマーの打ち鳴らすハイハット・シンバルみたいにリズミカルに時を刻んだ。サムの叫び声が響いた。「正面で捕るんだ。尻を下げろ、尻を下げろ」

でもそれは、そのあとに続く耐久ゲーム――〝壁に(オフ・ザ)あてるな(・ウォール)〟という名の、サムが考え出したゲーム――のまえのほんのウォーミングアップにすぎなかった。サムはまず、学校のレンガの壁にチョークで正方形のストライクゾーンを描いた。ピッチャーはサムで、ジェイミーと僕がその硬いゴムボールをアウト、シングル、二塁打、三塁打と印されたいずれかのゾーンに打ち返すのだ。ホームランゾーンはあまりにも遠くて、僕もジェイミーもその十五メートル手前より向こうにボールを飛ばしたことはなかった。

六月の末には、ジェイミーはよくスタンドのほうにぶらぶら歩いていくようになった。夕陽を反射したアルミニウムの観覧席のあいだをあてもなく歩きまわって、サムが戻ってくるように声をかけると声を張り上げた。「金属のシートに父さんの声がばっちりこだましてるよ。もっと何か言ってみて」

サムはボールのはいったキャンヴァス地の袋の中に手を入れて、僕のほうに球を投げつづけた。

七月が来るころには、サムの注意は百パーセント僕に注がれるようになった。僕に向かって、彼は賞賛のことばをほとばしらせた。とりわけ、ジェイミーが近くにいるときには。「おまえくらいの歳で、外野からそんなに正確に返球できるやつを初めて見たよ」と彼は言った。「いい肩をしてる。強肩とまでは言えないが、すごくいい。それに正確だ。その正確さは特別な才能だな」とか「おまえのその体格なら、いずれすごい力がつくはずだ。今おまえの打ってるライナーは、そのうち外野を抜けるヒットになる」とか。

なんだか痛ましい賞賛だったけれど、夏が終わるころには、僕自身、自分は無敵の選手なんだという気がしてきた。眠りに落ちるまえには決まって、サムから教わったとおりに――〝フィールドにスプレーをかけるように〟――ライナーを打ったときの感覚が甦ってきた。赤茶色の泥の上を転がってくる空想上のゴロを追いかけた。膝が曲がっていく感覚があった。僕は最後の瞬間の調整に備える。何がボールの軌道を変えるかわからない。小石か、そよ風か。

ベースボールは儀式を重んじるスポーツで、僕にもすぐに自分自身の儀式ができた。ひとつかみのヒマワリの種を口に含んで、バッターボックスに立つまえにきっちり三粒吐き出すのだ。でも野球場で過ごすあの夕方の何が一番愉しかったかといえば、言いたいことがなんでも言えたことだ。おまけに、話しているのは僕ではなくて、その幻の人、つまり僕とサムがこしらえた〝ベースボール選手〟だったのだから。八月のある夜、僕は大声で言った。「まだ一番いい球は投げてないよね」

「わざと投げてないんだ」とサムは言った。

「じゃあ投げてみて」

「そんなことをしてなんになる？　今はまだおまえをつくりあげてる最中なんだ。解体作業は来年の夏だ」

「一回でいいから」と僕は言った。

サムは両腕を体の脇におろして肩を水平にし、腰をわずかに振ってから、ミットを上げて太鼓腹につけ、そのまま二分の一拍ほど静止した。それに続く数秒間、サムの体は、その後僕がもう二度と眼にすることのない、見る者を催眠術にかけるような優美さをまとっていた。彼は片足を腰まで蹴り上げ、それと同時に右腕を上げていった。まるで脚と腕が同じてこで動いているみたいだった。手のひらが肩の上に来たところで、ほんの一瞬、白いボールが夕闇の中で雪のようにきらめいた。が、僕がボールを眼にしたのはそれが最後で、次に見たときにはボールはすでに僕のうしろの壁にあたって撥ね返り、フィールドの真ん中あたりまで飛んでいた。バットを振ることなんて思いつきもしなかった。稲妻に向かってバットを振ることを思いつきもしないように。

サムの優美さは唐突に消えた。片足をついた途端にバランスを崩してよろけ、膝をついた。その脇をボールがバウンドしながら通り過ぎていった。

「あれを打ったのか？」と彼は眼をぱちくりさせながら訊いた。その顔に表れた感嘆のあまりの大きさに、僕はほんとうのことが言えなかった。

「嘘だろ、ほんとうに打ったのか？」

「ちゃんと打ったとは言えない」と僕は言った。「どう見ても、あれじゃダブルプレーだ」

彼は振り返って、ボールのほうを見た。ボールは六メートルほど先の伸び放題の芝生の中に転がっていた。

「ジェイミー、今の見たか？」

ジェイミーは観覧席のいつもの席から立ち上がって手を振った。「今こだましたのが聞こえた？」と彼は大声で言った。

「カル、ほんとうに驚いたな」首を振りながら、サムは言った。「いや、大したもんだ」

その日を境に、サムは僕が絶対にスターになると確信した。テディ・ボールゲームとか、ミスター・カブとか、ヤンキー・クリッパーみたいな。サムがあんまり言うので、僕はなんだかきまり悪くなった。彼は最優秀打者のスカウティング・レポートを引用し、僕が〝本物の〟バッティング・ケージで練習できるように、ピュージェット湾の向こう側まで連れていくと言った。その誘いを、僕はいつも断った。いずれにしろ、夏が終わるころにはサムはアラスカに行けるほどまで回復し、それと同時に、僕のベースボール選手としてのキャリアは終わった。

僕とジェイミーは若木のあいだを縫うようにして斜面をくだっていった。やがてゴーントの家が丘の向こうに隠れ、切妻屋根しか見えなくなると、ジェイミーはくしゃくしゃになった緑と白のストライプ模様のニューポートの箱を取り出した。箱の上のほうには緑色の字で〝キング〟と書かれていた。ジェイミーは一本を振って出すと、真ん中が指みたいに曲がった煙草を僕に寄越した。僕はそれを注意深く持った。ジェイミーがラヴェンダー色の使い捨てライターの火をつけると、僕は手をまえに出した。

「まず口にくわえて」とジェイミーは言った。「さめ、吸い込んで」茶色の松の葉の絨毯の下はぬかるんでいた。僕は木にもたれ、煙草を噛んだ。

「今すぐそれをやめないと、おれ笑っちゃうけど」とジェイミーは言った。「銃殺隊なんていないんだからさ。もっとリラックスしろよ。おまえの吸い方ときたらまるで、女みたいだ」

「どういう意味だ？」

「おまえは今、人差し指と中指のあいだに煙草をはさんでる。で、口から離すときも同じ二本の指を使ってる」そう言って、彼は実際にやって見せた。女みたいに髪をかき上げながら。「今のが、カル、女の吸い方だ。男ってのは、くわえるときはおまえと同じだけど、口から離すときは親指と人差し指でつまむんだ。そう、そんな感じで」

「なんでそんなこと知ってるんだ?」

「先月、英語のクラスで『孤独な場所で』を見ただろ? ミス・サルバーグに頼んで、放課後もう一度見せてもらったんだ。なぜっておれは、将来映画の仕事をしたいと思ってるからだ。できればサムライ映画の」

「本気か?」と僕は言った。僕と同じくらいの歳で、漁師以外の仕事をしたいと言うやつはめったにいなかった。

僕らは黙ったままニューポートを吸った。吸いおわると、僕は斜面に寝そべった。

「あっちは今ごろどうなってると思う?」とジェイミーは訊いた。

「ジョンの寝室のことか? じいさんが死にかけてる」と僕は言った。

「言うね。タフ・ガイ。これ以上ないってくらい無関心ってわけか?」

「死にかけてるのがおまえだったら、もっと無関心になれるけどな」僕はジェイミーのほうに顔を向けた。カラマツの葉が頬にちくちくあたって心地よかった。

「もう一本くれないか?」と僕は言った。仰向けで煙草を吸いながら、自分は今ホテルの部屋で煙草を吸っているのだと想像した。僕は出張でホテルに泊まっている。白い枕に頭をのせて、黒い靴下を履いた両足を足首のところで組んで、胸の上にガラスの灰皿をのせている。「ジョンのことは好きだよ。でも、今何歳だ?」と僕は言った。「ある程度の歳になったら、死ぬのは自然なことだろ?」

「自然なことだからって、悲しくないわけじゃない」とジェイミーは言った。「少なくともおまえの父さんや母さんのために悲しむべきだ」

「父さんの気持ちなんて、誰にわかる？」と僕は言った。「でも母さんのほうはかなりまいってるみたいだった」

ジョンが大学でクラシックギターを学んだというのはたぶん事実ではないのだろう。でも彼がロイヤルティ・アイランドに音楽への愛を持ち帰ったというのは事実だった。そしてその愛を母と共有したということも。父が海に出たあとも、ジョンは少なくとも週に一回は僕の家にやってきた。母とジョンは地下のスタジオに行き、そこで一緒にレコードを聴いた。そんなふうに母はジョンをスタジオに招き入れたけれど、父を入れたことは一度もなかった。そのスタジオは父が母のためにつくったものだというのに。

僕の母、ドナ・パーソンは僕が生まれた年にロイヤルティ・アイランドに引っ越してきた。その夏、僕の父のヘンリー・ボーリングズはシアトル行きのフェリーに乗り、カリフォルニア州のサンノゼ行きの飛行機に乗り、それから引っ越し用ヴァンをレンタルして、サンタクルーズのハイストリートにある母の家の入り口の階段のまえまで運転していった。父にしてみればそれは離れ業に近いことだった。漁師の息子であり孫である父は、ある種の人が医者を嫌うように、空港やハイウェイを毛嫌いしていたのだ。

父がサンタクルーズに行ったその日のことは家族の物語になった。父はよく、夏に家族でサンド・ポイント・ビーチまでドライヴする最中にその話をした。でもおそらくもう二度と話すことはないだろう。家族がばらばらになると、それと一緒に家族の物語も消えるのだ。だから今では僕は、想像力に頼らなければならない。

結婚式前夜の夕食会のために買ったアイロンをかけ

たばかりの白い礼装用のシャツを着て到着しようと父は計画した。でも、飛行機の中で汗をかきはじめた。エアコンのプラスティックの通風口を何度もいじってみたけれど、汗は止まらなかった。飛行機とターミナルを結ぶ通路を歩いているあいだも、ストローを噛みながら手荷物引き渡しコンベヤのまえで待っているあいだも、タクシーの後部座席に坐っているあいだも、レンタカー店のまえで待っているあいだも、汗は止まらなかった。父の運転するヴァンがハイウェイ一七号線にはいったころには、新品のシャツの襟はすでにその見せかけだけのタブカラーのところまで汗でぐっしょり濡れ、喉仏の下までだらりと下がっていた。前方には、もつれたひもみたいに蛇行する道が山の上までずっと続いていた。

そんなふうになることを、父は最初から予想するべきだったのだ。結局のところ、未来の妻の持ちものをひとつ残らず運ぶためにやってきたのだから。でも母に関するものの中に、こんなに努力を要することがあるなんて、父は思いつきもしなかった。当時の母の写真――ほっそりとしたウェストや首、それに紗のような髪――を見ればそれも無理はないと思う。自分はきっと帽子の箱や衣裳袋を運ぶことになるのだと父は思っていた。母をふわりと抱き上げ、ワシントン州に連れていくのだと。母の荷物もふわりと持ち上げてワシントン州に持っていくのだと。きっとその荷物は母と同じくらい軽いにちがいないと。

ハイストリートのバンガロー風の家に着くと、そこには父が想像していたものは何もなかった。帽子の箱もなければ服のはいった袋もなく、家具はすべて売られたか処分されていた。母が残していたのは、母が父に飛行機と車を乗り継いではるばるサンタクルーズまでやってきて運んでほしかったものは、レコードだった。何箱分もあるレコードだった。そしてそれは、ずっしり重かった。

ふたりはミッション通りのスーパーマーケットに行き、父はそこでマスキングテープを二巻きとネグラモデロを一ダース買った。それから、ふたりは埃っぽい床に坐ってそのメキシコビールを飲んだ。父はレコードを箱に詰め、隙間を新聞紙で埋め、包帯を巻くみたいに箱にマスキングテープをぐるぐる巻き、角には十字に貼った。

そのときふたりはまだ結婚していなかったが、母はすでに妊娠していた。その最初の日に、ふたりは互いに話しかけることばをうまく見つけられなかったにちがいない。それから何年経っても、見つけられなかったけれど。僕にはふたりの会話が聞こえるような気がする。父の声はやわらかく、母の声はきっぱりしていたにちがいない。

「レコードを聴かせてくれないか？」と父が言う。

「どんな音楽が好きなの？」と母が訊く。「そんなこともまだ聞いてなかったと思うけど」

「おれか？　なんでも好きだ」

「そう言うと思った」と母は言う。「なんでも好きってことは、何も好きじゃないってことよね」

テープを引き出す耳障りな音が響きわたる。父は箱を必要以上にぐるぐる巻きにする。母と一緒に床に坐っていられるだけで愉しいからだ。「ちがうよ。ほんとうになんでも好きなんだ」

「あなたがまちがってることを証明したいな」と言いながらも、結局、白分でオーティス・レディングの『ライヴ・イン・ヨーロッパ』を選んで、そのアルバムを最初から最後までかける。母は両膝を立てて胸につけ、父の肩に頭を預ける。

それから一週間かけて、父と母はカリフォルニア州をゆっくりと北へ進んだ。道路脇の露店で桃を買って食べ、アイオワからの観光客に頼んで、ハイウェイ一号線沿いの崖の上で微笑む自分たちの姿を写真に撮ってもらった。焼け焦げたセコイヤの木のあいだを手をつないで歩き、白と青のチェス盤のような空の下、ラジオをゴスペル専門局に合わせてドライヴした。

でもロイヤルティ・アイランドに着いてみると、母には仕事も友達もなく、季節は秋へと変わろうとしていた。父は見晴らし窓のブラインドを上げて、なんの飾りもない壁に陽の光をあて、下に広がる湾を母に見せた。居間にはほとんど家具がなく、置いてあるわずかな家具はどれも三世代にわたって使われているものだった。「もうすぐ仕事に戻らなくちゃならない」と父は言った。「でも、今日からはふたりだ」母は父のほうを向いた。その眼には涙が浮かんでいた。「とっても素敵」

最初の週、母は箱をひとつも開けなかった。でも翌週、父が仕事から帰ってくると、混沌が待ち受けていた。エンジンを切るまえから音楽が聞こえた。アシカの鳴き声のようなトランペット。ドラムの連続音の上で、沸騰しているやかんみたいに甲高い音を震わせてむせび泣くサックス。それがなんのレコードなのか、そのときの父は知らなかったにちがいないが——あるいは、気にもしなかったにちがいないが——母がかけていたのはジョン・コルトレーンの『ライヴ・イン・シアトル』だった。

家にはいると、母は床の真ん中に坐っていた。片脚を伸ばし、もう一方の膝を立てて、そこに顎をのせて。ソファの上にはレコードのカヴァーやジャケットが散乱し、父が丁寧に梱包した箱は乱暴に開けられ、箱の蓋からはテープがぶら下がっていた。

翌年の春、父はスタジオをつくりはじめた。そのとき父の頭にあったのは、母が住んでいたサンタクルーズの家の天井までの高さの本棚だった。狭苦しい鉄の船の上で何カ月もほかの漁師たちと一緒に生活しなければならない父には、ひとりで落ち着ける空間の必要性がよく理解できたし、何よりも、自分の町が、自分の家が、自分の人生が、母にとって落ち着ける場所になってほしいと願っていた。それらが全部、彼女のものになってほしいと。

スタジオはすでに半分できあがっていた。僕らが住んでいた家は父が自分の父から相続したもので、その僕の祖父が何年もまえに、地下室を半分に分ける壁をつくっていたのだ。祖父は暗室をつくるつもりだったらしいが、結局、鋳鉄の洗面器がふたつついたダブルシンクを隅に備えつけるところまでしか進まなかった。父は古いがらくた——父が子供のころに乗ったさびついたシュウィンの自転車、網とブイ、ペンキの缶、古いクリスマスツリーのスタンド、《ナショナルジオグラフィック》の束——を片づけ、泥を掃き出し、蜘蛛の巣を取り払った。明るいオレンジ色のカーペットを敷き、壁にストローブマツの棚をつくりつけ、レコードの重みに耐えられるようにボルトで補強した。窓もないのに窓下の長椅子（ウィンドウ・シート）をつくり、ヴァンクーヴァーからモヘア織りのクッションを取り寄せた。コルク板を買ってきてそれで壁を覆い、天井を仕上げた。そして、まるで天井画を守るミケランジェロみたいに、全部完成するまで母を中に入れなかった。

ついに完成すると、母がスペイン語映画鑑賞と買いもののためにシアトル行きのカーフェリーに乗るまで待った。それから母の箱——全部で十九個——をふたたび持ち上げて地下室に運び、レコードを一枚一枚アルファベット順に白い棚に並べていった。元来几帳面な性格ではあったけれど、そのときの父を駆り立てていたのは、妻を彼女の人生から自分の人生へと引きずり込んでしまったのだという思いだった。レコードは、彼女がその変化を表現するために使った文法だった。彼女が自分のためにはるばるここまでやってきてくれたのだから、今度は自分のほうが彼女のことばを話せるようにならなければならないと思っていた。でも結局、父にとって母はいつまでも謎のままだった。そして、父が母を連れてきた場所は、やがて僕の家になるその場所は、母にとっていつまでも謎のままだった。

確か僕が九歳だったとき、ある日、図書館司書のミセス・グラマシーがうちにやってきた。母が以前教師だったことを知って、ブッククラブを手伝ってもらえないかと持ちかけに来たのだ。漁のシーズンのあいだの暇つぶしにどうかしら？　とミセス・グラマシーは言った。キッチンでアイスティーや湿気ったクッキーを慌ただしく用意する母の様子を見ながら、僕には母が感銘を受けていることがわかった。ミセス・グラマシーが自分のことを気にかけてくれたのが嬉しかったのだ。

僕は母と一緒にちらしをデザインし、羽根を生やし、まるで今にも飛び立ちそうな本を明るい緑色の紙に描いた。僕らがキッチンのテーブルにそれを並べていると、父が帰ってきた。

「イーディス・ウォートンって誰だ？」と父は訊いた。

「さあ。わたしもよく知らないの」と母は言った。「ミセス・グラマシーがその本にしたらどうかっておっしゃって」

でもそれは事実ではなかった。母がミセス・グラマシーに『無垢の時代』を強く勧めているのを僕は聞いていた。ちょうどその日の朝も、初めてその本を読んだ日のことを話してくれた。両親と一緒にアリゾナ州を車で旅行したときに、ダッジの後部座席で読んだことを。

「でもまあ」と父は言った。「じきにわかるな」

その晩、僕らは三人で町を歩きまわり、母が電柱や店先の窓やグリーン・ハーバーのそばの掲示板から昨シーズンの求人広告を剥がしたあとにちらしを貼った。でも、ブッククラブの開かれる夜がやってきても、母は居間のソファに坐ってジェイムズ・ボンドの映画を見ていた。

「やっぱり無理」僕が訊くまえに、母は言った。「ミセス・グラマシーには具合が悪いって電話したわ。今度会っても、ほんとうのことを言っちゃだめよ。いい？」そう言って、コーヒーテーブルに両足をのせた。ピンストライプのスカートの下に黒いストッキングをはいていた。「行くまえからもうがっかりしちゃったのよ」と母は言った。「どうしてなのか、自分でもわからないけど」

母は僕のほうを見なかった。答が返ってくることは期待していないようだった。しばらくして、キッチンで母が動く音が聞こえ、地下へ続く階段を降りていく足音が聞こえ、そして、スタジオから音楽が聞こえてきた。そのころにはもう、スタジオは母にとっての避難場所になっていた。父からの、そして僕も含めた、ロイヤルティ・アイランドにあるあらゆるものからの避難場所に。

僕はときどき、毛布と枕を持ってこっそり階下に行き、居間の床に寝そべって音楽の洩れてくる通気口に耳をあてた。僕が耳をすましていたのは、音楽を聴いている母の気配だった。父がいない冬のあいだ、僕は好きなだけ夜更かしすることができた。暖房炉が点火すると、通気口から暖かい空気が流れてくるのが頬に感じられた。僕は揺れる埃の筋を眺めた。誰かがひとりきりになりたいと思っているときにこそ、その人のそばにいたいと感じるのはなぜなんだろう？

「おまえの母さんは悲しんでる」二本目の煙草を吸いながら、ジェイミーは言った。「賭けてもいい」

「ああ、そのとおりだ。そう言っただろ？」

「ふたりについての噂を、おれは全然信じてなかったけど」

「ふたりって誰だ？」

「ジョンとおまえの母さんだよ。でも、おれは全然信じてなかった」

「ジョンは母さんのたったひとりの友達だ」と僕は言った。

僕は松の葉の上に寝そべった。胃のあたりがむかむかした。一度口に出したら、それはまぎれもない事実のように聞こえた。ジョンはほんとうに母さんの唯一の友達だったのかもしれない。僕は煙草の残りを吸って眼を閉じ、しばらくしてから開いた。母の声が聞こえた。

「ファウル、ファウル？　誰の声だ？」とジェイミーが訊いた。

「カル、カルだよ」と僕は言った。

僕はジョンの家に向かって斜面を駆け上がった。丘のてっぺんに母が立っていた。強くなった風になぶられてポニーテールから髪がほどけていた。僕が近づくと、母は僕の腕をぎゅっとつかみ、上着とズボンについた松の葉を叩いて落としはじめた。「お別れよ。今すぐ来て」と母は言った。「急いで」母は僕を家のほうに引っぱった。「たった今、先生が来て、血圧の薬を止めることに決めたの。あとどのくらい時間が残されているのかわからない。あなたを連れてくるように、お父さんに言われたのよ」

最後のところはまるで、父に言われなければ絶対にジョンのそばを離れたりしなかった、と言っているみたいだった。

僕と母は玄関ホールを駆け抜け、階段を駆け上がった。でもそこでまた、母は僕に止まるように言った。髪をなでつけ、深呼吸してから、ようやく僕と一緒に廊下を歩きはじめた。ジョンの寝室のドアは閉まっていた。母は小さく一回ノックした。数秒待って、今度はさっきより強くノックした。なんの反応もなかった。母はドアノブをまわそうとしたが、まわらなかった。

「どうしたの？」と僕は訊いた。

下唇を噛み、眼を拭って、母は言った。「あなた、煙草くさい。そんなにおいをぷんぷんさせてたら、中に連れてはいれるわけないでしょ」

僕と母は廊下で待った。やがてジョンが亡くなり、男たちが並んで部屋から出てくるまで。

第二章

ポートエンジェルス（ワシントン州西部の都市）には、太腿の上にのせた子供を片腕で抱き、もう一方の手を眼の上にかざして海を見ている女の石像がある。シアトルには、頭のまわりで弧を描く釣り糸に今にも首を締められそうになりながら、かぎ竿でメバルを釣り上げている男の銅像がある。ジョン・ゴーントの建てた――ほかに誰が建てる?――〈ロイヤルティ・アイランドの漁師の記念碑〉は、グリーン・ハーバーから東へ四百メートルほど行った地点の板張りの遊歩道沿いに立っている。

それは防水レインコートに帽子という恰好の男がもつれたロープの中でしゃがんでいる像だ。男は体を湾のほうに向け、顔を左上方に傾けている。唇を固く引き結び、眼を大きく見開いて。右脚で体を支え、左腕を、まるで悪霊を追い払おうとしているみたいに顔と同じ角度でまえに出している。緑色の波がうなりをあげながら圧倒的な力で男を呑み込もうとしているのが今にも見えそうな気がする。男はもう死んだも同然だ。

ポートエンジェルスやシアトルではどうなのか知らないけれど、ロイヤルティ・アイランドでは、人々は自分たちの町の記念碑を見て見ぬふりをした。その像が物語っているのは、みんなが忘れたがっていることだった。だから、いつになく明るい九月の光の中で、リチャード・ゴーントが眼を細めて真剣な表情でその像に見入っている姿は、僕の眼にとても奇妙に映った。

彼を見るのは、ジョンの葬式以来だった。スーパーマーケットもドライクリーニング店も映画館も学校も、そして空も、すべてが閉まっていたあの日以来だった。霧が木々のあいだを抜けて墓地の小道に立ち込めていたあの日、僕は棺を担う男たち――その中にはリチャードと僕の父もいた――のうしろを歩きながら、男たちの黒い背中と白い手を、ときに何分間も、霧の中に見失った。僕は母の隣を歩いていた。足首の痛む母の歩調に合わせて。ほんとうは先のほうへ走っていきたかったのだけれど、僕がそうしようとするたびに、母は僕の手をぎゅっと握り、湿ったティッシュを押しつけた。

あの日以来、家の中は耐え難いほどになった。もうそれまでに僕は、両親がまるで同じ飛行機に乗り合わせた他人同士みたいに暮らし、狭い場所ですれちがうときには礼儀正しく身を縮ませたりするのには慣れていたけれど、ジョンが亡くなってからというもの、ふたりの中にあった互いに対する忍耐力がついに尽きてしまったみたいだった。夕食のとき、父はテーブルを指で打ち鳴らしながらキッチンを見まわした。それがどんなに興味深い場所か、たった今気づいたとでもいうように。母のほうは、自分のフォークとスプーンを冷ややかな眼でじっとにらんでいた。ある晩、母は言った。「ねえ、悪いことばかりってわけでもないじゃない？　もし船が出なかったら、一年じゅうこれを続けられるんだもの」

おそらく疲れすぎていて怒る気にもなれなかったのだろう、父は母を見て、こう言った。「おまえがそんな目に遭わないように、最善を尽くしているところだ。おれだってものすごく頑張ってるんだ。実際のところ」

「ごめんなさい」と母は言った。「今の言い方はフェアじゃなかったわ」

しかしジョンの葬儀のあと、母は自分がフェアであることに興味を失ってしまったようだった。サンタクルーズにいる親友のメグと電話で何時間も話すようになり、僕がそばに行くと送話口を手で覆って、父を見るときと同じ眼つきで僕を見た。僕はひとことも発していなくて、ただ部屋の中に足を踏み入れただけなのに、もうそれだけで怒る理由を与えてしまったみたいに。夜は地下室のスタジオにこもり、そのあいだ僕は居間の通気口から流れてくる音楽に耳をすました。ブルース・スプリングスティーンの『ネブラスカ』、ボブ・ディランの『血の轍』、マイルス・デイヴィスの『ポーギー&ベス』。僕が待っていたのは、レコードとレコードのあいだの沈黙だった。母の音が——咳やすすり泣きが——聞こえるのを待っていた。

僕は家以外の居場所を必要としていたし、話し相手もほしかったけれど、もしリチャードに僕だと気づかれると思ったなら、すぐに引き返していたはずだ。リチャードは緑色のベンチに坐っていた。頭上ではカモメが弧を描いて飛んでいた。まるで暖かい気候に抗議するかのように、黒いミリタリー風ジャケットのボタンを顎の下までとめていた。「やあ、きみか」とリチャードは言った。

「何してるの？」と僕は訊いた。

「わからない？　無限を見ていたんだ。深くて、計り知れなくて、謎めいた、そんなものを」

ジョンの葬儀以来、リチャードはみんなの話題の中心だった。父はずっと家にいて、キッチンのカウンターにコーヒーカップのまるい跡をいくつもつけながら、ひたすら電話で話していた。数分に一回は、リチャードの名前を聞いた気がする。リチャード、リチャード、リチャード。僕に話すときは——そういうことはめったになかったけれど——〝リチャード〟と呼んだ。電話の相手がサム・ノースのときは〝くそリチャード〟だった。戸口にドン・ブルックがやってくると、〝ボモのくそリチャード〟になった。

確かに、彼にはなんとなく女っぽいところがあったように思う。なよなよした姿勢とか、今からピアノでも弾くみたいに両手を組み合わせるところとか。彼が高校の夏休みにサケ漁船で働かなかったのはなぜなのか誰も説明しなかったし、高校を卒業したあとにカニを捕りにアラスカに行くのではなく大学進学のためにシアトルに行ったのはなぜなのか誰も知らなかった。ジョンはいったい何を考えているんだろう、と人々は首を傾げた。自分が死んだあと会社をどうするつもりなんだろう。でもジョンは何も語らなかった。やがてリチャードはロイヤルティ・アイランドを去り、それと同時に人々は――少なくとも僕は――彼はもう二度と戻ってこないのだとあっさり思い込んだ。が、それも、リチャードが当然のことながらふたたび姿を現すまでのことだった――ある日突然、黒い人影がジョンと一緒に板張りの遊歩道を歩いている姿を眼にするまでのことだった。

一度、街灯の光の輪の中を車で通り過ぎるリチャードを見かけたことがあった。コンヴァーティブルの脇からだらりと腕を垂らし、大声で笑いながらショベルを引きずっていて、それが路面の上で火の粉を散らしていた。ジョンや船長たちと一緒に僕の家に夕食に来たことも一度あった。ワインをほとんどひとりで飲み、ほかの男たちはみんなテーブルで煙草を吸っているのに、十分ごとにわざわざ外に吸いにいった。その夜のある時点で、彼は僕のほうを向いて言った。「この連中のことばがひとつでもわかるかい？　ドライヴに連れてってやろうか？」

残りは全部噂だった。ジョンに力ずくで船に乗せられそうになり、抵抗してジョンの鼻を折ったとか。ある夏の夜、〈エリックのキルト〉で酔っぱらって、アラスカに行かないでくれと幼馴染みたちに泣きついたとか。ほんとうは同性愛者だとか、インド人とメキシコ人と日本人の血が流れているとか、そもそもジョンのほんとうの子供ではないとか。ジョンが死ぬのをずっと待っていて、ロイヤルティ・アイランドに度々帰ってくるのもジョンの遺言から名前を消されないようにするためだとか。ジョンの具合が悪くなる何カ月もまえに日本人が彼のところにやってきて、ジョンの漁業許可証と船と索具を買いたいと言ったとか。明け方の遊歩道で着物姿でお茶を注いでいるらしいとか。

九月のその日、リチャードはまだ三十になっていなかった。母がよく見る外国映画の中に出てくる俳優みたいに頬骨が高くて、笑うとその上で皮膚が瘤みたいに盛り上がった。幸い、彼が笑うことはほとんどなかったけれど。今でも僕は、その顔をはっきりと覚えている。今もときどき、道で誰かとすれちがったり、僕の乗っているバスに誰かが乗ってきたりすると、一瞬、リチャードだと思う。そして、彼じゃないと気づくまえのほんのいっとき、僕の心はなぜか幸福感に満たされる。

「おい、おい、行かないでくれよ」と彼は言い、ジャケットの内ポケットに手を入れて、煙草の缶を取り出した。蓋にウィンクする娘の絵がついていた。「訊きたいことがあるんだ。きみはアラスカに行ったことあるかい？　カル」

「ないよ」と僕は言った。そのとき僕はちょうど立ち去りかけていて、彼はおそらく、その質問をすれば僕を止められると知っていたのだろう。「つまり、まだってことだけど。高校を卒業したら行くことになると思う。父さんが仕事を準備してくれてるから」

それは嘘だった。僕と父は一度も話し合ったことがなかった。以前は、将来僕が〈ローレンタイド〉に乗ることについて父が何かの拍子に触れることもあったけれど、今ではそういうことすらほとんどなくなっていた。僕はもうすでに、おそらくアラスカをこの眼で見ることはないのだろうと、少なくとも漁船の上から見ることはないのだろうと思いはじめていた。

「ぼくが高校生のとき」とリチャードは言った。「いや、確か高校を卒業したばかりだったな。親父に頼んだんだ。船に乗せてほしいって。まあ坐りなよ」

僕は首を振り、その場を動かなかった。

リチャードは肩をすくめ、ほんのいっとき、にやりとするための間を置いた。僕が何をしようと、誰が何をしようと、彼はまったく気にしないのだ。「ぼくは文字どおり親父に懇願したんだ。でも親父は、とんでもない、絶対だめだと言って取り合わなかった。だからぼくは生まれてからずっとアラスカについて聞かされているのに、どんなところか見当もつかないんだ。きみには見当がつくかい?」

空想上のアラスカならいくらでも描写できた。一日が朝から夕方に移ろうにつれて白から橙へと色を変える雲。灰色の口のような海と、そこから突き出す舌のような波。「いや」と僕は答えた。

「友達はみんな行った。親父がみんなに仕事を与えたんだ。ジム・オズボーンにも、ダン・フォッシーにも、ボビー・ロリンズにも。だけどぼくは? ぼくに与えられたのは友愛クラブの飾りピンだけだった。大学一年のときのことだ。船が戻ってくる日に、はるばるここまでやってきたことがあった。アウディのコンヴァーティブルを運転して。で、あそこの駐車場で五時間くらい待ったんだ」

彼は煙草を右手に持ち替えて、まるで記憶をなだめすかそうとするみたいに、頭をごしごしこすった。

「みんなが戻ってくるのが見えた。まだ防水ズボンをはいたままで、汚くて、ひげが伸び放題だった。なんだか地獄そのものに見えたよ。もし地獄が業火じゃなくて、ヘドロでできているならね。とにかく、それがそのときにぼくが思ったことだ。で、ぼくはそのまま去った。映画館かどこかに行ったんだ。みんなに〝やあ〟すら言えなかった。〝お帰り〟も〝くそくらえ〟も」

リチャードは僕のほうに視線を移した。僕が何か言うのを期待しているのだろうか? わからなかった。僕にとってリチャードは、まだ三年生だったころの通学途中に、車から黄色い痰を飛ばしてきた悪ガキ以外の何者でもなかった。その彼がなぜ今僕にこんな話をするのか不思議でならなかった。

「翌年、ダン・フォッシーが死んだ」と彼は続けた。「コロネーション島とかいう名前の島の近くで溺れたんだ。穏やかな日で、波も雲もなかったらしい。水しぶきを聞いた者もいなくて、いなくなってからどれくらい経っていたのかも誰にもわからなかった。ダンが死んだあと、つまり、ダンが死んだことをようやく知らされたあと――ぼくは大学に戻ってたんだけど、一カ月ものあいだ誰もぼくに知らせることを思いつかなかったんだ――ぼくは何度もダンの最期を思い描こうとした。でもその島の名前がどうしても引っかかって、そこから先に進めないんだ。戴冠(コロネーション)島っていう名前がね。思い浮かべることができたのは、砂山と、そこに生えてる冠の飾りみたいな常緑樹だけだった。ぼくはいったいどういう人間なんだろうね、カル?」

「それでここに来たの?」と僕は訊いた。

「それでってなんだ? ここってどこだ? もっとわかりやすく言ってくれないかな」

「記念碑を眺める人なんていないからさ」

「眺める人のいないこのくそみたいな代物をいったい誰がデザインしたのか知りたいかい?」

「きみなの?」

「ダンが死んだあと、親父がぼくをカリフォルニアのユーリカに住むスウェーデン人に引き合わせたんだ。厳密に言えば、このくそをデザインしたのはそのスウェーデン人だ。でもぼくのほうから事前に希望を伝えておいたんだ。この哀れな野郎にはもうなんの可能性も残されていない、って感じにしてほしいってね」

リチャードは煙草を指でつぶし、はじき飛ばした。ベンチの背にもたれ、顔を上に向けた。額の上で汗が玉になっている。

「こんなにぎらぎら照りつけるなんて、今日のおてんとうさまはいい度胸してる、そう思わないか?」と彼は言った。「最近はあんまり話さないのかい？　確か、まえは話してたと思うけど」

彼がジャケットのボタンをいくつか外すと、真っ赤なシルクのシャツが見えた。襟に大きな黒いボタンがついていて、胸には風車みたいな形の花の模様があった。僕がじっと見つめているのに気づいたのだろう、リチャードは言った。「着替えをしてたときには何も考えてなかったんだ。数日前に親父が亡くなったってのに、ぼくはこのシャツを選んだ。ときどき自分ってものがよくわからなくなる。なんだか笑えない？」

ちっとも笑えなかった。いつもの九月なら今ごろ、ドン・ブルックとサム・ノースと僕の父と五十人の漁師たちはみんな、ここから四百メートルほど離れた場所にいるはずだった。海水の染みのついたフランネルのシャツを着て、ペンキを塗ったり、修理したりしているはずだった。それが今はみんな家にいて、リチャードが何か言ってくるのをただじっと待っていた。僕は、人々がリチャードに表向き服従していることについて考え、そして、人々が陰で交わす会話について考えた。みんなはリチャードのことを恐れているのだと思った。何もかも相続しておきながら、それについてどうすればいいかさっぱりわからずにいる彼のことを。でもそのとき、分厚いジャケットを着て汗をかいているリチャードを眺めながら、自分がみんなの知らないことを知っていることに気づいた。彼もまた、みんなを恐れていたのだ。

僕はベンチの端に腰掛けた。「船をアラスカにやるの？　リチャード」

彼は煙草をもう一本取り出した。が、そのあとも缶の蓋を開けたままだったので、自分に差し出されているのだと思って僕が手を伸ばしかけた瞬間、彼はすかさず蓋を閉めた。「まだ決めてない」

「行けばいい」と僕は言った。

「そう思う？」

「止めるものは何もないだろ」

「まあね」と彼は言った。太陽に雲がかかるように、その顔を不機嫌そうな表情がさっとよぎったのがわかった。「ああそうだ。ぼくを止めるものは何もない。ぼくがまだ正気を失ったわけじゃないという事実を除いてはね。自分が船長になれないのはわかっている。それじゃ、いったい何をすればいいんだ？」

「大学に行ったんだよね？」

「学んだのは心理学だ。船の精神分析医として働けばいいのかい？　ドン・ブルックに母親について話してほしいなんて頼んだら、どうなると思う？　彼の片眼が飛び出す？　それとも、ぼくを面白半分にダクトテープでマストに縛りつけるだろうか？」

「誰も手出ししないさ」と僕は言った。

「海ではどうかな？」彼はジャケットのボタンをとめ、片手で自分の襟をぐいとつかんで首を絞める真似をした。「海に出たら、やつらはぼくにどんなことだってできる」


　翌日、リチャードは姿を消した。なんの指示も残さず、会社の先行きに関してなんのヒントも残さずに。タラバガニのシーズンが始まるまであと一ヵ月足らずだった。船は漁に出るのだろうか？　ジョンが亡くなった今、そもそも船がもう一度漁に出ることはあるのだろうか？　父の眼の下の青紫色の隈が何も訊いてはいけないと僕に言っていた。

　いずれにしろ、父は仕事を再開し、毎晩、船が出るまえの最後の仕上げに塗るニッケルメッキのにおいをさせて帰ってきた。夜はジャングル模様の緑色のクッションを敷いた竹製の南国風椅子（ティキ・フェア）にだらりと坐ったまま、電話が鳴るたびに顔をしかめた。まるでベル音ひとつひとつが鎖となって父を締めつけるみたいに。ある晩、僕が電話に出ると、吹雪みたいな雑音の向こうから男の声が聞こえてきた。「ボーリングズ？　くそボーリングズ？　ボーリングズ？」それはアラスカの音だった。父は受話器をひったくるようにしてつかみ、耳に押しあてた。

「ほかにどう言えばいいんだ？……ちがう」いつものように、父は静かな声でゆっくり話した。まるで舌がひとつひとつのことばをかろうじて持ち上げているみたいに。「あんたが何を聞いたのかは知らないが、おれたちがこの十年、一度も欠かさずにそっちに行ったのは事実だろ？……ああ、おれも同じ考えだ」受話器を架台に戻すと、父は僕のほうを向き、低いワット数の笑みを浮かべて言った。「ゲームでもするか？」

毎年アラスカから戻ってきたばかりの父は、興奮状態か鬱状態のどちらかにあった。朝までぐっすり眠れるようになるまで、食事のあいだじゅうじっと坐っていられるようになるまで、何週間もかかった。でも、そういうのはまだ順応としては簡単なほうだった。毎年春に家に帰ってくるたびに、まったく知らない新しい息子に出会うような気がしたにちがいないのだから。僕の背は何センチも伸び、歯が抜けた。ある年はラジコンカーに夢中だったかと思えば、次の年にはロバート・ルイス・スティーヴンスンに夢中になった。そんな僕に、父はいつも置いてきぼりにされた。父さんはどうして帰ってくるのだろう。そう思うことさえあった。

僕が八歳か九歳のとき、ある晩、キッチンへ行くと、父がひとりで朝食用スペースの黄色い天井板の下でテーブルについて坐っていた。帰ってきてからまだ一週間も経っていなかった。戸口に立っている僕を見ると、父は長椅子の自分の隣を叩いた。天井の蛍光灯の明かりは消えていて、卓上スタンドのほのかな光が父の髪に混じる白髪をかろうじて照らし出していた。テーブルの上にはベーリング海の地図が広げられていて、空のビールジョッキがふたつ、重し代わりにのせてあった。

「こっちへ来い」と父は言った。「父さんがどこに行ってたか教えてやる」

父は青い花模様のマグカップにはいったブラックコーヒーを飲みながら、バウワーズ海嶺とプリビロフ島を指差し、早口で言った。「ここにも行った、ここにも、ここにも」そう言って、太い指を地図の上で広げたかと思うと、突然、ジョッキのひとつを持ち上げて地図をまるめ、長椅子の背にもたれてため息をついた。

「つらいな」と父は言った。僕にはそのことば以上の真実はないように思えたけれど、父はさらに続けた。

「あっちに行ってるときにはここに戻ってくることしか考えられないのに、ここに戻ってきたら、今度はあっちに行くことしか考えられないんだからな」

仕事について父が僕にそんなにしゃべったのは初めてだった。あっちには何があるんだろう？　と僕は思った。僕にわかることといえば、それを自分の眼で見るまでは僕と父がお互いを理解することは決してないということだけだった。それまでのあいだ、僕らはなんとか見つけ出した共通点にしがみついているしかなかった。

父はテープで何度も補強された〈コネクト・フォー〉（垂直に立てた盤面にコマを並べていく四目並べゲーム）の箱を廊下のクローゼットの一番上の棚から取り出した。僕らはいつものようにキッチンのテーブルにプラスティックの盤を立て、コマをそれぞれのまえに積み上げた。ゲームをしながら、父は顎ひげをこすったり、こめかみに手をあてて髪を引っぱったりした。

「さっきおれが電話で話しているのを聞いてたな」と父は言った。いつになく厳しい口調に、僕は驚いた。

「心配か？」

「さあ、そうでもないかな」

「どうしてだ？」と言って、片眼で盤の穴を覗いた。

僕はただ正直に言っただけだった。僕にしてみれば、この十日ばかりのあいだに起こった出来事は、小さいころに持っていたおもちゃのカメラの中の風景みたいなものだった。赤いプラスティックのファインダーを覗くと、真っ赤な太陽の下でウォーキートーキーに向かってわめいている兵士が見える。レヴァーを引くとすぐにスライドは切り替わり、今度は紫色の競技場と完璧なヘイルメアリーの放物線を描いて静止するフットボールが見える、といった具合に。そんなふうに今見ているイメージを自由に切り替えられるのは、子供にはまだ許された権限だった。

「心配しないやつっていうのがどういうやつか知ってるか?」と父は訊いた。「税金を払わないやつらだ。馬鹿なやつらだ。くずみたいなやつらだ」

父がそんなふうに悪態をつくのは、少なくとも僕のまえでは初めてだった。そのことばは僕の首にちくちく刺さった。たいていの人とはちがって、父は自分が今持っているもの以上のものを決してほしがらなかった。家族と、きちんとした暮らしさえあればそれで充分だったのだ。父をよく知らない人、たとえば僕は、そんな父の穏やかさを弱さと取りちがえた。その穏やかさこそが父を途方もなく危険な男にしていることに僕が気づくのは、もっとあとのことだった。

僕らは無言でゲームを続けた。夕食の時間を過ぎても母は地下室から上がってこなかった。キッチンの窓は黒板のような深緑色に染まっていた。夜の雨が降りだし、裏口のドアのガラスに汗の玉のような水滴がいくつもついた。八番目のゲームに勝ったのは僕で、勝者の特権としてレヴァーを引き、コマをテーブルの上に落とした。ふたりで赤と黒のコマを分けている最中に父は言った。「今みたいな贅沢な暮らしをいつまでも続けられると思ったら大まちがいだ。おれが言いたいのはそういうことだ。ただぶらぶらして、金がメンサみたいに降ってくるのを待ってるわけにはいかないんだ」

「マナ（天与の糧の意）」と僕は言った。父の中で何かが壊れ、父が怒りだしているのがわかったから、あえて訂正して火に油を注いでみたのだ。僕はずっと思っていた。父には僕や母の知らない一面があって、その一面を毎年アラスカに置いて帰ってくるのだと。「メンサ（知能テストで上位二パーセントにはいる人々からなる国際社交組織）っていうのは、天才たちのクラブのことだよ」

　父は盤の向こうで眼をすがめた。顎ひげの下で唇が固く結ばれた。「で、おまえはそのメンバーになれるってわけだ」その声はまだ低いままだった。

「まあね」と僕は言った。「知ってる」

「おまえはいったい何を知ってるっていうんだ？」父は椅子の背にもたれ、床に靴の踵を打ちあてた。梁が折れたような思いを僕は感じた。僕たちを包んでいた自失状態をやっと追い払った気分だった。「そんなふうに知ったかぶりをしてたら、何を学べるっていうんだ？　おれがおまえを脅してると思うか？　そうじゃない。おれたちは今、ものすごくやっかいな問題を抱えてる。おれとおまえとおまえの母さんは。だが困ってるのはおれたちだけじゃない。結局のところ、この町にはたったひとつの産業しかないんだからな。カル。それがなんだか知ってるか？」

「魚」と僕は言った。

「魚？　そうだ。くそ魚だ。が、おれたちが問題にしているのは何百万ドルもの金のことなんだ。船を失うだけでそれだけの稼ぎを失うことになる。船は全部リチャードのものだ。全部なくなるかもしれない。だが、失うのは船や索具や冷凍倉庫だけじゃない。許可証もだ。許可証もリチャードのものだ。許可証もなしに、ただアラスカに行ってカニ捕りかごを放り込むことなんてできないんだ。ひとつ手に入れるのに、六万ドルもかかる。手に入れられればの話だが、そんなのはどだい無理な話だ。で、おれが光栄にもお話しさせていただいた弁護士さんの話によれば、今言ったものは全部リチャードのもので、やつはそれを残らず売っちまうらしい」

「誰に？」

「おそらく、日本人に。やつらには、おれたちが百万年かかっても払えないような金が払えるからな」

父がその話をしたのは、僕に知ってほしかったからではない。そのことで頭がいっぱいで、それ以外に話題を思いつかなかったからだ。僕が真剣に耳を傾けることなど父は期待していなかったし、僕に理解してもらいたいとも思っていなかったはずだ。でも僕自身は、ちゃんと理解したと思った。父は言ったじゃないか。〝おれたち〟って。「僕たちにできることはないの？」と僕は訊いた。

「リチャードを説得して、売らせないようにするしかない。だが、簡単なことじゃない。やつはおれたちのまえでは五語以上話さないからな。それに、やつが今どこにいるのかすらわからないんだ」

僕は遊歩道でのリチャードとの会話を思い出し、自分がまたとない機会を逃したことを知って愕然とした。リチャードに会ったことは父に言っていなかった。あれから一週間も経った今となってはもう、そのことを口に出す勇気はなかった。だから僕は何も言わず、父は怒りを爆発させつづけた。いつもは塩のはいった小さな包みみたいに簡潔な、自分を抑えた話し方しかしない父が、泡を吹きながらまくしたてた。

「どうしておれがこんなことを話しているかというと」と父は言った。「何もかも持っているあの男は、基本的におまえと同じだからだ。ただ、おまえよりもっと性質が悪いだけで。息が吸いたくても吸えない苦しみなんて一度も味わったことがないくせに、なんでも知っていると思っていやがる。だからおれは、おまえが〝知ってる、知ってる〟なんて抜かすのを聞くと、このテーブルの向こうに手を伸ばして、その首を絞めたくなるんだ」

父は片手で僕の肩を思い切りつかんだ。父のまえに積んであった黒いコマの山が崩れた。僕は身をよじって逃れようとした。が、父はその強い力で僕を押さえつけた。ややあって、父はようやく手を離した。万力のような指の感触をまだ肩に感じながら、僕は椅子に坐ったまま身を引いた。

僕と父は互いを見ながら瞬きした。

「すまん」と父は言った。「大丈夫か？ 悪かった」

この瞬間が訪れるのを自分は長いあいだずっと待っていたのだと思った。願ってすらいたのだと。泣くのをこらえるのに精いっぱいで、答えることができなかった。

数日後、眼が覚めると、家じゅうの窓とドアが開け放たれていた。母はキッチンでほうきをせわしなく動かし、カウンターの下の隙間から埃をかき出していた。髪をうしろで束ね、緑色のスカーフを巻いていた。

「家じゅうひどいありさま」と母は言った。でも、その眼は澄んでいた。「わたしが一週間見て見ぬふりをすると、こうなるってことね」

「二週間だよ」と僕は言った。

「知ってる」と母は言った。「いったいどうしちゃったんだろうって思ってたでしょうね。母さんは悲しんでたの。簡単に言えばね。それに、怒ってる」

「誰のことを？」

「それはわからない。まるで潜水艦に乗っているみたいな感じなの。自分が移動している感覚はあるんだけど、それを眼で確かめることはできない。どんな感じかわかる？」

「わからない」

「わたしにもわからない。でも、もしあなたが赦してくれたら、救われる気がする。自分は生きてるんだって気持ちにもう一度なれる気がするの。どう？」

「オーケー」

「よかった」と母は言った。「だって、ふたりでやらなきゃならないことが山ほどあるんだもの」

「どういうこと？」

「聞いてない？　父さんが今年はうちで〈記念日〉をすることにしたの」

僕は眼をこすった。苛立ちを覚えた。あの日から、僕は父さんの忠告に従って自分に言い聞かせてきたのだ。事態を憂慮しなければならないと。それなのに、事態はふたたび変化し、その変化に気づきもしなかったのだ。

「船が漁に出ることになったの？」と僕は訊いた。

母は肩をすくめた。「〈記念日〉の夕食会が開かれるってことは、そういうことよね？」母は片腕で僕を抱き寄せ、それから、明るい声で言った。「いずれにしろ、わたしたちは突然、五十人分の夕食を準備しなくちゃならなくなった。もうそれだけで、考えることは充分すぎるくらいあるわ」

母はザ・ロネッツの『プレゼンティング・ザ・ファビュラス・ロネッツ』をレコードプレーヤーにのせ、僕らは住宅用洗剤（ファンタスティック）とスポンジを手に掃除に取りかかった。母はシンクに身を乗り出し、明らかにまえより大きくなったお腹をカウンターに押しあてて、白い泡で流しをごしごし磨き、僕が近くでモップをかけると足を片方ずつ上げた。バケツと部屋の隅を行ったり来たりしながら、僕は微笑んだ。音楽が流れていて、母がハミングしていて、窓が開け放たれていて、陽の光があふれていたそのときには、母は今幸せなのだと自分に思い込ませるのはとても簡単だったから。僕らは今サンタクルーズにいるのだと自分に思い込ませるのも、とても簡単だったから。

　今でも、幸せな母を思い浮かべるということはつまり、サンタクルーズにいる母を思い浮かべることだ。毎年六月、僕と母は少なくとも一週間、パシフィック通りのすぐそばにあるメグのバンガロー風の家に滞在した。メグは青物市（ファーマーズ・マーケット）で自家製石鹸を売っていて、家の中はいつもヤシ油とアルカリ溶液のにおいがした。どの部屋にも東洋絨毯が敷いてあって、場所によっては何枚も重ねられていた。子供のころの僕はよく、たまねぎの皮を剝くみたいにしてその家の〝皮〟をどんどん剝いていくところを想像したものだ。

　三人だけで過ごす夜もあったけれど――三人でトリヴィアル・パースートをし、そのあいだに母はメグの煙草をこっそり吸うのだ――メグの友達、つまり母の古い友達がドアの向こうから大声で呼ぶ夜もあった。「ディーディー」と彼らは呼んだ。「ヘイ、ディーディー」メグも母をそう呼んだ。

　母とそれらの人々の関係は、僕にとって深い謎だった。前腕にジークムント・フロイトの刺青のあるゲーリーという名前の男。家の中でペットのフェレットを好きなように走りまわらせていたフリッツという名前の男。ローリング・ストーンズと知り合いだと主張するダーリーンという名前のスキンヘッドの女。カチカチいう8ミリカメラで何もかも撮影していたケーシーという名前の女。

　彼らは何時間も、知り合いや、本で読んだ人物や、映画で見た人物について語り合った。でも誰が知り合いで誰が本や映画に出てくる人物かはいつも曖昧だった。そしてときどき、誰かがテーブルの上に立って詩を朗読し、誰かが誰かにギターを押しつけ、残りの者はグラスを掲げて乾杯した。ある時点まで来ると、まるで申し合わせたみたいに照明が落とされ、レコードがかかった。ダンスが始まり、床がギーギー軋みをあげながらたわんだ。

　そういう夜には、僕はたいていひとりで放っておかれたけれど、母が僕のところにやってくることを忘れることはなかった。ダンスのあとどんなに息が切れていても、ワインを飲んだあとでどんなに口が赤くなっていても、母は僕のそばに来て肩に手を置き、音楽にかき消されないように声を張り上げた。「愉しんでる？」

僕は決まって愉しんでいると答えたけれど、たいていの場合、それは嘘ではなかった。人々は概して僕にやさしかった。みんな僕に好奇心を抱いていて、僕がまだほんの子供だったころから、父の友達とは全然ちがう、まるで大人に話しかけるみたいな話し方をしてくれた。とりわけメグはそうだった。ある晩——僕はたぶん十二歳だったと思う——飲みすぎたメグとポーチで二人きりになったことがあった。そのうちに彼女は、母と父のなれそめについて話しはじめた。「ヘンリーって、見た目も悪くなかったし」とメグは言った。「それに、ヘンリーが生活のためにしていることを、ドナはほんとうに気に入ったのよ。彼女って、父親の影響で——ドナのお父さんが社会主義者だってことは知ってるわよね——とてもロマンティックな考え方をするの。でもそのときの彼女は、自分がどんなことに対して〝イエス〟と言おうとしているのかまるでわかっていなかった。〝イエス〟ということで自分がどうなってしまうのか、まったくわかっていなかったの。ごめんなさい。こんなこと話すべきじゃないわね。きっとわたし、彼女がいなくなって淋しいのよ。わかってくれるわよね？」

僕にはわかった。メグの家で笑ったり踊ったり飲んだりしている母を見ながら、僕もまた淋しかったから。ほんとうの自分に戻った母は、なんだか知らない人のように見えた。母の動きは軽やかになり、表情は見たこともないほど無防備になった。どうしてロイヤルティ・アイランドではこんなふうになれないんだろうと僕は思った。もしロイヤルティ・アイランドに別の状況で来ていたなら——母が自分で選択して来ていたなら——母は幸せになれたのだろうか、と今でもよく僕は考える。

でも、ロイヤルティ・アイランドに来ることにしたのは、ほんとうに母の選択ではなかったのだろうか？あの夜、サンタクルーズの家のポーチでメグは言った。シアトルに行くことにしたのは母の選択だったと。バラード地区のバーで上唇の上に不思議な形の傷跡のある、口調のやわらかな男にジントニックをおごらせることにしたのも母の選択だった。ジントニックをおかわりして、ひとりで帰れるとメグに伝え、その男とふたりでバーに残ることにしたのも母の選択だった。そのあと、男の滞在しているオーロラ通りにあるカビくさいモーテルの部屋に泊まることにしたのも母の選択だった。翌朝、男が枕から頭を上げて、戸口で上着のボタンをとめている母にカリフォルニアの自宅の電話番号を恥ずかしそうに尋ねたときに、教えることにしたのも母の選択だった。次の週に男が電話をかけてきたときに、パーティーをすっぽかして男と話しつづけることにしたのも母の選択だった。会話の最後に男が「どうかしているのはわかってる。でも、きみさえよければ、会いにいきたいんだが」と言ったときに、いいわ、と答えたのも母の選択だった。そして、何よりも、それから一カ月後に自分が妊娠していることに気づいたときに、男に伝えることにしたのも母の選択だった。だから問題は、母が何も選択しなかったということではない。自分が何を選択しているのかまるでわかっていなかったことだった。その選択が、残酷な幻想でしかなかったことだった。

子供時代のほとんどを母とふたりきりで過ごした僕は、母の頑張りを認めないわけにはいかない。母なりに努力したのだ。僕の誕生日に借り集めゲームを企画してくれたのも、チェロのレッスンを受けさせるためにポートエンジェルスまで連れていってくれたのも母だった。六カ月後に僕がやめたときも、明らかにがっかりしてはいたものの、何も言わなかった。冬には夜遅くまで一緒にビデオを見た。そんな夜のために、母は赤いストライプのポップコーンの紙容器を買ってくれ、そして、こんろでバターを溶かしてくれた。そう、母なりに頑張ったのだ。でもまるですべての力を使い果たしてしまったみたいに、母はやがてスタジオに消えるようになった。最初は半日。やがては一晩じゅう。

しばらくすると、スタジオだけでは足りなくなった。僕が十歳のときのことだ。僕は母が家で待っているものと思いながら学校から家に向かっていた。ヘンダーソン公園とその外れにある小さな雑木林を通っていけば、通りからは見られずに家の庭に直接はいることができた。僕は自分には隠れる理由があるのだと、自分はスパイか犯罪者なのだというふりをした。でもしばらくして家の中が空っぽだと気づくと、僕はスパイごっこをやめて、玄関ドアから家の中にはいることにした。もう家にはいることしか考えられなくなった。

一時間後に、母は帰ってきた。両手に重そうな買いもの袋をぶら下げて。「ごめんね」と母は言った。「ほんとうにごめんね。あと少しで事故を起こすところだったわ。どんなに危機一髪だったか、見せたかった。ポートエンジェルスから猛スピードで運転してきたのよ」

母の頬は紅潮し、母が僕を抱き寄せると、服からフェリーの上で風にあたったあとのにおいがした。

「夕食は仔牛のメニューにしようと思ったんだけど」と母は言った。「〈セーフウェー〉に置いてなくて。それで、ポートエンジェルスまで買いにいったの。あなたが帰ってくるまでには戻ってこられると思ったんだけど。何か食べた？」

「どこに行ったんだろうって思ってた」と僕は言った。

「ごめんね。でも、頑張ったじゃない！　あなたなら、ひとりでも大丈夫だと思ってた。えらかったわね」

母は買いもの袋の中身を取り出した。本。ビデオテープ。肉屋の紙に包まれたひな鶏。イタリア語のラベルのついたワインボトル。母がシアトルに行っていたのは明らかだった。朝、僕が家を出たあとすぐに出発しなければならなかったはずだ。

それ以来、僕はほかの嘘にも気づくようになった。ひとつには、母が嘘をあえて隠そうとしなかったからだ。ダウンタウンの〈ベリンダのデリ〉から電話をかけているはずなのに、受話器の向こうから場内アナウンスの耳障りな音が聞こえてきたこともあった。シェヴェットのダッシュボードの中にヴァンクーヴァー島行きのフェリーの半券を見つけたこともあった。

最初はゲームをしているような気分だった。どの嘘もたわいのないものだったし、まるで暗号でも解いているみたいな気分で僕はそれらを見破った。母は秘密を必要としているし、自分には秘密があることを誰かに知ってほしいのだ、と思うようになった。僕がようやくそんな母の行動――サンタクルーズへの旅や、スタジオで過ごす夜や、たわいのない嘘――のほんとうの意味を理解することができたのは、ずいぶんあとになってからのことだった。それらは全部、脱出のリハーサルだったのだ。

ジョン・ゴーントもリハーサルの中に含まれていたのだろうか？　父はよく、サンタクルーズへ母を迎えにいった話や、棚にレコードを一枚一枚並べていった話や、スタジオをつくった話をした。母がジョンに出会ったのも同じ夏のはずだったが、誰もその話をしなかった。

母が着替えをしている最中や花を生けている最中になとき、ジョンがやってくると、僕が代わりに出迎えた。そんなとき、ジョンは学校について僕に尋ねたり、アラスカから届いた知らせを教えてくれたりした。ワインのボトルを手にやってくることもあった。一度、空のメーソンジャーを持ってきたことがあって、僕が「それ何に使うの？」と尋ねると、「入れ歯を入れるんだよ。いつなんどき取り出すことになるかわからないからね」と言った。僕はどう答えたらいいかわからなかった。僕が顔を赤らめているのに気づいたのだろう、ジョンは「冗談だよ」と言って、可笑しそうに笑った。が、彼がそれ以上何か言うまえに、母が香水のにおいをさせながら部屋にはいってきて、ジョンを地下室に案内した。

一九八六年の九月、母は地下室から上がってくると、その同じメーソンジャーをシンクの上の窓敷居に置いた。ジョン・ゴーントはもうこの世にはいなかった。メーソンジャーのガラスは曇っていて、ところどころ石灰がこびりついていたが、中に一セント銅貨が詰まっているのは見えた。底のほうは緑色に、上のほうはブロンズに輝いていた。

「それ、洗おうか？」と僕は訊いた。

「いいえ。においを嗅いでみて」と母は言い、ジャーを僕の鼻に近づけた。

「銅貨のにおいを嗅ぐの？」

母はまるで猫をなでるみたいに自分のポニーテールをなで、それからキッチンの窓の外に眼をやった。母の腕をスポンジでこすれば、窓敷居から埃を落とすみたいに悲しみを落とすことができそうな気がした。

「この家はまだひどいありさまね」と母は言った。

「もっと掃除しなくちゃ」と僕は言った。

「それとも、いっそのこと燃やしちゃおうか」僕が何も言わないでいると、母は微笑んで、シンクまで歩いていった。「もちろん、冗談だけど」そう言って、モップを洗うためのバケツに水を入れると、母はバケツの取っ手をつかんで、まるで船から水をくみ出すみたいに、中の水を床の上に空けた。泡だらけの水がタイルの上で勢いよく弧を描いた。「火事はだめ」と言って、キッチンのテーブルについて坐った。「でも、今のも大した助けにはならないでしょうね」母は声をあげて笑った。

「そうだね」と僕は言った。

「こんなに泣いたのは、たぶん、生まれて初めて。泣きやもうとしても、どうしてもできないの」アイメークが流れていた。頬の真ん中にではなく、頬の脇のほうに。その顔は僕に、以前に見た古代エジプト人の絵を思い出させた。

「どうしたの?」と僕は訊いた。

「とにかく眠れなくて。わたしに必要なのは、疲れ切るまで家事をすることだって、もっと早く気づけばよかった」

「映画でも見る?」

「大賛成」笑みを浮かべて、母は言った。

床が乾くまでのあいだ、僕と母は『山椒大夫』を見た。母が持っている溝口健二監督の映画はほぼすべて、父がニューヨークから特注で取り寄せたものだった。母はしょっちゅう僕と一緒に溝口映画を見たがった。いつもなら僕は、左右にゆっくりと動くカメラの映した灰色の景色ほど退屈なものはないと思いながら見ていたのだけれど、その午後は、なんとか映画に集中しようと精いっぱい努力した。あとで何か感想を言ったら、母が喜ぶことがわかっていたからだ。

映画の中盤で、荘園領主から拷問を受けて烙印を押されることになると知ったヒロインは、森に逃げ、やがて池を見つける。陽の光を反射した、周囲を枝に取り囲まれたその池の水面は、頭蓋骨すら割ってしまいそうなくらい固そうに見える。が、彼女は難なく水の中にはいっていく。冷たさにひるむこともなく。やがて足首が消え、膝が消え、腰が消え、胸が消え、首が消える。沈みゆく女の上で、水はさざ波すらほとんど立てない。


ゴーントの家が晩餐会向けにつくられていたとすれば、僕の家はせいぜいピクニック向けといったところだった。ダイニングテーブルに坐れるのは八人までで、五人は朝食用スペースのテーブルに、残りの三十人かそこらは、居間に所狭しと並べられたカード・テーブルにつく以外になかった。母の主張で全員が靴を脱ぐことになり、七時までには、ワークブーツやパンプスが野生動物の巣穴の骨みたいに玄関ホールに積み上げられた。

僕はカフェテリア・トレーにのったデヴィルドエッグを配ってまわった。窓の外を車のヘッドライトが通り過ぎ、木々の枝が風にひるんでいるみたいに揺れていた。男も女も靴下で居間の中を歩きまわり、小声で挨拶を交わしたり、手に持った灰皿の中に灰を落としたりした。足から足へと、部屋から部屋へと、人々は青い煙をたなびかせながらゆっくり歩き、戸口ですれちがうときには、肩を叩き合ったり、体がぶつかったことをもごもごと謝ったりした。

ゴーント家の人間のいない漁のシーズンはもちろん初めてだったけれど、ゴーント家の人間のいない〈記念日〉の夕食会も初めてだった。居間の中には煙と汗の入り交じったお馴染みのにおいが立ち込めていたけれど、そこはやはり、しかるべき部屋ではなかった。客たちはみんな子供のころからお互いを知っているにもかかわらず、今日はまるで他人同士みたいに礼儀正しい、どことなくおどおどした態度でお互いに接し、会話を終わらせる理由を絶えず探していた――飲みものを取りにいくとか、トイレ待ちの長い列に加わるとか。男も女も水滴のついた紙コップからパンチを飲み、自分たちの吐く息で窓を曇らせた。外では、雨が屋根と窓と黒いアスファルトと波止場と岩のごつごつした浜を激しく叩き、浜の向こうでは、波が互いを叩いていた。

キッチンのシンクに空(から)のトレーを置くと、僕は奥の階段をのぼった。夕食が始まるまで自分の部屋に避難していようと思ったのだ。僕の両手は靴のにおいがした。寝室の明かりをつけると、リチャード・ゴーントが僕のベッドに坐っていた。黒いスーツを着て、黄色いペイズリー柄のネクタイをつけていた。両脚のあいだに、端っこにドナルドダックのシールのついた茶色のスーツケースが置かれていた。

「黙ってはいってくるなんて失礼だ」とリチャードは言った。

「ここは僕の部屋だ」と僕は言った。

「きみの部屋？　そんなこと簡単に認めちゃっていいの？」と言ってリチャードは本棚のほうを見やった。「女の子をここに連れてくるまえに、ちょっと模様替えしたほうがいいな。あれって、レゴかい？　レゴの置いてある部屋でセックスしたことのある人間がいるとでも思ってるのかい？」

僕はリチャードになったつもりで部屋の中を見まわした。シアトル・マリナーズの三角形の旗、大口を開けているサメの顎骨、母からもらった『ファン・ゴッホの寝室』の複製。鮮やかな赤の——赤いレゴでつくった——スクーナーとスループ型帆船と空母からなる僕の艦隊が棚の一番上の段に停泊していて、眼帯をつけた義足の船乗りまで乗っている念の入れようだった。最悪だったのは、赤いパイプベッドの足元に置かれた巨大なトラのぬいぐるみだった。トラは眼を見開き、口をあんぐりと開けて、僕の今の気持ちを完璧に表現していた。

「どうやってここに来たの？」と僕は訊いた。

リチャードはほんの少しよろけながら立ち上がった。「礼儀作法がよくわからなかったんだ。招待されていない客っていうのは、正面からはいるべきなのかな？それとも裏口から？」

「たぶん、どっちもだめだよ」と僕は言った。

「ぼくは裏口からはいったんだ。そしたらキッチンには誰もいなかった。ぼくは思ったね。こりゃ悪い兆候だって。いいパーティーっていうのは常にキッチンに人がいるものだからね。だろ？　で、とりあえず階上に上がって、パーティーが熱気を帯びてくるまで待つことにしたんだ」

「誰もきみがここにいることを知らないの？」と僕は訊いた。

「みんなが招待されてるんだろ？　ぼくも〝みんな〟の中にはいってるはずだよね？　きみのお父さんから、〝船を出すつもりだ〟という伝言を受け取ってね。これは来なくちゃならないと思ったんだ」

「それじゃあ、この部屋でいったい何をしてるの？」と僕は訊いた。

「正当な質問だ」と彼は言い、囁き声に変えて続けた。「たぶんぼくは隠れているんだと思う」

「何から？」

「ほんとうに隠れていると思うのかい？　実際のところ、隠れてなんかいないんだ、カル」

「隠れてるって言ったのはそっちだよ」

彼は唇を引き結んで、部屋の中を行ったり来たりし、レゴのスクーナーを手に取って大事そうに抱いた。

「ぼくの親父はこういうパーティーの王様だった。絶対的な。七歳のとき、ぼくは気づいたんだ。親父が部屋にはいってくるだけで、みんなが親父のほうをどんなふうに見るか。まるで初子をギフト用のかごに入れて親父にプレゼントしたいとでも思っているみたいな眼つきで見るんだよ。〝ジョン、口のまわりに何かついていますよ。ほら、うちの初子で拭いてくださいな。大丈夫、まだ頭はとってもやわらかいですから〟とでも言ってね。まったく。ぼくはいったい何をしゃべってるんだろうね」

リチャードはまるで赤ん坊を抱くみたいにレゴのスクーナーをそっと腕にのせた。プラスティックのマストが彼の胸を突いた。

「階下（した）に行く？」と僕は訊いた。

「いや」と彼は言った。「今は絶対にごめんだ。ちょっとのあいだ考えさせてくれ」

彼は船を棚の上の正確な位置に戻し、ベッドに坐って、膝の上に両肘をのせた。

「あいつは、つまり、ぼくの親父は、今階下にいる人間全員について何もかも知っていた。でもそれについてぼくにひとつでも教えてくれたことがあっただろうか？　ちょっと考えさせてくれ、いいかい？　ここがきみの部屋だってことは知っている。そのことははっきりと認識している。でも少しのあいだだけ、ひとりにしてほしいんだ」

それは僕にとっても願ってもないことだった。僕はドアを閉め、父を探しにいった。


階下では、この日のために借りてきて、白い紙で覆ったカード・テーブルのまわりに漁師とその妻たちが肩を寄せ合うようにして坐っていた。誰もがビールを飲み、音をたてながら牡蠣を食べていた。夕食はすでに始まっていた。僕は居間に置かれた子供用のカード・テーブルのジェイミーの隣の空いている席に坐った。

「父さんを見なかった？」と僕は訊いた。

ジェイミーが答えるまえに、テーブルからテーブルへ、人々が次々にフォークやナイフでボトルを打ち鳴らしはじめた。スピーチが始まる合図だった。そのメッセージが銀河系のひんやりとした隅っこみたいな場所にいる僕らのところに伝わってくるころには、演説者はもうほとんど声を張り上げていた。最初のうち、僕はちゃんと耳を傾けていなかった。父を探さなければならなかったからだ。父を探し出して、リチャードが来ていると警告しなければならなかったからだ。が、少し経ってようやく、話しているのが父だと気づいた。

「これはおれたちの記憶にある夕食会ではない」と父は言った。部屋じゅうに声が響きわたった。その声は、唇の上の犬に嚙まれた傷跡で話しているみたいないつもの小声ではなかった。「それについてなんて言えばいいか、おれにはわからない。言えるとすれば、物事は変わりゆく、ということくらいだ。そうだろ？　おれたちは幸運だった。ここにいる全員がすこぶる幸運だった。ジョンと一緒に働けて、ほんとうに幸運だった。ジョンの働きがあったからこそ、おれたちの働きがあったからこそ、おれたちには今も仕事がある。ありがたいことだと思う。そしてこれからも、おれたちはその同じ仕事を続ける。つまり、今シーズンも」

居間にいる人々が賛同のことばを囁き合った。ダイニングルームのほうを見ようと、僕は首を伸ばした。ドン・ブルックが見えた。彼はまるでハーモニカでも吹いているみたいに、黒いプラスティックの櫛の歯を唇にあてて左右に動かしていた。が、テーブルの端まではでは見えなかった。

「今手にしているものを守るためなら」と父は言った。「おれはなんのためらいもなく命を捨てる。実際、ほんとうに捨てそうになったことが二度ばかりある。引退するまでには、少なくとも指を二本は捨てる覚悟だ。なに、大したことじゃない。おれはたいてい、ウィスキーはせいぜい指三本分(スリーフィンガー)ってところだからな」

みんなが声をあげて笑った。僕にはそのジョークの意味がわからなかったけれど、みんなが笑ったのはたぶん、ジョークが可笑しかったからではないのだろう。ダイニングルームにいる誰かが叫んだ。「それなら、ドンの指もあと二本ばかし切り落としてやったほうがいいぞ。命取りになるまえにな」さらに笑い声。ドンはにやりとして叫び返した。「おいおい、ボーキー、おまえをしらふでいさせるためにゃ、手をまるごと切り落とさなくちゃならんぞ」数人が口笛を吹き、数人が手を叩いた。そのとき突然、僕にはわかった。今のスピーチで父は、この数週間のあいだ人々の心に居坐りつづけた恐怖を取り除いたのだと。ロイヤルティ・アイランドが縮み、やがて死んでいくのだという恐怖を。もうすぐ船が出る。今シーズンも缶詰工場には砕いて缶詰にするためのタラバガニやズワイガニの足が山と積まれる。仕事が生まれ、住宅ローンや借金を返済するための金が生まれる。

が、拍手がまばらになりはじめたころ、別の声が聞こえてきた。それは、さきほどの父の声に比べてずいぶん弱々しい声だった。「すみません。ぼくもひとこと話したいんですが。いいでしょうか？　みなさんの気に障らないといいんですが」

「リチャード」とジェイミーが僕の耳元に囁き、そして、立ち上がった。「リチャードだ」僕はジェイミーのあとについてテーブルとテーブルのあいだの狭い隙間を抜け、ダイニングルームの入り口まで行った。通り過ぎざまに眼にした顔はどれも、リチャードの存在に、その存在の重みに、自らを適応させようとしているみたいにゆがんでいた。

「ぼくは今……」と言ってから、リチャードは口を開けたまま一旦ことばを切り、ややあってから続けた。「とても大きな葛藤を抱えています。まず何についてヘンリーに感謝すべきなのかがわからない。もちろん、ホストに感謝しなければならないのはわかっています。本来ならぼくがこのパーティーを主催すべきだったということもわかっています。でもぼくはずっとニューヨークにいたから、それができなかった。だから、ぼくに代わってこのパーティーを主催してくれたことについても、ヘンリーに感謝しなければなりません。

ご存じのように、ぼくの父は最近亡くなりました。ぼくはとても頼りない相続人です。ヘンリーが親切にも――まあ、ヘンリーだけに感謝すべきではないのかもしれない。みんなが協力してくれたんですからね――ぼくの力になってくれました。ぼくは助けを求めることすらしなくてよかったんです」

父は足を開いたいつもの姿勢で、テーブルの端に立ったままだった。ほかの男や女は身動きひとつせずに椅子に坐っていた――両肘を椅子の背にのせて、首を伸ばして。サーマン・ドールの妻のディーリア・ドールは水のはいったグラスを唇につけたまま凍りついていた。居間とダイニングルームを仕切る広い戸口には、いくつもの顔が並んでいた。居間の椅子には、トムとリンダのライリー夫妻の八歳の息子のキップ以外誰も坐っていなかった。キップは子供用テーブルにひとり残って、夢中で紙ナプキンを細くちぎっていた。

「ですから」とリチャードは言った。「これらすべてのことに対して一度だけ〝ありがとう〟と言って、あとはヘンリーが理解してくれることを願うしかないと思っています」リチャードはサーカスの演技監督のようなわざとらしい仕種で片手を差し出した。差し出されたその手を、父はまるで死んだ何かを見つめるような眼で眺めた。が、結局、握手に応じた。

「それからみなさんにはこう言いたい」と言って、リチャードは部屋のほうを向いた。「今シーズンがみなさんにとってすばらしいシーズンになりますように。みなさんが無事戻ってくることを祈っています」彼はテーブルの上からビール壜――たぶん、ベティー・ノースの――をひったくるようにしてつかみ、乾杯のために掲げた。「われわれに」と言って、彼は半分くらいを一気飲みし、それからむせた。

テーブルについている男たちは指揮者を讃えるオーケストラみたいに足を踏み鳴らした。黒いスーツを着てテーブルの端に立っているリチャードが、みんなの知っている気むずかしい若造ではなく、情け深い牧師のように見えた。リチャードが町のみんなに、昔から知っているすべてのことに背を向けるかもしれないなんて考えたことが、突如馬鹿馬鹿しく思えてきた。

がたがたと揺れるテーブルの上で、カトラリー類がシャンデリアの明かりを反射しながら踊った。キッチンの戸口で母が手を叩いていた。サム・ノースが立ち上がり、リチャードのほうに手を差し出すと、リチャードはそれを握って勢いよく振った。ジェイミーも手を叩いた。僕も手を叩いた。ドン・ブルックは両手の小指を口に入れて指笛を吹こうとした。が、音は出なかった。

ようやくリチャードが席につくと、まるでそのタイミングを待っていたかのように、ドンが立ち上がり、曲がった指を一本立てて、大きな声で言った。「ローリー・ゴーント。ローリー・ゴーントについて、おれたちはいったい何を知っているだろう？」

そこから先はいつもどおりだった。人々は声をあげて笑い、お決まりの文句を唱え、悪態をついた。が、僕はただ機械的にみんなに調子を合わせていただけだった。ドンがローリーの英雄的なおこないについて語るにつれ、リチャードの顔から笑みが消え、やがて、険しい表情が浮かんだことに気づいたからだ。彼は椅子をうしろに押し、足元のスーツケースに両足をのせた。煙草をくわえた口が痙攣していた。ローリーが自ら進んではずれくじを引くところに話が差しかかったころには、椅子の背に力なくもたれ、片手で両眼を覆っていた。まるで物語の結末を聞くのを恐れてでもいるように。

ドンが自分の席に戻ると、リチャードは立ち上がった。ふたたび拍手が沸き起こった。「ありがとう、ドン。その話を聞くと、ぼくは必ずある気分にとらわれる」間ができた。「たいていは、吐きたい気分にね」

まったくの嘘でもないようだった。その血の気のない顔はかすかに緑がかっていて、まるで船酔いを起こした幽霊みたいだった。リチャードは手の甲で口を拭った。喉仏が上下に大きく動いた。前方にふらりとよろけ、椅子の背で体を支えた。彼のまえには、不揃いのフォークとスプーンと、レモンの輪切りの詰まった牡蠣の殻と、吸い殻でいっぱいの灰皿からなる不毛の地のようなテーブルが広がっていた。

「あんたたちはなぜ、そんな守護聖人を必要としているんだ？」と彼は訊いた。「その話はあんたたちについていったい何を語っているんだ？」

「ただの物語だよ、リチャード」とサム・ノースが言った。その口調は、彼がかつて僕にインサイドアウトのバットスウィングについて助言したときのように淡々としていた。

父は唇をぎゅっと引き結んでいて、その唇はもうほとんど見えなかった。僕はキッチンの戸口に眼をやった。母の姿も見えなかった。

「言っとくけど、ぼくはその話が嫌いでね」とリチャードは言った。

サムはシャツの襟からナプキンを取ってテーブルの上に置いた。彼の手はリチャードの手の二倍くらいあった。「わかった」と彼は静かに言った。「好きにしたらいい」

ドンが口を開いたが、その口はすぐにまたプラスティックの櫛を嚙んだ。

「訊きたいんだが、サム。この話が真実だとどうしていえるんだ？」とリチャードは言った。「つまりさ、ローリーがとびきりのヒーローだったってことは果たして真実なのだろうか？　勇敢にもホエールボートの船尾に坐っただけのなんだのかんだのって、どうしてわかる？」

「そういうふうに記憶されている、ということだ」

「でも人の記憶というものは、まちがっていることが多い。不完全なものだ。そう思わないか？」

「ああ、たぶん、そのとおりだ」とサムは言った。彼の視線はリチャードからドンへ、そして父へと移った。ドンや父からなんらかの合図があれば、すぐにでもその大きな手でリチャードの咽喉をつかんだにちがいない。

「記憶なんて全然あてにならないんだ、サム。ひとつ例をあげよう。ニューヨークでぼくは、友人のヘンリー・ボーリングズから伝言を受け取った。どういう伝言だったか覚えているかい？　ヘンリー？」

父は答えなかった。坐ったまま両肘をテーブルにつき、口のまえで両手を組み合わせていた。何も知らないころの僕だったらきっと、祈っていると思ったはずだ。

「あんたはこう言ってきた。〝リチャード、きみが何も言ってこなければ、おれたちは船を漁に出すつもりだ〟とね。合ってるかな？　で、ぼくは思ったんだ。なんとしてもこのパーティーには顔を出さなくちゃならないって。まったく、この手のパーティーのことをよく知っている人間がいるとすれば、ぼく以外にいないからね。ところが昔を振り返ってみると、ぼくにはどうしても、持ち寄りパーティーだったような気がしてくるんだよ。実際には明らかにそうじゃなかったのに」

「リチャード、いったい何が言いたいんだ？」とサムが尋ねた。

「ぼくが言いたいのは、なんの貢献もしない人間というのはただの重荷にしかならないということだ。そう思わないかい？　で、思い出したんだ。そういえばぼくだって、ごく最近とても感じのいいアジア人の紳士たちと大変興味深い会話を交わしたじゃないかって」

ドン・ブルックは試合のまえにボクサーがテーピングするみたいに拳にナプキンをぐるぐる巻いていた。ベティー・ノースは脚を組んで坐ったまま、ストッキングの穴をつついていた。僕はてっきり、あんぐり開いた口や、血の気の引いた頬を眼にするものと思ったけれど、実際には、驚きの表情を浮かべている顔はひとつもなかった。ある意味、ジョンが亡くなった日から、リチャードがこんなふうにテーブルの端に立ち、無情な眼をして意味不明なことをわめきちらす日が来るのは避けられないことだったのだ。

「親父はよく言っていた。いい甲板員になるには、五つのことを同時にできなければならないって。そうだよね、サム？　いい甲板員を見分ける唯一の尺度は、その男がどれだけ貢献しているかという点だって。だからぼくはニューヨークを発つまえにわざわざチャイナタウンまで足を運んで、持ち運べるだけ、片っ端からいろんなものを手に入れたんだ。いくらするかなんて問題じゃなかった。もし金があるなら、それは全部、大切な人たちのために使うべきだ。ちがうかい？」

　彼はドナルドダックのシールのついたスーツケースを床から苦労して持ち上げ、胸の高さで抱えた。何かが蝶番から洩れ、彼のスラックスの折り目に沿って滴った。

「まさしく、くそ宝庫だった。コオロギ、魚眼、歯のついた豚の頬肉、仔牛の脾臓、ああ、それに、仔牛の心臓もいくつか持ってきた。タツノオトシゴは高かったからふたつしかないけど、ウニならどっさりある。それに、〝すんばらしい（マニフィーク）〟って評判の雄牛の睾丸もね」

　リチャードは早口で話していた。スーツケースの重みが腕にずっしりのしかかっているようだった。

「どうしてぼくがそんなことをしたかといえば、みんなに悪い知らせを伝えなければならないからだ。申しわけないけど、船はどこにも行かない。どこにも。ここに停泊したまま、フジとキムチがやってきて、どこかに運んでいくのをじっと待つことになる」

　彼がスーツケースの留め金を外すと、蓋が勢いよく開いた。テーブルの上に、ガラスの破片と海水とさまざまな色の混じり合った滝がどっと流れ出した。エンドウ豆くらいの大きさのオレンジ色の魚卵、濃い褐色の内臓、メタリックグリーンのコオロギの背、銀色の羽根。

　そのごたまぜは、海水と腐敗とニンニクと醤油の入り交じった鼻をつくにおいを放ちながらテーブルの上を広がっていき、四方八方に切れ端や破片をまき散らした。ガラスの割れる音がほかの雑音とせめぎ合った。全員が弾かれたようにテーブルから離れたときの、椅子の脚が床をこする音と、一斉に洩れたうめき声と。そのうめき声を出させたのは嫌悪感ではなかった。あきらめだった。

第三章

それから何年もあとのこと。僕がシカゴの〈ボウマン〉というバーで飲んでいると、僕よりも年上の、看護師の女性がはいってきた。おそらく夜勤明けなのだろう、まるで人生最悪の夜を生き延びてきた人みたいに疲れ切って見えた。彼女はカウンターの僕の隣の席に坐り、あっというまに酔っぱらった。名前はマーサ。それともマータだったか。ジュークボックスからは『グッドバイ・ポーク・パイ・ハット』が流れていて、その歌を聴くと故郷の北ミシガンを思い出すと彼女は言った。実家の裏を走る線路や、着氷性暴風雨（アイス・ストーム）や、飼い犬が近所の人を嚙んだあとで、その犬を放した小麦畑なんかを。彼女をいじらしく思ったことは認めなければならない。眼に涙をいっぱいためていたところや、ジュークボックスから流れる音楽をほんの少し聴いただけでノスタルジーにかられるようなところを。

「どんなところ?」と彼女は訊いた。「あなたの故郷って」

「よく覚えていないんだ」と僕は言った。「もう何年も帰ってないから」

　僕がそのとき言わなかったことは、今でもときどき、シカゴの街を歩きながら、ふと気づくと故郷に帰っているということだった。道路脇の鉄格子から不意に下水道のにおいが漂ってきたり、風が魔法にかかったみたいに突如強くなって旗をはためかせたり、信号を揺らしたりするときに。そういった過去の些細な記憶はあまりにも強烈で、現在に絡みついたまま決して離れようとしなかった。下水道の饐えたようなにおいはグリーン・ハーバーのにおいだった。刺すような風はうなりをあげながらファンデフカ海峡を渡る冷たい風だった。〈ボウマン〉のご機嫌な酔っぱらいは〈エリックのキルト〉のカウンターに並んで坐っている男たちだった。ジュークボックスから流れる音楽は母の音楽であり、音楽を聴きながら静かに涙を流す看護師は、母だった。

　リチャードがロイヤルティ・アイランドを叩きのめしたその日の夜、僕は眠れなかった。しばらくして、母がスタジオにいるかどうか確かめようとベッドから出た。そのころまでにはもう数え切れないほど同じことをしてきたから、栗色の細長い絨毯のどこを踏めばいいか、正確に心得ていた。そこは地雷原だった。ずいぶん子供じみていることはわかっていたけれど、自分は今、つる植物の生い茂る小道を歩いているのだと想像せずにはいられなかった。片手を手すりに沿ってすべらせながら、廊下の窓から差し込むサーチライトみたいな光の中、バスルームを通り過ぎ、シダの葉の下を通り過ぎ、そしてふたたび闇の中にはいって、階段の一番上を目指した。

階段の降り方にもコツがあった。が、バスルームを一歩過ぎたところで、僕は凍りついた。煙草のにおいがしたのだ。父も母も煙草は吸わなかった。僕は壁に体をぴたりと押しつけ、床の上で足をすべらせるように歩いた。足の下で絨毯が寄って盛り上がり、危うく転びそうになった。声を耳にするまえから、階下にいるのが誰かわかった。

「ものすごく込み入ってることは確かだな。だって、おれにはひとことだってわかりゃしないんだから」ドンの声だった。「ヘンリー、おまえがここんとこずっと弁護士と話さなきゃならなかったことは気の毒に思ってる。だがな、おまえまで弁護士みたいな話し方をするのはやめてくれ。頼むよ」

「要するに、リチャードがジョンの所有してたものをひとつ残らず相続するってことだ」と父が言った。「大昔から知ってたとおりさ。漁はするなとリチャードが言えば、おれたちはもう漁はできない」

「おれたちが命を懸けて守ってきたものを、やつが残らず売っちまうことにしたら?」

「同じことだ」

「なんでジョンみたいに頭のいい男が、このことに関してだけはなんにも見えてなかったんだ?」とドンは言った。「何かがノジアからひたひた近づいてきてることに気づいてなかったのは、ジョンだけだったにちがいない」

男たちはどっと笑った。「それはちょっとちがうな」サム・ノースだ。「きっと、自分がこんなに早く死ぬとは思ってなかったんだよ。いずれにしろ、親ってのは子供のことになるとまともな判断ができなくなるものだ。ドン、おまえにも子供がいればわかる」

「そのとおりだ」と父が言った。「すべての親が 世界一の馬鹿〟ってわけさ。ジョンを責めることはできない」

「おまえ誰だ？　ジャック・ロンドンか？」

「ドン、おれに言わせりゃ、おまえは〝カナディアンクラブ一の馬鹿〟だ」と父は言った。

「それなら、もう一杯いただいとかなきゃな」とドンは言った。

「そろそろ日本酒（サケ）に切り替えるべきだ」とサムは言った。

　さらに笑い声。僕は階段の手すりに少しずつ近づいていった。

「ほんとうに何もかもなくなっちまったら、おれは日本に行く。いいだろ？　ヤマアラシ（ポーキュパイン）をふたりばかりこしらえようと思ってる」

「めかけ（コンキュバイン）だろ」とサムが言った。

「いや、おまえにはヤマアラシのほうがしっくりくる」と父が言った。「おまえの昔のあだなは〝針チンポコ〟だったものな」

「めかけ（コンキュバイン）くらい知ってるよ」とドンは言った。「さっきのは冗談だ。いずれにしろ、どこかには行かなきゃならなくなるだろ？　だって、漁師以外におれたちに何ができるっていうんだ？」

　誰も答えなかった。ライターの火をつける音が聞こえ、誰かが——たぶん、サムが——ため息をついた。ボトルのコルクを抜く音。食器の音。三人の男がダイニングルームのテーブルの上に肘をついている光景を僕は思い浮かべた。頭上のシャンデリアのあいだを抜けていく煙草の煙が見える気がした。三人が今坐っているのは、昨日リチャードが、父たちにできる唯一の仕事がもはや父たちのものではなくなったと告げた、まさにそのテーブルだった。

　その仕事を、僕自身はロマンになどしたくない。一度も経験したことがないからだ。でも、その仕事のためにとてつもない苦しみを味わってきた彼らは、まちがいなくロマンにしていた。七十時間のあいだのわずか二時間の仮眠のあとで、男たちはよろけるようにして寝棚から降り、氷に覆われた甲板の上に——六メートルの大波の上に——出る。そして、世界で最も冷たい海の底から、泡を滴らせる巨大なカニ捕りかごをウインチで巻き上げる。赤く充血した眼や、凍傷になった耳や、海水に浸かった膝や、切り刻まれたニシンの中に埋まった肘。それらに耐えながら過ごす途方もなく長い時間について、男たちはどんなふうに自分自身に説明していたのだろう？　そういう時間は全部、より大きな運命の一部でなければならなかった。眼を覚ましているための戦いも、生きつづけるための戦いも、ただの骨折り仕事ではなく、英雄的行為でなければならなかったのだ。

波ひとつないガラスのような海面の広がる、めったにない穏やかな日に操舵室を躍り出て、一ポンドあたり一ドル五十セントで売れる——価格についてはすでに缶詰工場と交渉済みだ——タラバガニの詰まった活魚水槽へと向かうときの気分は、たとえようもないほどすばらしいものだったにちがいない。下のほうで秘かに渦巻く深い海の上をすべるように進む鉄の船の操舵は、まさに芸術だ。一旦海に出れば何をしようと自由であり、自由を阻むものなど何もなかった。

しかし、彼らの自由は危険を伴うものであり、自由がもたらした結果によって制約を受けるものでもあった。ドン・ブルックは片手の人差し指をつけ根から失った。父はズワイガニのシーズンの二日目に足首を挫き、その後の二週間、ずっと顔をしかめながら働くことになった。が、中でも最も危険な目に遭ったのはサム・ノースだった。ある晩、父は僕に、サムが一時的に仕事を離れていたほんとうの理由を教えてくれた。そして、もしジェイミーやほかの誰かにひとことでもしゃべったら、尻が真っ赤になるまで叩いて外に放り出すと言った。

いつもなら、ジョン・ゴーントの船の乗組員は全員ロイヤルティ・アイランドの男たちと決まっていた。でもその年は船がダッチハーバーを出港する直前に乗組員のひとりが家族の急を知らせる連絡を受けて急遽家に帰ることになった。彼の穴を埋めることになったのは、ダッフルバッグと南カリフォルニア大学の卒業証書を手にダッチハーバーに到着したばかりのラモという名の青年だった。船が八十キロほど沖へ進んだころには、ラモはひどい吐き気に襲われ、顔が緑色になっていた。船酔い自体はまったく差しつかえなかった。幸運の前兆とすら考えられていた。でもラモは、どうしても働こうとしなかった。彼の吐き気の原因は大波ではなく、餌用ニシンのにおいだったのだ。

働き手がひとり足りなくなったため、サムが操舵室を離れて甲板でのシフトに加わることになった。進水台の上に置かれた重さ三百六十キロのカニ捕りかごのひとつ――ナイロンのネットに覆われた、ダブルベッドくらいの大きさのスティール製の枠組み――の中にサムは這ってはいり、ラモにひどい吐き気の発作を起こさせているまさにその餌用ニシンをかごに仕掛けた。が、指がかじかんでいたうえに、四十五歳の今はもうその仕事に適した体型とはいえなかった。彼は予定よりも十秒ほど作業に手間取った。不幸を招くには、それだけの時間があれば充分だった。

ぞっとするような大波――まさに怪物だった――が甲板に打ち寄せ、そこにいた全員をなぎ倒し、カニ捕りかごを、中にいたサムもろとも、レールの向こうに放り投げた。かごは水深百五十メートルまで――すなわち、ベーリング海の底まで――沈むように充分重くつくられていた。背後でかごの扉が閉まった瞬間、サムは気づいた。自分もこのまま、かごと一緒にどこまでも沈んでいくのだと。

これまでに幾度、僕はこの出来事を悪夢に見ただろう？　氷水がサムのブーツにも、袖にも、鼻孔にもどっとはいりこむ。彼の指がかごのネットに絡まる。三メートルほど沈んだだけで、もうすでに水圧で耳が痛くなりはじめ、黒い水と無重力感からなる目眩に襲われはじめる。両手をネットから外そうといくらもがいても、指はまるでカニのハサミのようにネットに引っかかったままはずれない。血の流れも、脳の働きも、すでに遅くなりはじめている。すべてが凍りつこうとしている。

すさまじい泡に包まれながら、かごは下へ下へと落ちていく。サムの手は、まだネットに絡まったままだ。ネットの中で、何度も体をよじる。かごの幅はなんて薄いんだろう、と彼は思う。なんて狭いんだろう。真っ黒な水が押し寄せ、今ではかごは当然のごとく、棺のように感じられる。今ではもう四回以上埋められたくらいの深さにいる。鼻腔と、内耳と、こめかみに、ものすごい圧を感じる。水圧は彼の爪を剥がそうと、耳たぶをもぎとろうとしている。でもどういうわけか、驚いたことに、彼は叫びたいという衝動に、息を吸いたいという衝動に打ち勝つことができる。

自分の隣に、いくつもの穴のあいたプラスティックの壺が浮かんでいるのに気づく。それはまるで自転車のうしろではためく色テープのように見える。彼は壺の中のニシンのにおいが広がっていくさまを想像する。タラバガニの軍隊を呼び寄せるサイレンのようなそのにおいは周囲に広がり、ハサミをランタンのように振りながら海底を走りまわっているカニを――足を伸ばせば一メートルにもなる巨大なカニを――呼び寄せるのだ。二日間海水に浸ったあとの自分の死体を思い描く。かごがウインチに巻き上げられて上へ上へと上がっていくところを思い浮かべる。やがてかごは水面に浮上し、〈コルディレラン〉の鉄の船体にぶつかる。彼の死体は甲板の上に無造作に放り投げられる。海水で膨張した、貪り食われたあとの死体。ところどころ白い骨が露出している。

両足が闇を突き、そして奇跡的に、かごの底――それともてっぺんだったか？――が開く。指がついにネットからはずれる。彼は両腕をうしろに引き、かごのてっぺんから広い海の中に出る。その瞬間、海水を空気みたいに胸いっぱい吸い込みたいという衝動に襲われる。すぐに脚を蹴り出そうとするが、そんなことをしたらもっと深く潜ってしまうだけかもしれないと自分を制する。自分の位置を確かめるために、彼はスピンして、泡ののぼっていく方向を見定める。そのとき、一直線に並ぶブイが見える。闇の中で、それはあたかも燐光を発しているかのようだ。今ではブイが彼を正しい方向へと導いてくれる。かごは猛スピードで走り去る列車のように闇に消えていく。

水深十五メートルほどの深さから、彼は泳ぎだす。ブイに向かって。手をまえへまえへと出し、空気を求めて。途中、何度も耳の中が破裂するような感覚を覚える。海面から勢いよく顔を出し、かろうじて空気を吸い込んだ直後、白波が襲いかかる。ようやくまた浮上し、周囲を見渡す。船はどこにも見あたらない。もちろん、生き延びられるとは思っていない。が、とにかく、かごの中に閉じ込められたまま海底で死なずにすんだことをありがたく思う。彼はブイをたぐり寄せ、両腕でしっかりと抱きかかえる。

船室の中で、眼を覚ます。毛布にくるまれ、がたがたと震えながら。何度か嘔吐する。体の感覚はほとんどない。が、もし自分が今死んでいるのなら、仲間がこんなふうに口をぽかんと開け、驚きの表情を浮かべて自分を見ているはずはないと思う。

家に帰ると、サムは父に――父だけに――ベーリング海はもう二度と見たくないと伝えた。そしておそらく、本物の目眩に苦しむことになったのだろう。でもその目眩は、真っ暗なカニ捕りかごの中でもがいていた、ことばで言い表すことも忘れることもできない恐怖に閉じ込められていた、あの瞬間の目眩でもあった。

部屋に戻りかけたところで、サムの声が聞こえた。

「おれたちにできることがまだふたつある」

続いて、父の声。「おれたちと一緒に漁に行くように、リチャードを説得しよう。一度経験したら、やつだって考えを変えるはずだ。おれはまだその考えを捨ててない」

「そんなことをしたって無駄だ」とサムが言った。

「とにかく、もう一度復習してみよう。ドンのために」

「おれのために何かしようってんなら、とりあえず黙っててくれ」とドンは言った。

「遺言にはなんて書かれてるんだっけ？」とサムが尋ねた。

「リチャードが全財産を相続することになる。あと何回同じことを言わなきゃならないんだ？」

「もしリチャードがなんらかの理由で相続権を行使できなかったら？」

「その場合は、会社を含む不動産に対する遺言検認裁判がおこなわれる。そのあいだ会社は信託され、リチャードが相続権を行使できるまで、管財人によって管理されることになる。何度も読んだから、もう暗記しちまった」

「他人の遺言状を暗記することになるなんて思ってもみなかっただろ？」とサムが訊いた。

「おれ自身の遺言状より正確に覚えることになるなんてな」と父は言った。さらに笑い声。

「もしリチャードが相続権を行使しなかったら？」

「さあな。別の相続人を探すことになるんだろう。おれが知るかぎり、ほかに家族はいないから、この件が片づくまできっと何年もかかるだろうな」

「そのあいだ、おれたちはずっと漁を続ける」

「ああ」

「誰が管財人なんだ？」

「おまえこそ、弁護士みたいなしゃべり方になってきたぞ。管財人は何人かいる。たとえば、おれたち二人。

それから弁護士。でも誰が管財人だろうと関係ない。リチャードはただ、姿を現して自分の名前をサインするだけでいいんだ。そしたらもう、今おれがしゃべったような話はどうでもよくなる」

「でもやつはまだサインしていない」とサムは言った。

ダイニングルームの明かりが階段まで届いているのは見えたけれど、それ以外はほとんど何も見えなかった。僕はまるで『宝島』のジム・ホーキンズになったような気分だった。リンゴ樽の中に隠れて、ジョン・シルヴァーと仲間の海賊たちが反乱を企てるのに耳をすましているみたいな。ただ僕の場合、海賊は生まれてからずっと知っている人たちだったし、それに、ジムとはちがって、聞いたことを報告する相手もいなかった。僕は自分自身のためだけに働くスパイだった。

ひとことも聞き洩らさないよう、僕は眼を閉じた。

「サム」とドンが言った。「もうちょっと気楽にかまえたらどうだ。仕事なら見つかるさ。アラスカに行ってるのは何もおれたちの船だけじゃないだろ」

「それじゃ何か？　ダッチハーバーに行ったら、誰かが操舵室の鍵をひょいと渡してくれるとでも思ってるのか？　そう思ってるんなら、まあ、せいぜい幸運を祈るよ」サムの口調にはとげがあった。「ドン、おまえたった今なんて言った？　〝おれたちの船〟って言わなかったか？　そのとおりだ。あれはおれたちの船だ。どっかのくそ野郎のものじゃない。もっと理由が必要か？　安全について、ジョンがどれほど徹底的におれたちに叩き込んだか覚えてるか？　たとえ仲間の誰かがダッチハーバーで仕事を見つけられたとしても、五割方、どっかのまぬけと一緒に仕事をするはめになる。今から五年のあいだに、いったい何人の仲間が死ぬことになると思う？　十年では？」

「まあ落ち着けよ」とドンは言った。

父が何か言った。どうにか聞き取ろうと僕は耳をそばだてた。でも、声が小さすぎて聞き取れなかった。

「きっと簡単だ」とサムが言った。

「ほんとうにそうか？」とドンが訊いた。

「あっちじゃ、しょっちゅう人が死んでる。それに、死体が見つかったためしはない」とサムは言った。

僕は息を呑んだ。ようやく、父の声が聞こえた。

「リチャードに話してみよう。やつだっていずれわかるはずだ。わかってもらわなくちゃならない」

「でもな、ヘンリー」とサムは言った。「みんながみんな、おれたちほどこの仕事を必要としてるわけじゃない。実際のところ、ほとんどのやつはこんなには必要としてない」

「おい、それを言うなら、女房とよろしくやる必要なんかなくても、おれたちはみんな、よろしくやってるだろ」と父は言った。

「ごもっともだがな」とサムは言った。「ちくしょう、グレンリヴェットはもうないのか？　飲まなきゃやってられないぜ」

「階上にある」と父は言った。「こないだのパーティーのときにドンに見つからないように隠しといたんだ。ドンがお得意の話を最後まで話しとおせるようにな。ウィスキーを飲むとあっちだけじゃなくて舌まで萎えちまうやつなんてドンくらいのもんだからな」

三人の笑い声で足音をかき消しながら、僕は自分の部屋に戻った。

翌朝、僕の部屋のドアノブはやけにキーキー鳴り響き、廊下を歩く僕の足音はやけにドンドン響いた。空っぽの家の淋しい音。午近く、電話が鳴った。母からだった。今シアトルで買いものをしている。と母は言った。大学でルイ・マルの映画が上映されるから、それを見てから、エドモンズ発の最終のフェリーに乗って帰るから。母に電話を切ってほしくなくて、僕は次から次へと質問した。どんな映画なの？　誰が出てるの？　雨の中を金髪の女の人が歩いてる映画をつくったのと同じ監督？　そうやって時間を稼ぎながら、昨日聞いたことを母に伝えるべきか思案していた。受話器の向こうから、パイク・プレイス・マーケットの賑わいが聞こえ、母のそっけない答をほとんどかき消していた。が、少なくとも、母が自分の居場所について嘘をついていないことだけはわかった。

「一緒に行きたかった」と僕は言った。

「ごめんね」と母は言った。「でも、ちょっとひとりになりたかったの」

「どうして？」と僕は訊いた。「どうしてそんなにしょっちゅうひとりになりたくなるの？」

　大きな音が聞こえた。たぶん、誰かが氷を捨てた音だ。母が今電話をかけている公衆電話を僕は知っていた。すぐそばに軽食をとれるパン屋があり、その向こうに野菜売りの露店がある。そこで売っているリンゴは最高だと母はよく言っていた。

「その質問にはうまく答える自信がないわ」

「試してみてよ」と僕は言った。

「そうね、今朝眼が覚めてすぐに、ジョンのベッドの脇にあった緑色のモニターのことを考えたの。そしたら、そのことが頭から離れなくなった。血圧が少しずつ下がっていくところを何度も思い浮かべたわ。ジョンが亡くなるまで下がっていくところを」

「自分の眼で見たの？」

「あのとき、わたしはあなたを探しに庭に行ったでしょ？　で、ふたりで寝室に戻ったときにはドアに鍵がかかっていた。だから、いいえ、見なかった」

「僕のせいってこと？」

「まさか、そんなわけないわ」母は大きなため息をひとつついた。「ほらね、やっぱりうまく説明できなかったでしょ？　とにかく、遅れそうだからもう行くね。あとでどんな映画だったか教えるから」

　父も一日じゅう出かけていた。電話もかけてこなかった。その日は結局、母と電話で話した以外には誰とも話をしないままベッドにはいった。でも、また盗み聞きするつもりだった。

その昔、ジョンとサムとドンがうちに夕食を食べにやってきたころ、僕はいつも、父たちの会話の水面下には僕が聞いてはいけない話が隠れているのを感じていて、その話は、母が僕を寝かしたあとで浮上するのだろうと思っていた。昨晩、僕はついにそんな話の一部を聞いたのだと思った。耳にしたのは、ぞっとするような話だったけれど。

僕はラジオ時計を午前一時十二分にセットした。どうしてその時刻を選んだのかはわからない。ただ、緑色に輝く数字がその時刻を示したときに、不思議な満足感を覚えたことは記憶している。僕はラジオ時計の音量を最大にして、イヤホンを耳につけ、仰向けになった。そして、ヴァンパイアのように身動きひとつせずに眠りに落ちた。僕を起こしたのは、オールディーズ専門局の流すジェームス・ブラウンの曲の管楽器のパートだった。

僕は廊下を這って、階段の一番上まで行った。居間のほうから、ラジオの雑音と、父の声が聞こえてきた。同じジェームス・ブラウンの曲が聞こえたかと思うと、誰かが音量を下げたらしく、すぐに聞こえなくなった。「ほかにいい考えがあったら言ってくれ」と父が言った。「ちゃんと聞くから。聞くって約束する」

僕は四つん這いになった。床の上に落ちているレダの茶色の葉の上で左手がすべった。そういえば、母が帰ってきた音を聞いていなかった。エドモンズ発の最終フェリーに乗り遅れたのだろうか？

音量がまた上がった。今度はジェームス・ブラウンではなく、プラターズの『煙が眼にしみる』だった。その歌声が小さなスピーカーをずたずたに切り裂きそうなほどの大音量になったかと思うと、突然、また音量が下がった。

「助けてくれ」と父は言った。「助けが要るんだ」

何かが床に叩きつけられた。椅子？　階段の踊り場で腹這いになっている僕からは、居間の上のほうの三分の一くらいしか見えなかった。真鍮のカーテンロッドが見え、本棚の一番上の段が見え、そこに青いハードカバーの本がはいっているのが見えた。その本の題名を、僕はずっと『珍しいトイレ（ウォッシュルーム）』だと思っていたのだけれど、今いるアングルから、ほんとうは『珍しいキノコ（マッシュルーム）』だということがわかった。父はダイニングルームにいて、大声で何か話していた。ラジオの音量がまた上げられた。気も狂わんばかりの大音量で音楽が鳴り響き、父のことばを残らずゆがめた。そして突然、最高音の途中で音楽はやみ、聞こえるのはくっきりとした、乾いた声だけになった。

「こんなもの、今すぐ叩き割ってやる。おれは本気だ。〝彼〟って誰だ？　いったい誰のことを話してるんだ？」

「ジョンのことよ」と母が言った。「あなたがわたしに訊きたいのはリチャードのことじゃないはずよ。ジョンのことを訊きたいんでしょ？　みんながわたしたちについてなんて噂してたか、あなただって気づいてたはずよ。だから今、わたしにこんな話をしてるんでしょ？」

背中の筋肉がこわばるのを感じた。僕は青い本の背表紙に眼をやって、そこに書かれた文字を読んだ。珍しいキノコ。珍しいキノコ。珍しいキノコ。

「何言ってるんだ？　おれが今、そんなことを考えてるとでも思ってるのか？」と父は言った。「おれは噂なんて気にしてない。おまえのことなら知りすぎてるからな」

「何を知ってるっていうの？　何を知ってるつもりなの？」

「もういいだろ」

「あなたがわたしについて何を知っているか、ぜひ知りたいわ」と母は言った。「何年もまえからずっと知りたかったのよ」

「おまえは道徳的な女だってことだ。たぶん」

「わたしがどれほど道徳的な女か知りたい？　じゃあ教えてあげる。春になってもあなたが帰ってこなかったら……って、何度夢想にふけったか知れない。さあ、もう好きにしたらいいわ」

眼のうしろに血がどっと集まるのを感じた。ラジオの音量がまた上げられた。が、なんの曲かわかるまえに、また何かが床に叩きつけられた。タイルの上を金属がすべる音。しばらくのあいだ、どちらも黙ったままだった。やがてドアが開く音が聞こえ、ほうきでキッチンの床を掃く音が聞こえた。ふたたび話しはじめた声は、疲れ切っていた。

「おまえは、ほんとうに？」と父は訊いた。

母は答えなかった。

「わかった」と父は言った。「わかった、わかった、わかった」まるでシュプレヒコールみたいに、父はそう繰り返した。ブーツがタイルの上を歩く音が聞こえた。わかった、わかった、わかったと言いながら、部屋の中を行ったり来たりする父の姿が眼に浮かんだ。今から仕事に行くみたいにポケットを叩きながら――そこに必要なものがすべてはいっていることを確かめながら――歩いているにちがいない。

「ごめんなさい」と母は言った。「あんなこと言うべきじゃなかった。ただもう何もかも怖くて、腕を上げることとすらできない気がするの」

「おまえはまともじゃない」

「そんなこと、みんな知っているわ。あなたももっと注意を払うべきだったのよ」

「注意なら払ってた。注意を払うのと、それについて話すのとは同じじゃない。だが今は話さなきゃならない」

なんの前触れもなしに、母がダイニングルームから居間にはいり、それから階段の下に立った。赤毛をうしろで束ね、鉛色のワンピースを着ていた。大きなお腹。裸足。母はすぐに僕に気づいた。が、何も言わずに片手を上げて、僕を追い払うようにさっと振った。あっちへ行きなさい。眼をすがめた母の表情を、僕は読み取ることができなかった。が、その赤く火照った顔は僕に、幼いころの冬の日曜の朝を思い出させた。ふたりとも朝寝坊をして眼が覚めると、がらんとした、くすんだ灰色の朝が待っていたことを。

眠るまえのお祈りはなしだった。僕はドアの下の隙間と鍵穴に耳を近づけて、何か聞こえないかと耳をすました。なんの音も聞こえなかった。が、それでも一時間近く、あきらめずに耳をすましていた。ドアを開ける勇気が湧いてくることはなかったけれど。二時になるとベッドに戻って眼を閉じ、その年の眠れない夜によくそうしたように、想像上のロケットに乗った。

本で読んだボイジャーの軌道を、頭の中でたどった。ボイジャーには、その多くがもう使われていない五十五の言語による挨拶が録音されたゴールデンレコードが積まれているという。冷たい闇を突き進むロケットを思い浮かべながら、僕はそれらの挨拶を聞いていた。異質で得体は知れないけれど、ついにことばを持つようになった冷たい闇に向かって、僕は古代インカ帝国のケチュア語で挨拶した——こんにちは、こんにちは。でも、ボイジャーは悲しいほどに遅かった。僕は突き玉のようにつるりとしたイオ（木星の第一衛星）と、冷たい氷に覆われた孤独なトリトン（海王星の第一衛星）を数秒で——何十年もかけてではなく——通り過ぎた。冥王星の向こうでは、空が庭のように開けていた。以前母の本で見た馬頭星雲や、かに星雲や、猫の目星雲が見えた。さまざまな色からなるそれらの星雲はまるで花が開いていくように闇の中で広がっていった。

そのとき星雲のイメージが思い浮かんだのは、それが物心ついたころのある記憶につながっていたからだと思う。サンディエゴのブラックス・ビーチの赤潮の夜の記憶に。僕はそのとき、父の上着にくるまれていた。僕と父は乾いたケルプの上に坐って、ココアをまわし飲みしながら、暗い海を青く染める発光プランクトンの光を眺めていた。その冷たい光が明るくなったり暗くなったりするのを。

でもその夜は、ブラックス・ビーチにまつわる別の記憶もにじみ出てきた。父と一緒に海に向かって石を投げていた夜の記憶だ。父の投げた石が水面で七回撥ね、僕はなんとかその記録に追いつこうとしていた。僕は助走をつけた。結局、僕の投げた石は一、二回しか撥ねなかったけれど、投げた勢いで体が四分の一ほど回転し、その拍子に、ビーチの向こうに眼をやることになった。十五メートルほど向こうの、流木とまるい灰色の巨岩のあいだの隙間から、二本の剝き出しの脚が突き出ていた。それを見た途端、僕にはその男が死んでいることがわかった。

父は僕の腕をつかんで、ここを動くなと言い、男のほうに駆けていった。男のそばまで行くと、片脚を流木にかけて、まるで男に話しかけようとするみたいに屈んだ。ややあって戻ってくると、僕の肩をぎゅっとつかんで言った。「心配要らない。知らないやつだ」

午前三時ごろ、廊下で足音が聞こえた。ドアが開き、くさび形の黄色い光の中に、母が立った。

「カル」と母は言った。「起きているんでしょ」

「何を話してたの？」と僕は訊いた。

母は青く染まった窓の脇を通り過ぎ、ベッドから数歩離れたところで止まった。額に汗が光っていて、息を切らしているみたいだった。

「あなたのお父さんは人を傷つけたりしない人よ。だから、わたしたちが話していたことについては心配しなくていいわ」

母はベッドのへりに腰掛け、お腹に両手をあてた。

「なんのこと？　父さんは誰を傷つけるの？」

母が真夜中に僕の部屋に来たことは一度もなかった。闇の中でそんなところに腰掛けたこともなかった。すべてがなんだか不自然に、わざとらしく思えた。

「でも重要なのは、人が実際に何をするかということだけじゃないの」と母は言った。「その人が何を考え、どんなことをしそうに見えるか。そういうことも重要なのよ。お父さんより、わたしのほうがいい人間だなんて、そんなことを言うつもりはないけど」

「なんのことを言ってるのかわからないよ」と僕は言った。

母は窓の外を眺め、顔をしかめた。外はまだ暗くて、何も見えなかったのに。「サンタクルーズに行くことにしたの。一緒に行かない？」

その質問に僕がちゃんと答えられるとでも思っているかのように、母は僕を見た。いったいなんて答えればいいんだ？　イエス？　ノー？　どちらの答も、もう以前と同じ意味を持ちはしなかった。

「メグのところに泊まるの。きっと愉しいわよ」

「どのくらいの期間？」

「それはあとで考えましょう」

「学校はどうするの？」

「それもあとで考えましょう。考えることがいっぱいありそうね」

「そういうことを今まで考えたことはあった？」

「そういうことしか考えていなかったわ」

「そしたら僕がどうなるか、考えたことはあった？」

母の顔は赤く火照っていた。が、その表情には何も書かれていなかった。閉鎖した劇場の入り口のひさしのように。

その瞬間、僕が母に望んだのは、離れてほしいということだけだった。ダイニングルームで父が言ったことばを僕は覚えていた。誰かを傷つけるなんて、父は言っていなかった。リチャードについて何か言おうとしていただけだった。僕ら三人で共有するはずの未来について。それなのに、母さんは聞こうとしなかったのだ。助けを必要としているのは父さんのほうだった。母さんではなく。僕も助けを必要としていた。でも母さんは要らなかった。

「行かない」と僕は言った。「でも母さんは行ったらいい。母さんにとって一番居心地のいい場所で、父さんが死ぬことについて考えたらいい」

「カル」

「聞いたよ」

ひょっとしたら僕の声が大きすぎたのかもしれない。それとも、明け方の薄明の中で、僕の顔がことば以上の何かを語ったのだろうか。母は上体をさっとうしろにそらし、弾かれたようにベッドから立ち上がった。まるで、毛布に電流が流れたみたいに。

「人間って、思ってもいないことをつい言ってしまうものなのよね」と母は言った。「きっと、あなたもそうなのね」

でも、僕は思っていたことを言ったのだ。そしてそれ以上、何も言わなかった。

午前七時。もう僕にも充分にドアを開ける権利があった。朝なのだから。それでも僕はまるまる一分間、鍵穴の向こうにじっと耳をすましてから、ようやく地雷の埋まった廊下を歩きはじめた。居間の窓に射す陽の光は、早朝の光というよりも、夕暮れの光に近かった。遠くの港では、空の結び目みたいな雲の下で波がうねっていた。

ダイニングルームのテーブルにはグレンリヴェットの空のボトルがあった。その緑色のボトルの口にはキャップシールの切れ端がくっついていて、ラベルの端はわずかにめくれ、コルクがヒッチハイカーの親指のように口に立っていた。

地下室のドアは閉まっていた。ドライヴウェイの、いつもはシェヴェットが停まっている場所にはガソリンの染みだけが残っていて、キッチンには汚れひとつなかった。家は空(から)っぽの貝殻のように叫んでいた。

僕は居間の本棚から『珍しいキノコ』を取り出した。いつかキノコ採りに連れていくと父は僕に約束していたけれど、まだ実現できていなかった。僕はできるだけ多くのキノコの名前を英語とラテン語で覚えることにした。でも、覚えたのは結局、アマニータ・オクレアータ――死の天使(ドクツルタケ)――までだった。かさは直径数センチ、柄は塩のように白い。

僕が最初のページに戻ろうと光沢紙をめくっていると、父が階段の一番上に現れた。片手で手すりを探りながら、重い足取りで階段を降りはじめた。一段、さらにもう一段。昨日のシャツを着たままで、襟元はVの字に開いていた。昨日のズボンはどうしたんだろう？　父の青白い脚は、ボクサーショーツのところまで剝き出しだった。

父は一段踏み外し、さらに二段すべって、手すりに尻をぶつけた。眼は閉じられたままで、口は壁に飾られた模型の魚の口みたいに開かれていた。両足には足首までの長さの白い靴下を履いていたけれど、左の踵には大きな穴があいていて、靴下というよりも、あぶみのような布が足にくっついているだけのように見えた。

父はダイニングルームの自分の南国風椅子(ティキ・チェア)のほうに向かった。僕は、父が椅子にどさりと坐り、顔をごしごしこするところを思い描いた。父に向かって、自分が居間から声をかけるところを。『珍しいキノコ』を膝にのせ、本の上に両肘をついて、こう言うのだ。「父さん、いったい何がどうしたっていうの？　父さんに言われたとおり、僕なりにいろいろ考えてみたけれど、でも、父さんの口から聞きたいんだ」すると父は厳粛な面持ちで僕を見る。その質問の重みに敬意を払い、僕が絶妙なタイミングを選んだことを評価して。父の頭の中はまだ混乱しているけれど、早朝という特別な時間帯には、どんなことでも簡単に説明できそうな気がしてくる。父は僕をちょっと見直さずにはいられない。「わかった」と父は言う。「つまりこういうことなんだ」

でも実際には、そんなことは何ひとつ起こらなかった。父は椅子のほうに屈むと、クッションを手に取った。そしてボクサーショーツからペニスを出し、息を吐き、座面に小便をかけはじめた。両手を腰にあて、背中をそらせて。それから両手をシャツの裾で拭い、クッションを椅子の上に戻した。僕はやめさせたかった。でも、身動きひとつできなかった。

それから何時間も経ってから、父は僕の寝室のドアを勢いよく開けた。本棚が揺れ、僕は目を覚ました。部屋の中に一歩足を踏み入れたところで、父は足を止めた。どうしてここに来たのか忘れてしまったみたいに。最後に見たときと同じシャツを着ていたけれど、どこかでズボンを見つけたらしく、今はブーツも履いていた。顎ひげが剃り落とされていた。

「起きてるな。よし」と父は言った。でも、喜んでいるように見えなかった。「もうすぐ三時だ」父は指の部分のない手袋をはめていて、そのリストバンドを反対の手でいじっていた。それから、片手を首のうしろにあてて言った。

「おれとおまえは今日ここを出ていく」

「父さんは話し方ってものを知らない」と僕は言い、まだ眠い頭を目覚めさせようと眼をこすった。

父は鉄の棒のような視線を僕に投げ、うしろ足に体重を移動させて、片方の手袋を外した。一瞬、頬に平手打ちが飛んでくるのを覚悟した。でも、父はこう言っただけだった。「教えてくれてどうも。アラスカから帰ってきたら、じっくり考えてみるよ」

僕は弾かれたように上体を起こした。「いつ発つの？」

「今日。船は残らず出る」

「リチャードは？」

「おれたちと一緒に来る」と父は言った。僕は父の顔をじっと見た。が、そこには何も書かれていなかった。

「どうやって説得したの？」と僕は訊き、立ち上がろうと、シーツの下で脚を動かした。父は手袋をはめているほうの手を上げた。指先が舌のように赤かった。

「いい質問だ。だが、今は言っておかなくちゃならないことが山ほどあるうえに、時間がない」父はベッドのほうに一歩近づいた。「椅子はないのか？」

「ビーンバッグチェアしかない」

父は床に置かれた青い塊の上に、何年もまえにフリント船長の人生について語ったときに坐った場所に腰をおろした。「いろんなことが一気に起こった」と父は言った。「だからおまえも一気に荷造りしなくちゃならない」

「ぼくも父さんと一緒に行くの？」

「いや。おまえはノースの家に行く。おれが帰ってくるまで世話になるんだ。おまえひとりをここに残していくわけにはいかないからな」

眼が焼けつくような感覚を覚えた。首に汗をかきはじめていた。「母さんは？」

「サンタクルーズに向かってるところだ」と父は言った。

「さよならも言わずに？」

「言わなかったのか？」少しのあいだ、父はそのことについて考えているように見えた。それから、僕に視線を戻して言った。「いいか、母さんの具合があまりよくないことはおまえも気づいていたはずだ。どうだ？」

「まあね」

父は僕をじっと見た。「母さんがなんて言ったか知りたいか？」僕は答えなかった。でも父は続けた。「もうここにいるのは耐えられないと言ったんだ。おれがいなくても。おまえも、母さんと同じか？」

「ちがう」

「よし」そう言って、父は笑みを浮かべた。悲しそうな笑みだった。「母さんと話し合って決めたんだ。もうすぐ赤ん坊が生まれてくるというときに、ここにたったひとりでいるのはよくないってな。そしたら、母さんはすぐに出ていきたいと言った。ほんとうに何も言わなかったのか？」

言ったよ。一緒に行かないかって。そして僕も言った。行かないって。だけど僕にはその会話が夢の中の出来事のように思えていた。朝起きたら、キッチンのテーブルについて坐っている母を眼にするはずだと思っていた。少なくとも、地下室から流れてくる音楽を耳にするはずだと。気づけば僕はベッドから飛び降りていた。そして数歩歩いたところで足を止めた。「母さんは、たったひとりになんかならないはずだった」

「ズボンをはけ」と父は言った。

僕が身につけていたのは、左側のゴムひものすぐ下にプラム大のほころびがある白いブリーフだけだった。僕が床からジーンズを拾い上げ、両脚に通しているあいだ、父は当惑したような表情を浮かべて眺めていた。がっかりしているわけでも、怒っているわけでもなく、どちらかといえば困惑したような、ほとんど面白がっているような表情だった。父の顔にその表情が浮かぶと、僕は決まって恥ずかしさに気が滅入った。手を差し伸べてもくれないのに、どうして父さんみたいになれるっていうの？　いつもそう訊きたくなった。が、実際に訊いたことはなかった。かって父さんが手を差し伸べてくれようとしたときには決まって、もっと惨めな思いをさせられたから。

三年前、船はずっしりと重量を増して帰ってきた。

まさに大漁のシーズンだった。誰もが金に困ることのない夏が約束されていた。その雰囲気を、僕はどこにいても感じ取ることができた。〈ベリンダのデリ〉で列に並んでいる人々の声音や、〈オーフィウム劇場〉のポップコーンのにおいや、ミセス・チョウのドライクリーニング店の糊に。父はよく言った。金とはエネルギーにすぎない、と。この町のエネルギーは、ベーリング海の底に棲む虫と軟体動物から生まれる。そして、タラバガニの腹と鉄の船の船腹を経由して、鉄の金庫の中に流し込まれるのだと。

当時まだ贅沢品だったビデオデッキと、腕いっぱいの映画のビデオ——母が愛してやまない黒澤明やミケランジェロ・アントニオーニやロベール・ブレッソンの作品——を抱えて、父は帰ってきた。

「僕には何もないの?」と僕は訊いた。

「車に乗ってみろ」と父は言った。「〈ローレンタイド〉に着いたら、これが必要になる」そう言って僕に黒いプラスティックの鞘にはいったフィレナイフを手渡した。

父は停泊中の〈ローレンタイド〉のまえに車を停めた。僕と父は船の梯子をのぼった。甲板を洗ったばかりのようで、手すりには水滴がついていた。父は鼻で息を吸い込み、太腿を叩いた。

「すぐ戻ってくるから」にやりと笑って、父は言った。「ここでいい子にしてるんだぞ、わかったな?」そして、船室に降りていき、数分後、大きなキングサーモンを肩にかついで戻ってきた。僕が何か言うまえに、父はキングサーモンの尾を持ってぶんと振り、僕の腕に思い切り打ちあてた。僕は甲板の上で足をすべらせ、勢いよく倒れた。「今のがプレゼント?」いかにもがっかりしたふうを装ってそう言った。僕と父は声をあげて笑った。

僕らはサーモンを作業台の上に置いた。父は尻ポケットから白いハンカチを取り出し、それを半分にたたんで僕の額に巻いた。「汗が眼にはいるといけないからな。さあ、メスをどうぞ。ドクター」

父はフィレナイフを鞘から抜き、手のひらにのせて僕のまえに差し出した。父が魚をさばくところならもう百回は見ていた。僕は袖をまくり上げ、ナイフを手に取った。二羽の茶色いペリカンが手すりに止まり、長いくちばしを胸にしまった。

「まずえら、だよね？」と僕は訊いた。

「そうだ。いいか、気をつけるんだぞ。おまえと一緒におまえの指も一本持って帰るなんてごめんだからな。ドンじゃあるまいし」

僕はサーモンの頭に刃先を入れた、えらのすぐうしろに。そのまま垂直に刃をおろしてから、口のほうに刃を移動させた。魚は海そのものと同じくらい冷たかったけれど、ナイフはするすると進んだ。僕の頭上で、数羽のカモメが鋭く鳴いた。えらの内部は栗色の粘土のようだった。僕はいつも父さんがやっているように、サーモンから眼を離さずに、切れ端を海に放り投げた。翼のバタバタという音と、甲高い鳴き声と、水しぶきが聞こえた。僕はサーモンを裏返し、反対側に取りかかった。

「いいぞ、ドクター」と父は言った。「さあ、今度はベリーダンスだ」

見上げると、僕の頭上を何羽もの鳥が飛び交っていた。作業台のまわりにも集まってきていた。鳥が急降下するたびに風を感じるくらい近くまで。

「何をためらってる？」と父は言った。「あまり深く切らないこと。胃袋を切っちまったら、鳥たちが狂ったようになる」

小さな鱗が爪の中にはさまっていた。両手はねばっく雪に覆われているみたいだった。僕は片方の手のひらを〝ドクターバンダナ〟で拭い、フィレナイフの刃先をえらのすぐ下に入れた。

「正確にな」と父は言った。「手が震えないように気をつけるんだ。さあ、今度は胃から眼を離すな」

刃をちょうどいい深さに――内臓を傷つけずに皮だけを取り除くことのできる深さに――調節するのがコツだということは知っていた。が、刃先を進めながら、僕はカモメが肩に舞い降りるところを想像した。羽毛が鼻の下をくすぐり、くちばしが耳をつつくところを。刃が鱗に引っかかった。僕は、ナイフをのこぎりのように前後に動かすのではなく、父さんがそうしていたように、一定の力でそのまま押した。が、深すぎた。ナイフが胃を傷つけたのがわかった。でも手を止めることができなかった。見上げると、何羽もの白い鳥が頭上でぐるぐるまわっていた。ふたたび視線を落とすと、僕の手は黒っぽいイカナゴで覆われていた。無数のイカナゴが胃袋から作業台の上にあふれ出し、僕のズボンと靴の上に落ちた。

僕はナイフを落とし、よろけながら三、四歩うしろに下がった。火花を避けるみたいに、イカナゴをかろうじてよけながら。叫びだしそうになるのをどうにかこらえながら。カモメが鋭く鳴きながら一斉に急降下し、羽をふくらませてイカナゴをつつきはじめた。さらに多くのカモメが、白い羽と黒い眼の集団となって甲板に突進してきた。しばらくすると、カモメは静かになった。どの口も餌をくわえ、鳴くことができなかったからだ。甲板はまるで白い雲に覆われているみたいだった。その雲の下で、何もかもが激しくうごめいていた。

父は三羽のカモメをブーツの先で追い払い、屈んでナイフを拾った。「もういい。車に乗るまえに手を洗うんだ。ここはおれが片づける」

「手伝わせて」と僕は言った。

その同じことばを、三年後、僕は自分の寝室で言った。ほんとうは昨夜のことを父に説明させたかった。どうして母があんなふうに家を出ていくことになったのか説明させたかった。全部父のせいだと言ってやりたかった。でもそのとき僕の口をついて出たのは別のことばだった。「手伝わせて。一緒に行かせて」と僕は言った。

父が笑みを浮かべると、眼のまわりにセロファンをくしゃくしゃにしたみたいなしわが寄った。父の首の横に正方形の肌色の絆創膏が貼ってあることに気づいた。

「それはどうかな」と父は言った。「リチャードひとりでこっちはもう手いっぱいだからな。それに、今年もちゃんと学校があるんじゃないかな」

「ほんとうにリチャードの考えを変えさせたの？」

「いや」と父は言った。口をすぼめ、切り込むような視線を僕に投げて。「その必要はなかった。やつだってほんとうは売りたくなかったんだよ。母さんのアドヴァイスに従って、おれは今朝リチャードを車に乗せていろんなところをまわった。〈オーノィウム劇場〉やミセス・チョウの店や〈ベリンダのデリ〉やらだ。で、やつに言ったんだ。みんなの生活はあんたにかかっているんだと。結局、やつはわかってくれた」

「でもなんで？　なんで今になって急に？」

答える代わりに、父は僕のうなじをやさしくつかみ、ざらつく親指でなでた。

僕は詰め込みすぎたカーキ色のダッフルバッグを引きずるようにして階段を降りた。バッグは一段ごとにどしんどしんと音をたてた。居間にはいると、『珍しいキノコ』はすでに本棚のもとの場所に戻されていた。南国風椅子（ティキ・チェア）はどこにも見あたらなかった。コカコーラのロゴのついたすりガラスのコップから水を飲みながら、父は居間の中にはいってきた。父の爪の中の泥が、まるで十個の黒い三日月のように見えた。

「おまえの持っている鍵をくれ」と父は言った。

「どうして？」と僕は訊いた。

「オフィスにいるマーティーに予備の鍵を預けておきたいんだ。万が一の場合に備えて」

「万が一の場合?」と僕は尋ねた。

「わかるだろ」

僕はポケットから家の鍵を取り出した。どんな状況にしろ、家に帰ってこられないかもしれない可能性をほのめかすのはとんでもなく不吉なことだった。

「いずれにしろ、おまえはもう家に戻ってこなくても大丈夫だろう」と父は言った。「家まるごとひとつ分詰め込んだようだしな」そう言って、大げさなうめき声を洩らしながら僕のバッグを肩にかけた。僕らは外に出た。雨が降っていた。僕と父はひさしの下に立ち、壁に背をつけた。

「ジェイミーの母さんが迎えにきてくれる」と父は言った。

「一緒に待っててくれなくていいよ」

「ベティーはもうすぐ来るはずだ」

あまりにも多くのことが起こりすぎていて、僕は何ひとつまともに考えられなかった。沈黙は耐え難かったし、訊きたいことは山ほどあったけれど、今この場で何か重要なことについて話すのは無意味なことに思えた。なんといっても時間が足りなかった。

「父さんのキノコの本を読んでたんだ」と僕は言った。「アマニータを食べて死んだ人って知ってる?」

「いや」と言って、父は首の絆創膏を掻いた。それから、気さくな父親を演じようとしているみたいに、言い添えた。「もっとくだらない理由で死んだやつなら知ってるけどな」

僕らの靴の爪先は雨に濡れていた。ノース家の青いスカイラークがワイパーを動かしながらドライヴウェイにはいってきた。父は後部座席に僕のバッグをどさりと置くと、片腕で僕を抱き寄せ、それから助手席に押し込んだ。

「カル、道がすべりやすいから」とベティーは言った。

「シートベルトを締めてね」

僕は金属のタングをバックルに差し込んだ。プラスティックのカチッという音が響いた。ふたたび眼を上げると、玄関ドアはすでに閉じていた。雨の幕の向こうで、ドアはどんどん小さくなっていった。


ジェイミーの部屋は驚くほど整然としていて、家具もほとんどなく、光沢のある硬材の床の上に置かれているのは、薄い色に塗られた机代わりの木のテーブルと二段ベッドだけだった。でも壁には映画のポスターが隙間なく貼られていて、中には僕の知っている映画もあったけれど――『ジョーズ』、『ブレードランナー』、『フレンチ・コネクション』――そのほとんどは、怒りの眼をした白いローブ姿の黒髪の剣士のポスターだった。ベティーからは、ノックはしなくていいからね、と言われていた。ここはあなたの家なのだから、家にいるみたいに振る舞ってね、と。でもそのことばは彼女が意図したほど僕をくつろがせはしなかった。

ジェイミーは机の上に屈んでいたが、僕がダッフルバッグを床に置くと、その音に振り返った。

「メスニエー、シュラトジュヌテン・コルメー」

「は？」

「今おれが取り組んでいる新しい言語さ。フランス語っぽいだろ？」

「なんて言ったんだ？」

「えーっと。まだそこまでは進んでない」

彼はさっと立ち上がると、僕のダッフルバッグをつかんで床の上をすべらせ、ベッドの下に入れた。突然、ジェイミーに対して焼けつくような憎しみを覚えた。僕自身の問題とジェイミーとはなんの関係もないことくらい、少なくとも心のどこかでは知っていたはずなのに。

「ちょっと暇つぶしにやってるだけなんだ」と彼は言った。「でも、おれは――というか、おれたちは――自分たちの言語をつくるべきだ。それを、おまえがおれの家にいるあいだのプロジェクトにしてもいいかなと思ってる」

僕はそれまで一度も人を殴ったことがなかった。少なくとも本気では。自分の拳が標的の中心に向かって矢のように飛んでいくところを想像した。意識を失い、体をまるめて床に転がっているジェイミーの上にそびえるように立っている自分の姿を思い描いた。でも実際には、僕の拳はジェイミーの肩をかすめただけだった。ジェイミーはとっさに飛び退いた。その表情は、傷ついたというよりも驚いていた。僕はさらに横のほうから肩に――腋の下のすぐ下あたりに――拳を叩きつけ、僕らは一緒に二段ベッドのほうに倒れ込んだ。ジェイミーは上段のベッドの下面をよけて頭を下げ、その拍子に足をすべらせてバランスを崩した。僕は頬を床に強く打ちつけた。頬はそのまま、まるでフライパンの上のバターみたいに床にくっついていた。自分の両腕と両脚がどんな動きをしているのかわからなかった。今動いているのはジェイミーの脚なのか自分の脚なのか区別がつかなかった。ジェイミーの体が僕から離れたのがわかった。彼が立ち上がったところで、僕はその片膝をつかんで拳を叩きつけた。ジェイミーは一歩進み――というか、進みかけ――それから床に倒れた。僕は最後に形だけの一発を加えてから、仰向けに倒れた。

「ジュメヌ・トゥルース・コンフィテート」ジェイミーは上体を起こし、息を切らしながら言った。

「なんだって？」と僕は言った。

「たぶん、どうしてこんなことをしたんだって訊いたんだと思う」

どうしてこんなことをしたのか、自分自身にも説明できなかった。

その夜、僕はベッドに横になって、『ゴースト・バスターズ』でズールに扮したシガニー・ウィーバーの眼を覗き込んだ（それから数ヵ月、毎晩そうすることになるのだけれど）。やがて闇の中に、ダイニングルームのテーブルの上にスーツケースの中身を空けたときのリチャード・ゴーントの顔が浮かんだ。コップの割れるすさまじい音とは対照的に、その顔は冷静だった。まさに病気の飼い犬を殺すときの人間の顔だ。それにしても、彼はなんであんなパフォーマンスを計画したんだろう？　いつかあのパフォーマンスを裏切るようなことをするつもりだったのなら、なんであんなことをしたんだ？　〈ローレンタイド〉に乗って北へ――ダッチハーバーへ――向かっているリチャードの姿を、僕はどうにか思い描こうとした。

あの夜、サムはリチャードを殺そうとほのめかしたみたいだった。ほんとうにほのめかしたのだとしても、父さんは言ったじゃないか。もう一度リチャードに話してみるって。リチャードを説得するって。父さんはことばどおりのことをしたのだ。リチャードは案外あっさり考えを変えたのかもしれない。そうじゃないとどうしていえる？　リチャードが考えを変えるわけがないと言い切れるほど、僕は彼を知っているだろうか？　父さんのことなら知っていた。少なくとも、父さんが人殺しじゃないことは知っていた。

そのことを、母さんも知っているのだろうか？　そういえば、あのとき母さんはこう言っていた――あなたのお父さんは人を傷つけたりしない人よ。

昨夜、僕の部屋の戸口に立っていた母の姿を思い浮かべた。それから、ベッドのへりに腰掛けていた姿を思い浮かべた。あのときすでに母は、父が翌朝発つことを知っていたはずだ。知っていたのに出ていったのだ。僕が出ていかせたのだろうか？　そう、僕はわざとつらくあたったのだった。あの薄暗がりの中で自分が言ったことばを取り消したかった。が、それと同時に、母が出ていった今、僕は今まで以上に強く、そのことばを母にぶつけてもいた。

僕はシーツの上で脚を伸ばした。シーツはやわらかく、使い古されていた。背中に、ジェイミーの昔の眠りが感じられそうだった。ウールの毛布は虫食いだらけで、この季節には分厚すぎた。馴染みのないシーツ。馴染みのない毛布。馴染みのない空間。何もかも馴染みがなかった。

一分ごとに、まるい小さな明かりが向かいの壁をさっと照らした。下のベッドでページをめくる音が聞こえた。

「《ペントハウス》？　それとも《プレイボーイ》？」と僕は訊いた。

「おれは断然《ハスラー》派だ。でも最近はもっぱら《フィルム・コメント》さ」とジェイミーは言った。

「それなら知ってる」と僕は言った。

「ほんと？」

「母さんが《フィルム・コメント》を定期購読してるんだ。でも、おまえはなんでそんなもの読んでる？」

「ときどきサムライ映画の特集が載ってるんだ。〈オーフィウム劇場〉のウィルが教えてくれた。大人になったら読むといいって言われたんだけど、待てなくてさ。それにしてもびっくりだ。この半島でおれ以外に定期購読している人間がいたなんて」

「僕たちって、生まれてすぐに取り替えられてたりして」

「馬鹿言ってら」とジェイミーは言い、それから、ページを繰る音が聞こえた。さらにもう一度、さらにもう一度。「ところで、今どこにいるんだ？」とジェイミーは訊いた。「おまえの母さんは」

「サンタクルーズかな？　よくわからない」

「よくわからない？　おお、なんと忌まわしい」

「おまえ誰だ？　くそロアルド・ダールか？　もうすぐおまえの母さんがやってきて、おまえに母乳を飲ませるんだろ。いや、まちがいない」

「それはどうかな」とジェイミーは静かに言った。「母さんなら出かけてるはずだ」

「どこに？」

「たぶん、自分の部屋にいるはずだけど。でもダジがいなくなると、いつもそんなふうになるんだ」

「ダジ？」

「父さんのことだよ。父さんが漁でいなくなると、母さんの心はどっかに出かける。すぐにわかるさ。たぶん」

　確かに、ベティー・ノースほどとらえどころのない人はあまりいそうになかった。ダークブロンドの髪の一部みたいに腰のあたりにふわりと垂れたそばかすだらけの両腕。明るい日のフロントガラスみたいな眼。父はよく母に、ベティーと友達になったらどうかと勧めた。いろいろ共通点もあるしな、と。ふたりとも美人だし、同い年の息子もいるし、どっちの旦那も思いやりに欠ける魚くさい漁師ときてる。一緒におれたちの愚痴を言い合ったらどうだ。

「もう充分、たったひとりで過ごしてるわ」と母は言った。

「そう言わずに」

「今度、彼女と眼を合わせようとしてみるといいわ」と母は言った。「まるで灯台の光をとらえようとしているような気がしてくるはずよ。ベティーの心はまるで、部屋の中に徐々にはいってきては徐々に出ていくというのをずっと繰り返しているんじゃないかって、そんな気がするの」

「つらいか？」と僕は上段からジェイミーに訊いた。

「母さんのこと」

「おれにとってはこれが普通だから」

「父さんに話したことはあるのか？」

「冗談だろ?」

「まあ、とにかく」と僕は言った。「ベッドを貸してくれてありがとう」

「おれが決めたことじゃないけどね」と彼は言った。「まあな。こっちにとっても、とんでもなく気の滅入るサプライズだったよ」

ジェイミーは懐中電灯の明かりを消し、声を低めて言った。「ああ、ほんと、サプライズだったな。リチャードがダッチハーバーに行く日が来るなんて思ってもみなかった。おまえはどうだ?」

もちろん、思ってもみなかった。おそらくジェイミーも僕と同じことを考えているのだろう。でも僕は、何も言わないことにした。ジェイミーの助けなんて要らなかったし、彼を助ける気もなかった。

「おまえは、一旦こうと決めたことを変えることとってないのか?」と僕は訊いた。

「少なくとも、ショッピングカートひとつ分の、とげとげの豚の内臓と昆虫をダイニングルームのテーブルの上にどさっと捨てたあとで変えることはないな。それに、リチャードのやつ、全部売るとかなんとか言ってただろ? あの話、ちゃんと聞いてたか?」

僕は上体をさっと起こした。危うく天井に頭をぶつけるところだった。「いや、聞いてなかった。それにしてもここはどこだ? 僕の部屋には見えないぞ。こんなゲイ好みのポスターなんて、僕の部屋にはないはずだ。いったい僕はどうやってここに来たんだろう?」

「皮肉は愚者の逃げ口上」と彼は言った。「ジョン・ノールズ(アメリカの作家)」

「ジェイミー・ノースはめそめそしたチビのホモ野郎。彼を知る者全員のことば」と僕は言った。彼が言い返してこなかったので、さらに続けた。「賭けてもいいけど、リチャードはただ、みんなが頭を下げて頼み込んでくるのを見たかっただけなんだよ。父さんたちが頭を下げるのをね。そういうやつさ。全部売るなんて、できっこない。あいつの家がもう百年も続けてきたことなんだから」

話しながら、僕自身、自分のことばを信じはじめていた。


翌日の金曜日、母が二度電話をかけてきた。一度目は寝たふりをしたものの、二度目にかかってきたときにはベティーにキッチンまで追い詰められ、受話器を渡された。部屋にはその日の朝食にベティーが焼いたベーコンの煙のにおいがまだ残っていた。額入りの写真がいくつも壁に飾られていて——家族写真、まだよちよち歩きの頃のジェイミーのクリスマスの朝のスナップ写真、この世にいない親戚たちの黄ばんだ写真——何対もの眼が写真の中から探るような眼で僕を見ていた。


僕は受話器を耳につけもせずに架台に戻し、それから、ベティーのほうを見た。顔をひっぱたかれることを半ば予想して——ひっぱたかれて当然かもしれないと思いながら。ベティーの顔には思いやりのある笑みが浮かんでいたけれど、その眼は疲れていた。彼女はマッチで煙草に火をつけた。そしてマッチを振り、火が消えても振りつづけていた。僕は、九月にグリーン・ハーバーの人混みの中で見た彼女の姿を思い出した。船がはるか遠くに消えたあとも手を振りつづけていた姿を。彼女が口に指を二本入れて指笛を吹くと、鋭い、悲しげな音が響きわたった。

「どうしてそんなことするの？」と彼女は尋ねた。

「母さんとは話せない」と僕は言った。

ベティーはよくわかるとでもいうようにうなずいた。

「話すのは彼女のほうだと思うけど」

「母さんに言っておいてくれる？」と僕は言った。「話せないって」

ベティーの眼の下にはそばかすがあって、そのせいで実際よりも若く見えた。居間に飾ってある写真は全部彼女が撮ったものなのだろうか、と僕は思った。居間の壁には吹雪と山と畑の風景を写した一連の写真がかかっていたけれど、アラスカの写真は一枚もなかった。

「ハニー」と彼女は言った。「そんなこと言ったら、わたし、あなたのお母さんに一生赦してもらえないわ」

また電話が鳴った。

「僕が母さんを赦せないんだ」と僕は言った。

「そう決めちゃうまえに、まずは話を聞いてみて」

「わかった」と僕は言った。「ひとりにしてくれる?」

キッチンのドアが閉まると同時に僕は受話器を手に取って、そしてすぐに架台に戻した。それから受話器を外し、裏口から外に出た。ダウンタウンの通りには人気(ひとけ)がなかった。九月の初めは、毎年そうだった。閑散とした通りを、僕はグリーン・ハーバーまで歩きつづけた。

眠そうな鳥たちが桟橋に並んでいた。大きな船は行ってしまった。船が水に残した波形が今も見える気がした。

翌週の月曜日に学校が始まった。水曜日、学校から帰ってくると、ベティーがキッチンのカウンターのそばに立って紙パックに口をつけて白ぶどうジュースを飲んでいた。

「それやめてって言っただろ」とジェイミーが言った。

ベティーはジェイミーのほうにゆっくり近づくと、手の甲を彼の頬にあてて言った。「たった今、ドン・ブルックから悪い知らせがはいったの。リチャード・ゴーントが内航路で船から落ちたって。捜索は打ち切られたそうよ」

僕は動揺もしなければ驚きもしなかった。そのとき望んだ唯一のことは、今ここにいるのが母で、その知らせを母の口から聞いたのならどんなによかっただろうということだけだった。

第四章

九月の半ばごろには、太陽は毎日、日に三回昇ったり沈んだりするみたいに感じられた。二週間のあいだ無関心を装ったあとで、僕はついにジェイミーの部屋のドレッサーの上を這って窓の外に出た。ジェイミーがそうするのをそれまでに十回は見ていた。なめらかな動きで易々と外に出ていくのを。でも僕の場合は、窓敷居の上に膝をちゃんとのせられず、窓枠に背中をこすりながら、片方の肩を突き出すような恰好でよろけるように闇の中に出た。

「それほど痛くはなかっただろ？」とジェイミーは訊いた。平らな屋根の上に、彼は坐っていた。背中を家のほうに向けて、砂利とタールでできた屋根の上に両脚を伸ばして。その様子はまるで、たった今貨物列車に飛び乗ったばかりの渡り労働者(ホーボー)みたいだった。僕は手のひらにくっついた砂利を彼のほうにはじき飛ばした。

「うわっ、眼が」ジェイミーは声をあげて笑った。

「もう煙草は吸いおわった?」と僕は訊いた。

「おれと一緒に上質な一服を味わいたいってこと?」

「いいか?」

その日は、朝のうちはじめじめしていたけれど、午後には焼けるように暑くなり、タールにはまだその熱が残っていた。闇の中に伸びた平らな屋根はまるで港の貨物積み降ろし場のようだった。ジェイミーが僕にウィンストンの箱を投げた。マッチがシューと音をたて、彼の鼻のまわりのそばかすを照らし出した。

「悪いね」と僕は言った。リチャードが海に消えたという知らせを聞いて以来、ジェイミーとちゃんとことばを交わしたのはそれが初めてだった。


あの日、ニュースは町の通りという通りを、電話線という電話線を飛び交った。闇に浮かぶ黄色い長方形の光の向こうでは、男たちがその知らせをバーのカウンターに向かって告げた。ダウンタウンの店先では女たちが悲しみのため息——それとも、今回にかぎっては安堵のため息だったのだろうか?——をつき合った。ノースの家の電話は何時間も鳴りやまなかった。

あの日の午後、遊歩道を歩いている途中でふたりの警官とすれちがった。ギャレット・リンドストロームと、もうひとりはハイナーという名字の警官で、どちらもかつては父の船で働いていた男たちだった。自転車にまたがったまま、ふたりは立ち話をしていた。そろいの青いポンチョが雨に濡れて光っていた。

「つまりさ、船に乗るなんて、やつはいったい何を考えてたんだってことさ」とハイナーは言った。「もうちょっと賢いやつだと思ってたよ。有能だと言ってるんじゃないぜ。でも少なくとも、もうちょっと賢いと思ってた」

「カル」リンドストロームは僕に気づくと、にやりとして言った。「リチャードのことは聞いてるよな？」

しかし翌週の月曜日には、もう誰もリチャードのことを学校で話題にしなかった。〈ベリンダのデリ〉でも、その名前を聞くことは一度もなかった。まるでリチャードという存在はすっかり消去されてしまったみたいだった。別に驚くにはあたらない。火が消えたあとで火事について話すことなんて何がある？

彼の死は、ロイヤルティ・アイランドの住人全員にとって、とびきり幸運な悲劇だった。リチャードは確かに嫌われていたけれど、彼はまた、ゴーント家の人間でもあった。かつて一度も存在したことのなかった〝ゴーント家の人間のいないワシントン州ロイヤルティ・アイランド〟がいきなり誕生したのだ。それがどんな感じのすることなのか、隣のスツールに坐っている男や、〈セーフウェー〉のレジ待ちの列でうしろに立っている女や、ランチタイムに学校のトイレで一緒に煙草を吸っている友達に語ることばを持ち合わせている人間などひとりもいなかった。

が、少なくとも僕の知っているかぎり、この町にもひとりだけ、リチャードについて話したがっている人間がいた。そして運が悪いことに僕は、その人物と部屋を共有していた。知らせを聞いた翌朝、僕がバスルームで歯を磨いていると、ジェイミーが無言で戸口に立った。

「なんだよ」と僕は言った。「なんだ？　なんだ？」

彼はため息をついた。「まさに〝なんだ？〟だよな。なあ、思ったんだけど――？」

僕は歯磨き粉を彼の靴の上に吐き、ドアを閉めた。

AR――〝リチャード後（アフター・リチャード）〟――の二週間、ジェイミーは自分の考えを一度も口に出さなかった。でも僕には、彼の抱いている疑念がその口角をぴくつかせているのがわかった。ジェイミーの頭の中にひとつの仮説があるのはまちがいなかった。いつもそうだ。学校に行くときは、僕は常にジェイミーの二歩まえを歩くようにした。夜は、ベティーがつくってくれた夕食を階上に持っていってひとりで食べた。ジェイミーがまえに言っていたとおり、僕がどんなふうに食べようとベティーはまるで気にしないようだった。

リチャードが船で死んだことは何を証明したのだろう。僕は結論を出すことができないでいた。もたらされる情報は不充分だった。たとえそれがリチャード・ゴーントでも、人がひとり海に落ちて死んだくらいで漁が中止になることはなかった。もうすぐすべてが明らかになる、と僕は自分に言い聞かせた。港で船を出迎えることができたなら、父さんが船から一歩足を踏み出した瞬間にその眼を見ることができたなら、僕は父さんの無防備な表情をとらえることができる、と。そしてその瞬間に、すべてが明らかになるのだ。が、そんな幻想を抱きつづけることができたのは、せいぜい一日か二日だけだった。

問題は、父が人殺しなんじゃないかと疑いはじめてからというもの、僕の心の中に現れる父がかつてないほど生き生きとしてきたということだった。眼のまわりのしわの一本一本にいたるまで、上唇と左の鼻孔をつなぐ若木のような形の傷跡まで、くっきりと眼に浮かべることができた。ベーリング海での父の最初のシフトの日の風景が実際に見えるようだった。まるでスレートが割れるみたいに船にあたって砕ける波が見え、父のスリッカーの背に仲間が幸運を祈ってこすりつけた緑色の泥のにおいを嗅いだ。ドンとサムの吐き出す煙草の煙を手の甲で払いながら、ふたりに顔を近づけようとする父の姿が見えた。父は今から、背筋の凍るような残忍な計画を囁こうとしていた——。

母のことはまた別の話だった。母からまた電話がかかってくるものと僕は思っていたけれど、かかってはこなかった。次の一週間が過ぎたころには、僕はもう学校から帰ってから留守番電話をチェックするのをやめていて、その代わり、母との最後の会話を頭の中で何度もリプレイした。自分が言ったことばを後悔することもあった。あの暗い部屋の中で母と過ごしたわずかな時間に自分が別の態度を取っていたら、状況は今とはまったくちがっていたのではないかと思うこともあった。母は今もロイヤルティ・アイランドにいて、リチャード・ゴーントは今も生きていたのではないか、と。またときには、自分が何をしようと、結局のところ、状況は何ひとつ変わらなかったのだと思うこともあった。

ある晩、夢を見た。夢の中で、僕は病院の薄暗い廊下を歩いていた。廊下に沿って並ぶ閉じたドアの下から、水が流れ出していた。ドアを開けると、腹部がカメみたいにふくらんだ母がベッドに寝ていた。隣には外科医のような恰好をしたジョン・ゴーントが立っていて、白くて長い指で母の手を握っていた。「カル」と彼は言った。「きみは大した探検家だ。恐れを知らない！」そして入れ歯を取ると、それを母の頭にのせた。まるでティアラみたいに。

僕は眼を覚ました。母と話がしたかった。メグの電話番号なら簡単に見つけられた。でも、母と電話で会話しているところをいくら想像しようとしても、ギターをつま弾く音と、メグの家のすり切れたラグに染み込んだアルカリ液のにおいが甦ってくるだけだった。だから僕は、心の中で母に話しかけ、最後の夜に母が僕の部屋で言ったことばを繰り返し思い出した――あなたのお父さんは人を傷つけたりしない人よ。それから、漁に発つまえの朝に父が言ったことばを思い出した――母さんは具合があまりよくないんだ。そのことはおまえも気づいていただろ？

僕は何を見たのだろう？　その年の九月、僕はほぼ毎日自分に問いかけた。が、どの答も遠くかすんでいて、どの答にも現実味がほとんどないように感じられた。まるで、別の人生に足を踏み入れてしまったような、そんな感じだった。同情もするし、心配もするけれど、自分では決して変えることのできない、自分のものではない人生に。

ある日、学校から帰る途中、僕は芝生の脇を歩いていた。芝生の上では、九月のオリンピック半島には不要なスプリンクラーがまわっていて、歩道のほうに飛んでくる水をよけようと、僕はさっと飛び、その拍子に手に持っていたバインダーを落とした。世界史の宿題を拾おうと屈んだ瞬間、ある強烈な思いに打ちのめされそうになった——母さんはどこにいるんだ？　突然、息苦しくなった。歩道と通りのあいだの細長い芝生の上に腰をおろし、おもちゃの列車のようにくるくるまわるスプリンクラーを眺めながら、そのまま一時間近く、そこを動けなかった。

その日の夜遅く、僕は屋根の上にいるジェイミーのところに行った。煙草の先がサクランボのように赤く光っていた。闇の中でそれは、ジェット機の翼の上で瞬く遠くの光のように見えた。ジェイミーのテニスシューズが砂利をこする音が聞こえ、そよ風がさっと吹き抜けたのを感じた。

「オーケー、聞くよ」と僕は言った。「リチャードのことだろ。おまえはどう思うんだ？」

「なんのことを言ってるのかよくわからないけど」とジェイミーは言った。「あいつは死んだ。どうやらおれもそのことは知ってるみたいだ」

家の側面の影に隠れて、彼の顔はまったく見えなかった。ジェイミーの口調にはふざけたところはみじんもなかった。

「それだけ？」と僕は訊いた。

「悪い？」

「おまえには何か考えがあると思ってた」と僕は言った。「なんの考えもないのに、どうして話したがったりしたんだ？　リチャードのこと以外に、話すことなんであるか?」声がうわずって、それ以上話せなかった。ジェイミーが立ち上がる音がした。

地面からカナダツガの樹が二本、僕らの眼の高さまで伸びていて、ジェイミーは手を伸ばしてその葉をつかみ取ると、親指と人差し指のあいだではさんでつぶし、それから、僕の隣に坐った。

「このにおいがたまらなく好きなんだ」彼はやわらかくつぶれた葉の塊を僕のほうに差し出した。鼻水が流れはじめた。暗すぎて見えないことを願った。ジェイミーはその葉をはじき飛ばし、それから二本の煙草に火をつけて、一本を僕に手渡した。

「おまえとデートしてるわけじゃないけど」と僕は言った。

「どうせほかに話し相手なんていないんだろ」と彼は言った。

ジェイミー・ノース。彼の知性は疑いようもなかったけれど、僕はそれに感銘を受けていたわけでもなかったし、彼のもったいぶった態度も好きじゃなかった。でも、彼が羨ましかった。彼の父が僕らをベースボールに誘ったときも、言われたとおりにヒマワリの種を嚙んでライナーを打ったのは僕のほうだった。そうしないわけにはいかなかったのだ。でもジェイミーのほうは、観覧席にふらふら歩いていってこだまに耳をすましているだけでよかった。彼の問題は、誰もが白分ほど恵まれているわけじゃないことがわかっていたない点だった。

ジェイミーの初恋の相手はアンドレアという名前の、六年生が始まるまえの夏にロイヤルティ・アイラントに引っ越してきた女の子だった。十二歳にして、彼女はもう美しかった。女の子としてではなくて、すでに大人の女性の美しさがあった。みんなが彼女を好きになっていたはずだった。彼女の右脚か左脚よりも五センチくらい長いという事実さえなければ。それを隠そうとして、アンドレアはいつも引きずるくらい長いスカートをはいていた。でも一度その不安定な歩き方や、左の靴の分厚い靴底に気づいてしまったら、もうそこに気を取られずに彼女を見ることはできなくなった。

ロイヤルティ・アイランドでは、四本の指しかない手や対麻痺（ついまひ）なら誰もが見慣れていたけれど、アンドレアの障害は僕らの眼にどうしても不可解に映った。なぜなら、うまく理解できなかったからだ。でもジェイミーだけはちがった。彼はどこへ行くにも彼女につきまとった。ジェイミーとアンドレアは体育館のステージの上でふたりだけでランチを食べた。生物の授業では同じカエルを解剖し、ネアンデルタール人が主人公の一幕劇——アンドレアがジェイミーを殴って気絶させ、洞穴の中に引きずっていくところで終わるという筋書きだった——の台本を一緒に書いた。ハロウィンにはふたりともヴァンパイアの扮装をし、学校のパーティーに行くまえにジェイミーが彼女の唇に偽物の血を塗った。「しようと思えばキスできたのにな」と彼はあとで僕に言った。「確実にできたのに」

そして一月。僕らのクラスのキンジョーというやつが地理の時間にアンドレアを「できそこない」と呼んだ。キンジョーはガキ大将で、彼の口から出る侮辱は褒めことばみたいなものだとみんな知っていた。それなのにジェイミーは、授業の真っ最中にいきなり立ち上がって声を張り上げた。キンジョーに向かってではなく、クラス全員に向かって。彼女を決めつけるなんて、みんなはなんて愚かなんだと彼は言った。アンドレアはみんなとちがっている。だからなんだっていうんだ？　まるで頭の中で書いたスピーチを読み上げているみたいだった。たぶん、ほんとうに書いたのだろう。担任のミセス・ウォルツは教壇に立ったまま、眼を輝かせてジェイミーを見ていた。

でもアンドレア自身は、眉間にしわを寄せ、唇を固く引き結んでいた。もしジェイミーが途中でことばを切って彼女のほうに一度でも眼をやっていたら、震える睫毛の下で涙が光っているのが見えたはずだ。顎が肩につくほどうつむくところを見たはずだ。でもジェイミーは話しつづけた。ついにアンドレアが「やめて、ジェイミー」と小声で言うまで。彼女はさらに声を大きくして繰り返した。「やめて。お願い、やめて。お願い、お願い、やめて。やめて。やめて。やめて」

次の日、ジェイミーはひとりカフェテリアでランチを食べ、アンドレアが通りかかると視線を落とした。自分が決して赦してもらえないことはわかっていたようだが、自分がしたことのどこがいけなかったのかは見当もつかないみたいだった。アンドレアを守ろうとして言ったことばが、キンジョーのどんな侮辱よりも彼女を辱めたということは。僕はそのとき、ジェイミーには絶対にわかりっこないと確信していた。それから二年後に、そんな彼が僕にとっての唯一の話し相手になるなんて思ってもみなかった。信用できるたったひとりの人間になるなんて。

僕らは屋根のへりに坐って、闇の中に垂らした脚をぶらぶらさせていた。僕の指にはまだカナダツガのにおいが残っていて、そのにおいは僕に冬を思い出させた。風が枝に震えるように命じたのがわかった。

「おまえんちの父さんと母さんはどうしたのかって訊きたいところだけど」とジェイミーは言った。「でも、話したくないだろうから。まあ、もし話したくなったら……」

「話したくなったらな」と僕は言った。「ああ、そうするよ」

「茶化すつもりはないから」と彼は言った。「おまえが言ったとおりだったんだ。このまえ、おれはおまえに言おうとしてた。父さんたちがリチャードのことに何か関係してるんじゃないかって」

「でも今はそう思わないのか？」

「おれたちはあまりにもいろんな話を聞いて育ちすぎた。今はそう思ってる」

僕とジェイミーは部屋の中へ這ってはいり、そのまま明かりもつけずにベッドにはいった。ジェイミーの言うとおりだった。シーチェイス通りの家の廊下を這っていたときも、寝室のドアの下の隙間に耳をすましていたときも、僕が考えていたのは、『宝島』のジム・ホーキンズのことだった。ロバート・ルイス・スティーヴンスンの書いた物語と同じくらい現実離れしたひとつの物語を僕は実際に体験しているような気がしていたのだ。そう思った途端、僕は安堵した。が、奇妙なことに、がっかりもしていた。そして、父は人殺しではないと思った瞬間に感じたその失望こそが、自分が必要としていた証拠だと気づいた。次にジェイミーが話しはじめたとき、僕は半分眠りかけていた。

「でも、ひとつだけ引っかかることがある」とジェイミーは言った。「うちの母さんは誰からリチャードのことを聞いたって言った？」

「ドン・ブルックだろ」

「ああ。なんでドンは今、アラスカにいないんだ？」

僕の自転車は砂利をざくざく踏みながらドライヴウェイの中にはいっていった。シーチェイス通りの家に戻ったのはそれまでに一度しかなく、そのときは、ガレージから自転車を出してすぐにハンドルの上で息を切らしながらペダルをこいでいったのだった。リチャードが死んでからまだ一週間も経っていないころだったので、明るい陽射しの中に足を踏み入れるたびに、頭上で父の影がさっと揺れるような気がしたものだった。もう戻ってこなくても大丈夫だろう、という父のことばを思い出して。でも、それから一ヵ月が過ぎた今ではもう、そのことばは効力を失いつつあった。それでも僕はわざわざヘンダーソン公園のベンチに自転車を立てかけてから、雑木林を抜け、家の裏庭へと向かった。

バーベキューグリルの下を探って鍵を取り出し、裏口から家の中にはいった。すばやく、音をたてずに。父が帰ってくるのは何カ月も先だということはわかっていたけれど、今にも父のブーツの音が玄関ドアのほうから聞こえてくるような気がした。父の南国風椅子（ティキ・チェア）は家の裏に置かれていた。クッションはたっぷりと雨を含み、木の脚は白いカビで覆われていた。

　ここ二週間、僕は毎晩、ジェイミーと一緒に屋根の上で過ごしていた。僕らは煙草を吸いながら、最近胸が出てきた女の子のことや、女の子に手でいかせてもらったと豪語している連中のことや、いつか行ってみたい国について話し、『スター・ウォーズ』について議論を戦わせた。僕はジェイミーが郵便で取り寄せたポスターが宣伝しているサムライ映画――『切腹』、『大菩薩峠』、『用心棒』――や、彼が雑誌で読んだ映画――『見知らぬ乗客』、『街の野獣』、『第三の男』――について語るのに耳を傾けた。

「そういう映画を実際に見たことはあるの？」と僕は訊いた。

「どこで見られるっていうんだ？」と彼は苛立った様子で言い、実際に見たかどうかは重要じゃないのだと説明した。たぶん、ほんとうにそうだったのだろう。

　それから何年も経ってから、ミシガン州アナーバーの大学のそばの映画館でついに『第三の男』を見たとき、映画を見ながら僕が考えていたのは、ジェイミーと一緒に屋根の上に坐って、キンジョーはなんていけすかないやつなんだ、やつが死んだところで誰が悲しむ？　とかなんとか話していた夜のことだけだった。

ロイヤルティ・アイランドでのあの夜から何マイルも、何年も隔たった闇の中に坐ったまま、ジェイミーは『第三の男』を見ただろうかと僕は思い、そして、その途端、途方もない悲しみに襲われた。たとえ僕が電話をかけたとしても、ジェイミーには僕の声すらわからないことを知っていたから。

ジェイミーがあの秋に何度も語った映画のひとつが黒澤明の『蜘蛛巣城』だった。その映画のビデオなら、シーチェイスの家にあることを、ビデオデッキの隣に置かれた段ボール箱の中に、ほかの二十本ぐらいの日本映画（僕にはそのタイトルがうまく発音できなかった）と一緒にはいっていることを僕は知っていた。ノースの家に来て以来、僕はずっと嫌なやつだった。実のところ、嫌なやつになろうと最初から意図していたのだ。ビデオデッキと持ってこられるだけのビデオテープをジェイミーに貸すことで、僕はその埋め合わせをしたかった。母にしたって、僕にそれくらいの貸しはあるはずだった。

家にはいると、僕は反射的に靴を脱いだ。閉じ込められた空気の陰鬱なにおい、地下室に置かれた黄ばんだ梱包用テープと箱のにおいを嗅ぐものと思いながら。一週間以上家を空けたあとで帰ってくると、僕はまっさきにそのにおいに気づいた。そしてそのたびに、これが僕の人生のにおいなのだろうか、と思った。それとも、僕の不在のにおいなのだろうか、と。今、家の中は雨のにおいがした。まるで窓がずっと開けっ放しだったみたいに。が、窓は閉じていて、カーペットには人の住まない家独特のやわらかな弾力があった。キッチンのキャビネットの扉はすべて閉じていたし、本は残らず棚に並べられていた。それでも僕は無意識のうちに生活のサインを探していた。最後に出ていったとき、キッチンのシンクの排水溝にスポンジがはさまっていただろうか？　フォーマイカトップのテーブルにコーヒーカップの跡なんてあっただろうか？　電話の横にテープで貼られた電話番号の書かれた紙に黒い汚れなんてあっただろうか？

僕がまだ幼くて何もわからなかったころ、一度父に、父さんが漁に行ってしまうと淋しいと言ったことがあった。父は僕を抱き上げ、膝の上にのせて言った。

「いいか。父さんと話がしたくなったら、できないことはないんだ。簡単じゃないが、できなくはない」父は封筒を破って、細長い紙きれにダッチハーバーの〈パシフィック缶詰工場〉の電話番号を書いた。「この人が無線で父さんに連絡してくれる。そしたら、時間はかかるかもしれないが、父さんと話ができる」僕らはキッチンの電話の隣にその紙きれを貼った。やがてテープは黄ばみ、青いインクは薄くなったけれど、その電話番号は僕に、行ってしまうというのはいなくなるという意味ではなくて、どこか別の場所にいるという意味にすぎないことをいつも思い出させてくれた。

でもそのとき、誰もいない部屋を調べながら、僕はふと思った。今から数週間後か数カ月後にロイヤルティ・アイランドに戻ってくる人たちは九月の初めにこの町を発った人たちと同じではないのだと。朝食用スペースに坐ってコーヒーを飲んでいた男はもういなくなってしまった。こんろのまえに立ち、手で湯気を払いながら煮え立つ湯の中にスパゲッティーを入れていた女はもういなくなってしまった。

僕はバックパックの中に『蜘蛛巣城』を入れ、それからほかのビデオを詰め込めるだけ詰め込んだ。どのワイヤがどこに差し込まれているか記憶に留めながら、ビデオデッキのワイヤと格闘した。もっとよく見ようとテレビのうしろに這っていったところで、僕は凍りついた。とっさに屈み、まるまる一分間、そのままじっとしていた。息をひそめて、幻聴が過ぎ去るのを待った。

でもそれは幻聴ではなかった。音楽が聞こえていた。僕は通気口まで這っていき、格子状の金属の蓋に耳を押しあてた。金属は温かかった。暖房がついていて、暖房炉のたてる低いうなりに、デューク・エリントンの『ロータス・ブロッサム』のやわらかな調べが乗っていた。それは、母が数え切れないほど聴いていた曲だった。

第五章

灰色の雲が空を流れて集まり、犬が体についた雨を振り落とすように、雨を降らせた。日が短くなるにつれ、陽の光はぼんやりとしていった。湾はくすんだ緑色になり、どれほど長く見つめても、うんざりした表情を浮かべたままだった。もう冬なんだろうか？　僕にはわからなかった。

僕はほぼ毎日、午後はずっとシーチェイスの家で過ごした。学校から帰ってくると、ジェイミーがテレビに、ベティーがクロスワードパズルに夢中になっているあいだに、ノースの家をこっそり出た。そして、あたかもサイクリングで遠出してきたみたいに両手に息を吹きかけたり、ふくらはぎをさすったりしながら帰ってきた。

ジェイミーに言ったって理解してもらえないと思っていたからではない。自分のしていることを説明したくなかったのだ。どうせうまく説明できないことがわかっていたから。両親の家でひとりきりで過ごす午後は、まるで靄がかかっているみたいに謎めいていて、そんな時間こそ、僕が必要としているものだった。

いずれにしろジェイミーにも手に入れたばかりのビデオデッキと、抱えきれないほどの画質の悪い字幕つき映画があって、彼はもうそれだけで充分に忙しかった。「こういうビデオを手に入れるのがどれほど大変かわかるか？」僕のバックパックの中身をひっかきまわしながら、彼はそう言った。

「僕がいるときに、これ見ながらマスかくなよ」と僕は言った。

「冗談抜きで、ほんとうにありがとう」とジェイミーは言った。彼らしい、率直な表情で。もしそのときシーチェイスの家のことで頭がいっぱいでなかったら、僕は自分を誇りに思ったはずだ。

　あの初めての午後、僕は『ロータス・ブロッサム』の最初の数小節を聞いただけで家を飛び出した。その夜はベッドに横になって、ピアノの鍵盤の上の指がマイナーコードを奏でるのを聴いていた。翌日戻ったときには、昨日のことはすべて僕の頭がつくりあげた幻想だったのだと悟ることを半ば期待していた。でも居間に足を踏み入れた途端、音楽が聞こえてきた。ブライアン・イーノの『アナザー・グリーン・ワールド』のシンセサイザー。その音はまるで植物の蔓みたいに通気口からカーペットの上にするすると這ってきた。イーノの次に、母は、ソニー・ロリンズの『サキソフォン・コロッサス』をかけた。その次は、僕の知らないR&Bのレコード。それからロバート・ジョンソン。母が『カインド・ハーテッド・ウーマン』をもう一度かけたときには、レコードの針のたてるぷつぷつという音まで聞こえた――少なくとも、聞こえたような気がした。

　この家で何が起こっているのか僕にはわからなかった。でも少なくとも最初のうちは、そんなことはどうでもよかった。暖房炉が点火され、床に低いうなりが伝わってくるのを、僕の湿ったジーンズの折り返しを暖かい空気が乾かしていくのを感じていられるだけで充分だった。行こうと思えばいつだって地下室に行ってドアをノックすることはできたけれど、この夢を少しでも揺さぶってしまったら、夢が僕の眼のまえで、あるいは夢のまえで僕が、消えてなくなってしまうような気がした。

　スタジオの中にいる母に、天井が軋んだり、裏口のドアが閉まったり、シンクの中で水が流れたりする音が聞こえているかもしれないといった考えが僕の頭に浮かぶことはなかった。そういうごくあたりまえの懸念を僕は自分自身に寄せつけなかった。母が出ていったことは僕にとって理解不能なことであり、母が今家にいるという事実は、不可解なことに変わりはなかったけれど、不思議にしっくりきた。それに、僕の心を落ち着かせもした。

僕は証拠を求めて家の中を探った。冷蔵庫の中にあったのは古いフレンチマスタードのボトルと、半分くらい残った壜詰めのオリーヴの実だけだった。両親のベッドの青とオレンジのチェックのキルトの上掛けはきれいに折り返されていた。ある日、僕はノートの端を切ってベッドの足元に置いてみた。が、僕が家にやってきたことを示すその唯一の証拠は、翌日も同じ場所に置かれたままだった。近所を歩きまわってシェヴェットを探し、便器の縁の汚れを点検し、居間の湿ったカーペットのくぼみを調べた。自分自身の足跡のことをすっかり忘れて。

でもそういうのは全部見せかけだった。僕はメグの家に電話をかけなかった。電話番号の書かれた紙きれは〈パシフィック缶詰工場〉の番号の書かれた紙の下にはさまっていたのだけれど。地下室に降りていくことも、スタジオのミントグリーンのドアに近づくこともしなかった。なぜなら居間の壁に肩をつけて通気口に耳をすましながら、僕はジョン・ゴーントが亡くなって以来初めて、安らぎを感じていたから。

母がかけているレコードは暗号みたいなものなのだと僕は自分に思い込ませ、そして、自分にはその暗号の意味が手に取るようにわかることに気づいて驚いた。すべてのレコードを知っているわけではなかったけれど、暗号の意味を理解するのに充分なくらいは知っていた。僕と母がこの家の中でふたりだけで過ごした冬のあいだに、母の音楽がこんなにも深く僕の中に染み込んでいたなんて知らなかった。ある午後、母はバド・パウエルの『見えない檻（インヴィジブル・ケージ）』をかけた。僕はシアトルのパイオニア・スクエアで母がそのレコードを買った日のことを思い出した——「ずっと探してたのよ」

と母は言った。「これを録音したとき、バドはもう死にかけていたんだけれど……」また別の日には、プリンス・ラシャというサックス奏者のレコード、『ファイヤーバード』をかけた。僕が小さいころから家にあったレコードだ。僕はジャケットを見ながら母に尋ねたことを思い出した。「この人は本物の王子(プリンス)さまなの？」母はにっこり笑い、ライナーノーツを読むふりをしながら言った。「どうかな……ここにはそうは書いてないわね」また別の日には、母はニール・ヤングの『アフター・ザ・ゴールド・ラッシュ』をかけた。僕は母と一緒に夕食をつくりながら、その中の『テル・ミー・ホワイ』という曲の歌詞を教えてもらったことを思い出した。気づけば僕は、次はどのレコードがかかるかあてようとしていた。

　襟の折り返しに金色のライオンの顔の模様のついた青いフランネルのローブ——それは僕が子供のころに母がよく着ていた服だった——を着ている母を思い浮かべた。床に散乱したジャケットカヴァーをよけながら、狭いスタジオの中を行ったり来たりしている母を思い浮かべた。シリアルの黄色い箱に腕を肘のところまで突っ込んでいる母を思い浮かべ、ダブルシンクの蛇口の下で手をお椀の形にしている母を思い浮かべた。長椅子に横になって両足を壁につけている母。スタジオのドアをノックする音にぎょっとして、眼を瞬かせる母。「カル？」と母は言う。「もうちょっと待って。何も心配しなくていいからね。あとちょっとだけ、ここにいさせて」

　そう、僕はただノックするだけでよかったのだ。

　授業中、僕は指のつけ根にミントグリーンの木が触れるのを感じ、コンコンコンという虚ろな音を聞いた。一日また一日と過ぎていった——ゾンビーズの『テル・ハー・ノー』が繰り返し流れ、エリック・サティの『スピリッツ・リジョイス』が流れ、またロバート・ジョンソンが流れ、セロニアス・モンクの『ブリリアント・コーナーズ』が流れた。でも僕はどうしてもノックできなかった。

次の週の真夜中、僕は叫び声を噛み殺しながら眼を覚ました。二段ベッドから降りて、窓の外へ這っていった。空には無数の星が輝いていたにもかかわらず、雨が降っていた。濡れた砂利が足にくっついた。夢の中で、母がドアを開けた。空虚な緑色の眼は落ちくぼみ、その体からはウジ虫と草のにおいがした。母は爪先で歩いていた。継時露出撮影の写真みたいにぎくしゃくした動きで。

「わたしの伝言は受け取った?」と母は訊いた。

自分がうなずくところが見えた。

「なんてあった?」

「母さんは殺されたって」と僕は言った。突然、母は飛翔し、そのまま天井を抜けた。母の髪が頭上で翼のように広がった。僕は大急ぎで階段を駆け上がった。僕のスピードに合わせるかのように、母は居間を抜け、屋根裏部屋を抜け、空にのぼっていった。

僕はほとんど気づかなかったけれど、波はブラックス・ビーチの岩の上に流木を吐き出しつづけ、《ロイヤルティ台帳》の新しい号はオレンジ色のセロファンに包まれたまま開封されることなくポーチの上に積み上げられていき、そして、時は流れつづけた。十月の第一週の終わりまでには、アラスカからふたたび報告がはいるようになった。

父はいつも言っていた。どんなシーズンになるかは、シーズン最初のカニ捕りかごが水面に浮上するまえにわかる、と。油圧式昇降装置が甲高い音をたててキーキー軋んだら、もうそれだけで、自分たちがとんでもない大金を稼いだことがわかるのだ、と。最初のカニ捕りかごの引き揚げが始まると、父は伝統に則って甲板での作業をやめ、乗組員をレールに並ばせた。そして歓声をあげることになるのか、悪態をつくことになるのか、その成り行きをじっと見守るのだ。

　その年はまちがいなく、昇降装置は甲高い音をたて、キーキー軋み、震え、苦しげな音を出したにちがいない。男たちには祝福している余裕すらなかった。来る日も来る日も、積載量九十トンの船倉にカニを詰め込みつづけた。が、それは〈ローレンタイド〉にかぎったことではなかった。〈コルディレラン〉を始めとするベーリング海漁船団のほぼすべての船に、大漁がもたらされたのだ。

　船長というのは誰しも、カニの考えることなら手に取るようにわかると豪語するものだが、たいていの場合、カニは彼らの裏をかく。その年、カニはアラスカのコディアック湾を集団ボイコットすることに決めた。そこを漁場にしている漁師たちは、空のカニ捕りかごがレールにあたる虚しい音を聞き、互いに毒づき合い、自分たちの船長と子供たちを呪った。しかし、〈ロイヤルティ〉の船の漁場、すなわちベーリング海では、タラバガニはまるで海底から湧き出てくるみたいに、次から次へとかごをいっぱいにした。誰もが経験したことのない大漁だった。

　コディアックの水産加工業者は、そのあまりの落差に苛立ちを覚えながら次から次へと煙草を吸い、爪楊枝を噛んだ。なんといっても最高だったのは、何年もまえには荷下ろしの順番がまわってくるまで一晩じゅう父たちの船を待たせ、生け簀の中のカニを次々に死なせ、そのせいで出た多大な損失について父たちが訴えてもただ肩をすくめただけだったその同じくそ野郎どもが、今度は膝をついて頼み込んできたことだった。彼らはベーリング海漁船団に何度も無線で連絡してきて、カニをどうぞコディアックまでお運びくださいと懇願し、そして、見たこともないような高値を提示してきた。

　ある晩、そんなコディアックの水産加工所から、父が連絡してきた。受話器の向こうから聞こえてきたのは有頂天かつ疲労の滲んだ、まさしくアラスカの声だった。父がことばを切って息をつくたびに、雑音の嵐が聞こえた。電話に出るとすぐ、僕と父はお決まりの会話を始めたのだった。

「質はどう？」と僕は訊いた。まるでシーチェイスの家のキッチンに立って、受話器を母に返すまえに時間稼ぎをしているみたいに。

「まったく信じられないよ。嘘みたいだ。脱皮ガニやなんかも、ほとんど混じってないんだ」

「天気もそんなにひどくなかった？」

「まあ、時化てたことは時化てたんだが、漁のほうがこんなに絶好調だと、なんだか自分が鉄でできてるみたいな気分になるからな。グリーンランタン（DCコミックのヒーロー）になったみたいな。それとも……あれ、なんて言ったっけ？」

「スーパーマン」と僕は言った。

「スーパーマン」と父は言った。「それだ。スーパーマン！　どこまで話したっけな。どうやら二、三時間ばかり寝たほうがよさそうだ」

「そうしたほうがいいよ」と僕は言い、そこで、〝お決まりの会話〟から逸脱した。「リチャードのこと、聞いたよ」応えたのは、耳障りな雑音だけだった。数拍の間を置いてから、父は言った。

「みんな聞いたんだろうな」

　いったい何マイル分の電話線を伝わって、そのことばは僕のところに届いたのだろう？　なんの意味もないそのことばは。僕は答代わりの雑音に耳をすまし、父がさらに続けるのを待った。

「悲しいことだが、よくあることだ。おまえだってそれは知ってるだろ。リチャードだって知ってたはずだ」

「それだけ？」と僕は訊いた。

「いや、それだけじゃない。とんだ災難だったよ。保険会社に、弁護士が十人。山ほどの質問に答えなきゃならなかった。ドンの腰の具合が悪くて、今年はやつが船に乗らないことにしたのは幸運だった。ドンがほとんどひとりでそういうのを引き受けてくれたんだ。気の毒なやつさ。ドンは弁護士が大嫌いだってのにな。まあ、ひどい話にはちがいないが、この話はこれでおしまいだ、いいか？　いいニュースならいくらでもあるんだからな。こんなカニは見たことないよ。海の底のほうじゃ、愛の営みが盛大におこなわれているにちがいない。いやほんとに。おまえに見せたいよ。いつか絶対に見るべきだな」

「うん」と僕は言った。「僕も見てみたいよ」

金が入り用だったら、と父は言った。ベティーに言うんだ。父さんがあとで精算するからな。学校はどうだ？　それから父は、来年はどこに旅行にいきたいか考えておくように言った。けちけちするなよ、と。そして一分後に電話を切った。母のことを一度も話題にすることなく。

母はよく言ったものだ。迷信深い漁師を見つけるのは、あてにならないミュージシャンを見つけるのと同じくらい簡単だと。ロイヤルティ・アイランドの仕人は誰もが漁師だった。実際の職業はちがっても、少なくとも気質の面では。いいニュースが広まるにつれ、人々は、ゴーント家が存在しなくなっても人生は続いていくのだと確信しはじめ、そして、何十年に一度の大漁シーズンがゴーント家が消えた直後に訪れたのは果たして偶然だったのだろうかと考えるようになった。ひょっとしたらゴーント家は自分たちをまえへまえへと進めていたのではなく、何年ものあいだ、ただ押さえつけていただけだったのではないだろうか？

数日のあいだ、僕はあの悪夢のせいで家に近づくことができなかった。放課後にはジェイミーと一緒に映画館や図書館で時間をつぶしたり、乾燥させたバナナの皮をコーヒーフィルターで巻いて吸ったり、〈セーフウェー〉でミニ・シン（興奮作用を持つエフェドリンを含有するやせ薬）を買ったり、雨の中、遊歩道をふらふら歩いたりした。ある午後、記念碑のそばで、ベンチに坐っているふたりの年配の女性のまえを通り過ぎた。そのベンチは、夏に僕がリチャードと偶然出くわした場所だった。ふたりは花柄のワンピースにレインコートとゴム長靴という恰好で、より年配のほうの女性は引き綱で白い犬を引いていた。犬を連れたほうの女性が友人に向かって言った。「あの罰当たりな男のせいで、どんな目に遭うところだったか考えてごらんなさいよ」

数日後、僕とジェイミーが〈オーフィウム劇場〉で照明が消えるのを待っていると、うしろから声が聞こえた。僕よりも年下の息子と、僕の父よりも年上の父親の声だった。「ジョンが亡くなるまえに、リチャードがなんて言ったか知ってる?」と息子は言った。「心配しないで、パパ。魚にはちゃんと餌をやるから」父親は息子にしーっと言ったものの、予告篇のあいだじゅうくすくす笑っていた。ふたりの会話に耳を傾けながら、僕は思った。あと数年はこういうジョークが飛び交うにちがいないけれど、やがてゴーント親子は人々の笑いを取ることすらできなくなるのだろう、と。悲劇はコメディーになり、そしてジョークがもう面白くなくなったとき、消えてなくなるのだ。

次にシーチェイスの家に戻ったとき、僕はキッチンでボブ・ディランの歌声を聞いた。グレーという名前の男をおれが撃ったってみんなは言う――。が、聞こえたのはそれだけではなかった。ドンドンというバックビートが聞こえ、それに合わせて居間の床が振動していた。誰かが、壁か天井を打ち鳴らしているのだ。僕は耳をすました。曲は『イディオット・ウィンド』

から『きみがいないと淋しい』に変わった。ドンドン。やはりビートの直後だった。通気口から、咳き込むような音とともに暖かい空気が洩れてきた。そのとき僕は初めて、部屋の中がものすごく暑いことに気づいた。

僕はTシャツ一枚になった。が、窓を開ける勇気はなかった。壁がゆらめき、床が斜めに傾いているように感じられた。何かを打ち鳴らす音は続いた。ドンドンドン。その音は今では歌を無視していた。スネアドラムかオートマチック拳銃の音のようだった。音楽と熱が溶け合って、何かが形づくられていくような気がした。その何かを、僕は梯子の横木をのぼるようにのぼっていた。ドンドンドンという音に合わせて、熱い埃の層が踊った。何年もまえに母に連れられて行ったシアトル交響楽団のコンサートを思い出した。ティンパニーが打ち鳴らされるたびに、細かな粒子が踊ったことを。

母。音楽。熱。セント・ヘレンズ山から降る灰のように、通気口から音が吐き出された。家はアヘン窟になり、突進する鯨になり、教会の丸屋根を叩く土砂降りになり、そして、空襲になった。ドンドン。外はもう暗かった。街灯の明かりを雨が引きちぎっていた。ドンドン。家は裏返しの水族館になった。家はローリー・ゴーントをロイヤルティ・アイランドの黒い海岸に運んだ気球みたいに、空に向かって上昇していった。

でも翌日は、ひんやりとした通気口に耳を押しあてなければ、今流れているのがパッツィ・クラインのレコードだとわからないほど、音量が下げられていた。自分が拒絶されたように感じ、僕はすぐに裏口に向かった。それで、もう少しでスプーンを見落とすところだった。スプーンはシンクに置かれていて、くぼみの部分に水がたまっていた。排水溝のへりに危なっかしくのったその青いプラスティックの柄に触れる勇気が僕にはなかった。くぼみのへりには白っぽい皮のようなものがついていて、クロムメッキには小さなさびがあった。僕はそういった細かなことをひとつひとつ、証拠として記憶に留めようとした。その日の夜、ベッドに横になったら、そういう記憶が必要になることがわかっていたから。昼間見た光景は想像の産物ではなかったのだと自分に思い出させるために。

次の日、ジェイミーと一緒にソファで『隠し砦の三悪人』を見ている途中で眠ってしまった僕は、ジェイミーに揺さぶられて眼を覚まし、キッチンから引っぱってきた電話を手渡された。「カル？」と受話器の向こうの声が言った。

背後に音楽が聞こえたような気がした。気づけば僕は、母の声ではなく、背後の音に耳をすましていた。

「カル、聞こえる？」

「ここにいるよ」と僕は言った。「切ったりしないで」

「切るわけないわ」と母は言った。

僕は受話器に手をあてて、ジェイミーに向かって眉を上げげた。大切な電話が来て、ひとりになりたいときに父がする表情だった。が、ジェイミーが部屋を出ていった途端、僕は彼を呼び戻したい衝動に駆られた。今では電話の向こうの声よりも、彼の声のほうが僕にとって親しみのあるものになっていた。

「もしもし」と母は言った。

「ここにいる」

「声が聞けて嬉しいわ」

「だろうね」と僕は言った。

「今日、わたしが何を見たかわかる？」

「さあ」

「パシフィック通りの本屋の外で、男の人が『世の終わりのための四重奏曲』のヴァイオリンのパートを弾いてたの。あのアルバムをかけながら一緒に踊ったの覚えてる？　あのときのこと覚えてる？」

「どこで？」と僕は訊いた。

「キッチンで」と母は言った。

「どこでその男の人を見たの？」

「パシフィック通りよ」と母は言った。「本屋のそば。ほら、よく行く食堂の近くの」

次の質問が僕の口の中で震えた。僕は唇を動かすことができなかった。「もしもし」と母は言った。「カル、まだそこにいる？」

「今どこにいるの？」と僕は訊いた。

「どこって？　サンタクルーズよ」

「ずっとサンタクルーズにいたの？」

母は答えなかった。沈黙の中で、母の歯がかちっと鳴るのが聞こえた。メグの家のポーチのデッキチェアに坐っている母の姿を僕は努めて思い浮かべた。両足に明るい陽射しが降り注いでいる。メグが母に食べものを運んでくると、メグの毛量の多い黒い髪が戸口の側柱にあたってかすかな音をたてる――。

「一緒に来てって頼んだはずよ」と母は言った。

僕はソファから居間の床の上に腰を落とした。電話のコードが綱渡りのロープみたいにぴんと張った。天井の照明にはオウムガイの形のすりガラスのシェードがついていた。眼の焦点が合わず、オウムガイが二重に見えた。

「ちょっと待ってね、カル」

母が送話口に手をあてたのがわかった。「階上に行くわ」と言うのが聞こえた。「大丈夫、大丈夫。平気よ。階段くらい」

地下室のドアを開けて階段をのぼり、シーチェイスの家のキッチンに出る母の姿を、僕は思い浮かべずにはいられなかった。母は息を切らしていた。

「今はね、世界はもう沈むのをやめたんだって思えるようになったの」と母は言った。「それがわたしにとってどれほど素敵なことか、わかる?」

「わからない」と僕は言った。

「もうすぐ妹が生まれるのよ」と母は言った。「あと二週間で予定日。でも、もういつ生まれてもおかしくないわね」

「どうして電話してくれなかったの?」

「電話ならしたわ」少し間を置いてから、母は続けた。「ごめんなさい。でもなんて答えればいいの?」母はまたことばを切った。「あの夜、お父さんにあんなことを言ったのをあなたに聞かれて、とにかく恥ずかしかった。あなたにあんなふうに言われたことも、電話を切られたことも、何もかも恥ずかしかった。あなたには信じられないでしょうね。そんな理由でずっと電話できなかったなんて。あなたにとってわたしは母親だから、過大評価しても無理はない」

「過大評価なんかしてない」と僕は言った。

「そうよね。もちろん、そうに決まってる。ごめんね。とにかくわたし、どうかしてたのよ。もしかしたら、それは今も同じなのかもしれない」

「いつ戻ってくるの?」と僕は訊いた。

「あなたが元気でやってるかどうか、訊いちゃだめ?」

「戻ってくるつもりはあるの?」

「ねえ、いつでもこっちに来ていいのよ」

「戻ってくるの?」

「わからない。少なくとも赤ちゃんが生まれるまでは戻らないわ。生まれてからは……どうなるかしら」

「どうするつもり?」

「メグが、赤ちゃんが生まれたら世話を手伝うって言ってくれてるの。わたしひとりじゃすごく大変だし。それに、今回はめずらしく、お父さんとも意見が一致したから」

「わかった」と僕は言った。「こっちは大丈夫だから。漁のことはもう聞いた?」

「誰とも話してないから」

「じゃんじゃん稼いでるみたいだよ。一生に一度の大漁だって」

「きっと、みんな大喜びね」と母は言った。

「もちろん。わざわざアラスカまで行くのはそのためだからね。金を稼ぐためだから」

「じゃあ、みんなが幸せってわけね」

「リチャード以外はね」

「彼、どうしたの？」

リチャードが死んだことを母が知らないなんて思ってもみなかった。でも、ほんとうに知らないのだと気づいた途端、僕は両手がうずくのを感じた。自分は今、悪い知らせを母に最初に伝える人物になろうとしている。そう思っただけでぞくぞくした。その知らせで、母を打ちのめしたかった。

雲ひとつない、明るい日だった、と僕は言った。めったにない凪(なぎ)だったんだ。リチャードは船尾に立って気持ちよさそうに陽を浴びながら煙草を吸っていた。が、次の瞬間にはもう消えていた。水しぶきの音を聞いた者さえいなかったらしい。細部はもちろん、僕のでっちあげだった。「もしもし？」と僕は言った。

「それ、ほんとうなの？」母の声はまるで渓谷に落ちてしまったみたいに響いた。「ほんとうなの？」

「みんな知ってることだよ」と僕は言った。

「そう」と母は言った。しばらくのあいだ、沈黙だけが受話器の向こうから流れてきた。「わかったわ。数分後にかけなおさせて。いい？　またかけなおすから」

それから三ヵ月間、僕は母と一度も話さなかった。

その日の夜、僕はジェイミーの机について坐っていた。机の上には彼のペーパーバックが所狭しと積み上げられていた。どの本もこれまでにふたりか三人の読者を経てきた古本で、ページのあいだからは甘いにおいがし、ページをめくるたびにかさかさ音がした。『異邦人』、『審判』、『出口なし』——ホラー小説にぴったりの題名だ。そういう本が自分を助けてくれると本気で思っていたわけではないけれど、すでに袋小路に突きあたってしまったように感じていたし、そのころはまだ、人生における重要な問題というのはどこかでもう解決済みだと信じていた。人生のどんな問題にも解答があるはずだという幻想をそのころはまだ抱いていたのだ。

その日の午後遅く、僕はまたシーチェイスの家に行って通気口に耳を押しあてた。が、なんの音も聞こえなかった。だからそのとき、本をまえにしながら、自分が今抱いている疑問はすごく理に適っている、と思っていた。何かが存在しているはずの場所に何もない場合、人はどうすべきか？　もちろん、いくら読んでもさっぱり頭にはいってこなかったけれど。

突然、ドアが開いた。僕はとっさに本を下に払い落とし、足で机の下に押し込んだ。ジェイミーはまるで観客のまえで演じているみたいに、両方の眉を吊り上げて言った。「きみとカミュをもう少しふたりきりにしたほうがいいかい？」

「誰？」

「カミュ。おまえが今足でこすってるその本を書いた人だけど」

二週間前なら、僕はそのペーパーバックを真っぷたつに引き裂いていただろう（そうしようと思えば引き裂けたはずだ。背表紙は黄ばんでぼろぼろだったから）。でも結局、本棚のもとの場所に戻しただけだった。「僕の質問に答えてくれたら」と僕は言った。「恩に着るよ」

「そう？」彼は本棚を調べ、本の位置を入れ替えながら言った。が、僕のほうに向き直ったときにはまだ、笑みを消すことができないでいた。「それじゃ、外に出ようぜ」

外は凍えるような寒さだったけれど、ジェイミーの判断は正しかった。そのころまでには、何か重要なことを話すのには屋根の上が最適だと思えるようになっていた。ジェイミーは、彼の父も着られそうなくらい大きなピーコートを一枚余分に放って寄越し、僕らは窓の外へ這って出た。今では僕も慣れたものだった。ぼんやりとした月の下、体を冷やさないように足踏みして、がむしゃらに煙草を吸いながら、僕は自分の危機について話した。

「何かを探してたんだけど」と僕は言った。「どうやら、本には書かれていないみたいだ」

ジェイミーは屋根の上を行ったり来たりしていた。寝室の窓から洩れるねっとりとした光の中で、彼が両耳の耳たぶを引っぱっているのが見えた。まるで、しかるべき場所に考えを引っぱり出そうとするみたいに。

「おまえが何を探してたのか教えてくれたら、おれとしても答えやすいんだけど」

「それは言えない」

「それは、実在するものか？　つまり、形あるものか？」

「そのはずだ」

「オーケー」と彼は言った。「どうして訊いたかっていうと、あの本に書かれているのは精神的な無についてのことなんだ。神なき世界に生きる、みたいなことなんだよ。おまえの問題っていうのは、そういうことか？」

「いや、ちがうと思う」と僕は言った。

ジェイミーは冷静な眼で探るように僕を見た。「だとしたら、残念ながら、カミュはおまえの助けにはならない」

窓のほうに向かいかけた僕に、ジェイミーは言った。「だけど、あの本に書かれていることについては、おれにもまだよくわからないところがたくさんある。たぶん、もう一度最初から最後まで読みとおす必要があるんだろう。でも、今ちょっと、眼をとおしてみようかな。もしかしたら何かひらめくかもしれないし」

僕らの下で、網戸が軋み、そして、バタンと閉まった。何が起こっているのか僕にわかるまえに、ジェイミーは腹這いになって僕の袖を引っぱった。僕も腹這いになった。鼻がタールをこすり、思わず頭を持ち上げた。頬に砂利があたった。

アイスブルーのナイトガウン姿のベティー・ノースがパティオの上を静かに歩いていた。彼女は椅子をがたごとと引き、テーブルについて坐った。月明かりの中、その体はぼんやりと、二重に見えた。今にもベティーが僕らのほうにやってきて、部屋にはいりなさいと叱るにちがいないと思ったが、彼女はそこに坐ったまま、じっと木立を見ているだけだった。そんな彼女を眺めながら、僕らは身動きひとつせずに屋根に体を貼りつかせていた。

「何してるんだろう?」と僕は囁いた。

「しっ」とジェイミーは言った。彼女は腕組みをしていて、背中をまっすぐ伸ばしていたけれど、その体は寒さに震えていた。眼を開けているのか閉じているのか、僕にはわからなかった。風を受けて、ナイトガウンが小さくはためいている。その姿はまるで、ポンプの圧力が切られた瞬間の噴水を思わせた。

少しずつ、彼女の体から力が抜けていくように見えた。彼女は上体をパティオのテーブルのほうに倒して、僕が学校で居眠りするときのように、腕組みした両腕を枕にして頭をのせた。そして、十分くらいその姿勢を保っていた。彼女の狭い背中は呼吸に合わせて上下し、僕の顎は屋根に食い込んだ。

裏口のドアがふたたび閉まると、僕はジェイミーのあとから部屋の中にはいった。ジェイミーは部屋の電気を消し、ベッドにもぐり込んだ。

「ベティーは何していたんだ?」と僕は訊いた。「ジエイミー?」

「おまえ、知ってたか?」少ししてジェイミーは言った。「その昔、ナンタケット島で捕鯨が盛んだったころ、島のほとんどの女がアヘン中毒だったってこと」

「ベティーもさっき何か打ってたってこと?」と僕は言い、言ったそばから後悔した。もしジェイミーが僕の母について同じことを言ったら、彼の首を絞めていただろう。僕はベッドに上がって、シーツの中にはいった。シーツのかさかさという音が自分のことばを消し去ってくれることを願いながら。

「ごめん」と僕は言った。

「おれが言いたかったのは、母さんのことをとやかく言うべきじゃないってことだ。母さんはときどきさっきみたいに外に出ていく。それだけだ。それも、以前ほどしょっちゅうじゃない」

「何も見なかったことにすればいい」と僕は言った。

ジェイミーは下のベッドで懐中電灯をつけた。光は天井の上を行ったり来たりし、それから壁のほうにおりていった。

「ちょっと黙っててくれないか」と言って、彼はため息をついた。「ある晩、去年だったと思うけど、おれは急に思いついたんだ。屋根の上に出るのはすごく簡単なんじゃないかって。ベッドに横になってて、突然、思いついたんだよ。ドレッサーの上に上がって網戸を上げるだけでいいんだって」

「確かにな」

「で、実際にやってみた。そしたらある晩、母さんが外に出てくるのが見えた。最初に見たとき、おれは声をかけなかった。屋根の上にいるのを知られたくなかったからね。でも、母さんが出てきたのはその晩だけじゃなかった。毎晩じゃないけど。週に二、三回は出てきたと思う。外に出て、ただ坐っているんだ。雨でも、どんなに寒くても」

「何をしていると思った?」

「ちょっと黙って聞いてくれないか？」と彼は言った。「母さんはだいたい九時半ごろに寝室に行くんだ。二、三回、朝まで屋根の上で待ってみたんだけど、十一時を過ぎてから出てきたことはなかった」

懐中電灯の明かりは、まるでゆっくりとまわる灯台の明かりみたいに、壁を行ったり来たりした。ジェイミーのことばとことばのあいだに、雨の音が聞こえた。冷たくて重い、みぞれに近い雨を風が窓に叩きつけていた。

「父さんがいないときの儀式みたいなもんさ」とジェイミーは言った。「まずおれにお休みを言って、それからふたつのドアに鍵がかかっているか確かめる。ドアの鍵がかかっていなかったら、鍵をかけ、鍵がかかっていたら、鍵を開けて、それからもう一度かける。それが終わると、キッチンのテーブルでクロスワードパズルをして、もう一度ふたつのドアの鍵を開けてから、またかけて、それからベッドに行く。で、おれはある晩、ドアの鍵をかけている音が聞こえているあいだに、母さんの寝室のクローゼットに隠れたんだ」

懐中電灯の光がベッドの反対側の壁に交差する二本の線を描き、それから円をふたつ描いた。明るい光の点はまるで踊る鍵穴のように見えた。僕は声をあげて笑った。枕に顔を押しつけてではなく――そうしようと思えば簡単にできたのだけれど――わざと闇に向かって。下のベッドで横になっているジェイミーに向かって。「嘘つけ」と僕は言った。「クローゼットに隠れるか？　普通。なんで面と向かって訊かなかったんだよ？」光がまた壁をさっと切り、本棚に並んだ本の背表紙の上で止まった。今、光があたっている本を、ジェイミーがほんとうは一度も読んだことがないのを僕はもう知っていた。意外なことに、ジェイミーも声に出して笑った。

「なんでだろうな。とにかく隠れたんだよ」

「ジェイミー、懐中電灯を消してくれ」と僕は言った。

壁の上の光の点が消えた。

「おれはクローゼットの父さんの服がかかっている側にいたんだ。父さんが着てるところなんて見たことがないオーヴァーコートとスーツにはさまれて、古いブーツのうしろで屈んでた」

　外では、みぞれがいつのまにか雪に変わっていた。それは、暴風雨が吹雪に変わったサインだった。雨の音は何マイルも向こうから聞こえる。灰色の雨雲が立ち昇るのも見えるし、雷のうなりも聞こえる。が、雪は静寂とともにやってくる。気づけばいつのまにか降っているのだ。

「母さんが部屋にやってきたとき、部屋の明かりは消えていた。でも母さんは明かりもつけずにベッドにはいった。だからおれには何も見えなかったんだ。でも、毛布の音やなんかは聞こえた。十一時まで待って、何も起こらなかったら部屋を出るつもりだった。さっきも言ったけど、毎晩ってわけじゃなかったからね。でも、懐中電灯を持ってきていなかったから、腕時計の文字盤が見えなかった。何時間も経ったような気がしたかと思えば、数十秒しか経っていないような気もした」

　彼はことばを切った。きっと、僕が何か言うのを待っていたのだろう。だけど僕には言うべきことなんて何もなかった。気づけば僕は自分自身の母のことを考えていて、それで、なんとか考えまいと努力していたのだ。もうどのくらい雪は降りつづいているんだろう、くっつきやすい湿った雪だろうか、歩道にはもう積もっているだろうか……

「自分の体がどこにあるのかわからなくなることってあるだろ？　あんな感じだった。腕が肩にくっついているのは頭ではわかるんだけど、その感覚がまったくないんだ。自分がここにいて、その隣に無の空間があって、で、自分の体はその空間の向こう側にあるような、そんな感じ。それから、叫び声が聞こえた。そんなに大きな声じゃなかったけど、実際に聞こえる声のうしろに、ものすごい量の息が押し殺されているのがわかった。おれは倒れるみたいにして寝室に出た。月明かりが部屋の中をかろうじて照らしていて、母さんがベッドの上で上体を起こしてじっとしてるのが見えた。たった今、電気椅子で処刑されたばかりの人みたいに背筋をぴんと伸ばして。いつも使ってるアイマスクをつけていて、口を両手で覆って叫んでた。

母さんは繰り返し爆発するみたいに叫んだ。空気を全部吐き出すと、息を吸い込んで、すぐにまた叫びだすんだ。おれはそっとベッドの角まで歩いていった。母さんはまだアイマスクをつけたままだったけれど、部屋の中に誰かいることはわかったみたいだった。なぜって、いきなりベッドから飛び降りたんだ。それから、両手で口を覆って叫びつづけながら、キルトの掛け布団を引きずってドアのほうへ歩きだした。でも、ドアのまえまで来ると、いきなり叫ぶのをやめた。ゆっくりとドアを開けて、爪先で歩きながら廊下に出た。母さんが階段を降りていく足音が聞こえた。それから玄関ドアまで歩いていく音も聞こえた。ほんのかすかに」

ジェイミーはまた懐中電灯をつけ、本棚を照らした。僕はもう何も話したくなかった。さっきみたいにうるさく口をはさむ気もしなかった。数分が過ぎ、懐中電灯の明かりが天井にくるくると輪を描きつづけた。でもジェイミーは押し黙ったままだった。

「ジェイミー？」

「そのことを母さんに話したことは一度もないんだ」と彼は言った。

「どうして？」

「ずっと頭から離れなくて、それで、図書館に行って調べたんだ。母さんはたぶん、夜驚症なんじゃないかな。だから夢遊病者みたいにパティオへ出ていくんだよ。すごく静かに。誰にも、というかおれに知られないように」

「でも、確かめたくないのか？」

「いや。忘れられたらいいのにって思ってる」

「だったら、忘れろよ」

「そんなに簡単に忘れられるんなら、忘れられたらいいのになんて思わないだろ？」

「いいかげんにしろ」僕は急に腹が立ってきた。「どうせ全部つくり話に決まってる。なんで訊けないんだよ？」

「つくり話じゃない」と彼は言った。それがほんとうだと僕は知っていた。「いずれにしろ、回数はだんだん減ってきてるんだ。今晩のまえはいつだったか、もう思い出せないくらいだ。だから、もしかしたら……」

「家の地下から母さんのレコードがひっきりなしに聞こえてくるんだ」と僕は言った。「母さんがいるのはまちがいないと思ったんだけど、実際はサンタクルーズにいるみたいなんだ。わけがわからなくてさ。自分の頭がおかしくなったのか、それとも、実は幽霊の存在を信じているのか、それとも何かほかにあるのか」

ジェイミーは懐中電灯をつけたり消したりした。部屋の壁に、点と線のパターンが描かれた。

「モールス信号か？ 人の話をちゃんと聞いてたのか？」

ジェイミーはようやく明かりを消し、それから言った。「モールス信号じゃないよ。ダジはいつも、モールス信号を教えてくれるって言ってるけど、まだ教えてもらってないんだ。それにしても、確かに変な話だな」

「〝変な話〟？ 感想はそれだけ？」

「家にはもう戻らないほうがいい」

「それ、本気で言ってるのか？」

「ああ、本気だ」

僕はもうこれ以上ないというくらい失望していた。

ジェイミーに打ち明けたのは、彼自身も僕に打ち明けてくれたからだった。そうすることでジェイミーはようやく僕に納得させたのだ。ひょっとしたら自分以外の誰かも、この話を理解してくれるかもしれないと。それに、もうひとりではこれ以上まえに進むことができそうになかったからだ。一年後か、一年前の僕なら、ひとりでも行動を起こすことができたはずだ。スタジオのドアをノックできたはずだ。でもそのときの僕には、どうしてもできなかった。ひとりではどうしてもできなかったのだ。

「どうして?」と僕は訊いた。「どうしてそんなことを言うんだよ?」

「少し雪が降ってる、ちがうか?」とジェイミーは言い、窓のほうへ行った。彼がもうとっくに雪に気づいていたことはわかっていた。青く染まったガラスのまえで、彼の背中はまるでシルエットのように浮かびあがった。その肩の上に、白いみぞれが降り積もっていくように見えた。「どうしてかというと」一分ほど経ってから彼は言った。「もしおまえが家に戻ったら、おれは父さんにそのことを報告しなくちゃならないからだ。次に父さんが電話してきたときに。父さんに言われたんだ。もしおまえが家に戻るようなことがあったら教えてくれって」

僕は弾かれたように上体を起こし、床に飛び降りた。「いったい何がどうなってるんだ?」と僕は訊いた。「あれは母さんなのか? 母さんがほんとうにあそこにいるのか?」

「わからない」とジェイミーは言った。

「もう報告したのか?」と僕は尋ねた。「僕がビデオデッキを取りに戻ったことは知ってただろ」

湿った雪片はさらに大きくなり、さっきよりゆっくりと落ちていた。突然、窓が消え、吹雪の中にふたりで立っているような錯覚を覚えた。ほんとうにそうだったらいいのにと思った。外で雪玉をつくったり、橇すべりをしたりしているのならどんなにいいだろう、と。ロイヤルティ・アイランドの子供時代では彗星に遭遇するのと同じくらいめずらしい、そんな穏やかな冬の日をふたりで過ごしているのならどんなにいいだろう。

「何も言ってないよ。父さんは、ちょっと思いついたみたいにそう言っただけなんだ。教えてくれって。それに、ビデオデッキのことなんて大したことじゃないと思ったしな。でも、今度のことは、どうやら報告しなくちゃならないみたいだ。もう二度と戻らないっておまえが約束しないかぎりは。約束するか？」

窓についた雪は凍りはじめ、月光を細長い断片に切り取った。ベティーの寝室のドアが開き、そして閉じたのが聞こえたような気がした。風が家に吹きつけ、霜を吹き出し、窓を揺らした。

「たぶん、明日は休校だ」と僕は言った。「とにかく、もう寝るよ」

「じっくり考えるといい」とジェイミーは言った。

「わかってる」と僕は言った。

「こっちからは電話できないから」とジェイミーは言った。「向こうからかけてくるのを待つしかない」

「知ってる」

「明日かけてくるかもしれないし、何週間も先かもしれない。結論を出すのに、何日くらい要る？」

「あと一日」と僕は言った。

翌朝、雪は歩道にうっすらと積もり、縁石には氷が皮のように貼りついていた。学校は休校になった。僕が眼を覚ましたころにはすでに太陽が顔を出し、ひさしからは水滴がぽたぽたと落ちていた。ジェイミーはいなかった。昨晩、眠りは浅く、僕は母の夢を見た。

ジェイミーの家からなら眼をつぶってでも行けそうだったけれど、雪をかぶった今日の通りはなんだか別の通りのように見え、気づけば僕は目印を探していた。陽は照ったり陰ったりし、空気ははっとするほど冷たかった。足の下で、雪がざくざくと音をたてた。僕は家の中にはいった。窓からの明かりを受けて、キッチンのシンクが白っぽい銀色に光っていた。スプーンはなくなっていたけれど、地下室へと通じる淡い色の木のドアと、そのドアを開ける金色のドアノブはなくなっていなかった。

ジョン・ゴーントが母のところへやってきたときにたどったはずの道のりを、僕はたどった。居間とキッチンを抜けて淡い色のドアを開け、階段を降り、さびついた暖房炉の脇を通り、汚れた窓から差し込む光の柱の中を抜け、今ではひとつの家族とひとつの子供時代の残骸でいっぱいになった地下室の中を通り過ぎた。〝クリスマス・オーナメント〟と書かれた箱と古い鉢とミキサーと引き綱とピンク色のブイの脇を通り過ぎ、ミントグリーンのスタジオのドアに向かって歩いていった。皮膚がちくちくした。僕は音をたてずに歩いた。スタジオのドアは閉じていたけれど、『カインド・ハーテッド・ウーマン』がドアの下の隙間から洩れていた。

僕はあらかじめ決めていた。まずはドアをノックする。大きな音で、自信たっぷりに。きっちり十秒待ち、なんの応答もなかったら、ドアを押し開ける。が、ドアまであと一歩というところで、母の銀色の南京錠がドアにかかったままだということに気づいた。

頭の中で、ノックの音がした。腕がドアをするすると突き抜けるのを感じ、それから体全体がよろけるようにドアの向こうに抜けるのを感じた。僕がはいっていったのは、底知れぬ宇宙だった。南部の漂白されたような道であり、中西部の焼け落ちた工場だった。

でも実際には、腕を動かすことすらできなかった。どうしてもできなかった。僕は怖かったのだ。ただそれだけだった。拳にした手をポケットの中に入れ、後ずさった。階段の一番上にたどり着くと、地下室の電気を消し、それから、居間へ行き、ソファに横になった。これほどまでに自分自身に失望したのは初めてだった。これほどまでにあらゆるものに失望したのは初めてだった。ロバート・ジョンソンが通気口から流れ、やがて、止まった。それからプレーヤーの針の音が聞こえ、ふたたび曲が始まった。

そのソファは僕が生まれるまえからあった。母は何度も、それがいかにみっともないソファか、いかに坐り心地の悪いソファかほのめかしたけれど、父がどうしても手放そうとしなかったのだ。手持ち無沙汰だったので、僕は両手をクッションの下に入れた。長年のあいだにたまった埃が爪の中にはいった。

僕がまだ幼かったころのことだ。居間で遊んでいると、母がやってきて僕を脅かした。サンドウィッチをつくっちゃうぞ——そう言って母は、パン代わりのクッションの上に新聞や雑誌を重ねていった。ピクルス、トマト、たまねぎ。僕がクッションとクッションのあいだでバタバタしていると、母は大きな口を開けてサンドウィッチに噛みつくふりをした。そしてもぐもぐと口を動かし、鼻にしわを寄せて言った。「まだ甘（スウィート）すぎるわね」

僕はクッションを集め、両腕で胸のまえに抱えて戸口をかろうじて通り抜けた。外に出ると、ポーチの柵に積もった雪を払い落としてから、クッションを柵に打ちつけた。柵ががたがたと揺れ、雪の積もったドライヴウェイの上に埃が落ちた。でも、埃を落としたあとも、クッションの見てくれはあまり変わらなかった。家の中に戻ると、さっきとはちがうレコードがかかっていた。曲はやはり『カインド・ハーテッド・ウーマン』だったけれど、ちがうヴァージョンで、今度のはハーモニーが乱れているみたいに聞こえた。

でも、歌声のひとつは、歌いだしたかと思うと止まり、だんだん大きくなっては小さくなり、あるところではつかえ、またあるところでは声高らかに歌った。「ミスター・ジョンソンが飲みすぎるわけはたったひとつ」と声は歌った。調子外れだけれど、明るくて堂々としていて声量があった。

今度は別の声が聞こえた。僕自身の声だった。「やあ」と声は言った。「やあ」通気口に向かって、声は繰り返した。「やあ」

レコードが止まった。沈黙。咽喉のあたりが熱くなって顔がじんじんと火照っているように感じられた。

「やあ」と僕はもう一度言った。

「そこにいるのは誰?」ためらいがちで、剝き出しの声だった。

「リチャード?」と僕は言った。

「誰?」とリチャードは訊いた。

第六章

埃と窓の光が雑音をつくりだしているように感じられる中、僕はスタジオのドアに耳を押しあてた。

「きみだろ、カル?」

本来なら少しのあいだ計画を練ってから行動に出るべきだったのだろう。が、気づけば僕はキッチンを駆け抜け、階段を駆け下り、地下室のドアを勢いよく——わざと強調するみたいに——うしろ手に閉めていた。何週間も、何時間も、学校の机について坐りながら、水たまりの上を歩きながら、この瞬間について考えていたというのに、いざその場に立ってみると、僕には何をしたらいいか、何を言ったらいいかまるでわからなかった。

「死んでるの？」と僕は訊いた。

「そんな感じはしないな」とリチャードは言った。

「じゃあ、どんな感じがする？」

「その反対の感じがする。なあ、どうだっていいじゃないか？　きみはそこで何してる？」

難しい質問だった。

「音楽が聞こえたんだ」と僕は言った。

「それで？」

「音楽が聞こえたんだよ」

「苦情を言ってるのか？」

「なんだって？」

「なんだって？　なんだって？　ぼくはもう充分にうんざりしてるんだ。どういう用件なんだ？　そこで何してる？」

今から言おうとする答がまちがった答なのはわかっていた。そもそも答ですらないことも。もう一度言うくらいなら何も言わないほうがましだということも。でもどうすることもできなかった。「音楽が聞こえたんだ」と僕は言った。

リチャードはドアを思い切り叩いた。僕は息ができなくなった。眼がちくちくし、思わずうしろに飛び退いた。窓から差し込む光のつくる柱の中に。

「いいかげんにしろ」と彼は叫んだが、すぐに声を落として言った。「いや、ちょっと待てよ。やつらに伝えるんだ。ぼくが音量を下げると言ったって。だからレコードプレーヤーを取り上げる必要はないって」

「やつらって？　誰に言うんだ？」

「なんだって？」

「誰に言うんだ？」

「ちょっと待て」と彼は言った。「頼むからちょっと考えさせてくれ」

「リチャード」と僕は言った。

「考えさせてくれ」

僕は言われたとおりにし、段ボール箱の角に腰をおろした。その箱には、緑色のマーカーで〝ハロウィンのちくちく〟と書かれていた。その昔、家にハロウィンの飾りつけをしたことは知っていたけれど、その記憶自体はほとんどなかった。僕がまだすごく幼かったころのことだ。たぶん、三、四歳ごろの。でも、今坐っている箱をまえにして立っていたことは覚えていた。両腕に綿のような蜘蛛の巣が絡みついていたことも。「ほらこれ、〝ハロウィンのちくちく(スティング)〟だよ」と自分が言ったことも。「〝もの(シング)〟でしょ」と母が可笑しそうに笑いながら言ったことも。

「ぼくがここにいることがどうしてわかった？」とリチャードは訊いた。

「音楽が聞こえたんだ」と僕は答えた。

「それはもう聞き飽きた」

「ほんとうにそれだけなんだ」と僕は言った。

「知らなかったってことか？　誰からも聞いてないってことか？　聞くって、たとえば誰から？」

「くそ、くそ」と彼は言った。「だったらドアを開けてくれ。ドアを開けるんだ。やつらには、おまえに教えるつもりなんてないんだ。カル、ドアを開けてくれ」

体が麻痺したみたいだった。僕は父の姿を思い浮かべた。アラスカから帰ってきたばかりで、キッチンのテーブルについて坐っている。父の顎には切り傷がある。切れ味の悪くなった冬の剃刀の最後のひと剃りでついた傷だ。カル、どうしておまえはリチャードを出してやらなかったんだ？　と父は言う。おまえは人に対してそういう仕打ちをする人間なのか？　おまえはそんな人間なのか？　父はまた、こうも言う。カル、なんでやつを出したりしたんだ？　自分のしていることがわかっていたのか？

「カル？」とリチャードは言った。「カル、カル、カル？」

「南京錠がかかってる」と僕は言った。

「それがどうした？　とにかく、ドアを開けてくれ」

「鍵がないんだ」

ほんとうだった。大きな南京錠ではなかったので、ボルトカッターで切れないことはなかったけれど。自分の声の中に、僕は安堵の響きを聞いた。

リチャードはまたドアを叩いた。でも今度はそれはど強くはなかった。まるでドアにさよならのキスをしているみたいに。

「きみはぼくをからかっている。そうに決まってる。そうなんだ」僕は彼がドアに向かって叫んでいるところを想像した。彼の声がドアにぶつかり、波の泡が砂に吸い込まれるように、木に吸い込まれるところを。

「からかってなんかいない」と僕は言った。「からかってなんかいない」同じことばを僕はもっと繰り返したかった。でもそのとき、蛇行する管をとおして、床の厚板をとおして、キッチンのオレンジ色のタイルをとおして、裏口のドアが開く音と、誰かの足が床を振動させる音が聞こえた。リチャードも僕も押し黙った。一瞬、ほんの一瞬、僕は思った。母がようやく家に帰ってきたのかもしれない、と。

地下にはあらゆる音が届く。靴についた雪をドアマットの上で落とす音が聞こえ、それから、足音が僕の頭上を横切り、キッチンのシンクで水が流れはじめたのがわかった。

「カル」とリチャードは言った。「どこかに隠れられないか？　カル、きみがさっき言ったことが嘘じゃないなら、隠れたほうがいい」

リチャードの声はまるで舌にあたってバウンドししいるみたいに揺れていた。その口調が、その声の中にあるパニックが僕を怯えさせた。まるで万力で締めつけられるような強烈な吐き気に襲われながら、僕は凍りついたようにドアのまえで立ち尽くしていた。オレンジ色のタイルの上を足音が移動し、梁が軋んだ。もう何年も開けられていない薄汚れた窓から差し込む冷ややかな陽の光の柱が、地下室を斜めに切り裂いていた。僕は光のつくる道をたどって歩きまわり、それから四つん這いになって空調用ダクトをたこ足のように伸ばしている暖房炉のうしろの薄暗がりの中にはいった。手が真っ黒に汚れているのがかろうじて見えた。僕は平らにつぶされた段ボール箱の上でしゃがんだ。すぐそばには灰色のテニスボールと、梱包用のピーナツ形の発泡スチロールの玉が数個落ちていた。

シンクで水が流れていた。靴が床を踏むたびに、その足跡が地下室の天井に浮かぶような気がした。僕の頭上を鳥のようにぐるぐるまわる足跡が今にも見えそうだった。地下室のドアが開いた。僕は闇の中に一歩後ずさり、地下室の階段を踏むドン、ドンという足音とほぼ同じテンポでさらに後ずさった。そして、障害物はないかと片手をまえに出して闇を探りながら、体の向きを変えた。足音がゆっくりになった。ギーという軋みが聞こえ、古い木がポンと音をたてて撥ね返ったのがわかった。すり切れた細長い絨毯にブーツの底が触れるかすかな音が聞こえた。僕は闇の中を歩きつづけた。つまずいたり転んだりしないことを祈りながら。

僕の指がついに奥の壁を引っかいた。壁は冷たくて、かすかに石炭のにおいがした。ブーツは地下室のコンクリートの床の上を歩いていたが、向かったのはスタジオのほうではなかった。やがてなんの音も聞こえなくなり、それから、鈍い金属の音が聞こえた。またブーツの音。今度は段ボール箱のあいだを縫うように歩いていた。南京錠が外され、スタジオのドアがついに開いた。が、僕の位置からは何も見えなかった。

時間が止まり、また動きだし、宇宙空間を流れていった。宇宙空間は縮み、曲がり、そして今にも爆発しそうだった。何年もあとになって、大学でアインシュタインについての講義を受けていたときに、僕はこの瞬間のことを思い出すことになる。時空も、相対性理論も、すべては闇の中で恐怖におののいていたあのときの気持ちを表現するひとつの方法にすぎないのだという思いに駆られることになる。

が、眼が暗さに慣れると、あと三十センチか六十センチまえに出れば、地下室をほぼ見渡せることに気づいた。ジェイミーが彼の母親について語った話を思い出し、たとえ今どれほど怖くても、ジェイミーみたいになるのだけは嫌だと思った。何もその眼で確かめないまま、すべてを推測にまかせることだけはしたくなかった。僕は数世代分の埃の層の上を這っていき、暖房炉のへりから向こうを覗いた。スタジオの戸口に立つ人物が見えた。

その男は、白パンのサンドウィッチののった皿を〈ベリンダのデリ〉のウェイターみたいに肩の高さに掲げていた。僕は鼻で息をしていたのだけれど――肺がすでに痛くなっていて、今にも咳の発作に襲われそうだった――かすかに、ベンゲイのメンソールのにおいを嗅いだ気がした。男が床の上の水のガロンボトルを取ろうと屈んだ瞬間、その顔がちらっと見えた。黄ばんだ皮膚。目玉焼きみたいな腫れぼったい目元。たった今ごくりと唾を飲み込んだばかりのような、しっかりと引き結ばれた唇。僕が見ていたのは、あのよたよた歩きの小男だった。僕の子供時代の悪役かつ世界一話上手な男。ドン・ブルックだった。

胸につららが刺さったように感じた。頭をうしろに傾け、口の端から白ぶどうジュースを垂らしていたベティー・ノースの姿を思い出した。たった今、ドン・ブルックから電話があったの、と彼女は言った。リチャード・ゴーントが内航路で船から落ちたそうよ。それから、キッチンから階段の上まで伝わってきたドン・ブルックの声を思い出した。サム、もうちょっと気楽にかまえたらどうだ、とドンは言った。一度経験したらリチャードだってわかるさ、と父は言った。

痕跡は残していない、と僕は思った。あまりにも興奮していて、ジャケットは脱いでいなかったし、みすぼらしいクッションはちゃんとソファに戻した。クッションから十年分の埃が消えてなくなったことにドンが気づくとは思えなかった。ポケットを外から触って、裏口のドアの鍵がはいっていることを確かめた。朝、裏口からはいったあとで内側からドアに鍵をかけたのも覚えていた。

一秒一秒が、過ぎるというよりもまるでポップコーンの粒のように次々とはじけていった。咳をどうにかこらえながら、僕はドンとリチャードの会話が聞こえないかと耳をすました。ややあって、ドンがふたたび戸口に現れた。ドンは眼をすがめてほの暗い地下室を見た。それとも、眼は閉じられている？　彼はその場にほんのいっとき佇んだあと、静かにドアを閉め、南京錠をかけた。

ドンは水のガロンボトルとサンドウィッチを置いてきていて、代わりに、黄色い持ち手のついた青いバケツを持っていた。ある夏に母がサンタクルーズで僕に買ってくれたバケツだ。ドンは僕のすぐそばを通り過ぎた。スニーカーについた赤いNの字が見え（結局のところ、彼が履いていたのはブーツではなかったのだ）、まるみのある顎にひげの剃り残しがあるのが見えた。僕の古い水遊び用のバケツの中で揺れる小便のにおいが漂ってきた。ドンは暖房炉のうしろからでは見えない奥のほうに歩いていき、そして、ゆっくりと階段をのぼりはじめた。

裏口のドアが閉まる音が聞こえると――ドアはばねで閉まるようになっていて、閉まるときには決まって、木と木のぶつかる大きな音が聞こえた――僕は一秒一秒数え、十五分経ったと思ったところでようやく暖房炉のうしろから這って出た。階段を二段ずつ駆け上がり、家の外に飛び出し、ドライヴウェイを駆け抜け、シーチェイス通りを走った。そして、僕の家とノースの家の中間地点まで来たところでようやく足を止め、両膝に手をついて自分の影に向かってあえいだ。

考えなければならない、と僕は思った。またシーチェイスの家に戻るまえに、きちんと頭の中を整理しなければならない。でもその日の夜も翌日も、自分が見いだした事実がいったい何を意味しているのか、これからどんなことが起こりうるのか、じっくり考えることができなかった。僕の頭の中にあったのは、自分は今、リチャードが生きていることを知っているのだということと、自分以外には誰もそのことを知らないのだということだけだった。

パイプの煙を外に逃がそうと車の窓をおろしながら、さびついた茶色のフォルクスワーゲンで通り過ぎたウィル・パーシーも、リチャードは死んだと思っていた。翌日、僕の隣に坐って、翌シーズンのマリナーズのラインナップを化学の教科書の裏表紙に書いていたフランク・ベンダーも、ライムグリーンのパンツスーツを着て化学の周期表を教えていたミセス・ラウリーも、リチャードは死んだと思っていた。何も尋ねずに、好奇心あふれる眼で僕を見ていたジェイミー・ノーレンも、リチャードは死んだと思っていた。

翌日は学校をさぼるつもりだったが、その日の夜のある時点で、僕は思いあたった。今までドンと一度も鉢合わせしなかったのは、僕が学校に行っているあいだにドンが来ているからだと。儀式と反復はドンにとって、父にとって、神のようなものだった。ドンは毎朝、六時三十五分きっかりに同じ黄色のマグでコーヒーを飲んだ。父によれば、ドンはたとえ四十時間ぶっとおしで働いたあとで死んだように眠っていても、わざわざ六時三十五分のコーヒーを飲むためだけに起きて、それからまた眠るということだった。だから彼が毎日リチャードに食事を運んでいるのだとしたら、きっちり同じ時刻に運んでいるはずだった。

　学校が終わるころには雪はおおかた溶けていて、芝生の上にところどころ泥混じりの白い塊が残っているだけだった。雲の散在した空は、そんな地面を映した鏡のように見えた。僕はブロックを三回まわり、そしてようやく、裏口から中にはいった。

　キッチンは温かく、僕に昔見た夢を思い出させた。近所も、町も、世界じゅうが魔女たちに乗っ取られる夢だ。夢の中で、僕は味方を見つけようと友達のポールの家に行った。でも出迎えたのは、骸骨みたいに痩せ細った、黒い歯をしたふたりの女だった。僕は全速力で家に帰り、キッチンに飛び込んだ。キッチンの中にはぞっとするような熱い蒸気が充満していた――

　僕は階段を降りた。地下室のひんやりとした空気が僕を目覚めさせた。そして、ミントグリーンの木のドアをノックした。

「リチャード」と僕は言った。

「雪が降ったね」とリチャードは言った。

「え?」

「昨日。雪が降った。ちがう? 警察を連れてきたのかい?」

　陽の光も、雪と一緒に溶けてしまったみたいだった。地下室の窓はすすのような灰色に染まっていた。頭の中が熱く、濁っているように感じられた。警察のことなんて、僕は考えもしなかった。

「ぼくは自分の意志に反してここに監禁されているんだ。ぼくを殺すかもしれない男たちによって」彼の声は疲れていた。それを言わざるをえないと感じながらも、言っても無駄だと知っている人間の声だった。

「警察を呼ぶんだ。いいか?」

「男たちって誰のこと?」

「ここから出してくれたら説明する」

「それはできない」と僕は言った。

「できるさ」と彼は言った。「絶対、できる」

「つまりさ、鍵がかかってるんだ」

「ドンは鍵を地下室に置いている。蓋のついた金属製の何かの中に。乾燥機の中じゃないかな？」

「さあ」と言ったものの、ドンが金属製の何かの中に鍵を落とす音は聞いていた。鍵はすぐに見つかった。地下室の反対側の隅まで歩いていって乾燥機の蓋を開けると、中に黒い靴下の片方と小指くらいの長さの銀色の鍵がはいっていた。

「あっただろ？」とリチャードは言った。

僕は鍵をポケットに入れてスタジオのドアのまえに戻った。「なかった」と僕は言った。

「雪はずっと降りつづいているのかい？」とリチャードは尋ねた。

天気。この数週間、僕が松と塩と排気ガスのにおいを嗅ぎながら学校までの道のりを歩いたり、自転車で遊歩道を走ったりしているあいだ、リチャードはいったいなんのにおいを嗅いだのだろう？　白パンのサンドウィッチと自分の排泄物のにおいだけだったはずだ。彼はいったい何に触れたのだろう？　長椅子の上のモヘアの敷物と床の上の毛羽立ったカーペットだけだったはずだ。彼はいったい何を聞いたのだろう？　頭上で天井が軋む音と、レコードだけだったはずだ。

「きみのことを考えてたんだ、カル」と彼は言った。「果たして戻ってくるだろうかって。きっと戻ってくるだろうと思った。だってぼくならそうするからね。おそらくきみは今、正しいことをしたいと思っているはずだ。でもそれが何かわからない。ちがうかい？　きみにはわからないんだ。だって、誰がぼくをここに閉じ込めたか知っているんだからね。ぼくをここから出そうと思えば出せるし、そうすべきだって思っているはずだ。でも、そしたらどうなる？　それがきみにはわからないんだ。ちがうかい？　だから何もしないほうがいいと思っている。迷ったときは何もするなってね。そうだろ？」

「ちがう」と僕は言った。

「鍵を見つけたね」

「見つけた」

「鍵はふたつ？」

「ひとつ」

「それなら話は簡単だ。誓って言うけど、きみがドアを開けてくれれても、ぼくはどこにも行かない。シンクに鎖でつながれているんだ。だから頼むよ。ほんとうにどこにも行かないから。昨日雪が降った？　せめて、それだけでも教えてくれないか」

ドアを開けるべきか、開けないべきか。その瞬間、そのどちらかを選ばなくてもいいのなら、僕はどんなことでもしたはずだし、何を失ってもよかった。自分の首にナイフの刃が突き刺さるところを想像した。隅のほうで縮こまっているリチャードの姿が眼に浮かんだ。その頬には汗が光り、足は化膿して緑色になっている。リチャードと僕が一緒に——互いの足首を鎖で縛られて——道路脇の用水路の濁った水の中に落ちていく姿が見えた。

「カル、教えてくれ。雪が降ったのか？」

僕は錠に鍵をぐいと突っ込んだ。

リチャードは長椅子に寝そべっていた。頭を壁にもたせかけ、片脚を床に垂らし、もう一方の膝を長椅子の上で立てていた。僕はてっきり、ベン・ガン（『宝島』に登場する、宝島に置き去りにされた気の触れた老海賊）みたいな顎ひげを眼にするものと思っていたけれど、実際には頬に数日分の無精ひげが伸びているだけだった。黒い髪が眼の上にかかっていて、金色に近い明るい茶色の眼は油断なく、利口そうだった。白い肌は古い雪のように薄汚れていた。

彼はまだ充分に健康そうに見えたけれど、口を半分開き、眼を半分閉じたその表情は飢えた人間を思わせた。

鎖のことは彼の言ったとおりだった。床に垂らしたほうの足首に巻きつけられていたために、すぐにはわからなかったけれど。鎖は足首に二重に巻きつけられて南京錠でとめられ、部屋の向こう側までくねくねと伸びていて、シンクの下のパイプに巻きつけられ、そこでも南京錠でとめられていた。

「階上で歩きまわっていたのはきみかい？」

舌が分厚くなったみたいに感じ、うまく動かすことができなかった。

「ここで何が起こっていると思った？　知りたいとは思わなかったのかい？」

その質問はまるで、僕以外の誰かに向けられているみたいだった。僕は何が起こっていると思っていたのだろう？　ほとんど思い出せなかった。

「いつからこの家にいたんだ？　最初から？」とリチャードは尋ねた。

話すことができなかった。

「頼む。ぼくをここから出してくれ」

〝ここ〟というのは、床の上に置かれた、食べ残した白パンのサンドウィッチののった皿と、それぞれマヨネーズとマスタードがはいった二本のプラスティックのボトルと、半分に折れたプラスティックのバターナイフのことだった。空の水のガロンボトルと、紫色のクールエイドのボトルの隣に置かれた、水がいっぱいにはいったふたつの水差しのことだった。へりを下にして本棚に立てかけられたマットレスと、奥の壁と長椅子のあいだの、オレンジ色のカーペットがすり切れてできた道のことだった。

「そんなことできないよ」と僕は言った。

リチャードが上体を起こすと、鎖がパイプにあたってかすかな音をたてた。

ベティー・ノースのステーションワゴンに押し込まれるまえに、父と交わした会話を思い出した。ほんとうにリチャードに考えを変えさせたの？　と僕が訊くと、その必要はなかったと父は答え、そして僕の眼を覗き込んだのだ。ずっと昔からあったルールが、ずっと昔から歩道の下で絶え間なく動いているように感じていた原動機が、世界をきちんとした姿にまとめあげていた原動機が自らベルトを断ち切って、突如、めちゃくちゃにまわりはじめたかのようだった。

リチャードは僕を見た。憐れみのようなものがその眼を曇らせたのがわかった。監獄に閉じ込められているのは彼のほうだというのに、その監獄の入り口に立っている僕に対して、彼が憐れみを感じるなんてことがありえるのだろうか？

「まあ坐りなよ」とリチャードは言った。「ドンはもう来たから、明日までは戻ってこない」彼は乾いた唇を舐め、それから言い添えた。「頼むから」

僕は戸口に立ったまま、鎖の輪をひとつひとつ眼で追って鎖の長さをはかった。僕の首を絞めるだけの緩みはあるだろうか？　半分に折れたバターナイフは僕の咽喉を掻き切れるくらい鋭いだろうか？　が、リチャードはとても疲れているように見えた。僕に質問したときの平板な口調にしろ、一瞬、間を置いてから、〝頼むから〟、と言い添えたことにしろ。

「昨日、雪が降ったのかい？」

「降ったよ」

「ありがとう」心底ほっとしたみたいだった。「ドンがぼくに言ったんだ。雪が降ったって。でも、彼の言うことなんて何ひとつ信じられないからね」

「だろうね」

「きみがここに来たことをドンに知らせることもできるんだ。そうしたところで、ぼくに失うものがあるだろうか？」

「さあ」

「いいから、坐ってくれないか？」

僕は戸口のそばの床にあぐらをかいた。

リチャードは長椅子の上でゆっくりと仰向けになった。

「オーケー、それでいいんだ。それでいい。ありがとう」と彼は静かに言った。「サンドウィッチならあるけど」

僕は首を振った。彼はフードつきの黒いスウェットシャツを着ていた。そのフードをかぶってから、彼は言った。「音楽を聴かないか？」

「いいよ」と僕は言った。

「どれどれ」とリチャードは言い、長椅子から立ち上がると、足を引きずりながら数歩歩いて棚のところに行った。だぶだぶのパジャマのズボンをはいていて、そのせいでずいぶんと歩きにくそうだった。途中、足首に巻かれた鎖につまずいた。棚に並んだレコードジャケットの背に指を走らせてから、彼はオーネット・コールマンの『ディス・イズ・アワ・ミュージック』を選んだ。「ぼくはこのアルバムがことのほか好きなんだ。きみは聴いたことあるかい？　音量、大きすぎるかな？」と言って、レコードプレーヤーのそばで屈んだ。真空管の放つ光で、その顔がオレンジ色に染まった。「ほかのに換えてもいいけど」

彼がかけたのは、僕がいつも、それやめて、と母に頼む種類のレコードだった。耳障りなサックスの音。自動車の衝突を連想させるメロディー。それらすべてが、今のこの瞬間をより非現実的なものにしていた。

「このアルバムがすごく好きなんだ」とリチャードは言った。「ものすごく」彼はターンテーブルのプラスティックの蓋を慎重に閉じ、そして突然、戸口に向かって突進してきた。鎖が彼についてきた。僕は思わずうしろに這った。今すぐ部屋から飛び出したい衝動に駆られながらも、あぐらをかいた脚をほどくことができなかった。後転しようと肩をうしろに投げ出したものの、戸口の側柱に片肘を強くぶつけてしまい、みっともなく横向きに倒れただけだった。

リチャードはひざまずいた。が、僕の咽喉に手を伸ばしたりはしなかった。ただ、ドラムのリズムに合わせて僕の両膝を両手で叩きはじめただけだった。口をゆがめ、ライドシンバルの音を真似て、ツー、ツー、ツツ、ツー、と言いながら。

「今まで、こんなにじっくりと音楽を聴く時間なんてなかった」彼の顔と僕の顔はほんの数センチしか離れていなかった。その息はマスタードのにおいがした。今すぐうしろに這って彼から離れるべきなのはわかっていた。彼を信用していい理由なんてこの世の中にただのひとつも存在しなかった。でも僕は彼の顔から眼を離すことができなかった。その青白い顔から、その高い頬骨から、利口そうな、狂気を湛えた眼から。

「確かに、音楽を聴いている音が聞こえたよ」と僕は言った。

「そうなんだ」と彼は言った。「階上(うえ)で聴いたんだね。今までだって、音楽を聴こうと思えば聴く時間はあった。だから時間は関係ない。ただ興味がなかったんだ。言ってること、わかるかい？」

「それは知らなかった」と僕は言った。

「別に床に坐ってなくてもいいんだよ」と彼は言い、立ち上がると、長椅子に身を投げ出すように坐った。

「もっと早く音楽に目覚めていればよかった。そしたら、ミュージシャンを目指していたのに」彼は片手をまえに出した。手のひらを僕に向けて。まるで僕が反論すると思っているみたいに。「いいかい、これはみんながよく言うこととはちがうんだ。ほら、たとえば、飛行機に乗ったりするとさ、みんなこう言うだろ。パイロットになりたいって。たまたまクレーンで撮影したシーンやなんかのある映画を見たりすると、映画撮影技師になりたいって。でも、ぼくの場合は、ちゃんとした音楽家になれたんじゃないかって気がするんだよ」

「どうしてそう思うの？」かすかに尿のにおいがした。シンクの下に青い水遊び用のバケツが置いてあるのが見えた。

「ぼくって人間は思っていることを何ひとつ隠せない

んだ。そのせいで、いろいろ面倒が起こった。問題は、ぼくが長いあいだ、それが悪いって気づかなかったことだ。そういうことは誰も教えてくれない。自分が思っていることを言っちゃいけないなんて。でも、そのことに気づいたあとも、ぼくは自分を抑えられないでいる。そういう性格が強みになるような、いいとされているような職業があると思うかい？　音楽家以外、僕には思いつけないいんだ」

リチャードは足元に置かれた皿から半分残ったサンドウィッチを手に取った。一緒にプラスティックのナイフもつかんだが、サンドウィッチの表面にマスタードを塗りおえると皿の上に戻し、今度は緑色のオリーヴの実がはいったプラスティックの罎を手に取った。

「きみは今、どこに住んでいるんだい？」と彼は訊いた。

僕は教えた。

「お母さんはどうした？　今どこにいる？」

僕は教えた。

「何も言わずに出ていったってことか？　それはさついな。ぼくの母さんはずいぶんまえに死んだんだ」

「知ってる」と僕は言った。

「親父も死んだ」

「知ってる」

「きみのお母さんはぼくがここにいるって知っているのかい？」

「知らないと思う」

「きみが電話をかけて知らせたら、彼女は警察に通報するだろうね。きみはただ電話するだけでいいんだ。でも」とリチャードは言った。まるで決断を迫られているのは彼自身であるかのように。「そしたら、きみのお父さんはとんでもない面倒に巻き込まれることになる」

「父さんがここに閉じ込めたんだね」と僕は言った。

「学校は愉しい？」とリチャードは訊いた。

「どうやってここに来たの？」と僕は言った。

「どうして彼らがぼくをただ殺さなかったのかって思っているんだろうね？　ぼくに答えてほしい？　ちょっと訊いてみただけさ。ぼく自身の親父については、いろんな噂があったな。女性関係について。色恋沙汰とか、そんなこと」彼は長椅子に坐ったまま手を伸ばしてステレオの音量を上げた。それから、フードの引きひもに指を絡めながら言った。「そういう親父のタフさ加減にぼくは心底うんざりしていた。もう昔ほどうぶじゃなくなっても、親父についてのその手の話を耳にするたびに死にたくなった。わかるだろ？」

一匹のハエがパンの皮の上にじっと止まっていた。リチャードの唇にはマスタードがついていた。僕は立ち上がってステレオの音量を下げた。リチャードは長椅子の隅のほうにもたれかかり、フードの引きひもの先端の房を引っぱった。そして、舌を嚙んだ直後みたいに顔をしかめて言った。

「音がうるさいならそう言えばよかったんだ。ちゃんとそう訊いただろ？」

「父さんがここに閉じ込めたんだね」と僕は言った。

「ちがうと言ったら信じるのかい？　ぼくの家に、きみの父さんとサムとドンがやってきた」

「それから？」

「それから、こんなふうになった」彼が引きひもをぐいと引っぱると、フードが顔のまわりでイソギンチャクの口みたいにすぼまった。「今はその話はしない。でもほかのことなら何を訊いてもいい。さあ、遠慮しないで」

「ほんとうにずっとここにいたの？」

「ドンが一日一回やってくる。料理を持って。それと本。ぼくが読みたがったときにはね。ほかに何が訊きたい？」

何が起こったのか知りたかった。真実が何かなんてどうだっていいと、その真実が何を壊してしまったかなんてどうだっていいといくら自分に言い聞かせても、やはり知りたかった。知るのは僕の権利なんだ——心の中で僕は言った。

でも僕は、「大丈夫?」と訊いた。

「あれが見える?」と彼は言った。「シンクの上の天井。水の染みがあるだろ」

大した染みではなかった。天井近くの壁に、漆喰が黄ばんでいる個所がかすかに見て取れるだけだった。

「どう思う?」と彼は訊いた。「何に見える?」

「さあ。ウサギ、かな?」

心底驚いたとでもいうように、彼は瞬きした。「それだけ? きみに見えるのはそれだけ?」

「ほかに何があるっていうの?」

「雨漏りだよ」

「雨漏り?」

「今は大したことないけど、ときどき、とんでもないことになる。雨水という雨水があそこから落ちてくるんだよ。あそこにどんどん集まって、やがて、ぽたぽた落ちはじめる。水の音が聞こえただろ? 聞こえなかった? いや、ほんとうなんだ。ときどき、ダムが決壊したみたいになる。なんの前触れもなしにね。水が突然、部屋の中にどっと落ちてくるんだ」

「それ、ほんと?」

「ほんとうだ。狭い部屋だから、あっというまに水でいっぱいになる。ぼくは長椅子の上に立つ。でもすぐに口まで水に浸かってしまう。それで、鼻だけで息をするんだけど、それができるのもほんの一瞬のあいだだけだ。水はすぐにぼくの頭上を越える。レコードはもう棚の中に収まってはいない。ビニールのカヴァーもジャケットも脱ぎ捨てて、まるで黒い魚の群れみたいに水の中を漂っている。

次の瞬間、ドアがはじけ飛び、シンクも鎖も、何もかも流れ出す。地下室全体が天井まで水に浸かる。ぼくは階段に向かって泳ぎだす。段ボールが残らず浮いている。テープがはがれて、きみが集めたあらゆるものがぼくのまわりを漂っている。ぼくはそのあいだを縫うようにして必死で泳ぐ。息が続かなくなるまえに階段の上まで泳いでいって、ドアを開けなければならないからだ」

「それ、ほんと？」

「いやまあ、そういうのがときどき見えるんだよ」

悪天候が続いた。山々は通り過ぎる雲から細長い断片を引きちぎり、雨は窓を汚し、木々から色を吸い取った。すでに十一月特有のいつ終わるとも知れない荒れ模様の日々に突入していた。海はまるでとぐろを巻く灰色のヘビのようにロイヤルティ・アイランドに巻きつき、僕らの町をぎゅっと締めつけた。その日の夜、僕は二段ベッドの上段からジェイミーに声をかけた。起きているのはわかっていたけれど、彼は答えなかった。でもまあ、それはそれでよかった。何を言いたいのか自分でもわからなかったから。

夢を見ているみたいだと言うこともできたけれど、それは正確な表現ではなかった。確かに、異質で不可解な体験ではあったけれど、夢の中のような楽さはまるでなかった。僕は思うのだけれど、人が夢をいとおしく思うのは、夢の中ではどのように行動すべきか自分で決める必要がほとんどないからだ。

なんだか吐き気がする、と言うこともできたけれど、それもまた、正確な表現ではなかった。気分は悪くなかった。むしろ、自分自身は免疫を持ったまま、不健康な何かを観察しているような気分だった。低く垂れ込めたまま決して晴れない雲の中を歩きながら、ただ観察しているような。歩道を通り、芝生の上を歩いて、シーチェイスの家の裏にある雑木林に向かいながら、僕は健康な者だけが感じる罪悪感と不安に襲われていた。

でも僕が主に感じていたのは孤独感だった。ひとつの事実を知ってしまったことで僕は孤独になった。床の下には、半分気の触れた男が縮こまっていた。それこそが秘密であり、ミステリの答だった。幸せな和解や温かい救済を思い描くなんて、僕はなんて愚かだったんだろう。最初から覚悟しておくべきだったのだ。あらゆるミステリの根っこには、たったひとつの真実しか隠れていないということを。人間は自分以外の人間に対して、ことばでは言い表せないようなひどいことをしているのだ、という真実しか。それ以外に隠さなければならないことなんて、何がある？

　翌日また地下室に行くと、オレンジ色のカーペットの上の前日に僕が坐ったあたりに枕が並べられていた。レコードはジャケットの中に戻されていて、本は長椅子のそばに積み上げられていた。前日には棚に立てかけられていたマットレスの上にだらしなくのっていたシーツとキルトの上掛けも、今ではきちんと折りたたまれていた。リチャードは長椅子の上でさっと上体を起こし——まるでとぐろを巻いていたヘビが急に頭を持ち上げたみたいだった——にやりとしながら僕を出迎えた。そして、分厚くて黄色い七面鳥の肉がはさまった白パンのサンドウィッチを勧めた。

「ハーモニカの音色ってものをちゃんと聴いたことはあるかい？」と彼は尋ねた。

「何が起こったか教えるって約束したはずだ」と僕は言った。

「教えるよ。でももしきみがハーモニカの音色を聴いたことがないのなら、今すぐ聴かなくちゃならない」彼の声は震えていた。それは、一カ月間誰とも会話していない人間の声だった。「ソニー・ボーイ・ウィリアムソン（ブルース・ハーモニカ奏者）。彼の演奏を聴くと、決まって歯が痛む。きみも絶対に聴くべきだ」

　レコードが終わると、リチャードは今読んでいる小説の話で時間を埋めた。ウォーカー・パーシーの『吹画狂時代』。読むのはこの二週間で三度目ということだった。

それは僕の本だった。母が僕のために買いそろえた蔵書の中から持ってきたのだ。母は僕のために、たぶん、予算オーヴァーしながら本を買ってくれた。シアトルに行くと、よくショッピングバッグを本でいっぱいにして帰ってきた。そのうちのいくつかは僕も読んだけれど——『ジキル博士とハイド氏』を始めとするロバート・ルイス・スティーヴンスンの本全部、キプリングやハミルトンの『神話学』——それ以外（たとえば、レイチェル・カーソンの『沈黙の春』やアーサー・ケストラーの『真昼の暗黒』やジョゼフ・コンラッドの『勝利』なんかは）は理解不能だった。なにしろ、裏表紙を読んだだけで眼がかすんだのだ。

僕が不平を言うと、これは全部投資なのだと母は言った。そしてある夏、独立記念日のまえの週に、本を一冊、最初から最後まで読みとおさなければグリーン・ハーバーの花火を見にいってはいけないと言った。自分の本棚か母さんの本棚から好きな本を一冊選びなさい。今度だけは逃げられないからね。でも僕が選んだのは父の本棚である居間のキャビネットの一番上の棚にあった本だった。ジョシュア・スローカムの『スプレー号世界周航記』。僕はその本を一日半で読みおえ、それから数週間のあいだ、世界を周航することが僕にとっての唯一無二の夢になった。僕はみんなに自分の計画を語ってまわり、語るたびに、好意的な笑いが返ってきた。頭の中の地図に自分の航路を——僕自身の〝単独世界周航記〟を——描き、〝荒れ狂う四十度台〟（南緯または北緯四十度から五十度の風波の激しい海域）や赤道無風帯やホーン岬やロイヤルティ・アイランドを思い浮かべた。でも僕が一番よく思い浮かべたのは、故郷に帰ってくる日だった。グリーン・ハーバーで拍手喝采に出迎えられながら船をおりる自分の姿を——皮膚は風になぶられ、南国の太陽に焼かれて茶色くなっている——僕は何度も思い描いた。

「そこに書かれてるのって映画のことだけじゃないよね」と僕はリチャードに言った。「その本のことだけど」

リチャードは本を新聞みたいにまるめ、それで僕の肩を突いて言った。「ほう！　どんな本か知りたいかい？」彼は僕が何か言うのを待ちわびていた。その必死な様子が、ほかの何よりも僕を悲しくさせた。

「〝酒とキスのもたらす悲しくもささやかな幸せ〟についで書かれた本なんだ」彼はその小説をほとんどページごとに説明した。語り手のビンクスについて、まるで実在の人物みたいに語った。彼を医者にさせようとする叔母からのプレッシャーに抵抗するかのようにニューオーリンズの通りをぶらつくビンクス。彼は何かを探している。でも、それはなんなのだろう？　ビンクスが持っているものといえばあり余る時間だけであり、ビンクスはその時間を、日焼けした秘書たちとドライヴすることに、郊外の映画館で映画を見ることに費やし、そして、映画の中に、現実生活では味わうことのない辛辣さを見いだす。そこで突然、リチャードは彼自身の人生について話しはじめた。ニューヨークに住んだ最初の年のことを。

「ようやく」とリチャードは言った。「ぼくはこのうんざりするような雨降りの影の外で暮らしはじめたんだ。とはいっても、親父から長々とした手紙は届いたけどね。自分の子供時代や、大学時代や、親父がそれまでぼくに話したことなんて一度もなかったような話をえんえんと書いてきた」リチャードは長椅子のいつもの場所から立ち上がると、部屋の中を行ったり来たりしはじめた。左に十歩半、右に十歩半。うしろから鎖がずるずるとついてきた。「手紙はくれたけど、電話は一度もかけてこなかった。ただの一度も。三時間の時差が気になると言ってね。いつぼくを起こしてしまうかわからないからって。ぼくはそのころ、ブリーカー通りのアパートメントに住んでいた。隣は中国人の経営するクリーニング店で、その店にはラッキーストライクと粉末洗剤が置いてあった。ラッキーストライクと粉末洗剤だけ。くそみたいなアパートメントだったけど、そこにはほとんどいなかった。なぜって、ついにちゃんとした人間を見つけたからさ。つまり、本物の人間ってやつをね。ぼくはバーで暮らした。で、よく考えたものさ。ぼく宛ての手紙までバーで受け取るようになったらどんな感じがするだろうって。カフェで手紙を受け取ったパリのインテリみたいに。彼らはテーブルを取り囲んで、千マイルも離れた場所の革命の計画を立てていたんだ。ぼくは四六時中、彼らのことを考えた。ひとりとして名前をあげることはできなかったけど、頭の中には常に彼らのイメージがあった。

　それに女の子。カル、これまた、すごい発見だった。クレイジーで素敵な女の子たち。ある日、バーで、本の虫みたいな感じのブルネットの女の子と話してた。セクシーな図書館司書ってタイプの娘で、格子縞のミニスカートがばっちり似合いそうな娘だった。ぼくらは夕方からずっと話してたんだけど、気づいたらぼくは彼女にキスしてた。で、彼女のほうもキスを返してきた、ほんとの話。トイレは階下にあって、もうすぐバー・タイムが始まろうとしていた。一緒に階下に行きましょう、って彼女は言った。やめとくよ、友達が帰るところだからもう行かなきゃ、ってぼくは言ったんだけど、彼女は引き下がらなかった。階下に行きましょう、一緒に行ってくれなかったら、咽喉を刺すから、って言ってね。咽喉を刺すからだって！　いやまいったね、これには完全にやられたよ」

「リチャード、どうしてそんな話を僕にするの？」その答を僕は心底知りたかった。彼の顔に浮かんだ醜いプライドが何かを表しているようにも見えた。でも、いったい何を？　その質問が彼を怒らせたのではないた。

かと僕は思ったけれど、リチャードは声をあげて笑っ

「さあ。きみがそう訊くのも無理はないけどね。ぼくにもなぜかわからないんだから。たぶん、もう信じられないくらい素敵だったってことをきみに伝えたいんだと思う。あのことを思い出すと、もう一生この部屋の中で鎖につながれたままでも平気だって思えてくる。それくらい素敵だったってことをね」そこで彼は一旦ことばを切ってから続けた。「もしかしたら、ぼくは変わったのかもしれない。でも確信がないんだ。きみはどう思う？」

「どんなふうに変わったんだい？」

「今も言ったけど、よくわからないんだ」

「その、今どんな気持ち？」

彼の笑みが枯れた。リチャードはアードの引きひもを引っぱった。

「怖い。ひとつ訊きたいんだけど、正直に答えてくれないか？」

「いいよ」

「ぼくは今どんなふうに見える？」

「え？」

「どんなふうに見えるか教えてほしいんだ。もうカ月も鏡を見てないんだよ」

リチャードはまだ三十になっていなかったけれど、その顔にはすでに彼に見合ったものが刻まれていた。彼はもうずっとまえから同じ顔つきだった――曲がった、サーベルのように鋭く尖った鼻。水を切って進む背びれみたいな視線。ハンサムとは呼べなかったけれど、眼を惹く顔だった。

何か変化をあげるとすれば、少し体重が増えたようにも見えた。頬骨も以前ほど突き出ていなかった。でも彼が聞きたいのはそんな描写ではなかったはずだし、教えたところで、それは彼にとって悪い知らせだったはずだ。リチャードの皮膚の下を不安の雲がさっと広

がるのが見えたような気がした。その舌を覆う金属の皮も。彼はまるで、仕立ての悪い何かのように見えた。長持ちしない何かのように。

「持ちこたえてる」と僕は言った。

「ほんと？」

「よく頑張ってるよ」

僕は帰るのを先延ばしにし、さらに一時間そこにいた。空は暗く、冷たい雨を降らせていた。でもとうとう、もうそれ以上は長居できないという時刻になった。そろそろノースの家に帰らなくちゃならないと僕が告げると、リチャードは笑みを浮かべて黙ったままうなずき、狭い部屋を見まわした。彼の視線を、僕は追いかけた。彼はまるで、僕がいなくなったあとの部屋の風景に、あらかじめ眼をなじませようとしているかのようだった。

僕はドアに南京錠をかけ、鍵を乾燥機の中に入れた。階段の一番上までのぼったところで、戻りたい衝動に襲われ、どうにかそれを抑えなければならなかった。僕にさよならを言うことをあんなに悲しがった人なんて、ひとりもいなかった。

ノースの家に戻ると、ジェイミーが受話器を耳に押しあててキッチンの戸口に立っていた。視線をとらえようとしても、ジェイミーはただ自分の足元に眼を落としただけだった。「うん」と彼は言った。「カルなら実は今、すぐそばにいる」僕はその場で凍りついた。キッチンテーブルについて坐っているベティーが顔を上げて僕に笑みを向け、それからまたクロスワードパズルに注意を戻した。僕は馬鹿みたいに立ち尽くしたまま、ジェイミーが会話を続けるのを待った。でも彼は、こう言っただけだった。「へえ、そうなんだ。それで、向こうはどのくらいの金額を提示してきてるの？　それ、ほんと？　大きさはどのくらい？」その手の会話ならよく知っていた。僕自身、もう数え切れないくらい同じ会話を父としてきたから。

僕は階段をのぼって寝室に行き、そして待った。が、いつまで経ってもジェイミーは現れなかった。その夜、ジェイミーはずっとベティーと一緒にキッチンのテーブルについて坐って、雑誌を読んでいた。散歩に行ってくると告げても、ついてこなかった。散歩から戻ると、すでに彼はベッドにはいっていて、寝室の明かりは消えていた。僕は囁いた。「ジェイミー、起きてる?」答はなかった。でも、ジェイミーの寝息なら知っていた。そのかすかな口笛のような音を。彼は眠っていなかった。

僕が窓の外へ這って出ても、彼はついてこなかった。屋根の上で、僕はやがて唇の感覚がなくなるまで、震えながら煙草を吸った。自分は裏切られたのだと思った。どうしてシーチェイスの家に戻ったことを教えたりしたんだろう? 今ではもう、その理由を思いつくこともできなかった。まだ中身の残っている煙草のパックをくしゃくしゃにまるめると、風に揺れるカナダツガの木立の中に放った。

翌日の放課後、アイロンでプレスされたような空の下、僕は校舎のまえの旗竿にもたれてジェイミーを待った。しばらくして、ジェイミーは両開きのドアを押し開けて外に出てきた。が、いつもとどこかちがって見え、その理由に気づくまでには少し時間がかかった。いつものジェイミーなら、僕を見かけた瞬間に笑みを浮かべるのだ。

僕らはひび割れた歩道を並んで歩き、やがて、町から崖へと蛇行しながら続く濡れた道にはいっていった。大粒の雨が降りはじめ、僕らは〝雨降り歩き〟の歩調へと足を速めた。

「サムに言ったのか?」と僕は訊いた。

ジェイミーはぎくりとしたような眼を僕に向け、それからまた道に視線を落とした。

たのか？」

「いや」と彼は言った。「言ってない。言ったと思ったのか？」

嘘は顔に書いてあるものだとどこかで聞いたことがあった。ジェイミーの顔は当惑し、傷ついているように見えた——これが嘘つきの顔なのだろうか？ 僕にはわからなかった。雨脚が強まった。僕が答えるまえに、ジェイミーは足を止めて肩からバックパックをおろし、僕を見すえたまま屈んで、中から灰色の傘を取り出した。

「そんなもの、どうするんだ？」と僕は訊いた。傘なんて僕は持ち歩かなかったし、ロイヤルティ・アイランドの住人はたいてい持ち歩かなかった——少なくとも男たちは絶対に。

まるでそう尋ねられるのをずっと待っていたかのように、ジェイミーは僕をじっと見て言った。「なんでそんなこと訊く？ おれは濡れたくない。それがそんなに変なことか？」そう言って、傘を振って開き、僕の上にかざした。「試しに使ってみなよ。気に入るかもしれない」

そのとき突然、僕は確信した。ジェイミーは僕を裏切っていないと。そしてそれと同じくらいはっきりと、これからも決して裏切ったりしないと確信した。僕らは黙ったまま、ハイストリートの真ん中あたりまで歩いていった。緑色の太陽が雲間を破って覗き、僕らは水たまりを縫うようにしながら、霧にかすむ崖をのぼっていった。

「どうしてみんな傘を使わないんだろう？」とジェイミーは言った。

「いい質問かもしれない」と僕は言った。

「たとえばさ、おれとおまえがダウンタウンでばったり出会ったとする。雨が降ってる。おれは傘を持ってるけど、おまえは持ってない。おれたちは同じ方向に行こうとしてる」

「ああ」

「こういう場合に、もしおれが傘にはいらないかと誘わなかったら、失礼だろ？　でも誘ったりしたら、おれたちは互いの真横を歩きながら、ずっと話題を探しつづけなくちゃならない。行き先は同じじゃないかもしれないから、長くなりそうな話題は避けなくちゃならない。でも話が途切れたあとで、互いの顔に息を吹きかけながら身動きも取れずに歩きつづけるっていうのも最悪だ。だからみんな、濡れたほうがましだという結論に達したってわけさ。それがおれの考えだ」

　ジェイミーの言うとおりなのかもしれない。漁師たちは何世代にもわたって独自の習慣とことばをつくりあげてきた。父とドンとサムとジョン・ゴーントが僕の家のキッチンテーブルを取り囲んで交わす会話に耳を傾けながら、僕はそのことに気づいた。男たちは大きな輪を描くように話題から話題へ移った。たとえばドンがダッチハーバーで出会った、美しいけれども貞淑すぎるアリュート人（アリューシャン列島およびアラスカ西部に住む種族）の娘についで話しはじめたとする。少し話してから彼は唐突にその話をやめるのだけれど、アリュート人の娘はそれから何時間も経ったあとでなんの前触れもなく再登場することになる、といった具合に。そういうのがほんとうの〝長話〟だと僕は思っていた。

　ある晩、僕が父にそう言うと、父は笑みを浮かべて嬉しそうに、ほとんど得意げに言った。「気に入った。みんなに教えなくちゃな。おれたちがそういう話し方をするのは、たぶん、仕事のせいだ。シフトとシフトのあいだに食事の時間が二十分あるんだが、そのあいだに誰かが長話を始めたとしても、仕事は話が終わるまで待っちゃくれない。だからおれたちは、それから八時間とか十二時間のあいだ、次の休憩時間を待ちながら働きつづけることになるんだ。みんなそうだ。仕事の時間が何時間続こうと、そのあいだに何が起ころうと、そんなことは関係ない。話ってものは、一旦始めたら、何があろうとしまいまで話さなくちゃならないんだ」

「で、どう思う?」とジェイミーは訊いた。雷の音を轟かせる雲の下で、雨が通りを叩いていた。「おれの説をどう思う?」彼の笑みは二重のフレームに取り囲まれていた。灰色の傘の天幕と、灰色の空の天幕。そんなジェイミーを見ながら、僕はそれまでに何度も襲われた嫉妬と憐れみの混じった感情に、また襲われた。ジェイミーは事態をこれっぽっちも理解していなかった。彼が呑気に傘についての仮説を立てたり、見てもいない映画から理解してもいない台詞を引用したりできるように、親たちはどんなことをしなければならなかったのか。彼はまるでわかっていなかったのだ。

ジェイミーは映画雑誌で読んだ『ゲームの規則』という映画の台詞を引用するのが好きだった。〝人生の悲劇は〟と彼はよく言った。〝誰もが自分なりの理由を持っていることだ〟。たぶん、それは真実なのだろう。リチャードが何もかも売ると脅したのも、彼なりの理由があったからなのだろうし、僕の父とジェイミーの父とドン・ブルックがリチャードを地下室に閉じ込めて彼は死んだと世間に告げたのも彼らなりの理由があったからなのだろう。でも、ジェイミーに絶対にわかりっこなかったのは、僕らはみんな僕らなりの理由を持っているけれども、それ自体は悲劇ではないということだった。ほんとうの悲劇とは、ごくまれな例外を除いて、僕らがみんな、なぜそうするのかはっきりと理解しないままあらゆることを――いいことも悪いことも――してしまうということだった。

「おれの説をどう思う?」と彼はまた訊いた。「あたってる気がしないか?」

「かもな。でも、だからどうだっていうんだ?」

ジェイミーは側溝に唾を吐いた。僕らは傘の下、一歩一歩大股に歩いていった。傘はスプリング通りを通り、濡れた絨毯みたいな葉で覆われた枝の下を通り過ぎた。ジェイミーが手から手へ持ち替えるたびに水を落としながら、傘は崖をくだっていった。傘はスプルース通りを進みながら、一陣の風に揺すぶられて水をまき散らし、それからまた航路標識のようにまっすぐ立った。次のブロックで、傘は右に曲がってシーチェイス通りにはいり、それから、雨を切り裂きながら僕の家のドライヴウェイにはいった。

家の塗装は灰色味を帯びていて、雨樋には松の葉がびっしりと貼りついていた。雨水が通りに氾濫して、僕らふたりをここまで流してきたのだと自分に思い込ませることはできるだろうか？

「僕に腹を立ててるんだろ。僕のせいでサムに嘘をつかなくちゃならなかったから」と僕は言った。僕らはもう何ブロックも口を利いていなかった。

「まあね、たぶん、そうだ」

「この家の中にあるものを見せたら、もっと嘘をつかなくちゃならなくなる」

ジェイミーは腕をまったく動かさずに傘を同じ高さに保ったまま、頭をまわして僕の眼を見た。

「もしサムにしゃべったりしたら」と僕は言った。「おまえも最初から知ってたって言うからな」

ジェイミーはうしろに下がった。その顔にはぽかんとした表情が浮かんでいた。「知ってたって、何を？」

「今から見せるよ」と僕は言った。

ジェイミーの顔に笑みが広がるのを見た途端、僕は考えを変えかけた。このまま何も見せずに家に連れて帰ろうかと思った。いずれにしろ、僕らはすぐには動かなかった。差した傘の下、ドライヴウェイの入り口で佇んでいた。

スタジオのドアの南京錠を外しながら、僕は自分の中で勇気が凍りつき、崩れていくのを感じた。はいらなくてもいいとジェイミーに言いたかった。今からでも遅くないと。でも僕にできたことは、一本の指でドアを押すことだけだった。ノックすらしなかった。ジェイミーは傘を壁に立てかけ、明かりの中に足を踏み入れた。

「ぼくが今見ているのは、いったい誰だろう？」とリチャードが尋ねる声が聞こえた。沈黙。「ぼくはきみを知っているのかな？」また沈黙。その沈黙が永遠に続くかもしれないと思った瞬間、僕はスタジオの中に飛び込んだ。

リチャードは汗まみれで、白いTシャツに着替えている最中だった。彼がTシャツの裾をおろす直前に、腹部に黄色味を帯びた紫色のまるい痣があるのが見えた。ステレオから小さな音で何かのピアノ曲が流れていた。

リチャードは息を切らしながらシンクに行くと、首と顎に水をかけた。が、蛇口を締めたあとも僕らに背を向けたまま、胸を上下させながら、両手を壁について体を支えていた。ジェイミーが何か言ってくれないかと僕は願った。僕自身はことばを発することができなかったから。

「ようやく警察を連れてきたんだね」とリチャードは言った。

「警察じゃないよ」と僕は言った。

「冗談じゃない」と言って、リチャードは僕らのほうを振り向いた。鎖がパイプにあたって音をたてた。

「ここは動物園じゃないんだ」

彼の眼の中には圧倒的なまでの不信があった。なぜジェイミーを連れてきたのか説明するだけでよかったのに、僕にはそれすらできなかった。

「一瞬そう思うかもしれないけど、動物園ではないんだ」

「ごめん」と僕は言い、ジェイミーに眼をやった。彼は唇を引き結び、まるで寒空の下に出た直後のように、胸のまえで腕を組んでいた。

　リチャードは、彼が行くことのできる範囲の中で僕らから最も離れたところである奥の壁にもたれて、案山子(かかし)のように両腕を広げた。僕はトウモロコシ畑のことを考えた。そういえば一度も本物の案山子を見たことがなかった。言うべきことなんて何ひとつ思いつかなかった。

「おれはジェイミー・ノース」とジェイミーは言った。その声は小さかったけれど、驚くほど落ち着いていた。

「サムの息子か？」とリチャードは訊いた。

「そうだ」

「サム・ノースの？」と言って、リチャードはぎゅっと眼を閉じた。

　ジェイミーはシャツで手を拭ってリチャードのほうに差し出した。リチャードは眼を開け、そしていきなり声をあげて笑った。「握手しようってのかい？　ここはカントリークラブなのかな？　天井が低くて申しわけないね。足首の鎖を大目に見てくれるとありがたいな」と言って、僕に視線を移した。「ここのエナケットはどうなってる？　ぼくを鎖でシンクにつないだ男の息子に紹介されたら、握手すればいいのかい？　それともタマを蹴らせる？」

「質問する相手によって返ってくる答はちがうはずだ」とジェイミーは言った。「ヴァンダービルト（エチケットの権威）なら握手と答えるだろうけど、エミリー・ポスト（ヴァンダービルトよりまえの世代のエチケットの権威）ならタマと言うだろうね」

「うまいね」とリチャードは言った。「ぼくはいつだってヴァンダービルト派だ。彼女の本は母さんが持ってた。母さんが亡くなったあとも居間の本棚に並んだままだった」

「おれの母さんも持ってる」とジェイミーは言った。「亡くなってはいないけど」

「それはすばらしいニュースだ」とリチャードは言った。「いずれにしろ、ぼくらは握手する必要なんてない。きみにはもう百回は会ってるからね」

「でもこんなふうに会うのは初めてだ」

「まあね。こんなふうに会うのは初めてだけどね」リチャードは長椅子に寝そべった。「ぼくら三人が今ここに勢ぞろいしているってことは、ひょっとしたら驚くには値しないことなのかもしれない――甘やかされて育った、ロイヤルティ・アイランドの幸運な犠牲者たち。で、ジェイミー・ノース。きみは何が知りたいんだい？」

数日前の僕みたいにジェイミーが床に坐ったのを見て初めて、僕は自分がどれほど怯えていたか気づいた。僕は心配していたのだ。ジェイミーが鎖を切ってしまわないかと、あるいは、ドアを閉めて南京錠をかけ、もう二度と開けようとしないのではないかと。僕とはちがってジェイミーには自分のすべきことが瞬時にわかってしまうのではないかと。でも実際には、ジェイミーも僕と同じくらい用心していたし、同じくらい混乱していたし、同じくらい麻痺していた。

僕はジェイミーの隣に坐った。彼が何を訊くかわかっていた。それは僕自身が尋ねたいと思っていることだった。僕はジェイミーをじっと見守った。彼はあぐらをかいた脚の上に両肘をのせていて、状況を呑み込みはじめるにつれ、その眼と口にしわが寄るのがわかった。

「何があったか教えてくれないか」とジェイミーは言った。

「今はやめとくよ」とリチャードは言った。

「これからどうなる？彼らはあんたをここから出すつもりなのか？」それは僕が何度も自分に問いかけてきた質問だった。ジェイミーを連れてきたのは、もしかしたらこのためだったのかもしれない。僕が訊けないことを訊いてほしかったからなのかもしれない。

「ずっとここに閉じ込めておくことなんてできるはずない」とジェイミーは続けた。「彼らがそのつもりなら、そもそも閉じ込めたりしなかったはずだ」

「さあ、どうかな」とリチャードは言った。「きみのお父さんに電話をかけて直接訊いてみたらどうだ」

「そのつもりなら、彼らはもうとっくに……そうしてたはずだ」とジェイミーは言った。「だから、いずれここから出すつもりなんだよ」

リチャードは上体を起こした。「きっと、そんなに簡単にできることじゃないんだよ」と彼は言った。

「最初にぼくのところに来たとき、彼らは本気でそうするつもりだった。それについては確信がある」

「おれは信じない」とジェイミーは言った。

「なぜだ？　どうして信じない？」

僕は黙ったまま、ジェイミーが答えてくれることを願った。が、答えたのは、リチャードのほうだった。

「サム・ノースには絶対に人を殺せないから。ちがうか？」

「わからない」とジェイミーは答えた。

「わからない？」とリチャードは言い、苦労して立ち上がると、レコードジャケットの背に指を這わせた。「最初にここに閉じ込められたとき、ぼくには時計がなくて、なんといってもそのことが一番きつかった。時間がまるでわからなかったんだ。ここに並んでるレコードだけが時間を知る唯一の手段だった。時間が過ぎているってことを知るためのね。正直なところ、そんな状況じゃなかったら、ぼくはそもそもレコードをかけたりしなかったはずだ。ぼくはレコードをプレーヤーにのせる。で、たとえば、ボブ・ディランの『ブルーにこんがらがって』は五分四十秒続くってことを知り、自分がたった今、世の中の人と同じ五分間を経験したんだってことを知るんだ。

時間がわからないことが、時間を気にしなくてもいいことが、そんなにひどいことだろうかときみたちは思うかもしれない。でもほんとうに最悪だったんだ。誰とも口を利かずに、誰にも触れずに何カ月も過ごすことは可能だけど、そんな状況でも、誰かと同じ時間を共有していることさえわかれば、たとえば今が六時だと知っているのは自分だけじゃないことがわかれば、それはすごく意味のあることなんだ。言ってることわかるかい？　ほら、沈黙の誓いを立てた修道士だって、しょっちゅう鐘を鳴らすだろ。十五分ごとに鐘を鳴らすことを、彼らは絶対に忘れないんだ」

リチャードはそこでことばを切り、僕らに背を向けたまま奥の壁までゆっくりと歩いていった。そのあいだに僕とジェイミーは視線を合わせた。リチャードの表情のあまりの迫力に、背筋が寒くなった。

「あのさ」と彼は続けた。「ぼくは以前、都会の孤独について人々がしょっちゅう不平を言うのを聞いた。田舎に住んでいれば、太陽と季節のおかげで孤独を感じることはない。お隣さんと何マイル離れていようと関係ないんだ。お隣さんと同時に太陽を見ているっていう感覚さえあれば、淋しくなんかない。

でも都会には季節もなければ太陽もない。人々が正気を保っていられるように都会は働きつづけなくちゃならない。孤独を追いやろうと、人々はいろんな時間(アワー)を製造しなくちゃならない。銀行やタイムズスクエアには巨大な時計を備えつける。ほら！　ラッシュアワーにランチアワーにハッピーアワーだ。なんで仕事の時間をずらしてトラブルを回避しようとしないんだ？　なんで渋滞を緩和しようとしないんだ？　みんなが同じスケジュールで動きたいからだ。自分もみんなの一部だっていう感覚を必要としているからだ。毎朝がらんとした電車に乗って通勤するところを想像できるかい？　ぼくらは渋滞を必要としている。苛々もするし、頭にも来るけれど、それでも、まわりにいる何百人って人間も同じ思いを味わっているんだって感じることができるからだ。そう感じることで、大きな安心感を得ることができるからだ」

リチャードはずっと天井と棚と床に向かって話していた。が、ようやく僕らのほうを振り返ると、ため息をつき、長椅子の上に崩れるように坐って、親指と人差し指で下唇をつまんだ。まるで唇に裏切られたとでもいうように。
「わかったよ。今のは忘れてくれ。きみたちは今、今の話がさっきの質問とどう関係しているんだろうと思っているだろうね？ きみたちのお父さんの話と。きみたちは今まで何度、お父さんがこう言うのを聞いた？ 〝ああ、確かに危険な仕事だ。でも、毎日出勤するような仕事はできないからな。おれにはこれしかないんだ〟って？ お父さんたちはなんと言っているんだろう？ 一旦海に出たら、もう昼と夜の区別がなくなる。食事の時間や眠りの時間や仕事の時間や遊びの時間や静かな時間なんてものの区別が一切なくなる。全部つながっているんだ。彼らはずっと、時間と取っ組み合い、時間をこねくりまわしてきた。でも、ひとりでやってきたんじゃない、みんなと一緒にやってきたんだ。思うに、そういうのがほんとうの愛なんじゃないだろうか。時間を粉々に壊すような、そんなものが。もう時間なんて必要なくなるような、そんなものが。さてここで質問。そんな愛を守るためなら彼らにはどんなことだってできるはずだとぼくは思っているだろうか？ 答はイエスだ」

ジェイミーと僕は、じめじめした夕闇の中、曲がりくねった通りを重い足取りで歩いた。僕らは無言の共犯者だった。すべてが夢で、ジェイミーがドアを開けたら、そこにはカビの生えた空っぽの部屋があることを僕は半ば期待していた。だけど、今ではもう、リチャードの誘拐も、監禁も、疑いようのない現実になった。ジェイミーにも現実のように思えているだろうか？ スプリング通りを歩いている途中で、ジェイミーは突然、歩道を降りて道の真ん中を歩きはじめた。彼に追いつこうと、僕は早足になった。

「おい」と僕は言った。でも、ジェイミーはさらに歩調を速めただけだった。

「ジェイミー」と声をかけても、彼は振り返らなかった。僕とのあいだの距離をさらに広げながら、雨にぐっしょり濡れたマーティン通りのもみの木の下を大股で通り過ぎた。途中で一度振り返って、僕が二艇身ほどうしろにいるのを確認し、そして、出し抜けに走りだした。好きにすればいいさとは思ったけれど、たそがれの中に消えていく彼のうしろ姿を見送りながら、僕は自分自身を憐れんでもいた。シーチェイスからの帰り道をこんなふうにまたひとりぼっちで歩かずにすむと思っていたのだ。こぬか雨が降りはじめた。僕はノースの家のあるブロックを四、五回ぐるぐるまわってから、ようやく中にはいった。

玄関ドアを開けると、僕は父さんがよくやっていたように、マットの上で足踏みをして靴の水滴を落としていた。ベティー・ノースが玄関ホールで長い煙草を吸っていた。「ああ、ハニー」と彼女は言った。その眼は赤く充血し、潤んでいた。サイドテーブルの上の灰皿に灰を落とすと、ベティーは下唇を噛んだ。

四肢からさっと血の気が引くような気がした。「ああ、ハニー」と彼女はもう一度言って、片腕をぎこちなく僕の肩にまわし、僕を引き寄せて言った。「二、三分早ければ間に合ったのに」そして、僕の眼を覗き込んでにっこり笑った。彼女の歯は白く、縁だけが黄ばんでいた。「お母さんからたった今電話があったの。今、病院にいるんですって。女の子よ」

あまりにもほっとして、ことばが出なかった。ベティーは泣きだした。

「どうしたの?」と僕は訊いた。

「元気な女の子ですって」ベティーは鼻をすすり、煙草を持ったほうの手の甲を鼻の下にあてた。「ごめんね。こういうニュースは、お母さんから聞くべきよね」

「気にしないで」と僕は言った。「あとで電話するから」

「電話番号は聞いてないの。家に帰ったら、お母さんのほうから電話するって」

「家に帰ってくるの？」

「その、家じゃなくて」とベティーは言った。「今住んでいるところに帰ったらってことだと思う。それにしても、すばらしいニュースじゃない？」

「父さんには誰か連絡した？」

ベティーは煙草の煙の中で首を振った。「どうかしらね。訊けばよかったわ。でも、あんまりびっくりしたものだから」

「名前は？」

彼女は顔をしかめた。打ちのめされたように。「聞かなかったと思う。ごめんね。ほんとうにごめんね」

その瞬間、僕にはわかった。ベティーの表情ひとつひとつに、仕種ひとつひとつに、骨まで染み込んだやさしさがあることが。それなのにベティーは自分の家の部屋から部屋へと、まるで幽霊みたいに、爪先まで悲しみに満たされて、歩きまわっているのだ。

どういうわけか、すべてがつながっているように思えた。ジェイミーが逃げたことも、リチャードが地下室にいることも、僕の母がカリフォルニアにいることも、僕らの父がベーリング海にいることも、ジョン・ゴーントが墓で眠っていることも、ベティー・ノースと僕が狭い廊下で三十センチほど離れて向かい合い、喜びについて語りながらも、自分自身のことを心底嫌悪しているということも。彼女は灰皿に煙草を押しつけて消し、また壁にかかった鏡のほうを向いた。

「気にしないで」と僕は言った。「謎は嫌いじゃないんだ」

真夜中に、ジェイミーに揺すぶられて眼を覚ました。

暖房が効きすぎていて、シーツはじっとり湿っていた。僕は夢を見ていた。眼を覚ましたままベッドに横たわって、地下室のことを考えている夢だった。

「なんで、おれを連れていったりしたんだ？」と彼は訊いた。

僕は壁のほうを向いた。「うるさい」と僕は言った。

「やめとけばよかった」

ベッドレールが軋み、ジェイミーの重みでマットレスが沈んだのがわかった。

「走って悪かった。でも、わかるだろ――」

「わからない」と僕は言った。「僕のベッドから出ろよ」

「これはおれのベッドだ」とジェイミーは言った。

「そっちが出ろよ」

「出なかったら？」

「自分のベッドに小便をかけるのは一向にかまわない」

僕らは笑いだした。ジェイミーは上体を起こした。僕は仰向けになって、闇の中にぼんやりと浮かびあがるシガニー・ウィーバーのポスターを眺めた。

「もうちょっといい女のポスターはなかったのか？」と僕は訊いた。

「彼女は偉大な女優だ」とジェイミーは言った。

「どうしたらいいかわからないんだ」と僕は言った。口に出して言えたのが、それを言える相手がいたことが嬉しかった。

「連れてってくれて嬉しかった」と彼は言った。

「ほんとに？」

「おまえだって、ほんとうのことを知って嬉しくなかったか？」

「どうかな」と僕は言った。「わからない」

「たぶん、嬉しいか嬉しくないかなんて、どうでもいいんだよ」そう言って、ジェイミーはベッドを出て床に降り立った。闇の中で、ジャケットのジッパーを上げる音が聞こえた。

「屋根?」

「いや」と彼は言った。

僕らは足音を忍ばせて階段を降り、居間を抜けて通りに出た。雲は月光に明るく照らされ、歩道には、崖の下までずっと、人気がなかった。ジェイミーの判断は正しかった。僕らがこれから話そうとしていることは屋根向きの話題ではなかった。だけど、その理由は僕にもよくわからなかった。今から話そうとしていることが、僕らにとっての神聖な場所でも話せないほどの究極の秘密だからか、それとも、あまりにも恐ろしい話だからか。ノースの家から港までは徒歩十五分くらいの距離で、途中ダウンタウンを通った。僕らはちっぽけな〈セーフウェー〉(暗かった)と、図書館(暗かった)と、〈ベリンダのデリ〉(暗かった)と、〈エリックのキルト〉(暗かった)を通り過ぎ、街灯の光の中で溺れる漁師の記念碑を通り過ぎた。

港には小型船が点々と停泊していたけれど、大きな船が出ていってしまった今では、がらんとした無害な空間に見えた。ジェイミーは桟橋のへりに腰をおろし、打ち寄せる波の上で足をぶらぶらさせた。煙草の火をつけると、片手をうしろについて体を支え、考え込むように煙を吐いた。そしてパックからもう一本振り出し、フィルターを下にして地面に立てた。「なんだか吐き気がする」と彼は言った。「もう一日じゅうずっと、吐き気がしている。おれたちはどうやってこれを解決すればいいんだ? おれたちはどうすればいい?」

僕は煙草のフィルターの端を噛んで、波に揺れる小型船を眺めながら頭の中でいくつかの答を言ってみた。「彼を出してやることはできる」と僕は言った。

「ああ、できる」

「でも、そしたら」

「でも、そしたら?」

「みんなが刑務所行きになる。ちがうか？」

「みんなって？」

「おまえの父さんと、僕の父さんと、ドン。少なくともその三人は確実だ」と僕は言った。

「誰にも言わないってリチャードに約束させたら？何もかも売ったりしないって約束させたら？」

「それは僕も考えた」と僕は言った。「でも、リチャードはもう死んでることになってるだろ？　だから、あっさりみんなのまえに姿を現すわけにはいかない」

「確かにな」とジェイミーは言った。

「それに」と僕は言った。「リチャードは父さんたちのことを憎んでる。外に出たら、何をすると思う？」

「でも、おれたちのことは憎んでないみたいだ」

「そうだな」

遠くのほうで、貨物船がゆっくりと海峡を渡っていた。暗すぎて船自体は見えず、見えたのは船首と船尾の明かりだけだったけれど。シンガポールや東京や台湾からやってきて海峡を渡り、シアトルに向かうそういう船を、僕はずっと見て育ってきた。そして見るたびに、何かが僕の胸をときめかせた。世界がほんとうはとてつもなく広いことを船は語っていた。あんな怪物みたいな船に比べたら〈ローレンタイド〉はなんてちっぽけなんだろう、と僕は思った。

ジェイミーは吸いさしを水の中に放った。そこらじゅうに、幼い日の記憶のにおいが立ち込めた。まだ禁煙するまえの父のにおい。夏の仕事から帰ってきて、汗でじっとりと湿った黄色っぽい手で僕の髪をなでた父のにおい。

「正しいことなのかな？」とジェイミーは言った。

「父さんたちがしたことって」

「ほかにどうすればよかったんだ？」と僕は言った。

「リチャード自身が招いたようなものだろ？」

「どうかな」視野の隅で、ジェイミーが首を振るのが見えた。「わからない。そんな気もするけど。おれもリチャードのことはずっと嫌いだった。でも、今日のあいつはなんだか——」

「わかるよ」と僕は言った。「僕がなんであいつを見つけたか知ってるか？　あいつ、歌ってたんだ」

ジェイミーは何も言わなかった。雲が割れ、月の光が波に落ちた。僕は子供のころのことを思い出した。前庭の芝生で遊んでいるとよく、そよ風が海の香りを運んできたことを。その瞬間、気温と空気の組成がかすかに変化したように感じたことを。

「ジェイミー？」と僕は言った。

「悲しいんだ。それだけ。あいつが地下室にいて、たったひとりで歌ってることを考えると、悲しいんだよ」

「わかるよ」

「もう以前のあいつじゃないのかもしれない」とジェイミーは言った。

「だとしたら？」と僕は言った。

「だとしたら？」

「あいつを逃がしてやって、警察に電話したとする。そしたら、たとえそれがまちがっていたとしても、もう取り消すことはできない」と僕は言った。

「でもおれたちは、あいつが地下室にいることを知っている」とジェイミーは言った。「そのことも、もう取り消すことはできない」

「とりあえず、今はまだ何もしないほうがいい、いいか？」

「またあそこに行く？」

「行かないわけにはいかないよな」

僕らはしばらくのあいだ黙ったまま坐っていた。やがてふたりともがたがた震えだし、朝一番の鳥が停泊中のトロール船の船首に舞い降り、そしてゆっくりと、夜がほころびはじめるまで。

第七章

僕らは毎日、読んでもいない何冊もの本でたわんだバックパックを背負って、学校からまっすぐにシーチェイスの家に向かった。ヘンダーソン公園の茂みの下に自転車を隠し、途中で何度もつまずきながら雑木林を抜け、裏庭にはいると、キッチンに足跡が残らないように、濡れたスニーカーをポーチのそばの植え込みの下に隠した。それから、僕がミントグリーンのドアをノックし、ふたりしてドアのまえで待った。僕らの靴下は冷たくて、湿っていた。

最初の日、リチャードは床の上にあぐらをかいて坐っていた。プレーヤーのターンテーブルで針がぽんぽん音をたて、彼の膝の上には僕の父のミステリ小説が広げられ、煙草をくわえた彼の顔には笑みがあった。母の三角形の灰皿のひとつが床に置かれていて、半分くらい吸い殻がたまっていた。

「事態は好転してきているようだ」と彼は言った。「今まで絶対に持ってきてくれなかったのに、今日いきなりドンが煙草を持ってきてくれたんだ」

「人道主義に目覚めたのかも」と僕は言った。

「ひょっとしたらね」とリチャードは言った。「ひょっとしたら、ぼくが癌で死ぬことを願っているのかもしれない。それとも、ぼくが自分を生きたまま焼いたりしないってことにようやく気づいたのかも」彼はプラスティックのライターをつけると、それをたいまつのように掲げた。「もちろん、自殺するなら、僕は溺死を選ぶけどね」

「ドンはどんなことを話すの？」とジェイミーが訊いた。

「大したことは話さない。ここに来るときは必ず銃を持ってくる」とリチャードは言った。「こないだ、ダン・フォッシーを殺したのは自分だと言った。ダンを船から落としたって」

「なんで？」とジェイミーは尋ねた。

「もう長いこと大勢の男が死ぬところを見てきたんだが、もし誰かが自分のせいで死んだら、今までとはちがう感情が湧いてくるかどうか知りたかったんだそうだ。でも、同じだったらしい。いずれにしろ、ドンは午前中しか来ないから、何も心配しなくていい。きみたちがこれからも来るつもりなら。これからも来るかい？」

　僕らはうなずいた。リチャードは頭をうしろにそらすと、鼻から煙を吐き出した。あの日、遊歩道でそうしたように。てかてかの赤いシャツを着て、恐怖におののきながら。そう、彼は恐れて当然だったのだ。リチャードは笑みを浮かべた。

「ドンに子供がいなくて残念だ。いたら、四人でブリッジができたのに」

　誰も笑わなかった。

　リチャードはわざとらしい真面目くさった表情を浮かべて僕らを見た。「ぼく自身はブリッジはやらないけどね。あれは甘やかされて育った東海岸のくずとホモ専門のゲームだ。甘やかされて育った西海岸のくず向きじゃない。まあ、とにかく、坐ったらどうだい」

　僕らは床の上の、やがて僕らのいつもの場所になるところに腰をおろした。あまりスペースがなかったので、僕らもリチャードみたいにあぐらをかかなければならなかった。

「僕たちもドンに殺されるかもしれない」と僕は言った。「きみから煙草をもらったりしたら」

「あげはしない」とリチャードは言った。「でも、賭けはする。ブーレイ（ポーカーに似たトランプゲーム）のやり方を教えるよ。トランプはあるかい？」

「階上（うえ）にある」と僕は言った。「取ってくるよ」

「よかった。ぼくはニューオーリンズでブーレイを覚えたんだ。一番大事なルールは、まえに出た札と同じスートの札を出すということ。これはゲームのルールというだけじゃなく、礼儀作法でもあるんだ（フォロー・スートは先例にならうという意味でもある）。向こうにいたころ、ぼくはよく知り合いのラインコックと一緒にこのゲームをした。それがどうしたと思うかもしれないけど、その厨房には歯の数よりも多くのナイフがあったんだ。札を出して、〝おまえ、ブーレイしたな？（場札と同じスートの札があるのに、それを出さなかった場合、〝ブーレイした〟と言われる）おい、おまえ、たった今、くそブーレイしやがったな？〟という声が聞こえたら、今にもナイフが飛んでくるのを覚悟しなくちゃならなかった」

「階上からナイフも取ってくる？」と僕は訊いた。

「ナイフがなくてもできる」と言って、リチャードはウィンストンのパックから二本振り出すと、僕らのほうに差し出した。「さ、プレー代は店のおごりで。慣れるまで、きみたちふたりは同じチームだ。いいかい？」

ジェイミー・ノースと僕。僕らは毎日、午後はリチャードと一緒に地下室で過ごした。でも、裏口のドアを閉めて鍵をかけ、バーベキューグリルの焼き網の下の引き出しに鍵を戻した途端、まるでスウィッチが切られたみたいに感じた。帰り道、僕らはハリソン・フォードや宿題の話をし、朝はベス・ガーソンの白い脚と紫色のハイヒールについて話しながら学校に行った。昼休みには、髪を短く切ったあとで初めて眼鏡をかけずに学校に来たキャサリン・クルーンズがどんなに可愛くて、どんなに眼が悪そうに見えたか話した。

リチャードのことを知って、僕らは忙しくなった。何も知らないかのように振る舞うのに大忙しだったのだ。リチャードのことも、アラスカのことも、互いの母のことも、互いの父のことも一切話さなかった。僕らはふたつの人生を生きていて、そして不思議なことに、そのふたつ目の人生は僕にとって幸せな人生だった。男がひとり地下室に閉じ込められて死を待っているというときに、自分自身が幸せかどうかなんて、ほんとうは考えるべきではないのだろう。でも僕は、気づけば何よりもまず、自分の幸せについて考えてしまっている。

映画『インディ・ジョーンズ』の二作目がついに〈オーフィウム劇場〉にやってきた。僕とジェイミーは誰よりも早く見ようと、学校をさぼって金曜日のマチネーに行った。僕らがウィル・パーシーにチケット代を渡すと、彼はパイプの端を嚙みながら非難めいた表情を浮かべた。が、いきなりチケットを破ると、僕らに背を向けて言った。「小僧たち。おれはおまえらを見なかった。誰かに訊かれたら、おれがリールをいじっているあいだに忍び込んだと言うんだ。いいか？」たぶん僕だけだったら、ウィルは眼鏡の上からじろりと覗いて学校に戻れと言ったはずだ。でもジェイミーは、〈オーフィウム劇場〉の常連だった。たとえ上映中の映画をすでに見ていても、ただウィルとおしゃべりするためだけに、ほぼ毎週、足を運んでいた。

僕らは人気（ひとけ）のない映画館の最前列に坐った。映画が終わると、眩しい陽射しに眼を細めながら、外に出た。僕はジェイミーに眼をやり、ロジャー・エバート（映画評論家、作家）を真似て言った。「それで、ジーン（ジーン・シスケル。映画評論家）、親指は上向きか、それとも下向きか？」

ジェイミーの眼が一瞬輝いた。が、すぐに、からかわれているのか見定めようとするみたいな用心深い視線を僕に向けた。

「ジーン？」と僕は繰り返した。

ジェイミーは唇を嚙んだ。でも、あのいつもの笑みを抑えることはできず、にやりとして言った。

「そうだな、ロジャー。残念ながら、下向きだ。驚くべきアクションシーンの連続はまさしくスピルバーグの真骨頂といえるし、炭鉱でのトロッコチェイスも見事だ。それだけでもチケット代のもとを取ったと言いたいところだが、残念ながらそうは言えない。人種差別が鼻につきすぎて、ほかのどんなものをもってしても打ち消すことができないからだ。擁護者から見た帝国主義者、という感じだ」

「今日ばかりは、ジーン、同感だ」と僕は言い、ロジャーの顔を真似て頬をふくらませた。僕らは握手を交わした。でも実際には、翌週とその次の週の週末にもまたその映画を見にいったのだけれど。

僕らはイギリスのロックバンド、ザ・クラッシュの『ロンドン・コーリング』（ジェイミーが教えてくれたのだ）をどうにか煙草が落ちぬよう絶叫しながら崖の上を自転車で走ったり、図書館で借りた『フロマーの旅行ガイドブック』のヨーロッパ篇を隅から隅まで読んで旅行の計画を立てたりした。ほくろのあるフランス女、特大のビールのジョッキ、クエイルード（鎮静剤だがドラッグとして使われる）、暴動、新しい友達と売春婦が大勢いる汚れた路地。ジェイミーが机の上に広げた地図の上に、ポルトガルからプラハまでの行程を書き込みながら、僕らは想像上の地元のアクセントで〝ヤギを飼っています、ヤギは私にチーズとバターをくれます〟と言い合った。テレビで『十戒』を見ながら、誰かが〝モーセ〟と言うたびにおならをかました。

そんなことばかりを、僕はどうして覚えているのだろう？ シーチェイスの家の地下室で起こっていることや、カリフォルニアにいる母とアラスカにいる父とのあいだに起こっていることとは切り離された、ジェイミーと過ごしたそういう時間こそが僕にとっては大切だったからだ。リチャードについての秘密が僕とジェイミーを結びつけた。ジェイミーはすでに僕に関する最悪の事実——自分の家の地下室に男が閉じ込められているというのに、それについて何もしようとしていない——を知っていた。そして彼自身も、それについて何もしようとしていなかった。

秘密という投げ縄でつかまえたりしなくても、ジェイミーや、ほかの誰とでも、あんなに親しくなれたならどんなによかっただろう。もしかしたら僕は、のちに起こることにあの時点で勘づいていて、その報いとして、ジェイミーの望むような人間になろうと努力していたのだろうか。僕はそんなふうに考えるのが好きだ。でも、誰かのために自分以外の誰かになろうとしている人で、幸せな人を僕は知らない。そして、秋がいつのまにか冬に変わっていったあの数週間、自分たちの自転車のハンドルが商店街の窓に映ってきらりと光るのを眺めながら、ジェイミーと一緒にカナル通りを通り抜けていったあの日々、僕は確かに、幸せだった。

僕らは『インディ・ジョーンズ／魔宮の伝説』を見にいかないかとキャサリン・クルーンズを誘い、キャサリンが眼鏡をかけずにやってくることを願った。待ち合わせ場所に現れた彼女は爪を噛んでいた。コードン通りの家からずっと歩いてきたせいで、つんつん立った髪のセットは崩れかけていた。ジェイミーと僕で彼女のチケット代を割り、キャサリンは僕らのあいだに坐ってチェリー・コークを膝にのせた。そのころにはすでに台詞を半分くらい暗記していた僕らは、闇に向かって吠えた。「ヌルハチっていずいぶんチビなのね」と僕は言い、「人を子供だと思って馬鹿にするのか」とジェイミーは言った。キャサリンは声をあげて笑い、そして、邪教集団サグの僧侶が男の胸から鼓動を打っている心臓を取り出すシーンになると、今度は驚きの声すら洩らせないほど息を詰めていた。

「面白い？」と僕は囁いた。

「すごく」と彼女は言った。

僕はシートにもたれ、キャサリンと同じように映画を見ようと、わざと眼の焦点を合わせずにスクリーンを見た。眼のまえに、色の渦巻く幕が広がった。「富と名誉だ」とジェイミーが台詞を言った。キャサリンは甘いオレンジのにおいがした。コークをもらってもいいかと僕は尋ね、それから、彼女のジーンズのポケットに手を入れた。ほんの少し体をこわばらせたけれど、彼女は僕の手をどかさなかった。

翌日の午後、学校のあとでリチャードのところに行ったときに、僕はその話をした。

「それから？」と彼は訊いた。彼はこのところ毎日腕立て伏せをしていて、もう以前のような、なよなよした体つきではなくなっていた。首の血管が老人の手の血管みたいにくっきり浮き出ていた。

「心臓が一気に燃え上がった」と僕は言った。

「そうじゃなくて、それから何をしたのかって訊いてるんだ。そのポケットの中で」と言って、彼はだぶだぶのスウェットパンツのポケットの中に手を入れ、下から生地を突き上げた。「つまり何か？　自分の手をその子のあそこからほんの数センチってところに置きながら、何もしなかったってことか？」彼はさっと立ち上がった。僕が犯してしまった途方もないまちがいを、個人的に正さなくてはと思っているみたいに。

「でも、あいつよりはましだよ」と僕は言い、狭い部屋の反対側にいるジェイミーを指差した。

「何をすればよかったんだ？」とジェイミーは言った。「もうひとつのポケットに手を入れればよかったのか？」

「そらきた」とリチャードは言った。「まさにそれだ。きみたちはふたりとも、せっかくのチャンスをだいなしにしたんだ。ポケットに手を入れる？　冗談だろ？」

「ごめん」と僕は言った。「がっかりさせるつもりはなかったんだ」

リチャードはまた長椅子に坐って、「まあ、きみが悪いわけじゃない」とおごそかな口調で言った。「気にするな。いいニュースがある。ぼくが力になろう。少し時間をくれたら、ぼくが手ほどきしてあげる。そしたら高校生の女の子はみんな、きみたちはたった今、スパニッシュハーレムから逃げ出してきたんじゃないかと思うはずだ」

「それって、いいことなの？」とジェイミーは訊いた。

「もちろん」

僕らが地下室で話したのは、そんなことだった。リチャードと一緒じゃないときに僕らが何をして、どんなふうに暮らしたか。僕らが聴いた音楽や、見た映画や、女の子について、リチャードは尋ねた。ある午後リチャードに促されて、ジェイミーはアンドレアとの悲しい恋の話をした。ジェイミーの話に耳を傾けながら、リチャードは重々しい、悲しげな表情——懺悔室というのは司祭の顔に浮かぶそういう表情が隠れるように設計されているのだ——を浮かべた。

「きみは正しいことをしたと言わせてもらうよ」とリチャードは言った。

「ほんと？」と言って、ジェイミーは眼を上げた。

「そういう気はしないけど」

「つまり、きみは彼女のことを誤解してたんだ。じはここで、誤解について話をしよう。サヴァナで夏を過ごしていたときのことだ。アパートメントの近くのカフェでぼくはよく、とびきりの美人を見かけたんだ。すごく古風な服装をしてて、つばの広い日よけ帽をかぶってた。いつもスカートをはいてて、その下から黒いシームのはいったストッキングが覗いてた。どんなのかわかるかい？　彼女は毎日そのカフェにいて、ぼくが通り過ぎると決まって眉を上げた。まるでぼくを知っているみたいに。ふたりにしかわからない秘密でもあるみたいに。ぼくはそのときひとりで暮らしていたから、考える時間がたっぷりあった。で、彼女のことをたっぷり考えたんだ。

夏が終わりに近づいて、もうすぐ町を離れるっていうときに、ぼくはついに彼女に声をかけた。ここに坐ってもいいですか。彼女は言った。〝もちろんよ、リチャード。どうぞお坐りになって〟ぼくは思った。この娘はぼくの名前を知っている。これだ。これこそが運命なんだって。でも、次の瞬間、気づいたんだ。その娘が大家さんの息子だってことに。シンクがしょっちゅう水洩れしているせいで、ぼくらはよく顔を合わせてたんだ。彼女っていうのは実のところ、くそドラッグ・クイーンだったってわけだ」

「嘘つけ」とジェイミーは言った。

「嘘ならどんなによかったか」とリチャードは言った。

ジェイミーと僕は床の上で笑い転げた。

「たいていは、境界線はこんなに明瞭じゃない」とリチャードは言った。「問題は、誤解していたか、していなかったかじゃなくて、どのくらい誤解していたかってことなんだ。ものすごく誤解していたのだろうか？　きみはものすごく誤解していたのかい？」

僕らは暗黙の了解のうちに、こんなふうにまるで何事もないかのように振る舞った。リチャードの脚から部屋の向こうまでくねくねと伸び、シンクの下のパイプに巻きついている鎖について、僕らは決して触れなかった。プラスティックのバケツについても決して触れなかった。二カ月ものあいだ一度も陽の光を浴びていない青白い皮膚についても、ちゃんとシャワーを浴びていない体についても、ドンと僕らふたり以外の人間の声を聞いていない耳についても、僕らは決して触れなかった。閉じ込められ、時間をもてあましている魂——ほかになんて呼べばいいんだろう？——についても、世間ではもう終わったことになっている人生についても。

その代わり、僕らは居間からゲームを持ってきた。トリヴィアル・パースート、モノポリー、インドすごろく、コネクト・フォー。リチャードは僕らにハーツを教え、三人で何度もブーレイをした。どのトランプゲームでも、誰かがスートをフォローしなかったら、残りの者は声をそろえて〝ブーレイ〟と叫び、身を起こしてうんざりしたように札を放って、リチャードが最初にブーレイの説明をしたときに披露したニューオーリンズのアクセントを真似て言った。「おまえ、ブーレイしたな？　おい、おまえ、たった今、くそブーレイしやがったな」

ジェイミーはアンドレアの話をし、リチャードはどうしても頭から追い出すことのできないわけのわからない恐怖について話した。それは四肢のどれかをなくすという恐怖だった。その後の人生で見知らぬ人たちが浮かべる表情にはきっと耐えられないだろう、と彼は言った。ジョンについても、ジョンがニューヨークに送って寄越した手紙の中で書いていたことについても話した。僕も話しはじめた。母のこと。もう何週間も母と話していないこと。ほんとうは話したいのだけれど、母が出ていったことがどうしても赦せないこと。『宝島』についても話した。父が話してくれた〝フリント船長がまだいい人だったころ〟の話――そのことばが口から出たときに初めて、父とのその思い出がどれほど大切なものだったか気づいた。僕が話しおえると、しばらくのあいだ沈黙ができた。ややあって、リチャードが言った。「いやぁ、ぜひ聞きたかったな。『宝島』はとんでもなく好きでね」

リチャードによれば、ドンはまだ毎朝来ているということだったけれど、ドンの気配のない午後が一日、また一日と過ぎるうちに、レコードの音量がだんだん大きくなっていった。ある午後、僕らはひとこともしゃべらずにチャーリー・ミンガスの『ザ・ブラック・セイント＆ザ・シナー・レディ』の両面を聴いた。そのあいだ僕は床に寝そべって、今ではレコードプレーヤーのそばのもとの場所に置かれた、一セント銅貨のはいった壜を眺めながら、久しぶりに母のことを考えた。僕が今しているのと同じことを、母は数え切れないほどしてきたのだ、と思った。そうすることで正気を保っていたのだ、と。それから、僕の今いる、まさにこの場所に坐っていたかもしれないリチャードの父のことを考えた。どうして僕は一度も、この部屋にはいっていいか尋ねなかったのだろう？　どうして一度も、母と一緒にこの場所に坐らなかったのだろう？　母のプライヴァシーを尊重していただけだったのかもしれない。でも、プライヴァシーというのは便利なことばでもある。相手のプライヴァシーを尊重するというのは、興味のないことを礼儀正しく無視する方法だからだ。ここにあるレコードやこの地下室に、僕は興味がなかった。一度も興味を覚えたことがなかったのだ。

アルバムが終わり、ジェイミーが針を上げても、リチャードは仰向けに寝そべったままだった。「ぼくが知っているのがこの音楽だけだったらどんなにいいだろう」と彼は言った。「この部屋で育ったのなら、知っていることはすべてここにあるレコードから教わったのなら、どんなにいいだろう」

ジェイミーと僕は言った。同感だ、と。

もちろん、僕らはまだ恐れていた。車が通るたびに、窓ががたがた鳴るたびに、床板が軋むたびに、大急ぎでスタジオを出て地下室の階段の下に飛び込んだ。ビニール袋を持っていって、吸いさしと灰を持ち帰り、同じリストを何度もチェックした。鍵を乾燥機へ戻したか。地下室のドアを閉めたか。家の鍵をバーベキューグリルの引き出しの左側に戻したか。

ある日、この先ドンと絶対に鉢合わせしないようにするために、僕らは学校をさぼってドンのたどる道順を確認することにした。ヘンダーソン公園の反対側に、ドンのトラックが停まっているのが見えた。さびついたラジエーターグリルと、ひびのはいったフロントガラス。通りに停まっているだけで物騒に見えた。

「雑木林を通るにちがいない」とジェイミーは言った。「おれたちみたいに」

ドンが僕らと同じ道をたどっていると考えただけで——さびついたブランコの脇を通り、枝をよけながら歩いているところを想像しただけで——胃がきりきりした。まるでドンに何かを盗まれたみたいな気がした。

朝から降っていた雨があがり、降り注ぐ陽射しがフロントガラスを鏡に変えた。雨樋からは水がちょろちょろと途切れなく流れ、葉が雨を滴らせていた。突然、犬の鳴き声がした。恐怖にわしづかみにされたまま、僕はどうにかうしろを振り返った。大きな黒いラブラドールレトリーヴァーが通りを猛スピードで走ってきた。そのうしろを、ひとりの男が走っている。

「あれ、誰？」とジェイミーが訊いた。

答は知っていたけれど、あまりにぎょっとしていたために、ことばが出なかった。犬の名前はダッチ。男の名前はビル・ラトキ。甲板をすべり落ちてきたカニ捕りかごに左腕をつぶされて漁師を辞めるまで、〈ローレンタイド〉で父と一緒に働いていた男だ。もう何年も船には乗っていなかったけれど、今も《ダッチハーバー・フィッシャーマン》を購読していて、彼の心の一部は今でも毎年、アラスカに行っているにちがいなかった。ロイヤルティ・アイランドにはビル・ラトキのような男が大勢いた。

「内緒にしといてやる」僕らのほうに近づきながら、ビルは言った。ダッチがジェイミーの手をくんくん嗅いだ。ビルは息を整えると、膝をついて犬の首輪に鎖をつけた。「ふたりともなんだか心配そうな顔だな」と彼は言った。「内緒にしといてやるから安心しろ」

「おれたち、ほんとうは今、学校にいなくちゃならないんだ」とジェイミーは言った。

「ああ、だと思ったよ」とビルは言った。「まあ、麻にはしないこった。漁のことはもう聞いたか？」

何年もまえのことだ。ビルが僕にBB銃をくれようとしたことがあった。結局、母にもらってはいけないと言われてあきらめたのだけれど、それ以来僕はずっと、彼に感謝していた。なのに僕はそのとき、道の真ん中に立ち尽くしたまま、声も出せなかった。今にもドンが角を曲がってきて合図するんじゃないか、そしたらビルのやさしい顔がぞっとするような顔に変貌して、ダッチが歯を剝き出して僕らに嚙みつくんじゃないか。その考えを、追い払うことができなかった。

スプルース通りを自転車で走りながら、僕はある幻想にとらわれた。それは、その後も幾度となくとらわれることになる幻想だった——リチャードのことは町じゅうが知っているんだ。みんながこの企みに参加しているんだ。その後の数週間のあいだに、遊歩道を歩いている最中やダウンタウンで買いものの列に並んでいる最中に、ベリンダやウィル・パーシーと話しながら突然恐怖に襲われることもあった。自分では、学校は愉しいです、ノースの家の人たちはみんな親切です、と言ったつもりなのに、ほんとうは、リチャードは生きています、と言ってしまったのではないかと思って。

事実を知ったら、町のみんなはどうするだろうと考えるようになった。腕が不自由で、大きな犬を飼っているビルは、リチャードが地下室に監禁されていることを知ったらどうするだろう？　たぶん、力を貸してくれるはずだ。リチャードを閉じ込めておくのは、リチャードがみんなのまえに二度と姿を現さないようにするのは正しいことだとビルも考えるはずだ。おそらく僕は、自分にそう言い聞かせていたのだ。自分の父が人並み以上の悪人なんかじゃないと言い聞かせていたのだ。

リチャードが地下室に連れてこられた夜にいったい何が起こったのか。その話題を僕ら三人はずっと避けていた。でも、リチャードの腹部にあった黄色味を帯びた紫色のまるい痣のことが僕の頭から離れることはなかった。誰があの痣をあそこに叩き込んだのだろう？　ジェイミーはあれ以来一度も同じ質問をしなかった。が、僕自身は、必ず訊かなくてはならないと思っていた。秋が終わりに近づいたある午後、リチャードはついに降参したとでもいうように、ため息をついて言った。「ほんとうに知りたいんだね？」

うなずかないわけにはいかなかった。

「彼らがぼくのところへやってきた夜」と彼は言った。「ぼくは親父のベッドに横になっていた。親父がそこで死ななかったことを神に感謝しながら」

彼はそれがどんなベッドか説明した。木目の詰まったマホガニー材。四本の柱。柱頭のスペード形の飾り。幅の広い頭板。彼の母がキルトの掛け布団をめくってフランネルのシーツのしわを伸ばし、シーツとシーツのあいだに隙間を空けてくれたことを、彼はぼんやり覚えていた。それから、母が亡くなったあとの夏の土曜日の朝の記憶。リチャードはベッドの足のほうで塗り絵をしていて、父がベッドの頭のほうで新聞を読んでいる。窓から差し込む眩しい陽の光。チコリコーヒーの香り。

初めて本気でつき合ったガールフレンドをそのベッドに連れていき、彼はそこで肩を噛まれた。彼は高校生で、ジョンは漁でいなかった。確か、親父の最後の漁だった、と彼は言った。「噛まれたって、どんなふうに？　それって普通のことなの？」とジェイミーが尋ね、そのとき突然、僕は気づいた。またはぐらかされたことに。何度尋ねられても、どんなふうに誘拐されたか教えるつもりはないのだ。安堵の波が押し寄せるのを感じた。リチャードの言うとおりだった。ほんとうは僕も知りたくなかったのだ。

ジョンが漁に発った日の夜、リチャードはガールフレンドのメリッサに、彼女の母親に嘘をついてほしいと頼んだ。「今晩は帰らないって言うんだ。何かもっともらしい理由を考えてさ」

「どうしてそんなことしなくちゃならないの？」とメ

リッサは尋ねた。彼女は一歳年下だったけれど、彼より五倍くらい頭がよかった。リチャードはすでに、彼女を失う心の準備を始めていた。

「だって、大きな屋敷を独占できるんだぜ。あの家がふたりだけのものになるんだ。誰に嘘をついたってかまわないだろ」

彼はその台詞を事前に練習し、笑われる覚悟もしていた。予想どおり、彼女は声に出して笑いはしたものの、その笑い声の中に恥ずかしそうな響きがあるのを彼は聞き逃さなかった。

その日の夜、リチャードはろうそくに火を灯し、マテガイの蒸し料理をしくじり、父親のソーテルヌワインを一本盗んだ。鏡のように穏やかな湾を臨む、三方を網戸で囲まれたポーチで、ふたりは夕食を食べた。暖かいけれども少し風の強い夜で、彼の膝の上のナプキンが風に飛ばされた。リチャードがそれを拾って襟にはさむと、彼女はくすくす笑った。夕食のあとで、彼がメリッサを寝室まで抱きかかえていくと、彼女はまたくすくす笑った。ベッドの中で、彼女はどうしても下着を取らせようとしなかった。でも彼は気にしなかった。金と、時間と、一年の半分は不在で、かつ自分の言うことはなんでも聞いてくれる父親を持つというのがどういうことなのか、そのとき初めてなんとなくわかって、目眩がした。

「よかった?」と彼は訊いた。ふたりはもういちゃいちゃしていなかった。ベッドのまわりのカーテンは開いていて、月の光が床の上に水たまりのような形をつくっていた。彼女は半分眠ったままリチャードのほうを向き、そして黙ったまま、彼の肩を噛んだ。そのときの感触を、彼はその後、繰り返し思い出すことになった。メリッサの家のドライヴウェイの入り口で彼女に礼儀正しく別れを告げられたあとも。彼が大学進学のために町を発ったあとも。クリスマスのころに〈エリックのキルト〉で見かけた彼女をダン・フォッシーがからかったあとも。太ったし、不幸そうだし、いかにも疲れて見えると言って。ダン・フォッシーが死に、リチャードが彼女のあのなつかしい、すべてをわかってくれるような顔が見たくてロイヤルティ・アイランドに戻ったあとも。そのころにはメリッサは製薬器機の販売をしている恋人と一緒にワシントン州東部のスポーカンに引っ越していた。そしてその後、リチャードが彼女に会うことはなかった。彼は言った。今ではもう顔もほとんど思い出せないけれど、あれから何年も経った今でも、噛みつかれたときの感触だけははっきり覚えている、と。ぎざぎざした歯が食い込み、皮膚がぎゅっと押されたように感じたけれど、痛みは不思議と感じなかった、と。

　十一月の最後の週末に、『インディ・ジョーンズ／魔宮の伝説』の〈オーフィウム劇場〉での上映は終了した。すでにほとんどの席を経験済みだった僕らが最後の回に選んだのは、二列目の席だった。もうほぼすべてのシーンを覚えていて、映画を見る喜びは映画そのものではなくて、次にどんなシーンが来るのか正確に知っている心地よさによってもたらされるようになっていた。映画が終わって場内が明るくなったところで、ジェイミーが囁いた。「うしろを見るな」

　その晩、映画館は満席だった。僕は会場をあとにするいくつもの足音を聞きながら、何も映っていないスクリーンをじっと見つめた。

「よし、もう見ていい」

　うしろを振り返ると、ちょうどドン・ブルックが分厚い紫色のカーテンを押し分けてロビーのほうへ出ていくところだった。咽喉が麻痺したみたいだった。もちろん、いつドンと出くわしてもおかしくないことはわかっていたし、彼がみんなと同じように生活していることも、〈セーフウェー〉で夕食を買ったり、ひとりきりの夜をやり過ごす方法を探したりしていることもわかっていた。でも実際に彼を眼にし、彼がチケットを買っているところや、映画を愉しんでいる姿をはっきりと思い浮かべた途端、僕は狼狽した。ほとんど苦痛ですらあった。

「あと数分、ここにいよう」とジェイミーは言った。

「ウィルは気にしないよ」

「ドンはひとりだった？」と僕は訊いた。

「たぶん」

「こっちを見てた？」

「映画を見てただけだと思うけど」

「それとも、僕たちのあとをつけていたか」

「でも、なんでおれたちをここまでつけなくちゃならないんだ？」

「さあ。どっちにしろ、もっと用心しなきゃな」

「もう映画は見ないほうがいいかな？」

「そのほうがいいな。もっと用心しなくちゃ」と僕は言った。「ドンが何をするか、わかったもんじゃない」

僕はずっと、父のドンに対する愛情を不思議に思っていた。父もサムも潔白じゃないことは知っていたけれど、それでも、ふたりにはドンみたいに来る日も来る日も地下室のドアを開けることはできないはずだと思っていた。ドンが自分から残ると言ったにちがいない。なぜなら三人のうちで彼だけが、その仕事に耐えられるほど残忍だったから。父はずっとまえから予想していたのだろうか？　いつの日か、そんな恐ろしい仕事のできる人間が必要になることを。

僕らは行動パターンを変えた。地下室に行く時刻を変え、毎日ちがったルートを通った。ほんとうに用心したいのなら、シーチェイスの家に行くこと自体をやめればよかったのだけれど、僕らはやめなかった。やめられなかったのだ。

自然光をずっと浴びていないリチャードの皮膚は以前より明らかに青白くなっていて、そのせいで眼の下の隈がくっきりと目立つようになった。一方で、眼は光を発しているかのように鋭くなり、彼と話していると、まるで夜行性の動物に凝視されているような気がした。長い時間を一緒に過ごすうちに、リチャードにもロイヤルティ・アイランドの漁師との共通点がひとつあることがわかった。彼もまた、話上手だったのだ。

僕とジェイミーは床の上に、リチャードは長椅子の上に坐って三角形をつくり、そして、ほとんどリチャードひとりが話した。ワイオミング州のグリーン川のそばのトンネルの中で列車をかろうじてよけた話。以前働いていたカンザス州のローレンスの食堂の話（そこでは、キッチンの裏口から違法の花火や南国の鳥を売っていた）。ウェストチェスターの邸宅で自殺パーティーを開いた知り合いだか友人のブロードウェーディレクターの話。毎日、ラッシュアワーに日本の悪霊の面をかぶって高架鉄道に乗ったシカゴの男の話。

ほんとうの話だったのだろうか？ そのときは実話かどうかなんて気にならなかったし、今となってはもう、どうでもいいことなのだろう。僕らはリチャードの話を実話であるかのように受け止め、そこには何か大切な意味があるのだと自分に信じ込ませた。とりわけ、ジェイミーは。「それはすごい」とジェイミーは言った。あるときは「そりゃ、まったくすごいや」になり、またあるときは「びっくりだ」になった。ジェイミーがそんな曖昧な表現をするのを聞くのは初めてだった。でも、たぶんそのときだけは彼も、そういった表現を自分に許すことができたのだろう。リチャードの話は、ジェイミーが聞きたいと思っていたような話ばかりだったりだから。

それは僕らが一度も遭遇したことのない人生から届く特報のようなものだった。それがアラスカについての父たちの話よりもスリリングでドラマチックだったというわけではない。でも、父たちの話は常に灰色で、氷の張ったヘドロにどっぷり浸かっていた。父たちの話は僕らをはっとさせはしたけれど、決して微笑ませはしなかった。そこに笑みがあるとすれば、それは男たちが僕らのはっとした表情を見て浮かべる笑みだけだった。

リチャードの話は僕らに、父たちの話にはない何かを教えてくれた——ほかの生き方があることを。今の僕はもちろんそのことを知っているけれど、あのころの僕は果たして知っていたのだろうか？　ロイヤルティ・アイランド以外の場所にも人生があるのは知っていたけれど、ピュージェット湾を隔てた向こう岸や、カスケード山脈の向こう側にある世界が僕の知っている世界とどれほどちがっているのかは知らなかった。ロイヤルティ・アイランドに残って父の船で働くということが、すべてを手に入れることではないということも知らなかった。そうすることで実は、計り知れないほど多くのものを見逃すことになるのも。

ロイヤルティ・アイランドは奇妙な町だった。その経済の中心は二千マイル北のベーリング海にあって、子供たちは幼いころからずっとそこで働くことを夢見ながら、それと同時に、町を去ることも夢見ていたのだから。リチャード・ゴーントも、ほかの大勢がそうしたように、十八歳で町を出た。彼はそれまで、少なくともときどきは、父からついに漁師の職をもらえるのではないかと期待していた。父はずっと自分をテストしてきたのではないか、反抗期はあったけれど、それでも、自分はついにそのテストに合格したのではないか、と。でもプライドが邪魔をして、父に尋ねることができなかった。ついに卒業式の日がやってくると、ジョンはリチャードに千ドルの小切手を渡し、長方形のデコレーションケーキを買ってくれ、ボルボの鍵をくれた。そして、角帽とガウン姿のリチャードを見ながら、なんて立派なんだと言った。

卒業式のあと、ふたりは網戸に囲まれたポーチで遅い夕食を取った。ジョンがラフロイグのボトルを開け、ふたりは静かに酔っぱらいながらいつまでもそこにいた。まさに熟考と和解に打ってつけの夜だった。ウィスキーとそよ風、それに石の床をコツコツと打ち鳴らすジョンの靴音の中にある何かが、今なら何を訊いてもいいとリチャードに言っていた。が、ふたりはときどき思い出したようにあたりさわりのないことについて話しただけだった。

結局、リチャードが行ったのはアラスカではなく、ワシントン大学だった。彼はアップル・カップで声援を飛ばし、廊下で壜を叩き割って一年生の寮を追い出され、シグマ・カイ（男子学生社交クラブ）に入会し、雪上パーティーを主催し、フロイトの『文化への不満』を含む数冊の本を読み、屋根から落ちて手首を骨折し、そして、四年生になるまえの夏に大学をやめた。

どうしてやめたのか？　よく眠れなかったから。煙草を吸いすぎて指が黄色くなったから。自分にはどんな決断もする必要がないと気づき、それが正しいことを証明したかったから。その年の春にダン・フォッシーが死に、そのことが大学を去るもっともらしい言い訳になったから。そもそも大学に行くこと自体、まちがった決断だったのだとなんとなく思ったから。大学をやめるということこそ、金持ちの家の出であるという意味だと思ったから。どんな選択をしたところで、いつだってなかったことにできるのだと気づいたから。

リチャードはバフード地区のバーでグレーハウンドを飲み、外の公衆電話から父に電話をかけた。真夜中を過ぎていて、自分の電話がジョンを起こすことを、自分が父よりも優位に立てることを願った。が、電話に出た声は、少し苛立ってはいたものの、明瞭で、落ち着いていた。

「もう大学には戻らない」とリチャードは言った。ジョンはため息をつき、リチャードは微笑んだ。

「これから何をするつもりなんだ？」とジョンは言った。

「何もしない」

「それじゃあ、どこで、何もしないつもりなんだ？」

「さあ。どこだっていい」

沈黙ができた。ついに父は爆発するのだろうか、とリチャードは思った。ついに平静を失って、大声で怒鳴りだすのだろうか。おまえはなんていくじのない、愚かで、怠惰な人間なんだ、と。リチャードがずっと目指してきたような人間を形容するあらゆることばを、父はついに投げつけるのだろうか。でも、ジョンはこう言っただけだった。「それも悪くない。旅行するといい。じっくり時間をかけて。力になれることがあったら連絡しなさい」

リチャードは受話器を架台に叩きつけた。父に祝福されたことは悔しかったものの、やはり大学をやめ、ヒッチハイクして町を出た。歯が綺麗で姿勢の悪い、父親のすねをかじって暮らすシャイな黒髪の飲んだくれ。それが彼だった。ヤキマの近くで、東に向かうバスに乗り、からからに乾いていく地面と、次第に澄んでいく空を眺めた。髪が眼にはいり、ポニーテールにした。モンタナ州ボーズマンで、スキーのインストラクターをしているふたりの大学の友人のもとを訪ね、自活するんだったら好きなだけ自分たちのリゾートキャビンにいていいと言われた。ふたりの名はデイヴィとキャロル。スキーを教えてあげる、とふたりは言った。

「やめとくよ」とリチャードは言った。

「一日じゅう何するつもり？」とキャロルが訊いた。彼女の頬は日焼けしていて、髪は白鳥の羽根みたいなブロンドだった。リチャードはいつも思っていた。どうしてキャロルはデイヴィなんかとつき合っているんだろう。「どうやらぼくには絵の才能があるみたいなんだ」とリチャードは言った。

実際には一度も絵を描きはしなかったものの、彼は三カ月間、そのキャビンで愉しく過ごした。毎晩、三人は夜更かしして酔っぱらい、キャロルが考えた"恐喝ジャック"というゲームをした。一度、ゲームの一部でしかなかったけれど、リチャードはキャロルにキスした。そして毎朝、太陽が昇るにつれて真っ白な雪原から染みが消えていくように闇が消えていくさまを眺めた。

スキーのシーズンが終わると、デイヴィとキャロルは荷造りをして西に向かい、リチャードは、自分と一緒に来ないかとキャロルを説得することばを念入りに準備したものの、実際には口に出すことなく東へ向かった。まずはミネアポリスへ行き、エヌパン・アヴェニューの長期滞在型ホテルに一カ月泊まった。

彼の部屋を毎日掃除したのは、ブルドッグみたいな、いかにも糖尿病を患っていそうなタイプのスウェーデン人の女だった。キーキーと音をたてるカートのしっぺんに置かれたトレーに、女はいつもオレンジをのせていた。女はドアの鍵をひとつひとつ開けながらカートを押してゆっくりと廊下を進み、一番奥の部屋まで来ると、今度は奥の部屋から順番に掃除していった。その結果、廊下の手前のほうの部屋は鍵のかかっていない状態で何時間も放置されることになった。

彼が初めて忍び込んだのは、掛け布団についた青い染み以外は彼の部屋とまったく同じ、がらんとした部屋だった。翌日、リチャードはさらに大胆になった。廊下から順に中を覗いていき、三番目の部屋に忍び込んだ。まだ整えられていないベッドの上に、蓋の開いたスーツケースが置かれていて、中には、遠吠えしているシンリンオオカミがシルクスクリーンプリントされた黒いTシャツが三枚と、クリベッジ（トランプゲーム）のセットと、ぼろぼろの『指輪物語〈第一部〉旅の仲間』と、口のところまでくるくるまるめられた歯磨きチューブが四本はいっていた。

やがてリチャードの一日はカートの車輪のたてるキーキーという音と、鍵が次々に開けられていく音と、スウェーデン人の女が誰も寝ていないベッドひとつひとつに向かって「こんにちは（シェナ）、こんにちは（シェナ）」と挨拶するしわがれた声を中心にしてまわるようになった。数週間のあいだ、彼は見知らぬ滞在者たちの持ちものと、彼らがベッドに残す体の形と、においと、無数の意味深い痕跡の目録を頭の中でつくりながら過ごした。ある部屋では、ベーラムのアフターシェーヴローションのにおいのする糊のきいたシャツと、使い古されてなめらかになった革のベルト（光沢のなくなった金メッキのバックルにNFDという文字がステンシル加工されていた）と、べとつく櫛と、ウィスコンシン州バーリントンの不動産物件のパンフレットと、ゴムバンドでとめられた重曹のはいった箱を見つけた。それらの持ち主が、リチャードにはもうほとんど見えるような気がした。男は茶色のスラックスのベルトループに革のベルトを通す。パンフレットをうちわ代わりにして自分を扇ぎながら、質問を聞き取ろうとテーブルに身を乗り出す。男はWの発音がうまくできない。相手の言っていることを聞き取ろうと耳に手をあてながら、「なんだって（ヴァット）？　なんだって（ヴァット）？」と言う。最近退職したばかりで、ハンガリーかポーランドでの子供時代を思い出させてくれるようなささやかな土地を買うために中西部にやってきたのだ。

別の部屋では、耳あてのついた革製のバイク用ヘルメットと、フィレンツェのウフィツィ美術館所蔵のフィリッポ・リッピの絵ハガキのコレクションと、キャップ代わりにビニール袋をかぶせ、その上に紫色のリボンの結んであるスパイシーな香りの香水を見つけた。リチャードの頭に、白髪混じりのすらりとした女性のイメージが浮かんだ。女性の娘は行方不明。おそらく、家出だ。友達の友達の友達がディンキータウンのドライクリーニング店のカウンターで働いている娘らしき人物を見かけ、自分の娘か確かめるためにはるばるコネティカットからやってきたのだ。

「もし自分自身の部屋に見知らぬ他人としてはいったら、その部屋についてぼくはどう思うだろうと考えた」とリチャードはジェイミーと僕に言った。「ぼくの持ちものを見て、どんなことを考えるだろう？」

リッピの絵ハガキかクリベッジのセットを記念に失敬したいと思いつつも、実際には盗まなかった。それらの品々が呼び起こしたイメージに対して、誠実でありたいと思ったからだ。その代わり、ホテルを発つ日の朝、彼はスウェーデン人のカートからオレンジをひとつ盗んだ。

ミネアポリスのあと、リチャードはグレーハウンドバスの色つきガラス越しにミシシッピ州南部の尾根と川と空と道を眺めながら南へ向かった。夏が近づいていた。バーでピアノを弾くためにニューオーリンズに移り住んだ、かつての男子学生社交クラブの〝兄弟〟で、大学通りの伝説的な飲んだくれから、家に泊めてもらう約束をなんとなく取りつけていたのだ。リチャードが男のところへ行くと、かつての飲んだくれはもう飲んだくれでも、ピアノ弾きでもなかった。開いた窓のそばの席に坐ると、男は幅の広い汗まみれの顔を拭った。男の名はミッキー。「おれは今、コックなんだ」とミッキーは言った。「まったく。おまえじゃなかったら、仕事の世話をしてやるところなんだがな」

「なんでぼくじゃだめなんだ？」とリチャードは尋ねた。

ミッキーは肩をすくめた。「まあいい。厨房の下働きの仕事ならある」と彼は言った。「おまえのために嘘をついてやってもいい」

それから四カ月間、リチャードはカナル通りの観光客向けレストランで汗まみれになって働いた。エビの殻の剥き方を覚え、牡蠣の殻の取り方を覚え、ナマズの皮の剝ぎ方を覚え、鶏の骨の取り方を覚えた。九十秒で煙草を一本吸いおえる方法を覚え、ブーレイを覚えた。食の愉しみに目覚めたりはしなかったけれど、忙しさの中に、シェフがまな板の上で立てるミシンの針のようなリズミカルな音の中に、沸騰する湯が刻む時間の中に、自らの存在を消す方法を覚えた。

彼よりも十歳近く年上の口の悪いパティシエと出会い、コンティ通りの彼女のスタジオに住みついた。それから三カ月間、そこで暮らし、毎晩床の真ん中に置かれたマットレスの上で暑さも忘れてぐっすり眠った。眠るまえに、パティシエはたいていデザートワインを一本空けた。朝、リチャードが耳障りな音をたてるファンの風の中で眼を覚ますと、彼女はじっとりと湿ったシーツの上で転げまわっていた。

めずらしくレストランの仕事が休みになると、彼とパティシエはピクニックの準備をして州間高速道路一〇線をビロクシ（ミシシッピ州南部、メキシコ湾を望む市）へ向かった。開いた車窓から陽の光が風とともに流れ込んだ。

「なんのにおいだろう？」とリチャードは尋ねた。

「海のにおいに決まってる、アホ」とパティシエは言った。でも、それは海のにおいではなかった。海のにおいというのは、グリーン・ハーバーのにおいだった。ガソリンとエンジンオイルと魚とドライアイスのにおいだった。ここの太陽は明るすぎる、とリチャードは思った。水の緑が濃すぎる。その日は一日じゅう、ロイヤルティ・アイランドのにおいが頭から離れなかった。次から次へとキャメルを吸って、どうにか追い出そうとしたけれど、うまくいかなかった。彼はホームシックにかかっていた。家に帰りたかった。そして結局、帰った。

その決断は、彼の人生のその後の十年間をかけて描かれていくパターンの最初の一針だった。まず、ある場所を選ぶ。たとえば、コロラド州のボールダー。そこで四カ月を過ごし、それからジョージア州のサヴァナで半年を過ごし、それからシカゴで一年半を過ごす。あるときはレストランで働き、あるときはほとんど何もしない。あるときは幸福で、あるときは惨めだ。でも、どっちにしろ、結局はどうだっていいのだということに気づく。結局いつも、まるでたぐり寄せられるようにしてロイヤルティ・アイランドに戻るのだから。

ロイヤルティ・アイランドを発つときはいつも車かバスを使ったのだけれど、戻るときはいつも飛行機を使った。飛行機がシアトルに着陸すると、彼はタクシーに乗って五三桟橋のフェリーターミナルに行き、そこでピュージェット湾を渡るフェリーに乗った。船尾近くのレール脇に立ち、絶えず東のほうを見ながら時間と宇宙について思いをめぐらせ、吸いさしを航路に投げ入れた。ベインブリッジ（ピュージェット湾内の島）で下船すると、いつも父が待っていた。父は笑みを浮かべ、そして明らかに、まえよりも年を取っていた。

なつかしい自分の部屋で眠り、〈エリックのキルト〉でなつかしい友人たちと酒を飲み、なつかしい車を運転した。つまらない鳥たちの下、ベンチに坐って海を眺めながら、あまりにも湿っぽくて、あまりにも濃厚な、固い地面や通りや建物と大差ないと思えるほど実質のある空気を吸い込んだ。

「どうして？」と僕は訊いた。「どうしていつも戻ってきたの？」

「それがわかったら……」彼は肩をすくめ、両手の手のひらを上に向けた。「ある晩、ぼくは夕食の席についていた――ひょっとしたらこの家だったかもしれない、カル、確か、そうだったな。ドンが酔っぱらっていた。で、驚きなのはここからだ。親父を送っていこうと家の外で待っていると、ドンがいきなり迫ってきたんだ。〝おまえの考えてることは全部お見通しだ〟と言って、ぼくの胸を突いてきた。ぼくが町に戻ってくるのは親父の遺言から名前を消されないようにするためだと彼は考えていたんだ。まったく、とんでもないくそ野郎だ。だけど、なんて言えばよかったんだ？　戻ってこないわけにはいかなかった。ただそれだけだったんだから」

「でも、この町が嫌いなんだろ？」とジェイミーが言った。

「どこかに書いてあった」とリチャードは言った。「自分の故郷を嫌う唯一の理由は、自分のことが嫌いだからだって」

「きみもそうなの？」と僕は訊いた。

リチャードはまるで秘密でも隠しているみたいな笑みを浮かべて言った。「あのさ、きみたちはふたりともぼくに似ている。とくに、きみが、カル。ジェイミーは絶対に彼らと同じ道には進まない。でもそれは、自分がほんとうはどんな人間なのか知っているからだ。ぼくとカルはちがう。ぼくらも絶対に彼らと同じ道には進まない。でも、それじゃあ、ほかに何になれるっていうんだ？」

リチャードは答を待った。その表情は穏やかで、悲しげだった。まるで僕に同情しなくてはならなかったことを心の底から残念がっているみたいに。

幾日か経つにつれ、ジェイミーと僕は遊歩道をぶらつかなくなり、〈オーフィウム劇場〉に行かなくなり、僕らがジェイミーの寝室とシーチェイスの地下室以外の場所で過ごす時間はどんどん短くなっていった。ある午後、ディーリア・ドールにダウンタウンで声をかけられて学校について尋ねられたときも、僕にはどう答えればいいかわからなかった。質問の意味すらよくわからなかった。警官のハイナーが僕らの脇を自転車で通り過ぎながら、僕を警棒でつついて可笑しそうに笑ったときも、僕は思わず全速力で逃げた。笑いを返すべきだということはわかっていたのに、どうしても笑うことができなかった。幼いころから知っている顔はどれも、ゆがんだ鏡に映った像のように見え、遊歩道や映画館や〈ベリンダのデリ〉はどれも、かつて僕が知っていた場所の廃墟のように見えた。

十一月に、母が二度電話してきた。どちらもかかってきたのは僕が学校に行っていると知っているはずの時間帯だった。何かの合併症のせいで予定より一週間長く入院したけれど、今は退院して家に戻っているそうよ、とベティーが言った。

ベティーは紫色のペンでメグの家の電話番号を書き、その紙をカエルの形の磁石で冷蔵庫にとめた。「できるだけ早く電話してって」と言って、僕の肩をぎゅっとつかんだ。こんろの上の明かりだけがキッチンを照らしていた。「長距離だからって気にしなくていいからね。好きなだけ話すといいわ」

母に会いたかった。すごく。母が元気でやっているのか、妹が元気でやっているのか、どんな妹なのか知りたかった。でも、地下室でリチャードと過ごす午後に比べたら、そういう考えはどれも、遠くかすんでいるように思えた。母に電話をかける気にはどうしてもなれなかった。が、生まれて初めて、母よりももっと、父と話したくなかった。

一年生か二年生のとき、僕は毎日、たったひとつの質問を携えて学校から帰ってきた。パパから電話あった？　パパから電話あった？　いいえ、と母は答えた。いいえ、いいえ。電話があったら、ママから言うから。だけど、僕は尋ねるのをやめなかった。ある晩、夕食の最中に、母は膝の上から紙ナプキンをひったくるようにつかんで、ペンでなにやら描きはじめた。「これは電話線」と言いながら、線を何本か引いた。「いい？」それから、小さなまるい船をひとつ描いた。「これがなんだかわかる？」

僕にはわかった。〈ローレンタイド〉とは似ても似つかなかったけれど。

「あのね、電話線はどれもこの船とはつながっていないの。どの船ともつながっていない。だから、お願いだから、もう同じことを訊くのはやめて」

でも僕はやめることができなかった。毎年、何かが父を僕から奪うのだという気がしていた。僕よりも大切な何かが。だから、父がその何かをほんの数分でも犠牲にして缶詰工場から電話してくれたら、僕はそのあとの一週間、いや、一カ月を、そのときの父との会話のことを考えて持ちこたえることができた。僕が必要としていたのは不在にしている人のほうであり、そんなふうに考えるのはもちろん、ずっとそばにいてくれる人に対してフェアではなかった。今、ノースの家で電話が鳴るたびに、父からかもしれないと思って僕がたじろぐ姿を見たら、母は満足するだろうか。

十二月の初めにジェイミーが流感にかかり、ふたりで話し合って、僕ひとりでリチャードのところへ行くことになった。放課後、シーチェイスの家に行くと、リチャードは壁に向かってペーパーバックを振りまわしていた。黒いハエがスタジオにはいりこんでいた。リチャードと僕はハエを叩きつぶそうと、二十分くらい悪戦苦闘し、互いにぶつかってよろけ、大笑いした。その後、リチャードはデューク・エリントンの『マネー・ジャングル』をかけ、僕らはトランプをするために坐った。ジェイミーがいなかったので、ハーツもブーレイもできず、結局、リチャードの提案でジンラミーをすることになった。彼は僕に札の配り方とスコアのつけ方を教えてくれた。

「そういえば」何回かプレーしたあとでリチャードは言った。「ずっと忘れてたけど、このゲームは親父に教わったんだ。確か、ぼくが八歳のころだ。ある週末、すごく厳しい声で親父が言った。〝大事な話がある〟ってね。それでぼくと親父はダイニングルームのテーブルについて坐ったんだけど、親父はただ、ぼくにジンラミーを教えただけだった。それから一ヵ月くらい経ったころに、親父はまた、大事な話があると言ってきた。でも今度は、ぼくを坐らせると、こう言ったんだ。おまえを船に乗せるつもりはない、って。もう何週間もまえからずっと、そう言おうと思っていたにちがいない。でもたぶん、言うのが怖かったんだ。親父が何かを怖がるなんて、考えるとなんだか可笑しいよね」リチャードはカードをもう一度シャッフルしながら、ひとり微笑んだ。「そのとき、ぼくはどうしたと思う？　親父のオフィスに行って、大叔父がつくったボトルシップを片っ端から叩き割ったんだ。すごくドラマチックだと思わない？　どうしてって、ただ親父に尋ねればよかったのに」

「ジョンは理由を教えてくれなかったの？」

「ぼくがニューヨークに行くまではね。まえにも言ったけど、親父から手紙が届くようになったんだ。で、ある手紙の中に書いてあった。自分はまちがいを犯したのかもしれないって。親父はずっと、ぼくくらいの歳のころに自分がどんなだったか考えていて、それで、思い出したんだそうだ。自分の父親と一緒に仕事をして、父親が自ら手本となっていろいろ学ばせてくれたことで、父親を愛するようになったのだと。だから、父親である自分をぼくがなぜ憎んでいるのかも理解できると書いてあった。誰かを憎むほんとうの理由というのは、たったひとつしかないのだから」

「ひとつしかないの？」

「誰かを愛したいのに、その誰かが愛させてくれない、というのがその理由だ」

「ジョンを憎んでいた？」

「ああ」

僕らはゲームを続けた。予定よりも遅くなって、すごく腹が減ってきた僕は、とうとう、リチャードの勧めに応じて白パンとマヨネーズと七面鳥のサンドウィッチを食べることにした。ゲームを中断してサンドウィッチをつくりながら、僕は言った。「もっと彼の――

――きみのお父さんの話をしてよ」

リチャードによれば、手紙の中のジョン・ゴーントはリチャードの思いもよらないほどの大きな葛藤を抱えた人物だったという。もっとまえに知っていればよかったと思えるような人物だったと。第二次世界大戦のあと、ジョンはウィスコンシン大学の音楽学部に在籍した。彼はそこで作曲を学び、友人とバーへ行き、あたかも未来はまだ何も決まっていないかのように、明け方まで仲間と将来について語り合った。でもジョンにとってそれは、どこまでも現実とかけ離れた生活だった。中学生のころから毎年夏には父と一緒にサケ漁船に乗り、十八歳になるころには遠洋漁業の漁師特有の呪いに――二重の心に――苛まれるようになっていた。常に孤独を感じ、陸の生活も海の生活もどちらも耐え難く感じ、一方の生活がもう一方の生活の解毒剤のように感じられる呪いに。そう、ジョンはいつも渇望していた。寒さでギターのチューニングが狂わないように急ぎながら、雪の積もった大学の中庭を横切っているときでさえ、鼻を刺す潮の香りと、足に伝わるディーゼルエンジンの振動を渇望していた。

ジョンが四十歳のときに、モーリー・ゴーントが亡くなり、立派なトロール船団と、すでに漁獲量が激減していたサケの漁場をひとつ彼に遺した。ジョンは漁船団を北に送り、古いトロール船をカニ漁船に改良する決断をし、やがて、その決断を誇りに思うことになった。多くは変わってしまったものの、何世代にもわたって続いてきたリズムだけは絶やさずにすんだのだから。それから五年後にアラスカからもたらされた金は、ロイヤルティ・アイランドがそれまでに見たこともないような大金だった。さらに五年後、ジョンはマグナソン・スティーヴンス法（アメリカの漁業保存・管理に関する基本法）に基づく助成を受けて〈ローレンタイド〉と〈コルディレラン〉と、より小型の船を三隻建造した。そして、さらに五年後、なんの予告もなしに、自分はもう二度とアラスカへ行かないと、つまり引退を、宣言した。

「引退できたことを誇りに思ったと親父は書いていた。家にいられることを誇りに思ったとね」とリチャードは言った。「親父が普通は口にしないような台詞だ。たぶん、いつか手紙に書こうと、長いあいだ取っておいたんじゃないかな」

「なんで辞めたの？　その理由は書いてあった？」

「きみのお母さんに出会ったからかもしれない。知りたいのは、そのことだろ？」

リチャードの眼を見ることができなかった。

ありがたいことに、リチャードは僕が答えずにすむようにしてくれた。「親父はよくこの部屋に来たんだよね？　まさにこの場所に坐っていたのかもしれない」

「あのふたりについて何か知ってる？」自分の口から出たそのことばの響きが嫌だった。かすれていて、なんだか必死で。

「あそこにメーソンジャーがあるだろ？」と言ってリチャードは一セント銅貨の詰まった壜を指差した。ジョンが亡くなったあとで母がキッチンに持ってきた壜だ。「親父があれを持ってきたにちがいない」

「どうしてわかるんだ？」

「古いしきたりなんだ」とリチャードは言った。「ご主人が漁で不在のあいだに奥さんを訪ねるときは、コインを一枚壜の中に入れなくちゃならないんだ。この部屋にいるときの親父がどんな気持ちだったか、ぼくが一度も考えなかったなんて思わないでくれよ。実際、何度も考えたし、想像もした。きみはどうだい？」

そこが問題だった――ふたりが一緒にいるところを、僕は一度として想像できたためしがなかった。地下室のドアが閉まった途端、ふたりはまるで忘却の彼方に消えるみたいだった。でもこうして、母のスタジオで何週間も過ごし、母がかつて坐っていた場所に坐って、母がかつて聴いていた音楽に耳をすましているうちに、ようやく僕にもふたりの姿を思い描くことができるようになった。リチャードの話に耳を傾けながら、僕は桟橋に立っているジョンの姿を思い浮かべた。九月の初めのある日。指笛を吹く妻たちと泣きじゃくる子供たちに混じって、彼は去りゆく大型船に向かって手を振っている。人生で初めて、ロイヤルティ・アイランドの人々が経験する最も残酷な感情を、あとに残されるという気持ちをまのあたりにしながら。それから、メーソンジャーを手に僕の家のまえを歩いてくる。彼は玄関ドアを杖で叩く。母がドアを開けると、ジョンはにっこり笑い、壜をまえに差し出す――そのときの彼の姿を僕は今でもはっきりと眼に浮かべることができる。

スタジオのいつもの場所に坐ると、母は、以前よく僕に言ったのと同じことをジョンに言う。「人生最高の一曲を聴きたい？」

それは、ビリー・ストレイホーンが亡くなってすぐにデューク・エリントン・オーケストラが録音した追悼アルバム『アンド・ヒズ・マザー・コールド・ヒム・ビル』の中に収録されている、デューク・エリントンの『ロータス・ブロッサム』のことだ。

レコードに針をおろすと、母は眼を閉じて、快活なダウンテンポのピアノと雨音みたいな和音と短調のアルペジオに耳を傾ける。そしてジョンは、僕が母から決して教わろうとしなかったことに気づく。おそらくは、ふたたび気づく。音楽というのは、時間の外側に存在しながら、時間の流れをつくりだすのだということに。『ロータス・ブロッサム』の四分の三拍子が生涯にわたってある人のリズムになることもありうるのだということに。明かりの消えた部屋の中、血管のように脈打つ真空管のオレンジ色の光を母の隣で眺めながら、ジョンは生まれて初めて、不思議なほどに、安らぎを感じる。彼の心はいくつもの名も無き感情の上を漂う。かつて彼の眼が何マイルもの名も無き海の上を漂ったように。

ピアノの演奏は続き、そしてついに母は言う。「ここよ。聴いて」突然、バリトンサックスの音が響きわたり、長く引き延ばされた黄金の調べを和音の上に重ねていく。そのソロは旋律を追いかけてはいるものの、まるで、まったく別の場所から、別の部屋から、ドアの向こうから、地球の外から、別の人生から、やってきたみたいに響く。

もし誰ひとり裏切ることなく人を愛する手段があるとしたら、音楽もそのひとつではないだろうか？　母とジョンのあいだにあったのは、ひょっとしたら音楽だけだったのではないだろうか？　おそらく、そうではないのだろう。でも僕は、あと少しで自分にそう信じ込ませることができそうな気がする。なぜなら、オリジナルアルバムにはこのハリー・カーネイのテイクは収録されてすらいないのだと母がジョンに説明しているときのふたりの姿をはっきりと思い浮かべることができるからだ。母は言う。誰かが偶然見つけて、再版盤の中に収録するまで、その演奏はずっと〈RCAレコード〉の金庫に隠されたままだったのだと。「これが信じられる？」と母が言うのが聞こえる。「こんなものがあること自体、誰も知らなかったなんて。ほかに何年ものあいだしまい込まれていたなんて。何が失われたんだろう？」

クリスマス休暇の直前に、天気が一変した。三晩続けてひょうが降り、ようやく晴れたかと思ったら、今度は気温が急降下した。ある午後、ジェイミーと僕は冷たい風でかじかんだ手に息を吹きかけながらシーチェイスの家に着いた。地下室に行くと、タコ足のようにダクトを伸ばした暖房炉がうなっていて、そのうなりに合わせて、部屋全体が振動しているかのようだった。スタジオの中は燃えるように暑く、床の真ん中に、リチャードが上半身裸で横たわっていた。長い髪が黒い光輪のように広がっている。

「おれたちに何ができる?」とジェイミーは言い、リチャードのそばにひざまずいた。でも僕は、ドアのそばに立ったままだった。「カル」とジェイミーは言った。「あそこにあるTシャツを冷たい水で濡らしてきてくれないか」

僕は言われたとおりにし、ジェイミーが看護師みたいなやさしい手つきで濡れたTシャツをリチャードの額にあてるのを眺めた。「どうなってるんだ、この暑さは。ほら、これでどう?」とジェイミーは言った。

しばらくして、リチャードは上体を起こし、壁にもたれた。頬は紅潮し、頭に巻いたTシャツがフランス外人部隊の帽子みたいに肩に垂れていた。まるで質問に答えるみたいに、彼は言った。「まえにもこの部屋が暑かったことはあるけど、こんなのはさすがに初めてだ。きみのお母さんがサーモスタットをつけることを思いついてくれたらよかったんだけど」

「この部屋をつくったのは母さんじゃない」と僕は言った。汗が首を伝って落ちたのがわかった。リチャードは眼を閉じ、壁に頭を預けた。

「大丈夫?」とジェイミーは訊いた。

「もしぼくがインディアンなら、ぼくは酋長になる。蒸し風呂の酋長にね。ぼくにはキノールト族(アメリカ西海岸地域の先住民の種族のひとつ)の血が流れているという噂があったんだけど、その噂、聞いたことあるかい?」

「ないよ」と僕は言った。実際には何度も聞いたことがあった。

「そう言われてたんだ。この頬骨のせいさ」と言って、彼は片方の頬骨からもう一方の頬骨へと指を走らせた。「それと、僕がみんなに嫌われていたせいさ。そのせいもある」

「嫌われてなんかいなかったよ」とジェイミーは言っ

た。裸電球の下に立ってTシャツを絞っているジェイミーの姿は、僕を落ち着かない気分にさせた。「おれたちはあんたを心配している」と言って、ジェイミーは僕のほうをちらっと見た。何か言ってほしいとでもいうように。助け船を出してほしいとでもいうように。「トランプでもしたい気分だな」とリチャードは言った。

ジェイミーと僕はTシャツ一枚になった。そして、連帯感を示すかのようにいつもより一時間長居して、あまり気乗りしないまま、ハーツをした。

「明日は早めに行って、友達の無事を確かめないとな」その夜、二段ベッドの下の段からジェイミーは言った。「起きてる？」と彼は訊いた。「明日は早めに行こう。起きてるか？」

「彼は友達じゃないよ、ジェイミー」と僕は言った。

「じゃあ、なんだ？」

友達ではなかったけれど、敵でもなかった。じゃあ、なんなんだ？　トランプやレコードや打ち明け話にもかかわらず――あらゆることにもかかわらず――彼はやはり僕らの囚人だった。自分の囚人をジェイミーのように眼に光を持って見てはいけないのだ。とにかく、だめなのだ。だけど僕はそのとき、自分の中で芽生えはじめた感情を説明することばを見つけることもできなかった。だから、黙っていた。

翌日、ふたたびシーチェイスの家に行くと、暖房炉はついていなかった。ドアを開けると、リチャードは長椅子の上で両膝を立てて胸にくっつけ、頭から毛布をかぶってがたがた震えていた。

「ドンはわざとこんなことしているのか？」とジェイミーは言った。

「さあ」とリチャードは言った。

「煙草をくれたと思ったら、今度は拷問するのか？」と僕は訊いた。

「さあ」

「ドンはほんとうに、拷問しようとしてるのか？」

リチャードは噛みしめた歯のあいだから息を吸い込み、体を震わせた。正気を失っているようにさえ見えた。これはドンが意図的にしたことなのかもしれない、と僕は思った。それとも、ドンのぴくつく手がたまたま二日間連続でサーモスタットの設定をまちがったのだろうか。こんな状況では正気を失っていられるほうがありがたいのかもしれない、と思った。人生には自分ではどうすることもできないこと――どこで生まれ、自分のどんな弱さを見つけ、誰が自分に恋するか――のほうが、自分でどうにかできることよりも十倍は多い。僕らは一日一日を、次から次へと選択しながら、次の心地よさを求めながら生きていく。結局のところ、自分では何ひとつ選び取っていないという事実を忘れて。地下室の中で凍えながら、リチャードはもはや、その事実を忘れることができなかったはずだ。

「こういうやり方で、彼らはきみを殺すつもりなんだ」とジェイミーはきっぱりと言った。

「コーヒーが要るね」と僕は言った。

「頼むから、コーヒーは勘弁してくれ」とリチャードは言った。

「ココアは？」と僕は言った。彼の沈黙を、僕は〝イエス〟と取った。階上(うえ)に行くと、僕は母の青いやかんに湯を沸かし、不透明なガラス壜からシナモンとナツメグをつまんで入れ、僕がこの家に住んでいたころによく飲んだパック入りのインスタントココアを混ぜた。僕自身もまだ、コーヒーが好きだと自分に信じ込ませることができないでいた。

ふきんで包んだ魚雷みたいな形のサーモスを持って地下室に降りていくと、ジェイミーとリチャードは押し黙った。ふたりが僕に聞かせたくない話をしていたのではないかという思いが、胸を刺した。自分が何をしようとしていたのか忘れて、僕はその場に立ち尽くした。リチャードが毛布を落として僕のほうに手を伸ばしたときも、なぜそうしたのかわからなかった。

「それ、ぼくに？」と彼は訊いた。そしてサーモスをこすって手を温めたあと、それを顔の下に持っていき、しばらくそのままにしてから、ようやくひとくち飲んだ。「うまい。ありがとう」

「ふたりで何を話してたの？」と僕は訊いた。

「おれがひとりで話してたんだ」とジェイミーが言った。「暖房をつけようって」

「ドンがわざと暖房を止めたんだとしたら、僕たちがここに来たことがばれる」と僕は言った。

「ばれたってかまわない」

ジェイミーの声は小さかった。自分がほんとうにそう思っているのか確信がないのだ。「かまわない？」と僕は言った。

「リチャードは凍え死にしそうなんだ」とジェイミーは言った。「そっちのほうが問題だろ、ちがうか？」

いつも人の話に耳を傾ける用意のできている、常に正直なジェイミーの顔が、今は百パーセント集中して僕が自分の考えを説明するのを待っていた。だけど僕は、説明できなかった。

「リチャード次第だ」と僕は言った。

リチャードは顎のすぐ下で毛布をしっかりつかんだまま、震えていた。「このままでいい」と彼は静かに言った。「ドンにばれたら、何をされるかわからない」

「自分を見てみろよ」とジェイミーは言った。「これ以上、いったい何をされるっていうんだ？」

「わからない。さっきもそう言っただろ？」その声はさきほどより大きかった。それから、まるで最後に残ったわずかなエネルギーも使い果たしてしまったみたいに、彼は壁にもたれ、眼を閉じた。

ジェイミーは唇を噛んだ。続けるのが賢明かどうか考えているのだろう。「おれだってドンのことは怖いし」とジェイミーは言った。「嫌いだけど、このままあんたを凍えさせておくわけにはいかない」

　リチャードは毛布を引っぱって、さらにしっかりと肩に巻きつけた。

「リチャード？」とジェイミーは言った。

「そんなふうに思ってくれて、ありがとう。ジェイミー。ほんとに」

　会話はそれでおしまいになるはずだった。でもジェイミーという男は、岩にぶちあたるまで絶対に掘るのをやめなかった。

「おれもドンが嫌いだ」とジェイミーは繰り返した。

「ぼくは嫌いじゃない」かろうじて聞き取れる声で、リチャードは言った。

「え？」

「きみたちの理論を覆すようで申しわけないが、ぼくはあいつらを嫌ってはいない」

「あいつら？」と僕は尋ねた。

「誰のことかわかっているはずだ」壁に頭をつけたま、リチャードは答えた。「人間としては嫌いだ。でも、あいつらが僕にしたことのせいで嫌っているわけじゃない。嫌うには、ぼくはたぶん人間として弱すぎるんだ。ドンがサンドウィッチを持ってはいってくると、いつもありがたく思うんだ」

「部屋が暖かくなったら、もっとありがたく思うはずだ」とジェイミーは言った。

　ぼそぼそとリチャードは何か言った。

「今なんて言った？」とジェイミーは訊いた。

「このままでいい（レット・イット・ゴー）って言ったんだ」とリチャードは答えた。

「わかった」とジェイミーはついにあきらめて言った。でもそれはおそらく、リチャードが一回目にぼそぼそ言ったとき、ジェイミーにも僕に聞こえたのと同じことが聞こえたからにちがいなかった。

〝ぼくを逃がして（レット・ミー・ゴー）〟とリチャードは言ったのだ。

翌週には暖房は正常に戻ったけれど、リチャードが完全にもとどおりになることはなかった。話しながらその内容を追体験すること自体が彼を疲弊させるかのように、眼を閉じたまま話すことが多くなった。十二月が過ぎていくにつれ、僕らがスタジオに行っても、リチャードは昼間のドラキュラみたいに腕を交差させて長椅子の上で寝そべっていることが多くなり、僕らがトランプやゲームに誘っても、断ることが多くなった。そんな午後、僕らはほとんど会話を交わさずに、まるでたき火を取り囲むみたいにしてレコードプレーヤーを取り囲んで、何時間もただ坐っていた。

僕は、心がつぶれてしまうまえのアラスカの漁師の眼つきについて、以前父から聞いた話を思い出した。冬の暗さと狂ったように砕ける波が心の封印を開けて中に染み込んだあと、男の眼がどれほど暗くなるか。漁師たちはそれを〝アリューシャンの眼〟と呼んだ。よくあることさ、と父は言った。何日も陽が差さず、ずっと寝てないと、やがて海と仕事と低い空が全部自分にのしかかってくるような気がしてくる。海が無限に続いているような気がしてきて、自分がひょいと投げ込まれている船が痛ましいまでにちっぽけに思え、自分自身がひょいと投げ込まれているこの体なんてもう、とんでもなくちっぽけに感じられるようになるんだ、と。それから父は、〝アリューシャンの眼〟を持つようになったライトという名の友人――大男で、みんなには〝鯨のライト〟と呼ばれていた――について話した。やつはシフトの途中で調理室に行ったと父は言った。鍋に水を入れて火にかけ、沸騰すると、着ているフランネルシャツの内側にゆっくりと流し込んだんだ。

ある午後、一時間くらい押し黙ったあとでリチャードは長椅子から頭を上げ、何週間もまえに言ったことばを繰り返した。「この音楽しか知らなかったらどんなにいいだろうって思うんだ。ぼくが知っていることは全部、ここにあるレコードから学んだのなら、どんなにいいだろうって」

僕らはサン・ラーの『ザ・マジック・シティ』を聴いていた。以前彼が同じことを言ったときには、そのことばは自然で、的を射ているように聞こえたのだけれど、今はなんだか不自然に響いた。

「ほかには何も知らなくてもいいの？」と僕は訊いた。でもそれはただ、何か言わなければならないと思ったからだ。彼のことばを黙って受け流したりしたら、腹を立てるかもしれないと思ったからだ。

「それって、素敵だと思わない？」とリチャードは言った。

「どうかな」と僕は言った。「きみだって、嚙み方とか、歩き方とか、そういうことを覚えられてよかったって思うだろ？」

リチャードはひとり笑みを浮かべた。何時間も続く孤独な時間から自分自身を守るための場所——そこに彼はもう何度も行っているにちがいなかった——に向かって、彼の心が漂っていくのが見えたような気がした。「ぼくは音楽を嫌うようになった」と彼は言った。「親父が音楽を愛していたからだ。馬鹿なことをしたもんだよな。まちがいもいいところさ」彼は肘をついて頭を支えた。「今ならそれがわかる。ぼくはこれまで、何かを嫌うことで自分というものを定義してきた。あれやこれやを嫌うことに人生の時間を費やしてきた。でも、そうすることで、いったい何を得たのか、ぼくにはわからない。きみたちにはわかるかい？」

僕はジェイミーに眼をやり、首を振った。

「自由？」とジェイミーは言った。

「いや、自由じゃない。ある大義やらある戦争やらを嫌うことで自分を定義したって、自由なんて得られないんだ。たとえば、ぼくがパーティーにいるとする。するとまわりの連中が〝ヘイ、リチャード。もういいかげんにして、愉しくやろうぜ〟って言う。そう言われて初めて気づくんだ。嫌いなものや嫌いな人間や嫌いな場所について、自分がずっとわめきちらしてたってことに。それで仕方なく、ジョークを言ってたふりをしなくちゃならない。気の触れたポーランド人の国外追放者か何かみたいに、東欧のアクセントでこう言うんだ。〝しかし、きみたちは理解しなければならない！　嫌うのは持って生まれたぼくの性質なんだ！〟ってね」

「好きなものはなんだったの？」とジェイミーは訊いた。「何かあったはずだ」

「確かに。でも正直なところ、今はもう思い出せない。まるで自分以外の誰かの好きだったものを思い出そうとしているみたいな、そんな感じがするんだ」

「だけど、自分以外の誰かじゃない」と僕は言った。

「でも、そんなふうに感じるんだよ。ときどき、今ここに一緒にいるこの人は誰だろうって思うんだ。どこかで生きていた、どこか別の時間と場所で生きていたこの人はいったい誰だろうって。いろんな思い出を持っていて、いろんなものを嫌ってきたこの人のことをぼくは覚えているけれど、彼はぼくじゃないんだ。意味わかるかい？　ぼくは彼を〝彼〟として思い出すんだよ。〝ぼく〟としてじゃなく」

「だから自分のしたことを大目に見られるとでも思っているの？」どこからやってきたのかわからない怒りに、僕は突然襲われた。ときには人を赦さないでいるほうが難しいこともある。が、ダイニングルームのテーブルにスーツケースの中身を空けたのはリチャード本人だった。僕らがこんなところに来るはめになったのもリチャードのせいだった。それを撤回するにはもう遅すぎたし、もし撤回できると思っているのなら、それは自分をごまかしているにすぎなかった。

リチャードの眼つきがふたたびしっかりした。彼は片方の眉を上げて僕を見すえ、それから言った。

「ぼくは何をしたんだ？」

「もうやめろよ、カル」とジェイミーが言った。

「いいから、カルに話させるんだ」とリチャードは言った。「知りたいんだよ」

「何もしていない」と僕は言った。「ごめん」

リチャードはもう尋ねなかった。彼は僕らを必要としていたし、僕らのほうも彼を必要としていた。そうでなかったらどんなによかっただろう。リチャードのことなんてきれいさっぱり忘れてドアに鍵をかけ、父たちみたいに船で町を離れて、春まで戻ってこないでいられたら。そっちのほうがみんなにとって、ずっとよかったはずだ。


学期の終わる十二月の半ばには、僕がノースの家に住んでほぼ四カ月が経っていた。人生の約四十分の一だ。実際に計算してみたのだ。でもなんだかもっと長く住んでいるような気がした。


学校でクリスマスパーティーが開かれた。バブルライトが灯され、パンチボールが出された。英語の時間には、〝新年の決意を箇条書きにし、その理由を書き添えるように〟という課題が出され、僕は〝スペルミスを亡くす。理由は、秋らかですよね？〟と書いた。

僕とジェイミーは、メリークリスマス、ハッピーニューイヤーと言ってクラスメートと別れ、それから、校舎を出て校庭に足を踏み入れた。

「明日、サンド・ポイントに牡蠣採りに行くっていうのはどうだ？　自転車で行けるし」とジェイミーは言った。

「今の干潮って朝の三時ごろだろ」

「休みだから、そういうこともしたいかと思っただけさ」とジェイミーは肩をすくめて言った。

サンド・ポイントでの牡蠣採りはわが家の恒例行事だった。毎年夏に、父と僕は潮汐表とにらめっこして最適の朝を選び、赤いペンでカレンダーに印をつけた。その日がやってくると、母は白ワインのボトル数本とレモンを荷物に詰めた。そして、灰色の砂浜に敷いた毛布の上に白と緑のストライプの水着姿で坐り、どんな天気でも必ずつばの広い日よけ帽をかぶって、膝の上に本を広げた。僕と父は一緒に水の中にはいり、僕は父から特別な物差し——六・四センチの長さに切ったテープ——を渡された。オリンピア牡蠣は採るのが禁止されていて、それを見分けるためのテープだった。比較的小ぶりなオリンピア牡蠣がそのテープ以上の大きさに育つことはめったにないからだ。でも、黒い岩にくっついた、フジツボに覆われた人ぶりの真牡蠣だけでも充分すぎるほどあった。

メッシュバッグがいっぱいになると、父と僕は水を撥ねかしながら浜辺に戻り、ビーチタオルの上で大の字になった。母がレモンをくさび形に切り、父が牡蠣用ナイフで殻を取った。実際には陽が照っていたことはなく、ナイフが光っていたこともなかったけれど、僕の記憶の中では、父の手に握られたそのナイフはきらきら輝いている。牡蠣を半分に割り、殻の片方を海に戻してから、もう一方を母に手渡すときの父の眼も、牡蠣を口に持っていくときの母の眼も、きらきら輝いている。

こういうことを全部、僕はジェイミーに話したのだろうか？　ほんとうに？

「真冬に牡蠣採りなんて無理だよ」と僕は言った。「それならどこか別の場所に行って話し合わなくちゃな。どこがいい？」

「話す内容によるけど」と僕は言った。

「こんなことをいつまでも続けられない」と彼は言った。

「無理だろ？」

ジェイミーの突然の揺るぎなさに僕は苛立ちを覚えた。確かに、こんな二重の生活をずっと続けるのは無謀だった。でも、状況自体がそもそも異常なのだから、ある意味、無謀な行為というのは今の状況にふさわしいものにも思えた。全部リチャードのせいだった。彼が僕らを歓迎したりしなければ、僕らにジョークを言ったり、レコードを聴かせたり、友人みたいに振る舞ったりしなければ、僕らだってこんなに長くかよったりしなかったはずだ。さっさと彼を逃がしていたか、さもなければ、自分自身をこの状況から逃がしていたはずだ。リチャードに背を向けて、リチャードなんて見つけなかったことにしたはずだ。そのどちらにしろ、状況は今よりましだったはずだ。

「屋根は？」と僕は訊いた。

「安全とは言い切れない」とジェイミーは言った。

その夜、僕らは崖をおりた。冷たい風が刺すように痛かった。僕はジェイミーのあとについて埠頭地区を何ブロックも歩いた。すぐ脇では、波がうなりをあげながら月明かりの中に打ち寄せていた。ようやく、僕らは漁師の記念碑のまえのベンチに腰をおろした。

「リチャードを逃がさなくちゃ」とジェイミーは言った。

「そうしなくちゃならないかな？」それは正直な質問だった。

「ああ」とジェイミーは言った。「いくらなんでも、そこまでされなくてもいいはずだ、カル。以前のリチャードだったら仕方ないのかもしれない。でも、今はちがう。あいつは変わったんだよ」

「どんなふうに変わった？」

「もう以前のあいつじゃない」

「かもな」と僕は言った。「だけど、問題は、あいつがどんな人間かじゃなくて、何をしたかだろ。それと、おまえ今、〝そこまで〟って言わなかったか？　今はそんな話をしてるわけじゃない」

「おれたちは今、正しいおこないについて話してるんじゃないのか？」

「正しいおこないなんて、ないのかもしれない」と僕は言った。

「父さんたちが帰ってきたら、どうすると思ってるんだ？　出してやると思ってるのか？　本気で？」

「僕らにはわかりっこない。そこだよ。父さんたちは僕らよりもよくわかっているはずなんだ」

「ほんとうにそうだろうか」

「おい」

「おれには確信がない」

僕も、そしておそらくジェイミーも、この同じ会話を自分たちの頭の中でもう何十回も繰り返してきた。だからもう、少なくとも僕は、ジェイミーが何を言ったところで驚かなかった。僕らは互いのことをよく知っていたし、自分たちがどういう立場を選んでいるかもよく知っていた。僕らがずっとリチャードのことについて話し合う必要を感じなかったのは、そのせいもあった。眼が暗さに慣れつつあった。ここにやってきたときにはほとんど見えなかった記念碑も、今は形を取りはじめていた。ぼんやりとした灰色の輪郭線が、まるで鉛筆でなぞられていくみたいにくっきりしてきた。

あのとき、リチャードはこの同じ場所に坐って、自らの怒りの中に溺れながら湾を眺めていたのだ。ジェイミーの言うとおりだった。今のリチャードはあのときと同じ人間には見えなかった。古い憎しみは霧がさっと晴れるみたいに消えてしまったようだった。僕が知っているかぎり初めて、彼は自分の恨み以外の何かを大切にしているように見えた。そんな人間にやり直すチャンスを与えないなんて、まちがっていないだろうか？

でも、それと同時に僕は、人間というのはほんとうに変われるのだろうかとも思っていた。リチャードの語る話に耳を傾けたり、音楽を聴いたりしながら過ごした時間について考えるたびに、僕はその年に学校で習ったダンバー（一五世紀のスコットランドの詩人）の詩を思い出した——

──われらは歌う、ああ、しかし、泥のなんと汚いことよ／足の下、どこまでも続いている──。ことばや音楽は自分自身を忘れさせてくれる。でもそれは、いっときのことにすぎないのだ。

「おれたちは似た者同士だ」とジェイミーは言った。

「おれたちって？」

「おれとおまえとあいつ。おれとおまえだって同じことをしたかもしれないだろ？」

「あいつと同じことを？　いや、それはない」

「ほんとうにそう言えるか？　それじゃ、おまえだったらどうした？」

答えられなかった。そのときにはもう、自分がどんな人間になりたいのか知っていたし、自分がどんな人間なのかも知っていたけれど、そのふたつの人間が決して出会うことがないことはまだ知らなかった。

僕はジェイミーのコートのポケットに手を入れて、煙草とライターを取り出した。フリントが詰まっていたうえに、手が寒さで震えていた。ジェイミーは僕の手からライターを取って、火をつけた。

「ジョンが死んだ日のこと」とジェイミーは言った。「覚えてる？　あのときおまえ、初めて煙草を吸ったんだっけな」

「なんのことかわからないな。煙草ならもう何年もまえから吸ってる」

「おまえと友達になるべきだってずっと思ってたんだ」

「嘘つけ」

「結構愉しかったたな。おまえと部屋をシェアしたりしてさ。こんなこと言うのは変かもしれないけど、でも、愉しかった」

「確かにな」と僕は言った。

「父さんは昔、おまえのことばっかり話してたんだ。そのこと、知ってた？　なんていいやつなんだろうって。あいつはすごいベースボール選手になるぞって。

おれを発奮させて、やる気を出させようとしてたんだと思う。でもおれはいつも、そうだねって言っただけだった。父さんはたぶん、おれもおまえみたいになってほしいと思ってたんだ」

「僕みたいにって、どんなふうに？」

「それがさ、可笑しいんだ。おまえについて、父さんは父さんなりの考えがあって、おれはおれなりの考えがあった」

「ほんとうはサムの球を打っていない」と僕は言った。「嘘ついたんだ」

ジェイミーは声に出して笑った。「そんなの、わかってたに決まってるだろ。おまえがほんとうに打ったって父さんが思ったことが信じられないよ。でもまあ、そういうこともあるんだろうな。人って何を信じるかわからない。だから面白いんだ」

「だから悲しいんだよ」と僕は言った。「リチャードはほんとうに変わったと思うか？」

「以前のあいつは救いようがなかったけど」とジェイミーは言った。「今のあいつなら、望みはある。というか、あるかもしれない」

「でも、あいつを逃がしたら、そのあとどうなる？ サムはおまえに何をする？」

ジェイミーはそれまで見せたことのない表情を浮かべて僕を見た。深く悔いているような、それでいて、挑戦的な表情だった。真剣な口調で、彼は言った。

「おれに裏切られたと思うはずだ。絶対に赦してくれないはずだ。おれをアラスカに送って、二度と戻ってくるなと言うはずだ」

僕が答えるまえに、ジェイミーは指を一本立てて唇にあてた。そしてベンチから立ち上がると、板張りの遊歩道のへりまで静かに歩いていき、それから戻ってきた。風はいつのまにかやんでいた。今はもう月はなく、雲の中にスパンコールみたいな星が見えているだけだった。ようやく僕らがふたりきりだと確信したのだろう、ジェイミーはベンチのほうに身を屈め、僕に顔を近づけて言った。

「おれたちがあいつを逃がしたことは、誰も知ることはない」とジェイミーは言った。「あいつはただ消える。おれたちがしたってどうしてばれる？」

「いいか、これはとんでもないことだ」と僕は言った。「どんなにとんでもないことか、わかっているのか？」闇の中でジェイミーが瞬きしたのが見えた。

「わかってないなんて、どうして思うんだ？」

「おまえがまるで、映画の中で演技してるみたいだからさ」

ジェイミーは後ずさった。彼を傷つけたとわかった。

「ごめん」と僕は言った。

「謝る謝らないの問題じゃない」と彼は言った。「おまえはリチャードに死んでほしいのか？」

「まさか」

「だったら、あいつを逃がさなくちゃならない。でもそのまえに、約束させなくちゃならない。完全に姿を消すって、絶対に戻ってこないって、誰にも言わないって」

「あいつの約束を、どうして信じられる？」

「あいつはずっとこの町と縁を切りたいと思ってきた。そうだろ？　やっとそうする理由ができたんだ」

僕にはどう考えていいかわからなかった。受け継いだものを、リチャードがあっさり手放すとは思えなかった。が、そこでまた、別の考えも浮かんだ。いや待てよ、彼はすでに一度、何もかも手放そうとしたんじゃなかったか？　リチャードを乗せたバスが州間高速道路九〇号線を猛スピードで東に向かっているところを思い描いた。陽が昇り、彼は眼を覚ます。眼の上に手をかざし、飛ぶように走るバスの車窓から弓なりの黄色い大地を眺める。笑みを浮かべ、顔をこすって眠りを落とす。バスはちょうどサウスダコタにはいったところだ。この先、ブラック・ヒルズとその山中にあるクレージー・ホース記念碑とシカゴとニューヨークが待っている。カスケード山脈はすでに何マイルも向こうに遠ざかり、ピュージェット湾はさらに遠くに遠ざかって、今ではもうただの記憶でしかない。夢のように、瞬きをすればすぐに消えてしまうただの記憶。

「リチャードに確約させなくちゃな」と僕は言った。

「ちゃんと約束させるんだ」

「わかった」とジェイミーは言った。

「いつにする?」と僕は訊いた。「決行は?」

「クリスマスのあと」とジェイミーは言った。「そのほうが、移動が楽だ」

「クリスマスのあと。了解。クリスマスのあとだな」

僕らは遊歩道をもと来たほうへ戻りはじめた。四百メートルくらい歩いたところで、背中にヘッドライトの光があたった。港のほうから、一台の車が低いエンジン音を響かせながらゆっくり近づいてきた。ヘッドライトの眩しい光のせいで、どんな車かはわからなかった。

「警察かもしれない」とジェイミーは言った。

「ドンかも」

「誰でもないよ」

「でも」

ジェイミーと僕は走りだした。ヘッドライトが道を斜めに切り、車が崖をのぼりはじめてもまだ、僕らは走りつづけた。肩を並べ、冷たい風の中に突っ込んでいった。かけっこをすれば、お互いについて知りたいことがすべてわかったような、そんな幼いころに戻れたらいいのに、と僕は思った。僕らは走りつづけた。遊歩道の上でテニスシューズがぱたぱたと音をたて、右側では海水の黒いドラムがビートを打ち鳴らしていた。闇の中、遊歩道の端が近づいてきた。僕は頭を上げ、自分が勝っているかどうか確かめた。

第八章

翌週の神経をすり減らすような毎日を僕は到底生き延びられないだろうと思った。みぞれを吐き出す鉄灰色の朝が夕暮れ近くまで続いた。心配する以外何もすることのないまま、僕は窓から窓へと重い足取りで歩いた。ある午後などはキャサリン・クルーンズに電話して、彼女の母に伝言を頼んだりもした。が、結局、電話がかかってくることはなかった。ジェイミーはといえば、しわ加工された緑色のビロードのソファのいつもの場所をすり減らしながら、すでに四回か五回は見た映画をもう一度見ていた。

シーチェイスの家で過ごす午後も大差なかった。リチャードはずっと咳をしていて、ジェイミーはそんなリチャードをじっと眺め、僕はそんなジェイミーを眺めた。ジェイミーはリチャードに尋ねたがっていた。この部屋からきみを消し去ってもいい？　と。だけど肝腎のリチャードのほうは、日を追うごとに、もうどんなことも請け合うことのできない人間になっていくようだった。僕らがそれまでにどんな新しい人生やどんな希望を彼に届けたにしろ、それらはすべて彼の体から流れ去り、冷たい床に染み込んでしまったみたいだった。

唯一耐えられたのは夜だった。ようやく、やるべきことが——逃亡計画を立てるという仕事が——できたからだ。月光が窓にぴたりと貼りつくころ、僕らは部屋の中を行ったり来たりしながら、計画の細部のまた細部を話し合った。机の上のスタンドが僕らの影を床に投げていた。僕らは何枚もメモを取り、そして屋根の上の喫煙タイムに残らず燃やした。『ジョーズ』のポスターの裏にダウンタウンの地図を描き（なぜそんなことをしたのだろう？　ダウンタウンなんてなんの関係があった？）、話し合っては押し黙り、そしてどちらかが出し抜けに沈黙を破った。「でもさ、こう思わないか……？」

二回か三回、始めから計画を練り直したあとで、ようやく僕らはひとつの結論に達した――最も重要なことは、ドンに気づかれるまえにできるだけ遠くにリチャードを逃がすこと。決行するのは夜のほうがいいに決まっていたけれど、ポートエンジェルス行きの最終バスは午後四時発だったために、僕らは明るさにも対処しなければならなかった。

「何日にする？」と僕は尋ねた。「日にちを決めたほうがよくないか？」

「クリスマスは金曜日だから、二十八日まで待ったほうがいいな。そしたら平日のフェリーの時刻表が使える」

綿密な計画を立て、一分一分を想像し、計画の最初から最後までを何度も話し合った。やがて、もうすでに起こってしまったことのように思えてくるまで。僕らは早朝にシーチェイス通りにたどり着く。ちょうど朝靄が消えつつあるころだ。十二月二十八日、月曜日。公園から通りを隔てたところにある濡れた茂みの中に隠れ、ドンがやってきて、そして去るのを待つ。地下ではリチャードが待っている。昨夜はたぶん眠れなかったにちがいない。その顔は不安とエネルギーにあふれている。最後にちょっとした儀式をする時間はあるだろうか？　煙草を一本吸うとか、レコードの片面を聴くとか？　あるはずだ。あることを願う。

それから鎖に取りかかる。ジェイミーはバックパックのジッパーを開けて、父親の弓のこを取り出す。

（〝使い方、知ってるのか？〟ジェイミーの寝室でメモを取りながら、僕はそう尋ねた。

〝のこぎりみたいに使うんじゃないのか？〟）

ジェイミーは作業に取りかかる。部屋の中に金属と金属のこすれる音が響きわたる。数分後、ジェイミーの手の動きが鈍り、僕が交代する。僕らはすでに、ノースの家のガレージで見つけた鎖――同じ鎖？――で練習済みだ。でも今はすぐそばにリチャードの足首があって、おまけに、うなじに彼の息がかかっている。僕は緊張する。手に汗をかいていて、そこに銀色の粉がくっつく。

リチャードは歯を食いしばっている。結局、リチャードが弓のこを手に取り、僕はうしろに下がる。両腕が痛い。リチャードは弓のこを動かす。何分くらい動かすだろう？　そう、あと二、三分。環と錠がカーペットの上に音をたてて落ちる。

僕ら三人は立ち上がる。ジェイミーがバックパックから清潔な服を取り出す。リチャードのために〈レインボー・リセール〉で買ったのだ。カーキ色のズボン、赤とグレーのフランネルシャツ、深緑色の冬用ジャケット、ナイキのランニングシューズ。サイズはあてずっぽうだったのだけれど、全部ぴったりだ。ジェイミーはリチャードに、アイダホ大学のフットボールチーム〈ヴァンダルズ〉のロゴ入りベースボールキャップと、ミラーサングラスと、〈オールドスパイス〉のデオドラント・スプレーを渡す。リチャードはスプレーを盛大にかけ、伸びをする。新しい服を着たリチャードは、東部に帰る途中の木こりでも大学生でもとおりそうだ。弱々しくて、真っ白だけど、そんなやつは大勢いる。怪しまれることはないはずだ。僕らは汚れたスウェットを受け取る。あとで燃やすのだ。

（〝それから？〟とジェイミーは訊いた。

〝それから、バス停まで行く〟）

時刻は十一時ごろ。正午発のポートエンジェルス行きのバスがある。リチャードは最後にスタジオの床に唾を吐くだろうか？　プラスティックのバケツを蹴飛ばすだろうか？　彼がどんなふうに自分の監獄に別れを告げるのか、僕らは好奇心を覚えながら見守る。ドアを開けたままにして、地下室の階段をひとりずつのぼる。裏口のドアのまえまで来ると、僕はスウェットシャツで手を包んで、窓を叩き割る。

(〝それから?〟)

〝出ていく〟)

霧はすでに消えていて、僕らは陽に照らされた通りを歩いていく。一列に並んで崖をくだり、シーチェイス通りからグース通りへはいり、そして、モーランド通りへはいる。リチャードがどのくらい速く歩けるかによるけれど、だいたい二十分くらいの道のりだ。何カ月ぶりかに太陽を見て、そして、もう二度と眼にすることのないロイヤルティ・アイランドを見て、リチャードはどんな顔をするだろう?

(〝誰かに気づかれたらどうする?〟

〝変装しているから大丈夫さ。それに、リチャード・ゴーントが町を歩きまわってることに気づきたいやつなんていない〟)

バス停の低い緑色のベンチと剝き出しの鉄柱が見えてくると、ジェイミーはリチャードに札束を渡す。ふたりでかき集めた約二百五十ドル。ジェイミーはバックパックを持っていくようにとリチャードに言う。着替えと、ふたりでつくったサンドウィッチがはいっているから、と。

ベンチにも通りにも人気(ひとけ)はない。ジェイミーと僕はリチャードをはさんで坐る。身分証明書とパスポートをつくる方法は思いつけなかった、と僕らは言う。予想していたとでもいうように、リチャードはうなずく。シアトル行きのフェリーは正時に出る、と僕らは言い、バスがポートエンジェルスに着いたあと、ベインブリッジ島行きのバスにどうやって乗り換えるか覚えているか尋ねる。

「心配要らない」とリチャードは言う。「この町からの出ていき方について、ぼくより詳しい人間はいないからね」

そのときだ。エンジン音と軋み、それにタイヤが地面を踏むばりばりという音とともに、バスがやってくる。もうこれ以上話している時間はない。でも、リチャードは立ち上がってバスのほうに向かう。ステップに足をかける直前に、僕らのほうを振り返り、歯を見せて笑う。歯は陽の光と同じ色だ。バスが動きだし、あとには陽だまりだけが残る。

(〝それから〟と僕は訊いた。

〝これでおしまいだ〟とジェイミーは言った)

これが計画だった。いい計画だ、とふたりとも思った。ただひとつの問題を除いては。それについて僕らはまだリチャードにひとことも話していなかった。

クリスマス・イヴにベティー・ノースはポットローストをつくった。青いワンピースを着て、マントルピースから飾りつきの靴下を三足ぶら下げた。松ぼっくりみたいな香りのする緑色のろうそくに火を灯し、赤い布でテーブルを覆った。スパークリング・アップルジュースのボトルを開け、大げさな仕種で浅いグラスに注いで、グラスの縁すれすれに泡をつくった。

「メリークリスマス、紳士諸君」乾杯の音頭を取って、彼女は言った。「あなたがたのようなハンサムな若者とクリスマスを一緒に過ごせることを大変光栄に思います」

ベティーは僕らには到底食べきれない量の料理を用意した。ポットロースト、蒸したブロッコリ、チーズをたっぷりのせて焼いた芽キャベツ、バター入りのマッシュポテト、サヤインゲンとトマトのキャセロール。

食事中、彼女は僕らに学校について尋ね、明日になったらサムは、どうにか家に電話をかけようと悪戦苦闘するはずだとジェイミーに言った。でももし電話がなかったとしても、それはどうしてもかけられなかったからで、うちのことを気にかけていないからじゃないのよ。

「わかってる」とジェイミーは言った。

ベティーは微笑んだ。「もちろん、あなたのお父さんも同じことをするはずよ、カル」

「僕の母さんも毎年同じことを言います」と僕は言った。でもそれは嘘だった。母がそんなことを言ったことは一度もなかった。「すごく美味しい」と僕はベティーに言った。「ごちそうさま」

ベティーはナイフとフォークを置き、ナプキンで口を拭いてから言った。「実は、その昔、わたしはシェフになりたかったの。あなたたちくらいの年のころにはしょっちゅう、友達のミリアムとふたりで、この町でどんなふうにレストランを開こうかって話し合ったものよ」

「ほんとうに開けばよかったのに。母さんはいつも、この町のレストランのことでぶつぶつ言ってる」と僕は言った。

ベティーは唇をゆがめた。「さあ、お母さんを満足させるような店をつくれたかは疑問ね。いずれにしろ、高校生のときにミリアムはサンディエゴに引っ越してしまったの。今はインテリアデザイナーとして働いてる」

「だったらひとりでやるしかないね」と僕は言った。「でも、少なくとも、インテリアのデザインはミリアムに助けてもらえる」

「残念ながらそうもいかないのよ」とベティーは言った。「ミリアムが手がけているのは、プライヴェート・ジェットだけなの」

冗談だろうか？　と僕は思った。ここは笑うべきところなんだろうか？　芽キャベツをつつきながら、ジェイミーは首を振った。

「まえに一度」とベティーは続けた。「ドリル用の刃をつくる会社の後継ぎの女性からミリアムが依頼を受けたことがあったの。その人は自分の飛行機に飾る絵をスカンディナヴィア人の画家から買おうとしていたんだけど、二枚の絵のどちらにするか決められなかった。片方を選んだと思ったら、もう一方を選ぶというのを何度も繰り返してたの。ミリアムは言った。スカンディナヴィアの絵画に詳しい友人がいるので、もし正解を知りたかったら、その友人のところまで飛んで絵を見せたらどうか、って。その友人っていうのは、わたしのことだったのよ」

ベティーはいたずらっぽい笑みを浮かべて、芽キャベツをふたつに割った。

「それ、ほんと？」とジェイミーは言った。

「ほんと」芽キャベツを噛みながら、彼女は言った。

「そんなの初耳だよ。スカンディナヴィア絵画の専門家だって？」

「ええ」とベティーは言った。「実は、うそ。でも女性はそんなこと知らなかった。ミリアムから電話がかかってきて、たった今、女性の飛行機がポートエンジェルスの仮設滑走路に着陸したから、車で来て、スカンディナヴィア絵画の専門家のふりをしてくれないかって言われたの。飛行機が停まっているところまで、自分の車で直接行けたのよ。滑走路の上を走ってもいいって言われたの。飛行機に乗ると、女性はわたしの頬にキスしてから、ふたつの絵を指差した。わたしにはほとんど見分けもつかなかったわ。どちらも、くねくねした模様の描かれた陰気な絵だった。でも、片方は緑で、もう一方は青だった。女性は絵のほうに手を一振りして言った。〝どっち、ダーリン、どっち？〟で、わたしは彼女の眼を見て言ったの。〝飛行機が飛んでもいないのに、どうして選べます？ ダーリン〟って」ベティーは大きな声で笑った。まるで、その日から何年も経った今も、もう一度、自分自身に驚かされたみたいに。

「外に放り出された？」とジェイミーは笑いながら尋ねた。

「いいえ」とベティーは言った。「彼女はこう言ったの。〝あなたの言うとおりだわ、ほんと、そのとおりね〟って。わたしたちを乗せた飛行機はカスケード山脈の上を往復してポートエンジェルスに戻った。飛行機の中で、わたしはついに片方を選んだの。一週間後、見たこともないほど大きなフルーツバスケットが届いて、こんなメッセージが添えられていた。〝いつか必ず、あなたの描いたオスロを見せてね〟って」

僕らは声をそろえて笑った。何がベティーに取り憑いているにしろ、一年に数回、数時間のあいだだけは、彼女にしてもそれを無視することができるようだった。それくらいの力は、まだ残されているようだった。そんなわずかな時間に僕らは、彼女がほんとうはどんな人なのか知った。魅力的で、上品で、愉快な女性だと。

食事が終わると、ベティーは手作りのプラム・プディングを三つ持ってきた。ろうそくは短くなっていたけれど、まだクリスマスツリーの香りがした。プディングをひとさじ食べた瞬間、僕は何か固いものを噛んだ。小さな陶製の錨（いかり）を手に吐き出した僕を見て、ベティーはにっこり笑った。

「ついてるわね、ハニー」と彼女は言った。「最初のひとくちでもうあたりを見つけるなんて」

その夜、ジェイミーと僕がベッドに横になっていると、ベティーがドアを開けて長方形に切り取られた廊下の明かりの中に立った。僕らが屋根の上から眺めていたときと同じ、青いナイトガウンを着ていた。「まだ起きてる？」と彼女は訊いた。「謝りたくて来たの。ベッドに横になっていたんだけど、突然気づいたのよ。クラッカーを忘れてたって」

「気にしないで」とジェイミーは言った。「来年があるから」

「ほんとうに、ごめんね」

「大したことじゃない」

「それじゃ、おやすみ」

「きみのお母さんって、なんだかいかしてる」ドアが閉まると、僕は言った。

「ああ」とジェイミーは言った。「一年に数回はね」

「クラッカーって？」と僕は訊いた。

「イギリスの伝統なんだ。プディングの中におもちゃを入れるのもそう。いつだったか忘れたけど、ある日、母さんは決めたんだ。うちはイギリス風でいくって。理由は不明だけど」

「おまえが歯並びの悪さを気にしなくてすむようにって思ったのかもな」と僕は言った。

「まあ、それはいいとして、使わなかったクラッカーを明日、リチャードのところに持っていこう。あいつにも何かプレゼントを持っていってやりたいんだ。おまえだって、行きたいだろ？」

「どっかに出かけなきゃならないのは確かだな」と僕は言った。「父さんや母さんから電話がかかってきたときに、ここにいるわけにはいかない」

「たぶん、おれも同じだ」

「いや」と僕は言った。「おまえのほうが、ずっとついてるよ」


翌日、地下室に行くと、リチャードはまるで貝の音を聴いているみたいに、シンクの下面に耳をつけて眼を閉じていた。哀れだった。何週間もこんな部屋で、彼は――ほかでもない、リチャードのような人間が――いったいどんなふうにして生き延びてきたんだろう？　でもドンやサムや父さんが、リチャードはつぶれるはずだと思っていたのなら、それはまちがいだった。ナット・キング・コールの『コール・エスパニョール』が小さく流れていた。リチャードは頬をこすってから言った。「今日は来ないと思ってたよ。クリスマスだろ？　家族と過ごす日だ」

「最近ではそれも難しくてね」と僕は言った。

「そうだね」とリチャードは笑みを浮かべて言った。

「言えてる」彼は立ち上がって、続けた。「プレゼントまで持ってきてくれたんだね」

　ジェイミーは銀色の包みを配った。厚紙でできたその包みはとても軽くて、厚紙の両端がキャンディーみたいにねじってあった。かの有名なイギリス式クリスマスクラッカーだ。

「これ、どうするんだ?」とリチャードは尋ねた。

「両端を引っぱるんだ」とジェイミーは言った。

「そしたら?」

「パンとはじける。でもそのまえにまず、クリスマスの願いごとをしなくちゃ」

　願いごとだなんて、リチャードはきっと馬鹿にしたように笑うだけだろうと僕は思った。でも、そのささやかなプレゼントと、僕らがクリスマスにやってきたというささやかな事実が、明らかに彼を元気づけていた。その表情からはここ数週間の荒廃したような色は消え失せていた。リチャードは耳の横でクラッカーを振り、肩をすくめた。何かを批判するには、あまりにも気分がよすぎるとでもいうように。

「まずは願いごと、だね」とリチャードは言った。

「みんな、準備はいいかい? それじゃ、音量を落とすよ」

　三つのクラッカーが弱々しい音をたてて割れた。僕のクラッカーの中には、猫の形の消しゴムとおみくじクッキーの中にはいっているみたいな細長い紙きれがはいっていた。

「問題。サンタの妖精同士が出会ったらなんて言う?」と僕は紙きれに書かれたことばを読み上げた。

「答。〝世界は狭いねえ〟」

「妖精は小さいから、ってこと?」とジェイミーは訊いた。

「まちがいなくそうだね。それ気に入った」とリチャードは言った。「じゃ、ぼくのを読むよ。問題。幽霊(ゴースト)

が好きな遊園地の乗りものは？　答。ローラー・ゴースター。おい、ジェイミー、これってハロウィンのクラッカーじゃないか。交換しない？　カル」

僕はリチャードの紙きれを折りたたんで、ポケットに入れた。そして、それからも長いこと、実際、何年も、その紙きれを持ち歩くことになった。シカゴで、財布のほかの中身と一緒に盗まれるまで。ちょうどシカゴに来たばかりのころのことで、まだ友達もいなかったから、金も身分証明書もなくしてしまった僕は、それからの数晩、車の中で寝ることになったのだが、そんな状況でも、なくしたことがほんとうに悔しかったのは、その紙きれだけだった。リチャードとジェイミーと過ごした日々からずっとなくさずに持っていたのは、結局、その紙きれだけだった。それは、あの日々が僕の幻想ではなかったことを証明する、最後の証拠だったのだ。

「王冠を忘れてる」とジェイミーが言った。

「王冠なんて誰がかぶる？」

「しきたりはしきたりだ」とジェイミーは言って、僕の破れたクラッカーの内側についているやわらかな紙を取り出し、しかるべき形に広げてから、真面目くさった様子で僕の頭にのせた。それから、三人とも紙の王冠をかぶったまま、カードゲームをしようと坐った。リチャードのはスミレ色で、ジェイミーのは淡いブルーで、僕のはピンクだった。

「交換してくれる？」と僕はリチャードに言った。

「悪いが、お断りだ、王女さま」と彼は言い、僕らは声をあげて笑った。

「何を願ったの？　リチャード」とジェイミーは訊いた。

僕らはまだリチャードに計画のことを話していなかった。たぶんジェイミーは、願いごとについて尋ねれば、話すきっかけができるかもしれないと期待したのだろう。が、リチャードは肩をすくめただけで、すぐにブーレイのカードを配りはじめた。「悪運なんて信じないふりをするのはよしたほうがいい、ジェイミー」とリチャードは言い、スウェットパンツのポケットから未開封のウィンストンのパックを取り出した。「ほら、ドンからのクリスマス特別配給だ。そんなにむくれるなよ。一本どうぞ」

リチャードはシューと音をたてるマッチで自分の煙草とジェイミーの煙草に火をつけた。が、僕が身を屈めると、振って火を消した。

「悪いな、カル。一本のマッチで三人分の煙草に火をつけるのは不吉なんだ」

「そんなのいつ決まったんだ?」と僕は訊いた。

「このあたりの人間はみんな迷信深い」とリチャードは言った。「自由がありすぎるせいだ。だろ? 正気を保つために、人は境界線を必要としている。でも海には境界線なんてまったくないから、迷信で境界線をこしらえなくちゃならないんだ。みんながあらゆるところから境界線を盗む。マッチの迷信は、確か第一次世界大戦のだ」

リチャードはデヴィッド・ボウイの『ダイアモンドの犬』をかけた。僕は自分のウィンストンに火をつけ、僕らはゲームを始めた。僕は最初の二戦で勝ち、二戦目はジェイミーがかろうじてものにした。ジェイミーは四戦目も勝利をつかもうと悪戦苦闘したが、結局、勝ったのは僕だった。ようやく好きになった煙草の味と、手の中にある札の感触と、ギターの音色と、陽気な歌声と、この狭い部屋の中で何時間も一緒に過ごすうちに僕らがようやくつかんだ二人のリズムを、僕は愉しんだ。

僕らはどんなふうに見えただろう? もし外部の者が僕らを見たら、そこに何を見ただろう? 僕はプレーに集中しているジェイミーの顔を眺めた。紙の王冠の下の額にはしわが寄っていた。ジェイミーは気づいているはずだった。リチャードが元気を取り戻したことにも、今ならどんな話でもできそうだということにも。でも彼は、脱出計画についてひとことも触れなかった。ひょっとしたら僕だけではなく、ジェイミーにもわかっていたのかもしれない。こんなふうにゲームすることも、こんなふうに過ごす午後も、もうあといくらもないことが。わかっていたからこそ、今のこの夢から覚めたくなかったのかもしれない。一度〝脱出〟ということばを口にしたら最後、もう二度とカードゲームなどできないことが、わかっていたのかもしれない。

「第一次世界大戦って、やたらと塹壕をつくった戦争だよね？」とジェイミーは訊いた。

「そのとおり」と言ってリチャードは笑みを浮かべ、手札を下に置いた。

「あの戦争にまつわる話で、ぼくのお気に入りの話がひとつある。フランスでのクリスマス休戦の話だ。あれ、フランスでよかったんだっけ？　いずれにしろ、ぼくが習った大学の教授はその日を、十九世紀最後の日と呼んだ」

「どんな話？」とジェイミーは尋ねた。「何があったんだ？」

「クリスマス・イヴに、敵対する両国の兵士が塹壕から出てきて、煙草や酒を交換し、一緒にボールを蹴って遊び、数時間のあいだは絶対に発砲しないという約束を交わしたんだ。ぼくがなぜその話を気に入っているかというと、当時はみんな自分が何者か知っていたってわかるからだ」

「自分は兵士だと知ってたってこと？」と僕は尋ねた。

「ちがう、ちがう、彼らは兵士じゃなかった。つまり、そのときは兵士だったけれど、もともとはちがった。たとえばきみがイギリス人で、それも、上流階級の出だったら、きみにはある種の礼儀作法がそなわっているはずだ。たとえば、クリスマス・イヴに発砲をやめるなんてことは、人に言われるまでもないといったような」

「なぜ？」とジェイミーは訊いた。

「たとえ戦争中でも、きみは依然として、貧しいイギリス人よりも金持ちのドイツ人とのあいだに多くの共通点を持っているからだ。でも、それから二十世紀がやってきて、何もかもだいなしにした」

「二十世紀全体が、何もかもだいなしにしたってこと？」と僕は尋ねた。

リチャードはいたずらっぽい笑みを浮かべた。「二十世紀全体が。そのとおり。昔は、誰もが何かに生まれついた。たとえばきみが肉屋だったとする。肉屋のきみはある日、公爵を乗せた馬車が通り過ぎるのを見る。紫色のカーテンとか、白い馬とか、そんなものを。そのとき一瞬、きみはねたみを覚える。でも、だからって、どうすればいい？　肉屋のきみは店に戻って、豚を叩き切り、ねたみなんてものはきれいさっぱり忘れる。自分もいつか馬車に乗ったあの男みたいになれるかもしれないなんて考えは頭をよぎりもしない。

昔はそんなふうだった。ずっと。でもこの世紀にはいってから、どういうわけか、何もかも変わってしまった。はっきり言って、アメリカのせいだと思う。とりわけ西部アメリカの。この国がどんなに広いか、どんなにたくさん土地があるか、最初は誰も知らなかった。だからぼくらの祖先が初めてここにやってきたときには、公爵の数が足りなかった。そこで突然、長い歴史上初めて、人々が自分の手で何かを変えることのできる隙間ができたんだ。人は変われるようになった。あの肉屋はほんとうに公爵になれるようになった。そんなことがほんとうに可能になったんだよ。それってすごいと思うか？」

「すごくないの？」

「いや。それから二世代ほど経て、自由は期待へと変わった。今、きみはこう考える。ぼくは今肉屋だけど、死ぬときに肉屋以外の何かになっていなければ、ぼくの人生は失敗だってね。それこそが問題なんだ。なぜって、人は結局、変われないんだから。変わるなんてことは、そもそも不可能なんだ。たとえきみがあらゆることをうまくこなしたとしても——ひと財産築いて、ほんとうに公爵になれたとしても——きみが肉屋であることに変わりはないんだ。ただ馬車に乗っているというだけのことで。きみは惨めだ。肉切り包丁と前掛けが恋しくて仕方がない。残りの人生をずっと、誰かが馬車の扉を開けてきみを引っぱり出し、路上に戻してくれることを待ちわびながら過ごすことになる」

リチャードはことばを切り、僕らを見た。そのとき眼に映った何かが彼を微笑ませた。

「この話はいったい何を意味しているんだろうと思っているだろうね。この話が意味するのは、とてつもなく大きな不安だ。神経症であり、究極的には、たぶん、核戦争だ。ほら、また始まった。リチャード・ゴーントの世界史講義。引用するのは自由だけど、出典は明記してくれよ。さて、音楽でもかけるか」

ジェイミーはレコードを裏返した。リチャードは自分の札を手に取って、うんざりしたように見た。

「このまえきみが言ったことだけど、カル。ずっと尋ねたいと思ってたんだ。あれ、本気で言ったのか？ ここはぼくにふさわしい場所だと思ってるのか？ きみの意見が聞きたいんだ」

「もう謝っただろ」と僕は言った。

「なぜ聞きたいかというと、ぼくもたぶん、同意見だからだ」と彼は言った。「ずいぶん考えた。で、今は、ここはぼくにふさわしい場所かもしれないと思ってる」

「なんでこんな仕打ちがふさわしいなんて言えるんだ？」とジェイミーは言った。

「どうしてかな。誰が何にふさわしいかというのは、難しい問題だからね」

「あんたを助けられる。助けてあげるよ」とジェイミーは口走った。あまりにも早口で、単語同士がぶつかり合っていた。僕には彼の言いたいことがわかったが、それはあの話をするつもりだと知っていたからだ。

　でも、リチャードも気づいたようだった。彼は頭を傾げ、ジェイミーを見た。「ぼくが何をするのを助けてくれるんだい？」

「脱出するのを」

　リチャードは下唇を引っぱった。そのことば――脱出――の意味を、その含意を、吟味しているようだった。「本気で言ってるのか？」と彼は尋ねた。その顔からは一切の表情が流れ落ちていた。「そんなこと、できるわけないだろ」とリチャードは言った。まるで問いかけるみたいに語尾を上げて。「ぼくが警察に行ったらどうする？」

　ジェイミーのやわらかな表情がいきなり厳しくなった。ついに言ってしまった今となっては、ことを急がなければならなかった。彼がすでに頭の中で台本を書いていて、それを鏡みたいになるまで磨きあげていたのを僕は知っていた。「そんなこと、あんたはしない」とジェイミーは言った。「罪を消すって約束してほしいんだ。あんただっておれたちにそのくらいの借りはあるはずだ。約束してくれるかい？」

　リチャードは手札を真ん中に放り、床から立ち上がると、長椅子に坐って髪をかき上げた。そのあいだじゅう、僕はずっと彼の顔をじっと見ていた。その顔はすごく淋しそうに見えたけれど、それ以上のことは何も明かしていなかった。まるで、嵐の日の、鎧戸のおりた家みたいに。

「もう何週間も、きみたちは毎日ここに来てるけど」とリチャードは言った。「ここから逃がしてほしいとぼくが頼んだことはあっただろうか？　ぼくがきみたちに何か頼んだことはあっただろうか？　きみたちは――ただのくそガキの分際で――ぼくの未来を決められるとでも思ってるのか？　自分たちで選択できるとでも思ってるのか？」

「あんたを逃がしてやりたいだけだ」とジェイミーは言った。笑みを浮かべて。でもその笑みは、悲しいほどに場ちがいだった。

「きみたちに借りがあるだって？　借りがあるのはきみたちのほうかもしれない」とリチャードは言った。「ぼくがきみたちを助けてきたんだ、わかってるだろ？」

「どういうことかわからない」

「きみたちはふたりとも途方に暮れている。そのこと、知ってた？　ぼくがいなくなったら、もっと途方に暮れるはずだ」

「どうしてそんなこと言うのかわからないよ」とジェイミーは言った。彼が予想していた感謝のことばがリチャードの口から出ないのは明らかだった。僕は、自分が最初からそのことを知っていたと気づいた。

そう、僕は最初から知っていたのだ。リチャードにとっては、脱出するかしないかという単純な問題ではないことを。彼の脱出をほんとうに助けたかったら、リチャードがこれまでに知り合ったすべての人間を——とりわけ彼自身を——赦す手助けもしなければならないのだということを。今、彼の足首に巻かれている鎖は、何年もまえの過去まで、何マイルも彼方の海まで続いていた。

「リチャード」と僕は言った。「もしかしたらきみは今、まともにものが考えられないのかもしれない。この部屋に長くいすぎたせいで」

リチャードは立ち上がり、レコードジャケットの背を手でなぞった。「そうかもしれない。この部屋を見てごらん」と彼は言った。「きみのお父さんがきみのお母さんと結婚したがったのは、彼女がものすごい美人だったからだときみは思っている、ちがうかい？　カル。でもそれは、彼女がレコードをたくさん持っていたからなんだよ。彼には到底わかりっこないような、くそみたいなことを彼女がいろいろ知っていたからなんだ。子供が生まれたら、その子もきっと彼女みたいな考え方をするはずだと思ったからなんだ。ぼくの親父も同じだった。ぼくがしたいことをなんでもできたのは、親父がそうさせたからなんだ。少なくとも、それがぼくの考えだ」

「おれの母さんは？」とジェイミーは訊いた。

「彼女はすごい美人だ」とリチャードは言った。「サムはおそらく、彼女の口の形にほれたにちがいない」

「くだらない」とジェイミーは言った。

リチャードは長椅子にどさっと腰をおろし、鎖の下に手を入れて足首を掻いた。レコードはいつのまにか終わっていて、スピーカーからは温かな雑音が聞こえていた。「確かにくだらない。でも、だからなんだっていうんだ？」

そのときジェイミーの顔に浮かんだ傷ついた表情を、あれから何年も経った今でも僕は忘れられないでいる。

そして思い出すたびに、気の毒に思う。たいていの人間がその心の中に真空を持っていることなんて彼にどうしてわかっただろう。心臓が止まったにもかかわらず、まだ血が流れつづけているような瞬間の中で生涯暮らす人間もいるなんてことが。

「リチャード」と僕は言った。「僕たちはきみをここから逃がしてやりたいんだ。脱出を手伝いたいんだ。ここから出たくないのか？」

「出たいさ」とリチャードは言い、ため息をついた。まるで、生きたいと願っていることを認めるのは、負けを認めるようなものだとでも思っているみたいに。「もちろん、出たい。どんな約束でもする」

「最初からそう言えばよかったんだ」とジェイミーは言い、そして凍りついた。次に言うはずだったことばは消え失せた。二人とも同時にそれを聞いた。誰かが裏口から家の中にはいった音を。

そのときのパニックは今でも覚えているけれど、それ以外は断片的な場面としてしか思い出せない。スタジオから飛び出し、ドアを思い切り閉めかけ、最後の瞬間に手をはさんでドアを止めたこと。ものすごく痛かったこと。ジェイミーが僕を押しのけてドアを静かに閉め、南京錠をかけたこと。なぜかちゃんと上着を持って出たこと。なぜかちゃんと鍵を戻したこと。そしてなぜか貴重な数秒間を費やして、階段の下に立ち尽くしていたこと。あたかもキッチンにいる男に挨拶しようと待ちかまえているみたいに。それからわれに返って、いいほうの手でジェイミーを引っぱり、うなりをあげている暖房炉のうしろに隠れたこと。

耐え難い熱の中を、僕らはよろめきながら奥の壁に向かった。途中で膝をついてしまい、ふたたび動きだす勇気がなくなった。暗すぎてジェイミーの姿は見えなかったけれど、震える息づかいは聞こえた。僕は口に手をあてた。大声で叫びたかった。痛みで？　恐怖で？　どちらなのかはわからなかった。暖房炉が海みたいに轟いていた。上のほうで階段が踏まれ、軋んだ。ドンが持っている銃のことを考えた。僕らがリチャードを見つけたことをドンが知ったら、疑いさえしたら、まさにそのときこそが、銃を使うべき瞬間なのではないか？　心の中で、僕は銃声を聞いた。リチャードを始末しおえたドンがゆっくりと、足を引きずりながら、僕らのほうに近づいてくる……その足音を頭の中で聞き、暖房炉のうしろの闇を覗いている青白い顔を見た。

父やサムには絶対に人を殺せないという確信があったけれど、ドンとなると話は別だった。僕は当時、〝いい人〟についての自分なりのイメージを持っていた。ある瞬間にその人の筋肉が善悪を見分けることができたなら、その人はまだ〝いい人〟なのだと思っていた。子供のころに〝いいフリント船長〟について父にずっと尋ねたいと思っていたのもそのことだった。たとえフリント船長の心が欲と悪に支配されたとしても、彼の体が――骨や神経が――抵抗したのではないか？　もし彼の体も無実の人を彼に殺させたなら、それはつまり、体までもが悪に染まってしまったということではないのか？　ドンなら引き金を引けることがわかっていた。彼にできることはせいぜい、銃をかまえながらどうにか引き金を引くのをこらえることくらいだと思っていた。

汗が眼にはいり、肋骨まで落ちていったのがわかった。が、それ以外には、焼けつくような熱と闇しかわからなかった。頭の中を悪夢がぐるぐるまわっていた――銃声、足音、顔。ジェイミーが何か囁きかけ、僕はとっさに彼の手首をつかんで止めた。汗ですべるその手首を、僕はそのまま離さなかった。時間が過ぎていった。どのくらい経ったのだろう？　音が聞こえた。ドアを勢いよく閉める音？　何かが壊れる音？　わからなかった。それから、馴染みのある音が聞こえた。ずっしりとした足の下で階段が軋む音。階段の上のドアが開き、閉じる音。

ジェイミーが立ち上がりかけた。が、僕は彼を引っぱり、また坐らせた。僕はこれまでどれほどの時間を、こんなふうに屈んだまま人生が眼のまえで展開していくのを待つことに費やしたのだろう？　結局のところ、自分は何もしていないのだという気がした。すべてはたまたま自分の身に起こったことなのだ。ややあって、ジェイミーが手をよじって僕から離れた。僕は彼のあとについてよろけるように地下室の中に出て、その途端、また転んで膝をついた。

「リチャード？」とジェイミーは言った。

「あいつはもう行ったよ」とリチャードは言った。ドアの向こうから聞こえる声は穏やかだった。

「気づかれた？」と僕は訊いた。リチャードは答えなかった。「気づかれた？」と僕はもう一度訊いた。

「靴下をくれたよ」とリチャードは言った。

「え？」とジェイミーが訊き返した。

「踵にオレンジがはいってる」と言って、リチャードは声に出して笑った。「これは見とくべきだな」ジェイミーが鍵を取りにいき、ドアを開けた。リチャードは長椅子に坐っていて、隣に赤いクリスマスの靴下の中身——ガムが数個、オレンジがひとつ、チョコレートバーが一本、缶入りピーナッツが一缶——が広げられていた。

「それだけ？」と僕は尋ねた。「きみに靴下をあげるために来たってこと？」

ジェイミーとリチャードは笑いだした。僕も一緒に笑いたかった。何かが変だった。でも、リチャードの外見の何かが僕を止めた。数秒間じっと見つめたあとで、ようやく気づいた。

「ちくしょう」と僕は言った。「ああ、ちくしょう」

「どうした」とリチャードは言った。「どうした、どうした？」

僕にできたのは彼の頭を指差すことだけだった。そこにはまだ紙の王冠がのっていた。


その晩、僕らはそれぞれのベッドに横になって、いくつもの恐ろしい可能性について話し合った。ドンが王冠にまったく気づかなかったという可能性はあるだろうか？　可能性はあった。気づきながら何も言わなかったという可能性はあるだろうか？　その可能性もあった。ドンがどんなことのできる人間か、僕らはほんとうに知っているのだろうか？　いつか知ることになるのだろうか？

僕らは屋根に出た。一生分のパニックに襲われたまま、僕は煙草の煙で感情を追い出そうとした。でも結局、推測したところでなんの意味もなかった。僕らは何も決めなかった。今晩、リチャードを逃がすべきなんだろうか？　それとも事態が落ち着くまであと一週間待つべきなんだろうか？　わからなかった。わからなかったから、当初の計画のままでいくことにした。十二月二十八日まで、あと二日待つ。僕らは部屋に戻った。明け方近く、僕はいつのまにか眠りに落ちた。

眼が覚めると、ジェイミーはいなかった。ベティーと一緒にホイッドビー島（ピュージェット湾にある島）行きのフェリーの早朝便に乗って、ベティーの両親に会いにいったのだ。一緒に来ないかと誘われたのだけれど、知らない人たちと一緒に坐って紙みたいな味のするクリスマスクッキーを食べ、すべてうまくいっているみたいに振る舞うことを想像しただけで、ぞっとした。

その日はクリスマスの翌日、つまり、一年で一番空虚な日だった。僕は朝寝坊した。たぶん、十一時くらいまで。最初は夢の中でノックの音を聞いた。時計の秒針のような音だった。ベッドから出はしたものの、まだ半分寝ぼけていた。足の裏にひんやりとした床が触れたのはわかったけれど、気づいたのはほぼそれだけだった。たぶん、ジェイミーだろう、と僕はぼんやりと思った。鍵がなくて中にはいれないんだ。でももちろん、ジェイミーではなかった。

ノースの家のポーチに、ドン・ブルックが立っていた。襟にボアのついたキャンヴァス地のジャケットを着て、まばらな髪がひもみたいに頭皮にべっとりと貼りついていた。「ひでえ手だな」と彼は言った。

スタジオのドアに手をはさんだあと、僕はベティーに自転車から落ちたと言った。ベティーが包帯を巻いて冷やしてくれたのだが、指は腫れ上がり、弾力包帯からはみ出していた。ドンと僕は網戸越しに互いをじっと見つめた。ドンは左右に体を揺らしていた。

「今朝のジェイミーの顔を見たら、僕の手なんて大したことないって思ったはずだよ」と僕は言った。

「おまえたちはずっとそんなふうなのか？」

「だってほら、クリスマスだからね」僕は肩をすくめた。

ドンは笑みを浮かべた。「おまえの父さんに言っといた」そこでことばを切った。僕は背中で手榴弾が爆発したように感じた。「やつが発つまえに言っといたんだ。ときどきおまえの様子を見にいくってな。ときどきどっかに連れ出すってな。だが、もうちょっと早く来るべきだったな」

「気にしなくていいよ」と僕は言った。「毎日喧嘩してるわけじゃないから」

そのとき初めて——たぶん、僕の記憶にあるかぎり初めて——ドンは僕の眼をまっすぐに見た。「つらいか?」と彼は訊いた。「家に帰れないってのは」

「少しはね」と僕は言った。「でも慣れる」

「まあな」と言って、彼は眠たげに後頭部をさすった。「確かに慣れる。でも、ひとりきりのときはつらくなるもんだ。車が見あたらないが、ひとりか?」ドンは網戸に手をかけたものの、開けはしなかった。紫色のガムを噛んでいた。「外も悪くないぞ」と彼は言った。陽を受けて額がかすかに光った。「どっかに行こう。ふたりともひとりだしな」

僕はそのとき、ドアをバシンと閉めて裏口から逃げ出すこともできた。たぶん、そうすべきだったのだろう。が、ドンの声の中にある何かが僕をそこに留まらせた。ドンは王冠に気づいたのだ。気づいたに決まっていた。だけど僕が関わっているという確信がないのだ。頭から眠気がすっかり消えるまえのほんの一瞬、僕は思った——ドンもまた、僕と同じくらい怯えているにちがいない、と。

外は暖かかった。僕はドンのくすんだ薄茶色のピックアップトラックの運転席側から乗り込んだ。助手席側のドアはさびついて開かなかったからだ。五百ミリリットルの銀色のビール缶がいくつか床に転がっていて、運転台の中は酒と花の香りのコロンのにおいがした。

「どこに行きたい？」とドンは訊いてきた。

「どこも思いつかない」と僕は言った。

僕らはスプリング通りにはいった。通りには陽の光が燦々と降り注ぎ、真夜中みたいに人気（ひとけ）がなかった。ラジオがついていて、テーブルソーみたいな雑音混じりの小さな音が流れていた。トラックは国道一〇一号線にはいり、スピードを上げ、どんどん町を離れていった。ドンは運転席側の窓を開け、送風機のスウィッチを入れた。

「長いことクリスマスには家にいなかったんだが」風に声をかき消されないように、彼は声を張り上げた。「なんだか覚えていたのとちがう気がしてな」

「僕も同じだよ」

彼は僕のほうをちらっと見て、それからまた道路に眼を戻した。「おれは昔からずっと、おもちゃが好きだった」と彼は言った。「まあ、おまえはもう大人だから、そんなものはとっくに卒業したんだろうが」

「大人になろうと努力しているところ」

彼は顔をしかめ、首を振った。重大かつ、がっかりさせられるニュースを聞いたとでもいうように。

「よく姉の子供たちのために買ってやったもんだ。ちっちゃい兵士とか、ミニカーとか。なんの役にも立たないようなものばっかしな。そういうことをするのが好きなんだ。年に一度、くだらないものをもらうってのも悪くない。とくに今日みたいな大変な日にはな。どう思う？」

ドンは僕のほうを見ず、僕も答えなかった。トラックはポートエンジェルスに向かって東に急いでいた。ドンの顔にはけだるい表情が浮かんでいたけれど、その眼つきは、腐りかけた木の表面の瘤みたいにしっかりしていた。「もちろん、おまえはもうそんなものは卒業したにちがいないがな」と彼は言った。「おれにもそれくらいわかる。おまえくらいの歳には、もうアラスカに行ってたからな」

「そんなに早く船に乗ったの？」

「最初は父親と一緒に車で行ったんだ。まさにこのハイウェイを通って」

「どうして？」

ドンは笑みを浮かべ、窓から唾を吐いた。「さあな。ある晩、たぶん、おれは四歳くらいだったんだが、男が家にはいってきて、おふくろにキスした。それが親父だと、親父が戦争から帰ってきたんだと気づくまでに少し時間がかかった。親父はキッチンのテーブルについて坐って、カップにコーヒーを注ぎ、それから話しはじめた。で、十五年後に脳卒中で死ぬまで話しやまなかった」

「どんな話をしたの？」と僕は尋ねた。

「どんな話だと思う？」とドンは訊いた。「アラスカだよ」

誰もが危険だと知っている沖縄やノルマンディーではなく、ドンの父はアリューシャン列島に――フォート・ミアーズ（ダッチハーバーにある基地）に――送られた。床屋やガソリンスタンドで、ドンの父はよく、黙ってうなずいている店員に向かってあんたらにはわかりっこない、と繰り返した。自分の父親がアル中だということも、とんでもない自慢家だということもまだ知らなかった当時のドンは、店員たちのうなずきや沈黙を、父に対する尊敬の表れだと思った。アラスカは〝場所〟なんかじゃない、とドンの父はよく言った。アラスカには終わりがない。果てしない何かなんだ。

十一歳のときに、ドンは自分自身の眼でそれを確かめることになった。ある朝、彼の父が、この夏はアラスカでちょっと小遣い稼ぎをしてくるつもりだと告げたときに、一緒に連れていってほしいと頼んだのだ。それまで運転したことのなかったドンに、父は運転席につくように言った。一緒に来る気なら、パートナーとして連れていく、と。ふたりを乗せた車は、アラスカ・ハイウェイを三日間ぶっとおしで走った。夜には、何もかも消し去る完全な闇が広がった。夜が明けても、昨日と同じ、どこまでも平らなくすんだ緑色の大地が広がっているだけだった。ダッシュボードのくねくねとした形のひびもまだそこにあった。何度も瞬きして眠気と戦いながら、ドンは思った。この人生はこれからも変わることがないのだろうか。

ポーキュパイン川を見下ろす崖の上に、ふたり用のテントを張った。一九五二年の晩夏のことで、ギンザケがロッキー山脈までずっと川床で産卵していた。ドンはそのことを知っていたし、実際、誰もが知っていたけれど、父と一緒に銃――油布に包まれたウェザビーのライフル二挺――をトラックから降ろすまで、自分たちが釣り道具を持ってきていないことには気づかなかった。その銃には見覚えがあった。ロイヤルティ・アイランドで一、二を争う金持ち、つまり、モーリー・ゴーントのピックアップトラックの中のラックにあった銃だった。父がときどきモーリーのところに配達に行っているのは知っていたが、まだうぶだったドンには、父がそのライフルを盗んだのだというところまでは思い至らなかった。

ふたりは明け方近くに起きて、油を塗ったばかりのライフルをかつぎ、苦労しながら崖をくだった。紫色の朝陽の中を歩きつづけて川岸にたどり着くと、父は茶色っぽい夏草の茂みの中の、すべりやすい泥の上に腹這いになった。ふたりは眼のまえを流れる水のリボンを眺めた。水は澄んでいて、勢いよく泳ぐギンザケが見えた。ドンには流れの中でギンザケの筋肉がたてるさざめきのような音が聞こえるような気がした。サケが泳ぐところならそれまでにも見たことがあったが、こんな光景を見るのは初めてだった。水の中を大きな塊がどっと流れるのを見るのは。そのころには太陽は空高く昇っていて、レモンから汁が滴るように、陽の光が滴っていた。父は唇を舐めた。

「見えるか？」と父は訊いた。

ドンはうなずいた。

が、父はドンの肩を突き、上のほうを指差して言った。「あそこだ、あそこ」

ドンは眼を上げ、父の剛毛の生えた指が差しているほうを見た。三十メートルほど離れた対岸に、白い頭の鳥が並んでいた。あまりにも大きな鳥だったために、かえって気づかなかったのだ。父は次に、頭上を指差した。無数の鳥からなる穴だらけの天幕のような二番目の空が、空中に釘で固定されているみたいにぶら下がっていた。

「鷲（わし）」とドンは言った。

「サケをねらって集まってきたんだ」と父は言った。「魚類野生生物局は一羽につき三ドル払う。仕留めたら半分はおまえのものだ、わかったか？」

「どうやって仕留めるの？」

「どうやると思う？　この銃で仕留めるんだ」と言って父は、盗んだライフルの光沢のある木製の銃身をぽんと叩いた。

対岸の鷲はけだるげに羽ばたいたり、体を揺らしたり、白い頭を上下に振ったり、羽繕いしながら数歩歩いてはまたじっとしたりしていた。地面にはくず肉や赤いえらが散らばっていた。朝陽の中で、えらは茶色に変わりつつあった。ちょうど朝食を終えたばかりのところに遭遇したのだ。

父の銃が放たれた。銃声に、ドンはたじろいだ。父が悪態をつくのが聞こえ、それからまた銃声が響きわたった。

「行くぞ、ドン、行くぞ」

ドンは父のあとを追った。父を見失わないように川縁を慌てて走りながら、ウェザビーの耳をつんざくような銃声を何度も聞いた。どうやら父は、対岸の鷲ではなく、頭上を飛びまわっている鷲に向かって発砲したようだった。さらにもう一度銃声が聞こえた。が、今度はライフルの反動を肩に感じ、その瞬間、今の弾（た）

丸が自分の銃から放たれたことに気づいた。対岸の鷲が翼を広げ、羽ばたきはじめた。ブン、ブン、ブン。鷲が飛び立ちはじめると、まるで大きな土の塊が地面から離れるみたいに見えた。とてもゆっくりと。飛ぶというよりも、浮揚するように。頭上の空が無数の鷲からなる筋状の雲を脱ぎ捨て、いきなり、どこまでも続く、とてつもなく広大な姿を現した。

父を見ると、その手に握られたライフルから煙が立ち昇っていた。父は灰色味を帯びたぬかるんだ泥の上を数歩歩いたところで足をすべらせて転び、そのまま仰向けに川岸をすべり落ちながら、さらにもう一発撃った。ややあって立ち上がると、今度は泥まみれのまま水を撥ねかしながら浅瀬にはいっていき、そして、叫びはじめた。

苛立ちからなのだろうか？　それとも勝利の雄叫びなのだろうか？　ドンにはわからなかった。何が起こっているのかもわからなかった。対岸の鷲に向かって、ドンはさらに三発撃った。できるだけすばやく引き金を引き、ボルトを操作しながら、父のあとを追って川を渡った。が、それから先のことは、思い出そうとするたびに、実際には何ひとつ起こっていないような気がしてくるのだとドンは言った——おれはほんとうに、サケが脚のあいだを泳ぎ去るのを感じたのだろうか？　サケの体が足首にパシッとあたるのを感じたのだろうか？　ほんとうに熱い銃身で顎を火傷したのだろうか？　父がまたよろけ、今度は頭から川の中に倒れるところを、ほんとうに見たのだろうか？

頭上高く、鳥たちはまるでシーリングファンの羽根のようにぐるぐるまわっていた。そしてついに、もうこれ以上撃たなくてもいいのだということがわかった途端、ドンの耳に川とギンザケのさざめきが戻ってきた。

二十メートルほど向こうの岸に横たわっている鷲に父が気づくまでには、少しの間があった。三〇－〇六弾のひとつが片方の翼に命中していて、鷲は茶色と白の羽毛のシャワーの中でのたうちまわっていた。ふたりは注意深く鷲に近づいた。父は銃身で鷲をつつき、それから、震える手をうしろに引いた。ふたたび銃声が響きわたった。鷲は咳き込むような音を出した。怪我をしたほうの翼が吹き飛んだ。身をよじりかけて片足を地面につき、鷲は仰向けに倒れた。その眼はどこも見ていなかった。

父は一メートルくらい離れたところからさらにもう一発撃った。が、今度は完璧に的を外した。肩越しにドンを振り返って、肩をすくめた。まるでドンが笑うことを期待しているかのように。次の弾丸(たま)はうまく装塡されず、父はしばらくボルトと悪戦苦闘しなければならなかった。そのあいだじゅう、鷲は咳のような音を出しながら地面の上でのたうちまわり、どうにか立ち上がろうとしていた。

ようやく弾丸(たま)が薬室に挿入されると、父はさらに二歩近づいて、とどめを刺した。ドンは思わず眼をそらした。強い嫌悪感に襲われていた。ふたたび眼を戻すと、父は前屈みになって膝に手をつき、あえいでいた。髪は濡れ、顔に泥の筋がついていた。眼を上げてドンを見ると、笑みを浮かべて言った。「まあ、こんなのはまだ始まりにすぎない」

それが始まりなら、終わりはどこにあるのだろう？と僕は思った。ドンの話に耳を傾けながら、僕はずっと窓の外を――ワシントン州の白い空がアラスカの白い空に変わっていくのを――眺めていた。でもふたたびドンに眼をやった瞬間、僕は気づいた。たった今ドンが語った父親にそなわっていたあらゆる悪い面――怠惰で思慮を欠くところや、酒に目がないところを――彼は残らず受け継いだのだ、と。ドンが今運転しているのはおそらく、父親が持っていたのと同じ型のフォードにちがいなかった。今では小さな瘤になってしまったドンの指は、かつて触れた父の車のハンドルの感触を思い出しているにちがいなかった。ほんとうのドンは、じっくりと時間をかけて鷲を殺したほうの人間であって、恐怖におののきながら傍観していた少年のほうではなかった。僕はまた窓のほうを向き、ひんやりとするガラスに額をつけた。

「おまえんとこのボス（ユア・マン）にダンジネス・スピット（ダンジネス国立自然保護区内の砂嘴）に連れてってもらったことはあるか？　あそこの自然保護区に？」とドンは訊いた。

「僕のボス（マイ・マン）？」

「おまえの親父さん（オールド・マン）のことだ」

「ないよ」と僕は言った。「行ったことはあるけど」

　スクイム郊外で鉤なりに左折してビーチ・ロードにはいるまで、僕らは一台の車ともすれちがわなかった。

「腹減ってるか？」とドンは訊いた。

「開いてる店はあんまりないと思うけど」と僕は言った。

「だな」と彼は言った。「ビールを一本取ってくれないか？」

　僕は床の上の半分空（から）になったケースから、オリンピアの生ぬるい缶を一本引き抜いた。ビールを飲み干すと、ドンは缶を僕の足元に放った。泥をかぶったジープが一台停まっているだけの駐車場にはいり、僕らは運転台から降りた。僕が靴ひもを結んでいるあいだ、ドンはオリンピアをもう一本ごくごく飲んだ。

「おまえ、ビールは飲むのか？」と彼は訊いた。「一本どうだ？」

　僕は首を振った。

　ドンの眼のまわりはピンク色にむくんでいた。彼は小さくゲップし、指がないほうの手の甲で口を拭った。

「銃を一挺持ってる」とドンは平板な口調で言い、つくり話ではないことを確かめるみたいに、ジャケットの右のポケットを叩いた。

　走りだそうか、と一瞬、僕は思った。このまま逃げ出そうか。でも意志の力でどうにか自分をその場に留まらせた。ひょっとしたら自分は今、試されているのかもしれないと思ったのだ。ドンは頭が切れるほうでないから、少なくとも僕のほうが一枚上だから、僕がしかるべき役を演じれば、うまくだませるかもしれない。僕らは並んで歩いた。黒いアスファルトを横断し、松林を抜け、灰色の砂の上に降り立った。

砂嘴は海峡の中に八キロにわたって突き出ていて、その先端に灯台があった。右側には、ところどころ黄色っぽい草に覆われた陰気な干潟が広がり、左側の砂浜に、くすんだ色の波が打ち寄せていた。曇っていてあたりは暗く、それ以外はほとんど何も見えなかった。僕らは灰色の中へと――灰色の海と灰色の空の中へと――重い足取りで歩いていった。まるで鉄の金庫の中へはいっていくような気がした。

「親父さんと話したか？」と彼は訊いた。

「しばらく話してない」と僕は言った。「あんたは？」

「話さなくちゃならないと思ってる。今年は大漁だからな。とんでもない大漁だ。おれの不運ときたら。おれが腰のせいで船に乗れなかった年に、今まで見たこともないような大金を稼いだんだからな。それに、リチャードにも感謝すべきなのかもしれない」

「なんで？」

「人が船から落ちるっていうのは幸先のいいことなんだ。みんな詳しく話さないが、ほんとうのことだ」

僕はそのとき、ドンのほうを見るという危険をあえて冒しはしなかった。僕らは波打ち際を歩いていた。砂浜と干潟のあいだには、絡まり合う白い流木が散らばっていて、それがまるで背骨のように砂嘴の先端まで続いていた。もつれた枝のあいだを灰色の鳥たちが飛び交っていた。ドンの歩き方は不安定で、彼は途中で僕の肩に手を置き、体を支えた。

「やつのことをよく考えるか？」とドンは訊いた。

「リチャードのこと？　そんなには。みんなと同じくらいだと思うよ」

「なんでわかるんだ？」とドンは言った。いきなり厳しい口調になって。まるで怒っているみたいに。「みんながやつのことをどのくらい考えてるか、どうしてわかるんだ？」

「あんたはどのくらい考えてる？」と僕は訊いた。

「やつは死んだ」とドンは言った。

「知ってるよ」と僕は言った。

「いや、今はもう死んでいる、という意味だ」とドンは言った。

　僕は思わず、彼の眼を見た。そのとき見たのは、僕自身の眼の反映だったにちがいない。怯えていて、心底うんざりしていて。僕らは砂嘴を歩きつづけた。ドンのブーツが砂に足跡をつくっていくのを、僕は眺めた。ドンは屈んで枝を拾い、浅瀬に投げた。確信がなければ何もできないはずだ、と僕は思った。ドンとのあいだに一定の距離さえ保てばいいんだ。ドンは噛みしめた歯のあいだから息を吸い、苦しげにうめいた。隣では、海が鈍い音を奏でていた。リチャードが死んだ？　僕は怯えすぎていた。信じることも、信じずにいることもできなかった。

　僕らは並んで歩きつづけた。が、途中でいきなりドンが僕から離れ、砂浜を海側と干潟に分けている流木のあいだを抜けて反対側に行った。しばらくのあいだ、僕らは流木をはさんで平行に歩いた。やがてドンは痛みでうめき声をあげ、ぎこちなく屈んだ。

「くそ、腰が」と彼は言った。「こっちに来い。見せたいものがある」

　混乱しすぎていて断ることができなかった。言われたとおり、僕は白い流木の下をくぐって彼のそばにしゃがんだ。ドンは潮だまりを覗き込んでいた。

「ほら、これ。わかるか？　〝太平洋の血の星（パシフィック・ブラッド・スター）〟って呼ばれてる（シュイロヒメヒトデ）」ドンは緑色の草に覆われた潮だまりの底にいる三匹のヒトデを指差して言った。人きさはせいぜい八から十センチ。色は血の赤だった。「見えるか？」と言って、彼は一匹をつかんで手のひらにのせ、僕のほうに差し出した。「ほら、これ」

ドンはヒトデのざらざらした腕の一本をつかんで、催眠術師の時計みたいに僕の眼のまえでぶらぶら振った。「おれが言いたいのはこれだ」と彼は言った。「こいつらのことだ。こいつらはいったいなんの役に立ってるんだ？　いったい何をしてる？　つまり、こいつらはなんでおれたちと一緒に地球に住んでるんだ？　こいつらを見てると、おれはそういうことを考えさせられる。触ってみろ、いいから」

笑みを浮かべているにしろ、顔をゆがめているにしろ、口をわずかに開けてヒトデを差し出しているドンのその姿ほど恐ろしいものはなかった。僕は立ち上がった。ドンも立ち上がりかけたが、片方の脚が言うことをきかず、よろめいた。彼は片側に傾いた体を支えようと手を伸ばし、ヒトデを握りしめたまま拳を砂にめり込ませた。僕は歩きだした。彼との距離はすぐに三メートルになり、五メートルになった。ドンは立ち上がった。背後に彼の荒い息づかいが聞こえた。僕に離されないように、必死でついてきていた。

「おい」と彼は言った。「おい。今日は一緒にいるんじゃなかったのか？」

僕は灰色の霧の中にはいっていった。

「戻ってこい」と彼は呼んだ。「おい、もうちょっとゆっくり歩け」

でも僕は、そのまま歩きつづけた。

「おい、カル。おい、カル」と彼は呼んだ。その声にはパニックの響きがあり、その響きが、もっと早く行けと僕に命じていた。行こうと思えば、砂嘴の先端にある灯台まで歩いていくことだってできた。でも、それからどうする？　わからなかった。それでも、僕はさらに歩調を速め、ピュージェット湾の中へ中へとはいっていった。

「待てよ」とドンは懇願するように叫んだ。「おい、待ってくれよ」

僕は走りだした。たぶん、十歩ほど進んだところで、いきなり銃声が聞こえた。くぐもった音だった。流木一本分の鳥が一斉に舞い上がり、雲の向こうへ散り散りに飛んでいった。

最初、自分が撃たれたのだと思った。が、何も感じなかった。僕は振り返った。ドンがSの字に体をまるめて倒れていた。僕のいる位置からは血は見えなかったけれど、心の中で、僕はもうすでに血を見ていた——頭蓋骨の破片も、吹き飛んだ脳も。僕は砂の上にへたり込んだ。ややあって立ち上がると、もと来たほうへ走りだした。そのとき僕はおそらく、ずっと走りつづけるつもりだったのだ。国道一〇一号線まで。ポートエンジェルスまで。どこにたどり着こうと、かまわなかった。ここで繰り広げられていることから遠ざかりさえすれば。

でも僕はドンのところまで来ると、膝をついて彼の顔を自分のほうに向かせた。その眼は開いていて、頭には傷ひとつなかった。ドンは瞬きした。手にはまだ銃が握られたままだった。ドンは銃を持ったほうの手を上げ、僕の顔から数センチ離れたところに銃口を向けた。

「自分を撃つふりをしたんだ」とドンは言った。ふたりとも息を切らしていた。「おれが立ち上がるのに手を貸してくれたら、この銃をおまえにやる」

「どうして？」

「それくらいしてくれたっていいじゃないか？」

あまりにもわけがわからなくて、泣きたくなった。まるで夢の中にいるみたいだった。僕はドンを立ち上がらせた。彼はシャツについた砂を払い、そして、老人が眼鏡を探すみたいにジャケットのポケットを叩いた。

「銃なら砂の上だよ」と僕は言った。

「おまえが持ってろ」と彼は言った。

僕はリヴォルヴァーを拾い上げ、ジャケットのポケットに入れた。小さかったけれど、重くて、熱かった。

「おれは悪ふざけが得意でな。得意なことなんてあんまりないんだが、悪ふざけだけはしょっちゅう思いつく。ジョン・ゴーントに眼をつけられたのも、悪ふざけが原因だった。船に積んであった雑誌を、全部ポルノに換えたんだ。男同士がやってる写真ばっかり載ってるやつにな。それでジョンは、そういう悪ふざけをおれがもう二度としないようにお灸をすえなくちゃならなかった」彼は片手を上げ、かつて指のあった場所をしげしげと眺めながらうなずき、それから、吹き出した。「ほら、また引っかかった」

ドンは拳にした両手の指のつけ根で顔と頭をごしごしこすった。

「おれはさっき、おまえに話そうとしてたんだ」と彼は言った。「やつが死んだと言ったときの、おまえの顔をおれは見たぞ。しかと見た」

「ほんとうに死んだの？」

「死んじゃいない。あれも、悪ふざけだ」ドンは一歩まえに出て、顔をしかめた。「このころは、酒を飲むたんびに腰が固まっちまう。どうやら、おまえの助けが要るみたいだ」

僕らは次第に暗くなりつつある砂浜を戻りはじめた。霧は小雨に変わり、ドンの肘の重みが僕の肩にずっしりとのしかかった。僕の心は砂嘴のように灰色で平坦だった。まるで心の中にあった感情のたくわえが、驚きを感じる力が、すべて使い果たされてしまったみたいだった。その代わりに、ひんやりとした何かが染み込んでしまったかのようだった。

ドンは話しつづけた。「おれたちが最初にリチャードをあそこに連れていったとき、おれはやつと話をしようとした。新聞のスポーツ欄なんかを持っていって。でもやつは、例のちっちゃな声でこう頼んだだけだった。また音楽を聴けるようにしてくれって。おまえの父さんにステレオを運び出すように言われて、おれは言われたとおりにしたんだが、やつにそう頼まれて、おれは思った。かまいやしない。音楽が聴ければ、やつだって淋しい思いをしなくてすむかもしれないってな。おれは毎日ドアをノックした。どうにか毎日、やつが大丈夫か確かめにいったんだ。だが、いつも沈黙しか返ってこなかった。やつはひとこともしゃべらなかった。こいつはこのまま消えちまうんだ、となんとなく思った。それが一番いいのかもしれないってな。こんな……。ところがだ。六週間前に、やつは急に元気になった。

煙草を持ってきてくれと頼んできた。腕立て伏せを始めて、だんだん人間らしくなってきた。薄気味悪い"もの"なんかじゃなくて。正直言って、おれはものすごく嬉しかった。やつが息を吹き返したことが。それに、おれ以外の誰かも、このことを知ってるってことが嬉しかったんだ。誰かがおれの重荷を一緒に背負ってくれてるってことが、とにかく嬉しかった。おれがやってることは、とんでもなくひどいことだ。一日ならいいが、こんなに長く続けるなんて」

「僕だって知ってたの？　六週間前にもう？」

「あの地下室にリチャードがいるのを見つけたうえに、やつを逃がしてやらないような人間がほかにいるか？　おまえ以外に考えられない」

「僕だけじゃない。もうひとりいるんだ」と僕は言った。

「ほんとうか？」とドンは訊いた。「確かに、そっちのほうが話が合う気もする。だが、ジェイミーにはおまえと同じことはできないはずだと思った。あの部屋に毎日足を運ぶには、何かが必要なんだ、カル。おまえにはあるが、ジェイミーにはない何かが」

ドンが褒めことばのつもりでそう言ったのだといいけれど、確信は今もないけれど、僕自身がそのとき、褒めことばと受け取ったことは認めなければならない。「なんで僕をこんなところに連れてきたりしたんだ?」

「おまえはこれまでずっとうまくやってきた。おれにしたって、おまえがやつを見つけたとは思っていたが、百パーセントの確信はなかった。だから毎日、おれは自分に言い聞かせたんだ。確信が持てるまでは、このまま何もしなくていいってな。わかるか?」

僕はうなずいた。自分の声が信用できなかった。

「そしたら、やつの頭にあの王冠がのっかってた。あれを見ておれは、これは合図みたいなもんじゃないかって気がした。で、今朝おまえのところに行ったんだ。だが、どうしてかは、自分でもよくわからない。わかったらいいんだがな。自分がどうして何ヵ月もあんなことをしてきたのか、その理由もわかったらいいんだが」

数分後、ぼくらは駐車場に着いた。ドンは苦しそうな息をしていた。「運転してみるか?」と彼は訊いた。「運転の仕方はわかるか? これはオートマチックだが」

運転したことは一度しかなく、それも、高校の駐車場のまわりを父と一緒にまわっただけだったが、できると思った。僕はドンがトラックに乗るのに手を貸した。

「おまえも大変だっただろ?」と彼は訊いた。

僕はトラックをハイウェイにのせ、ロイヤルティ・アイランドに向かって走らせた。空がいくらか薄くなったように見え、西のほうに光の帯が見えた。ハンドルも、道も、どちらもすべりやすかった。「ああ」と僕は言った。砂浜でのドンの演技が作戦だったとしたら、その作戦はうまくいっていた。たった今自分を撃つふりをしたばかりの男のまえでは、何を隠したところで無意味に思えた。

「わかるよ」とドンは言った。「そんなに何度もブレーキを試さなくていい。ちゃんと利くから。今やるべきことに集中すること。それが重要なんだ。で、おまえはもうリチャードと話したわけだから、だいたいのところは知ってるはずだな。つまり、おれたちは決めたんだ。リチャードさえいなくなればって……だが……」

「あんたはやりたくなかった？」と僕は尋ねた。

「サムがやるはずだった。やつは言った。わかった、ほかに誰もやらないんなら、おれがやるって。やつがそう言ったのをおれは覚えている。でも、結局、やつにはできなかったし、おまえの父さんにも、おれにも、できなかった。おれたちは焦った。慌てて計画を練り直した。どうしてもできなかったからだ。おれたちはあいつのことが嫌いだったし、あいつが船に乗って、それから海に落ちたように見せかけさえすればよかったんだ。しょっちゅうあることだし。リチャードの友達だってそうだ」

「ダン・フォッシー」

「そう、ダン・フォッシー。やつにいったい何が起こったのか、おれたちにはまるっきりわからなかった。リチャードの場合もそうなるはずだった。が、おれたちは計画を台無しにしちまった。結局、やつをあそこに閉じ込めて、ふたりは漁に発った。おまえの父さんはおれより賢いが、今回のことに関しちゃ、おれたちはみんな馬鹿だった」

「どうしてあんたなんだ？　どうしてあんたが残ったんだ？」

「まさに問題はそこだった。おれは腰が悪いし、いちいち説明しなくちゃならない家族もいない。少なくとも、それがふたりの意見だった。おれにしたって、ふたりをがっかりさせたくなかったんだ。正直な話」ドンは背を起こし、拳にした手の指のつけ根で額をこすった。「だからおまえにこんな話をしてるんだろうな。おまえの助けが要るんだ」

夕闇がフロントガラスを染めた。ライトをつけると、コンクリートが均一な光に照らされた。アメリカ合衆国のへりに沿って続く黄色い二重線に沿って、僕はハンドルを少しずつまわしていった。自分たちは今、どこかに向かっている途中ではなく、ひとつの終着点にたどり着いたのだ——その思いが、いつものように僕の気持ちを少し楽にした。

「あいつを殺す手助けはできない」と僕は言った。「絶対に」

ドンはため息をついた。「おれたちはお互いのことを全然理解してないみたいだな。たぶん、おれのせいだ」彼はまたため息をついた。「やつを逃がすのに、手を貸してほしいんだ」

闇の中、僕らはロイヤルティ・アイランドに向かった。ドンは助手席でいびきをかいていた。ダッシュボードは真空管のようにオレンジ色に光り、空にはくっきりとした三日月が浮かんでいた。まずリチャードを車で送らなくちゃならない、と僕は思った。そうしなければならないことは最初から明らかだったのだ。ロイヤルティ・アイランドで彼をバスに乗せるなんて、ポートエンジェルスにしか停まらないバスに乗せるなんて、あまりに危険すぎた。フェリーですら危険だった。だめだ、車を使わなくちゃならない。車で——運転は僕がする——南に向かう。少なくともタコマまで、もしくはオリンピアまで。ポートランドならもっといい。そこからならリチャードはどこへだって行ける。サングラスをかけたリチャードの姿を、僕は思い浮かべた。落ち着かない様子でラジオのつまみをいじっている彼の顔はぞっとするほど青白い。ラジオから流れる雑音。突然の嵐。車は横すべりし、尻を振る。ほんの一瞬。でもその一瞬は、僕らに思わず冗談を言わせてしまうほどに印象深い。こんなに頑張ったのに、結局ふたりとも大破した車の中で死んだりしたら、とんだ悲劇だな、と。

　モンロー通りにあるドンのバンガロー風の家に着くと、僕はドンを揺すって起こさなければならなかった。玄関ドアに鍵はかかっていなかった。僕はドンに肩を貸しながら暗い家の中を居間まで歩いた。ドンの家にはいるのは初めてだった。僕が想像していたのは、血のにおいのする恐怖の館だったのだけれど、実際には、濡れたウールと煙草のにおいがしただけだった。

「ソファはあっちだ」とドンは言った。

　ドンがソファに坐ったのがわかり、スタンドの明かりをつけようと手探りしている音が聞こえた。明かりがつくと、ソファのどちらのアームにも目の粗い白いニットの毛布がかかっているのが見えた。緑色の安楽椅子が置いてあって、その足台の上にはドイリーがフライパンの上の目玉焼きみたいにのっていた。節の多い松材の壁には鳩時計がかかっていて、コーヒーテーブルの上には半分までできあがったレンブラントの『夜警』のジグソーパズルがあった。

「おれの両親が住んでた家だ」とドンは言った。「おれがここにいることはまずないから、おふくろが住んでたころのままにしてある」

「パズルも？」

「パズルはおれのだ。こういうのが好きなんだ」ドンは側卓の上のオレンジ色の薬瓶をつかみ、水なしで二錠飲み込むと、またソファに横になった。

「何をすればいい？」と僕は訊いた。

「話し合うたんびにおれたちは、それはやるだけの価値のあることだと言い合った。この男だけはどうしても消さなくちゃならないってな」

「わかってる」と僕は言った。僕が言いたかったのは、〝今は僕に何をしてほしいと思っているのか？〟ということだった。

「それに、おれたちが消さなくちゃならないのは、どっかの誰かさんなんかじゃなかった。リチャード・ゴーントだった。もし五年前に、〝おいドン、死んでほしい人間をひとり選んでみろ〟って神様か誰かに言われたとしたら、おれはやつを選んだだろう。でも、そんなふうに思ってたのはおれだけじゃなかった。〈ローレンタイド〉の残りの連中に、やつが船から落ちたと嘘をつくように説得するのが難しかったと思うか?」

「でも今は?」と僕は訊いた。

「リチャードには、アラスカも、漁も、何もかも要らないんだ。何がほしいのか、あいつにはわかったためしがない。ただのくそ野郎さ。だろ? あいつの癖を知ってるか? あいつはしょっちゅう唇をつまんで引っぱっちゃ、ねじるんだ。そのこと知ってたか?」

何かを拭き取るみたいに、ドンは手のひらで下顎をさっとなでた。「ジョンは最初からリチャードを蚊帳の外に置いとくべきだったんだ。そうしなかったのはジョンの過ちだ。リチャードはおれと口を利こうとしないが、おれはやつに死んでほしくない。殺すことはできない。やつはおまえの話なら聞く。だから、わからせてやってくれ。姿を消さなきゃならないんだってことを」

「父さんにはなんて言うの?」

「そうだな、おまえは父さんに嘘をつかなきゃならない、カル。おれも、おまえも。大変なほうの役目はおれが引き受ける。おまえの父さんとサムに、おれがやつをやったと――やつを撃ったと言う。ふたりとも詳しくは聞きたがらないはずだ。おまえのほうは、何も知らないふりをするだけでいい。できるか? ジェイミーにも何事もなかったように振る舞うだけでいい。できるか? 何事もなかったように振る舞うだけでいい。同じことをさせられそうか?」

「できると思う」と僕は言った。

「もしサムやおまえの父さんにばれたら、おれはふたりに、おまえも知ってたってことを言わなくちゃならなくなる、カル。そんなことはしたくないが、きっと、そうしなくちゃならなくなる」

「わかるよ」

「おまえがやつを見つけてくれて、ほんとうによかったよ、カル、ほんとうによかった。自分の頭がおかしくなったんじゃないかって気がしてたんだ。これは全部、おれの頭がつくりだした幻想なんじゃないかって、ほんとうにそんな気がしてた。だから、ほんの少し肩代わりしてくれたっていいだろ？　リチャードに話して、姿を消すように言ってくれ」

「もしリチャードが言われたとおりにしなかったら、そしたらどうなる？」

　彼はソファの上で体を起こしかけたが、途中で顔をしかめ、あきらめた。「確かにな。やつの姿をもう二度と見ないだろうなんて思うのは、望みすぎなのかもしれない。でも、そんなことはどうだっていいんだ。正直言って、何が起ころうと、おれはもうどうだっていいんだよ。やつをあそこから逃がしてさえやれれば」

　ドンは眼を閉じた。彼はまだブーツを履いたままだった。楽な姿勢を取ろうと体をよじると、母親のソファに濡れた砂がこびりついた。

第九章

彼らがリチャードのところへやってきた夜、リチャードは父親の四柱ベッドに横になって、父がそのベッドで死ななかったことを神に感謝していた。そのベッドも、ドアや窓といったほかの多くのものと同じく、まわりのものとの関連を考えてつくられていた。僕が想像するに、リチャードにはその夜、自分が今横になっているスペード形の柱頭のついたベッドが父の死の床ではなくて、今もなお彼に、母と塗り絵とメリッサの歯の感触を思い出させてくれる場所のままだということに感謝する時間はあったはずだ。こんなに大嫌いな場所にどうしてこんなにも大切な思い出が詰まっているのか、そのことを不思議に思うだけの時間はあったはずだ。

なぜ時間があったかというと、ドアをノックする音は午前三時を過ぎた直後まで聞こえなかったからだ。ノックの音が聞こえたのは、シーチェイスの家のキッチンで僕の父がラジオを壊し、僕が冥王星から先のボイジャーの旅を追いかけるべく寝室に戻ったあとのことだったからだ。でもリチャードは、そんなことは何ひとつ知らなかった。

僕が想像するに、彼の手にはまだかすかに血と塩のにおいが残っていたはずだ。二日前、〈記念日〉の夕食会から戻ってきたあと、彼はドナルドダックのスーツケースを裏口のドアの脇の隅に放ったにちがいない。さっさと荷造りしてすぐに町を出るのが賢明だということはわかっていたけれど、彼は賢明な行動を選択することを拒んだ。人が興味深い悪夢から目覚めるのを拒むように。

僕の家のダイニングテーブルを取り囲む人々の顔に

浮かんだ、押しつぶされたような表情を、彼は頭の中から追い払うことができなかったはずだ。椅子の脚が床をこする音や、テーブルが眼のまえで爆発したように見えたことを、何度も思い出したはずだ。彼がそんな芝居がかった手段に訴えたのは、テーブルのまわりに坐っている男や女を、一度でいいから、嫉妬を感じることなく見まわしてみたいと思ったからだ。

でも結局、うまくいかなかった。グラスが粉々に割れ、塩水がテーブルクロスに染み込んだ瞬間に、リチャードが人々の顔に見たのは恐怖だった。誰もが無防備で、誰もが恐怖におののいていた。そして、そのときですら、リチャードはこう思ったにちがいない。こんなふうにテーブルの端に立っているのでなく、みんなの側にいられたら、と。リチャード・ゴーントを憎み、復讐を誓っているみんなの一員になれたら、と。

僕が想像するに、ノックの音が聞こえたあと、リチャードは上半身裸で、裸足のまま、ドアのまえまで行ったにちがいない。玄関ホールの明かりはついていて、ポーチの明かりは消えている。ドアを開けると、二人の男が闇の中で煙草をくゆらせながら立っている。

「ご訪問にはちょっと遅すぎやしませんか」とリチャードはつい言ってしまう。男たちを見ていると、古い憎しみが戻ってくる。彼は笑みを浮かべる。ほんとうはそんな気分ではないのだが。「まあでも、早起きする理由も大してないけどね」

「そのことについて、話がしたい」

「靴を脱いでくれないか」とリチャードは言う。「カーペットが汚れるといけないんでね」

男たちは膝をつき、ブーツのひもを解く。僕の父が眼を上げてリチャードを見る。父の頬は白く、眼の下の皮膚は紫色で腫れぼったい。「服を着なくていいのか?」と父は訊く。

リチャードは首を振り、男たちを居間に案内する。かつて母親のものだった四角いガラスのシェードのついたアンティークのスタンドの鎖を引っぱって明かりをつける。男たちは格子縞の布のソファに、三人ともほぼ同じ恰好で坐る。両肘を膝について。三人は視線を交わす。誰が話すのか、何を話すのか、まだ決めかねているみたいに。

サムが咳払いをする。「リチャード、このまえの晩におまえがしたことだが、あのときおまえが言ったことを、実際にさせるわけにはいかないんだ」

「ちょっと待った」リチャードは眉を吊り上げる。まるでほんとうに混乱しているみたいに。サムが思っているとおり、何がどうなっているのかほんとうにわかっていないみたいに。「どうして？」

「どうして？」とサムは言う。「どうしてだと？」

僕の父がサムの膝に手を置き、彼を黙らせる。そして、注意深くことばを選びながら理由を説明する。まずは経済面の話をし、船や索具や許可証を手に入れるのにどれだけの金がかかったか説明する。それから、百年にわたる町の漁業の歴史の中でようやく今の水準にまで整えられた餌や燃料の供給基盤について話す。南に行ったところにあるフォークスの町がどれほど衰退したか語り、東にあるポートタウンゼンドの町について語る。古くからあった食堂や店が今では、高価ながらくたやワインを売る観光客向けのブティックに変わってしまったことを。これまでどれほどの命が犠牲になったか説明し、そして最後にこう言う。もちろん、決めるのはリチャード自身だが、もしほんの少しでも迷いがあるのなら、結論を出すのを先延ばしにしたらどうかと。タラバガニのシーズンが終わって、人々が一年間生活できるだけの金を稼いだあとにしてはどうかと。

その会話を、リチャードはずっと予想していたにちがいない。父やサムからの電話を無視してニューヨークに逃げたのも、どんな話を聞かされることになるか想像できたからだ。父がどれほど長く話そうと、どれほどこと細かに説明しようと、その口調と、両膝の上にきっちりと置かれた両手が彼に別のことを語っている――おまえがもうすでに何もかも理解していることなら知っている、と。おまえはただ、思い出しさえすればいいのだ、と。

でも、もう手遅れだ。ほんとうは父の話に耳を貸し、自分は何もかも理解していると、同感だと言いたいのだけれど、彼にはそうすることができない。どうしてもできないのだ。全力で彼らを傷つけ、辱めること以外、どうすることもできないのだ。「話はそれだけ?」とリチャードは訊く。

僕の父は息をつき、眼を閉じ、そして静かな声で言う。「だいたいのところはな」

「なら、これでおしまいだ」とリチャードは言う。「帰ってくれないか。なんだか疲れちゃってね」

最初、彼らはじっとしている。互いに当惑したような視線を交わすだけだ。

「オーケー、ドン」とサムが言い、立ち上がる。ブーツを履いていなくても、サムはやはり大きい。ほの暗い光の中、そびえるように立っている。ドンは動かない。両手はまだ膝のあいだにはさまれたままだ。父の眼は閉じられたままだ。

「よかった。ほら、そこのふたりもさっさと立ち上がって、とっとと出ていってくれないか」とリチャードは言う。

その命令がドンをはっと目覚めさせる。ドンはジャケットのポケットに手を入れ、黒いリヴォルヴァーを引っぱり出す。あたかも偶然見つけたみたいな表情を浮かべて。その銃は滑稽なほどに大きく見える。まるで舞台の小道具だ。ドンはそれを右手で――人差し指の第一関節より先が失われているほうの手で――持ち、リチャードに向ける。試しにちょっとそうしてみた、といった様子で。

リチャードは思わず笑いだす。人差し指の短いドンには引き金を引くことなどできないことを彼は知っている。リチャードは片手を上げる。気持ちを落ち着かせるまでちょっと待ってくれ、といわんばかりに。が、自分が笑いやむことができないのはわかっている。リチャードは両手で顔を覆う。ドンをもう一度見たりしたら、もっとひどいことになるだけだ。今の自分がどんなにいかれて見えるかはわかっている。でも、いかれて見えるほうが、怯えて見えるよりもまだましだ。

サムがいきなりリチャードを平手で打つ。耳のすぐ下を。リチャードは床に倒れ、それと同時に、細かい破片のような痛みが眼に走る。

「待て」と父が言う。リチャードは片膝を床につく。ドンはまだ銃口をリチャードに向けている。が、使い方すらよく知らないように見える。サムは荒い息をしながら、リチャードの上にそびえるように立ち、リチャードを打ったほうの手をポケットの中に入れる。リチャードにはサムの顔が遠く感じられる。まるで、解体されたいくつもの形の集まりのように。

父はサムに一歩近づき、それから一歩下がり、今度はドンに一歩近づく。「それを寄越せ」と父は言う。

リチャードは立ち上がる。が、体がふらつき、ソファの隣に置かれたスタンドにぶつかる。ガラスのシェードが割れる。一瞬、部屋が真っ暗になるものと思うが、電球は依然として揺るぎない光を放っている。銃声が響きわたる。雷鳴のような音。スタンドの剝き出しの電球の上のまばゆい閃光。

三人の男は互いに視線を交わしている。まるでたった今目覚めたばかりといったふうに。こんな見慣れない場所になぜ来てしまったのかと不思議がっているみたいに。ドンの左手から銃がぶら下がっている。その顔に浮かんだ表情は、こんなこととは一切関わり合いになりたくないと言っているみたいだ。リチャードはよろよろと立ち上がる。頭の中で、まだ銃声が聞こえている。

「大丈夫か？」とサムが訊く。彼が誰に向かって話しているのか、リチャードにはよくわからない。サムが銃に手を伸ばす。リチャードは足の裏にガラスの破片が刺さっているのを感じる。キッチンに向かって走りながら、涙が眼にどっと押し寄せてくるのを感じる。彼は明かりを次々に消していく。闇が自分の味方をしてくれるはずだと思う。男たちがこの家の中でどんなに長い時間を過ごそうと、子供のころから自分の頭に焼きついている隅っこや曲がり角まではわかりっこない。そう、自分は逃げおおせることができるのだ。

奥の廊下からダイニングルームへ。それからキッチンへ。キッチンのドアは、その昔メリッサと過ごした網戸つきのポーチにつながっている。ポーチの扉は裏庭に、すなわち丘につながっていて、その丘をくだっていったところには森がある。リチャードの父が亡くなった日に僕とジェイミーが煙草を吸いながら寝そべっていたあの森だ。

ひょっとしたらリチャードは、僕らの父というのはどんなことのできる人間なのか、僕とジェイミーに教えたくなかったのかもしれない。でもリチャードのような人間や、僕のような人間は、他人の心を守ることよりも自分の心を守るほうを優先する。だから、彼が僕とジェイミーに教えたくなかったのは、ほんとうは逃げられたのだ、という事実だったのかもしれない。彼はただ、走りさえすればよかったのだ。

このまま逃げられる、と彼は思う。が、それと同時に、上半身裸で、裸足で、助けてと叫びながら崖を駆け下りていく自分の姿が眼に浮かぶ。暗い窓をノックしている自分の姿が眼に浮かぶ。覗き穴から覗いている眼も。窓ガラスの向こうにぼんやりと浮かぶ顔も。みんな笑みを浮かべている。笑い声が聞こえる。無慈悲な笑い声だ。笑い声は、彼の走るスピードよりも速く、家から家へと伝わっていく。裸足のまま、裸の胸を両腕で覆って、全速力で走る自分の姿が見える。路地の入り口で煙草を吸っている〈セーフウェー〉のふたりの店員のまえを通り過ぎる自分の姿が見える。ふたりは笑いだす。年老いた白い犬を散歩させているふたりの老婦人。その脇を通り過ぎる自分。笑い声。板張りの遊歩道のベンチに自転車を立てかけて、海に向かって切ない視線を投げている警官。そのまえを通り過ぎる自分。

この先何マイルものあいだにすれちがうことになるこの町の住人――彼が生まれてからずっと知っている人々――の中に、この瞬間に正義を見ない人間はただのひとりもいないことが彼にはわかる。人々は、自分たちのぎょっとした表情の反射像のようなリチャードの表情を眺めながら、何が起こっているのか少しずつ理解しはじめる――無理だ、とリチャードは思う。

走りながら、寝室のドレッサーのまえに立っていた父親の姿を思い出す。四柱ベッドから、アラスカに持っていくものをダッフルバッグに詰めている父を眺めていたときのことを。そのときの自分が、訊かなくちゃ、訊かなくちゃ、と思っていたことを。「一緒に行っていい？」と。父にダイニングルームのテーブルのまえに坐らされたときのことを思い出す。「今年はだめだ。これからもずっとだめだ」と父が言うのを聞きながら、その灰色の眼をじっと見つめていたときのことを。

大叔父が苦労してつくり、父が大切にしていた帆船模型のはいった透明なガラスのボトルの、その斜めの首を思い出す。ボトルを叩き割ったあとの満足感も、足の親指から血が流れていたことも。そう、靴を履き忘れていたのだ。

でもがっかりしたという記憶はない――それは、絶対に、誰にも言えないことだ。小さいころからずっとアラスカの話を聞いて育ってきた。どの話も不可解で恐ろしく、どの話も、クリスマスの朝や、丈の高い雑草の生い茂る空き地でのベースボールや、テレビや、やわらかなシーツといったものからなる彼の人生とは相容れなかった。が、そんな未来が、そんな責任が、これまでに味わってきた心地よさの代償として、水平線上にぼんやりと見えはじめていた。だから、行かなくていいのだと知ったとき、彼はほっとした。が、それと同時に、そんな自分を心底恥じた。自分自身の骨と内臓が硬くこわばり、ガラスのボトルのように粉々に壊せそうに思えるほどに。

丘の中腹まで来た。森が見える。足をすべらせて転び、どうにか立ち上がる。が、またすべって転び、今度は濡れた草の上に横たわったままじっとしている。

最初にやってくるのはサムだ。サムは斜面をすべり降り、そして止まる。リチャードの剝き出しの肩に片足をのせて、彼をその場に押さえつける。そんな必要はないのだが。

「ここだ」とサムは声を張り上げる。リチャードは、月がサーベルのように雲を切るさまを眺めている。まずドンが、次に僕の父がやってきて、サムの脇に立つ。父は銃を自分の脚の脇につけている。月明かりの中で、その唇は真っ白に見える。

「ここでいいか？」と父は尋ねる。

誰も答えない。リチャードは眼をぎゅっと閉じる。

「ここでいいか？」と父はもう一度尋ねる。

「ああ、ここにしよう」とサムが言う。

「こいつ、動いてないぞ。起きてるのか？」と父は訊く。

「だからどうだっていうんだ？」

「リチャード」と父は言う。「聞こえるか？」

父は屈む。父の息はコーヒーのにおい、不眠のにおいがする。「リチャード？」

でも、リチャードは答えるのを拒む。眼を開けるのを拒む。

父はリチャードの腹を殴る。ダイアモンドみたいに硬い、容赦のないジャブを一発。そして、さらに三発。

ジャブ、ジャブ、ジャブ、ジャブ。どのパンチも個人的な恨みの爆発だ。リチャードは閉じた瞼にさらに力を入れる。顎に銃身があたるのを感じる。見かけよりもずっとずっと小さく、ずっと害のない感触だ。

さっさと終わらせてくれることを願う。ただそれだけを。が、父の声は穏やかになる。「リチャード。どうしておれは今、おまえにこんなことをしようとしてるんだ?」リチャードは体を転がそうとする。父からではなく、その質問から逃れるために。でも、肩の上の足が彼をその場に押さえつける。

「説明してくれ。どうしておれにこんなことをさせる?」その声はもうほとんど懇願している。「自分がおれに何をさせようとしているのか、おまえはわかってるのか?」

最悪だ、とリチャードは思う。あらゆる感覚の中で、自分で遮断できるのが視覚だけだなんて。今この瞬間に、耳を吹き飛ばせたらどんなにいいだろう。ほんの数秒でいい、このやわらかな草の上で沈黙に包まれていられたら、どんなにいいだろう。

「ヘンリー」とサムは言う、その声の中に、リチャードはパニックを聞く。荒れた指に顎をつかまれ、無理矢理頭を戻される。「頼む」と父は言う。「教えてくれ」

「ヘンリー」とドンが言う。「なあ……」

「時間がない」とサムは言う。

「くそっ。見ろよ、泣いてるぞ」とドンは言う。

リチャードは上体を起こそうとする。が、足に押さえつけられて身動きできない。ひとこと叫ぶだけでいいんだと彼は思う。それだけで——ひとことだけで——いいんだ。そしたら彼らはぼくを撃てる。泣いてなんかいない。泣いてるわけないだろ? 眼を閉じてるのに。でも、口を開けた途端、ひとつの音が、その日から何カ月ものあいだ頭の中で聞くことになる音が洩れる。虚ろで、空っぽで、ことばのない声。その声の中にあるあまりにも剝き出しの、あまりにも見苦しい恐怖に、父はぎょっとしたようにリチャードから銃を離す。

ドンのバンガロー風の家をあとにしながら、僕は、自分がジェイミーに話しているところを想像した。ジェイミーの顔に浮かぶ、不信と羨望の入り交じった表情。僕は言う。ドンはリチャードを逃がしたがっている。リチャードを逃がすのに手を貸してほしいそうだ。ファー通りにたどり着くと、僕は走りだした。走りながら、翌日のことを考えた。外されたばかりの鎖が毛羽だったオレンジ色のカーペットの上にヘビの抜け殻みたいにだらりと置かれているさまを思い浮かべた。やがて僕はドン・ブルックから逃げるリチャードになっていた。僕の内なる眼は、町を出ていくリチャードの眼に映る光景を見ていた。走り去るバス。車窓の色つきガラスをとおして最後にもう一度、通りに立つふたりの少年に視線を送る。当然のことながら、手を振ってはいない少年たちを。

が、僕が向かったのはノームの家ではなく、シーチェイス通りだった。家のまえまで来ると、宙に浮かんだ黄色い拳みたいな街灯の下でしばらく佇み、吐き気を催すような低いざわめきを胸に感じながら、家にはいるなと自分に命じた。が、結局、はいった。キッチンテーブルの上にジャケットを放った瞬間、まだポケットの中にはいったままだったリヴォルヴァーがフォーマイカのテーブルトップにあたって音をたてた。僕は思わずひるんだ。地下室に行くと、スタジオのドアの下の隙間に、はさみ込まれた細長い板のような光が見えた。リチャードは長椅子の上に坐って本を読んでいた。まだ王冠をかぶったままで、てっぺんのぎざぎざはしおれ、紙は汗で黒ずんでいた。

「今何時？」と彼は訊いた。

「まだそんなものかぶってるのか？」

「ああこれか」と彼は言い、王冠を手に取った。「元気が出るかなと思ってね」

「ドンはきみをここから出したがっている」と僕は言った。

リチャードは本を置き、僕のほうに身を乗り出した。その顔はあまりにも青白く、今ではもう笑みですらそこに生気を与えはしなかった。「あいつらが？」

「ドンだけだ」と僕は言った。「それに、ジェイミーと僕」

「いつ？」

「明後日。計画はできてる。だけど、もっと早いほうがいいかもしれない。明日のほうがいいかもしれない」

「明日？」彼は唇を舐めた。その声はかすれていて、低かった。「そんなこと、ドンはほんとうにしてくれるんだろうか？　きみたちも？」

「このまえも、そう言っただろ」と僕は言った。

「このまえは信じなかった。信じられなかったんだ」

リチャードは正しかった。僕自身もドンが加わったことでようやく、その計画が実現可能なことに思えてきたのだ。それまでは、ジェイミーと僕は何かの遊びに熱中しているふたりの子供にすぎなかった。それが突然、鎖を切るところや、リチャードをキッチンに連れていくところや、裏口から外に連れ出すところを実際に思い浮かべることができるようになった。そういうのが全部実現可能なことなのだと初めて心の底から信じられるようになった。そしてそれは、リチャード本人も同じだったのだ。

「でも、ジェイミーも言ったけど、きみは誓わなくちゃならない。約束しなくちゃならないんだ」と僕は言った。「もう二度と戻ってこないって。何もかも手放して、もう二度と戻ってこないって。それが条件だ」

僕が考えた台詞ではなかった。でも、話しながら、僕はそのことばの中にある力を感じていた。リチャードの表情が変化した。彼は忘れていたのだろうか？　逃げるというのはすなわち、人生を取り戻すことだということを。〝ほとんど〟も〝ただし〟も許される人生を。

「一緒に一服しよう、カル」とリチャードは言った。

リチャードの手元で揺れる炎のほうに身を乗り出しながら、僕は言った。「きみは戻ってくるわけにはいかないんだ。もう死んでるんだから。わかるだろ？」

「ここを出たい。とにかく出たい。それだけだ」

「どこに行くつもり？」と僕は訊いた。

「知りたい？」と彼は言った。「一緒に行くかい？」

僕らは声をあげて笑った。

「まじめな話」と僕は言った。「どこに行く？」

「たぶん、どこでもいいんだ。今もまだうまく想像できない。ここから出られるなんて思ってもみなかったからね」

「でも、何かは思いつくだろ？」と僕は訊いた。「考えてみて」

リチャードは顔をしかめ、両手の手のひらを上に向けた。「まったく、なんだっていうんだ？　十秒で決めろっていうのか？　自分が何をするか、どこに行くか、わかってるわけないだろ」

「ごめん。なんだかわくわくしちゃってさ。それだけなんだ」

僕は坐った。そして、古い友人同士みたいに、僕らは一緒に煙草を吸った。話をする必要はなかった。ターンテーブルにレコードはのっていなかった。沈黙の中、僕は心の中でジェイミーとドンの声を聞いていた。〝リチャードはずっと、ロイヤルティ・アイランドと縁を切る理由ができるのを待っていたんだ〟とジェイミーは言った。でも、それは真実ではなかった。ドンは言った。〝リチャードにはこんなものは要らないんだ。何がほしいのか、やつにはわかったためしがない"それも真実ではなかった。リチャードのような人間や、僕のような人間は、自分が何を必要としているか常にわかっている。ただ、誰が自分たちを必要としているのかがわからないのだ。

「ずっと訊きたいと思ってたんだ」と僕は言った。「ほんとうに何もかも売るつもりだったの？ 〈記念日〉に言ったとおり、ほんとうに会社を売るつもりだったの？ そんなこと、ほんとうにできたと思う？」

「それを今訊くのか？」とリチャードは言った。が、怒っているようには見えなかった。ただ面白がっているだけのようだった。

「今訊かなかったらいつ訊ける？ ジェイミーと金を賭けてるんだよ」

もちろん、嘘だった。僕がその質問をしたのは、なんらかの希望を手に入れたいと思ったからだ。自分がすでに真実だと知っていることを否定するための理由を手に入れたいと思ったからだ。一旦自由になったら、リチャードはただ、自転車に乗った警官を見つけるだけでよかった。でも僕が心配していたのはそのことではなかった。リチャードはもう、警察とも弁護士とも保険会社ともサムとも僕の父とも一切関わり合いになりたくないはずだった。僕はリチャードのことばを信じていた。彼はほんとうに、ただここから出たいだけなのだ。

でもそのとき僕の眼に、南に向かって延びる黒い唇のようなハイウェイが浮かんだ。真夜中、サンフランシスコでバスを降り、人気のないダウンタウンを歩いていくリチャードの姿が見えた。いくつもの明かりが、まるで汗の玉みたいに高層ビルの窓にくっついている。かつての名前と、かつての人生が、古い写真のように黄ばみはじめている。が、サンフランシスコに長く留まることはできない。州間高速道路八〇号線を通って、今度は東へ向かう。鹿弾みたいな大粒の星に貫かれた巨大な夜空の下、彼を乗せたバスはワイオミングにはいり、それからネブラスカにはいる。デモインの空気はあまりにも冷たくて、口にあたった途端、ガラスみたいに砕ける気がする。さらに旅を続けることはできる。が、すでに行ったソルトレイクシティにも、オマハにも、デモインにも自分は必要とされていなかった。この先、シカゴや、クリーヴランドや、ニューヨークと向き合うことができるだろうか？　それらの市にもやはり必要とされていないことを知るためだけに？　そのときもしロイヤルティ・アイランドがまだ存在しているなら、いったい何が彼を故郷の町から遠ざけるだろう？　壁に鎖でつながれていたときにした約束？

僕は信じたかった。もしリチャードが本気で何もかも売るつもりだったのなら、二度とロイヤルティ・アイランドに戻ってこないという彼のことばを信用してもいいのだと。あの時点で彼が本気でロイヤルティ・アイランドから心を引き離すことができたのなら、今もきっと、本気で引き離すことができるはずだと。

「面白いよね」と彼は言った。まるで、唯一の驚きは僕がもっと早くその質問をしなかったことだとでもいうように。そして、別の煙草に火をつけてから続けた。「人に何ができて、何ができないかってことは。三カ月前のぼくには、きみのお父さんがぼくをこんなところに放り込めるなんて到底信じられなかった。そして十五分前には、ドン・ブルックがぼくを出してくれるなんて思いもよらなかった。だからさ、人に何ができて、何ができないかなんてことを考えたって無駄なんだよ。わずかな例外を除いて、そこには答なんてないんだから」

ジェイミーと賭けなどしていないことを、リチャードは知っていたはずだ。でも、自分がなんと答えようと、僕が信じたことは知っていたのだろうか？

「ほんとうに何もかも売るつもりだったの？」と僕はもう一度訊いた。もうとっくにジェイミーの部屋に戻っていたのならどんなにいいだろうと思いながら。リチャードの逃亡計画ができあがっているあの場所に、未来がきっちりと書かれているあの場所に戻っていたのなら。リチャードはただうなずくだけでよかった。たったひとこと言うだけでよかった。イエス、と。

でも、彼は言った。「そんなことどうしてできる?」

オレンジ色のカーペットは灰で汚れ、毛羽はすり減っていた。そのとき初めて僕は、幅木に鎖の跡が——一本の長い線が——ついていることに気づいた。その部屋は今ではもう父がつくった部屋でも、母が逃げ込んだ部屋でもなかった。リチャードの部屋だった。僕が今ではもう、ふたりのつくった人間ではないように。僕はリチャードの一部だった。そんな僕にできたことといえば、考えられるかぎり最もつまらない質問をすることだけだった。「どうして父さんたちにそう言わなかったんだ?」

リチャードは肩をすくめて首を振った。理由なんてわかりっこない、と言っているみたいに。理由がわかったら、何もかも今とはちがっていたはずだと言っているみたいに。僕は煙草の火を揉み消し、別の煙草に火をつけた。僕らはもうほとんどことばを交わさなかった。しばらくして、リチャードはマイルス・デイヴィスの『ネフェルティティ』をターンテーブルにのせた。彼が床に脚を投げ出して坐り、頭をうしろに傾けると、黒い髪が長椅子の上に波のように広がった。彼はときどき思い出したように数小節ハミングし、僕は坐ったまま、口がヒリヒリするまで煙草を吸った。やがてレコードは終わり、僕は帰るために立ち上がった。

「明日」と僕は言った。「もしかしたら明後日、きみはここから出る。いい?」

「ああ」と彼は言った。「ぼくはここから出る。それじゃ、そのときに」それが、僕が最後に聞いた彼のことばだった。

スタジオのドアに南京錠をかけ、鍵を乾燥機の中に落とした。暖房炉は消えていて、地下室の中はしんと静まり返っていた。階段の上でドアを閉め、暗いキッチンの中に足を踏み入れた。母の料理のにおいを思い出し、その途端、強烈な空腹を感じた。冷蔵庫の中は空っぽで、古いフレンチマスタードのボトルがあるだけだった。僕はボトルのキャップをひねって開け、指にマスタードをたっぷりつけて食べ、さらに数回、同じことを繰り返した。マスタードはところどころ水っぽくて、ところどころ固まっていた。すぐに腹痛を覚えた。キャップを外したままのボトルをカウンターに置き、キッチンの電話のところへ行って、壁に黄色いテープで貼ってある紙きれを見ながら、そこに書かれた電話番号をダイヤルした。

呼び出し音が三回半鳴ったところで女性の声がし、僕をぎくりとさせた。

「〈パシフィック缶詰工場〉です」と女性は言った。

「ヘンリー・ボーリングズと連絡が取りたいんです が」と僕は言った。「大事な話があるんです。僕は息子です」

午前四時ごろ、電話が鳴った。僕は居間のソファの上にいた。どうしてこんなところにいるのか、はっきり思い出せなかった。

「カル?」と父は言った。「どうした? 何があった?」

最初、ことばが出なかった。いつのまにか眠っていたのだ。まだ半分夢の中にいて、『ロータス・ブロッサム』のやわらかなコードを聴いていた。

「カル?」

「彼らはリチャードを逃がすつもりだ」と僕は言った。ちゃんと言えたか自信がなかったので、もう一度繰り返した。「彼らはリチャードを逃がすつもりだ」

朝が来ると、僕は父に言われたとおりに、バーベキューグリルの下の引き出しに鍵を戻した。それから、ノースの家に戻った。いい天気はまだ続いていて、空にはしわの寄った温かそうな雲がまばらに浮かんでいた。僕は疲れていて、汚れているように感じた。が、罪悪感はなかった。そのときはまだ。まるで道をたどるように父のことばをたどりながら、僕は歩きつづけた。

「知ってるのは誰だ?」と父は訊いた。

「ドン」と僕は言った。「それに僕、それに……」

「それに?」

「ジェイミー・ノース」と僕は言った。「あとをつけられて、仕方なく教えたんだ。でもほかには誰も知らない」

最初に応えたのはホワイトノイズだった。シューという音と、パチパチという音。僕はいつもの癖で靴を脱いでいて、足の裏にひんやりとした床の感触があった。

「もしもし?」と僕は言った。

「もう行かないと」と父は言った。「そこから出て、二度と戻るな。約束するんだ」

「約束する」

「もう行かないと」と父は言い、眠りを渇望する声で言い添えた。「カル? おまえがこんな電話をかけてこなくちゃならなかったなんて、すまない」

ノースの家に戻ると、ジェイミーがキッチンカウンターのそばに立ってココアを飲んでいた。グレーのコーデュロイのズボンに、赤いセーターという恰好だった。セーターの胸のところに、爪先がくるりと曲がった靴を履いた妖精(エルフ)の模様があった。髪は荒れ狂う海みたいにもつれてぼさぼさだった。たった今起きたばかりか、一晩じゅう起きていたか、そのどちらかなのだろう。ジェイミーがマグをカウンターに勢いよく置くと、ココアが飛び散った。

「おまえを探しにあの家に行こうとしてたところだ」と彼は言った。「おかげで母さんに嘘をつかなきゃならなかった。今までどこにいた？」

「一晩じゅう起きてたんだ」と僕は言った。それがほんとうかどうか確信はなかったけれど、そんな気がしたのだ。

そのときジェイミーが僕の顔に何を見たにしろ、彼の笑みは曇った。

「何があったんだ？」

無意味な質問に思えた。そのとき僕が感じていたのは馬鹿げた嫉妬だけだった。自分はジェイミーを裏切らなくてはならなかったのに、彼のほうは僕を裏切らずにすんだのだ。

「明日は予定どおり決行するだろ？」と僕は訊いた。

「もうくたくただ。とにかく眠らせてくれ」

僕は階上に行き、二段ベッドの下の段にはいった。

眼が覚めると、窓の外は暗かった。天井の明かりがついていて、ジェイミーが背中をまるめて机に向かっていた。机の上には開いたノートと、湯気を立てるマグカップがふたつ置かれていた。部屋の中はココアの香りがし、階下で電話が鳴っていた。

「気分はどう？」とジェイミーは訊いた。

「かなりましになった」と僕は言った。

ジェイミーはまだエルフのセーターを着ていて、僕が見ているのに気づくと、言った。「ばあちゃんからのプレゼント。燃やしちゃうまえに、おまえに見せしておきたくてね。それで、もう十二時間くらい着っぱなしってわけだ。で、どこにいたんだ？　もう眠ったんだから、教えてくれよ」

彼の声は高く、こわばっていた。僕の下のシーツは彼のにおいがした。『ジョーズ』のポスターの角は、貼り直された新しいテープで光っていた。電話がまだ鳴っている。自分の口から誰の声が出るのか、その声が何を言うのか、見当もつかなかった。

「ドンと一緒にいたんだ」と僕は言った。「父さんたちはもう、僕たちのしてることを知ってる」

ジェイミーにしても、悪い知らせを予想していたはずだった。それでも、彼の顔は今にもばらばらになりそうだった。パニックを撃退しようとするみたいに、彼は瞬きした。「ドンが？　なんで知ってるんだ？」

「リチャードが言ったんだろう」と僕は言った。

電話が鳴りやんだ。罪悪感の最初の波が押し寄せてきた。この裏切りの残すわだちは永遠に消えないのだと気づいた。リチャードと僕の両方に裏切られたとジェイミーに思わせなくちゃならない理由なんて、何もなかったのだ。

「ほんとうか？」

「いや、そんな気がするだけだ」

「そんなわけないだろ」とジェイミーは言った。「どうしてリチャードがそんなことする？　それにしても、なんでもっと早く言ってくれなかったんだ？　行かなきゃ。今すぐリチャードをあそこから出さなきゃ」

「それはできない」と僕は言った。ジェイミーの鼻から鼻水が流れはじめていた。僕は首を振り、そして、いつまでも振りつづけた。眼を上げてジェイミーを見ることから逃れたかった。「それはできない」

「どういう意味だ？」

自分がしたことを説明できるとは到底思っていなかったけれど、実際には説明する必要などなかった。少なくともジェイミーには。僕を見ただけで、彼にはすぐにわかったのだ。最悪だったのは、立ち上がったジェイミーが、狼狽しているようには見えたものの、驚いているようには見えなかったことだ。彼の髪と鼻はひどいありさまで、明らかに去年のサイズで編まれたと思われるエルフのセーターは胸のあたりがきつそうだった。そんなジェイミーを見ながら、僕は自分が絶対に赦してもらえないことを悟った。「それ、さっさと脱いでくれないか？」と僕は言った。「とんでもなくまぬけに見える」

ジェイミーは答えなかった。僕は眼を閉じた。ベティー・ノースの音楽的な声が階下から呼んだ。

「ジェイミー」と彼女は言った。「お父さんよ。話があるって」

第十章

一月半ばに父は僕を夕食に連れ出した。開店したばかりの店で、ロイヤルティ・アイランドの東のへりにある自動車販売店の真ん中に衝突したみたいな店だった。そのころまでには、父が町に戻ってから二、三週間は経っていたはずだ。少なくとも大晦日には町にいたはずだから。僕になぜそのことがわかるかというと、冬休みの最終日の一月一日の午後に、父のピックアップトラックがダウンタウンの水たまりを撥ね返しながら通り過ぎるのを見かけたからだ。

数カ月前に僕がノースの家にやってきたときと同じくらい唐突に、父はやってきた。ある朝、ベルが鳴り、僕が階下に降りていくと、そこに父が立っていた。父は僕を胸に引き寄せ、力いっぱい抱きしめた。

「家に帰るぞ、いいな？」と父は言った。「用意ができたらすぐ出発だ」

僕の緑色のダッフルバッグ――正確には父の古いダッフルバッグ――には、すでに荷物が詰められていた。僕はそれをベッドの下から引っぱり出し、机について坐っているジェイミーの脇を、体が触れないように気をつけながら通り過ぎ、部屋を出た。ジェイミーとはクリスマス以来口を利いていなかった。が、毎日のように冷たい無言の怒りを肌に感じていた。一度、夜に、彼が屋根の上ですすり泣いているのを聞いたこともあった。そのとき僕が最も望んでいたことは、もう二度と彼の顔を見たくないということだった。

レストランの名は〈ミスター・ステーキ〉だった。父と僕はサーロインステーキとベイクドポテトを注文した。そしてどちらも押し黙ったまま、ライトアップされたアンセル・アダムズの写真とウッドパネルを眺めるのに夢中なふりをした。料理が運ばれてくると、父はナプキンを襟に押し込み、どこまでもやわらかないつもの話し方で――まるでどのことばにも存在する権利などないみたいに――言った。「訊きたいことはあるか？」

「さあ」と僕は言った。

ウェイトレスがピッチャーにはいったコークを運んできた。

「ダイエット・コークを注文したはずだ」と父は言った。ウェイトレスが謝って立ち去ると、父はもう一度言った。「訊くなら今だ」

「ないよ」と僕は言った。

父は眼を閉じてため息をつき、「よし」と言って僕の手を軽く叩いた。父の手はざらついていて、硬かった。「それでいい」父は眼を閉じたままそう言い、その瞬間、僕はリチャードが死んだことを知った。別に驚くようなことではないはずだった。あの日、指示されたわけでもないのに、キッチンのテーブルにリヴォルヴァーを置いてきたのはこの僕だったのだから。

「母さんはこの店を気に入ると思うか？」と父は尋ねた。

「気に入らないと思う」

「まあ、おれは気に入った。母さんが戻ってきたらまた来よう。なんだか一年間何も食ってなかったみたいな気がするな。で、ほんとうに訊きたいことはないのか？」

訊きたいことなんて何もなかった。心の中で、僕はもう見ていたからだ。テーブルの上の銃を手に取る父の姿を。地下室を——ジェイミーと僕が何度も歩いた道のりを——歩いている父とサムの姿を。そしてさらにはっきりと、リチャードの姿を見ていた。

三日間をひとりきりで過ごしたあと、彼はドアにノックの音を聞く。彼が待っていたのは僕だ。でも、大きく二回、ドン、ドンと鳴り響いたその音を聞いただけで、うまくいかなかったことがわかる。サムとヘンリーの風焼けした顔には疲れが滲んでいる。ふたりは港のにおいがする。ふたりとも無言だ。そのことがリチャードにはありがたい。

リチャードは感謝するだろうか？　彼らが自分におまけの時間をくれたことを。数カ月間のおまけの呼吸をくれたことを。吸えたのは、カビくさい空気だけだったとしても。それとも、何カ月もまえに父親の家の裏の芝生の上で、さっさと済ませてくれていたらどんなによかっただろうと思うだろうか？

父のコーデュロイのジャケットのジッパー付きポケットから、リヴォルヴァーが覗いている。が、父の手はそれに触れていない。父とリムはシンクの下のパイプから鎖を外す。でもリチャードの脚からは外さない。彼らはリチャードの口にグレーのテープを貼り、鎖をかき集める。リチャードは両手をまえに出して鎖を持つ。

三人を乗せたトラックは暗い通りを進んでいく。リチャードは父とサムのあいだにはさまれている。トラックの中はコロンのにおいがする。ヘッドライトに照らされた道路は汚れた白だ。暗すぎてほかにはほとんど何も見えず、リチャードはそのことをなぜか残念に思う。トラックは港を通り過ぎ、ブラックス・ビーチのそばで停まる。潮が満ちていて、歩けるスペースは広くない。

リチャードは指示されたとおりに、小型モーターボートの舳先に坐る。ふたりが自分の脚に鎖をしっかりと、それでいて痛くはないように巻きつけるあいだ、彼はじっと待っている。足首から太腿に向かって、鎖はぐるぐる巻かれていく。そして最後に、鎖を固定するためにふたたび錠がかけられる。それは全長三・六メートルのボートで、リチャードの曾祖父をロイヤルティ・アイランドの岸に運んできたとされるボートとほぼ同じ大きさだ。父が船尾に坐り、サムがボートを押し出す。父はスターターロープを引く。二回でエンジンがかかる。

リチャードはテープを口から剝がし——父は何も言わない——ボートの脇で波打つ、眼には見えない水を覗き込む。これですべてそろった、と彼は思う。この音、このにおい、出口のない馬鹿げた概念。

十分後、父はエンジンを切る。「立つんだ、リチャード」と父は言う。ほとんど反射的に、リチャードは立ち上がる。女性が長い髪を垂らしたような月光が水の上に落ちている。そよ風が海のにおいを運んでくる。この海の特別なにおいを。

父は肩を揺らしはじめる。最初は、ほとんど滑稽にすら見える。まるでダンスでも始めようとしているみたいに。が、次の瞬間、ボートは鋭く傾く。リチャードは思う。彼はぼくに触れようとさえしないのだ、と。体がバランスを取るように命じる。が、足が動かない。ボートの側面からよろけるように落ち、頬が水面を打つ。水が容赦なく打ち返してくる。彼は両手をばたつかせ、ボートのほうに手を伸ばし、冷たい水を飲む。髪が眼をべったりと覆う。頭が水面下に潜ったところで、エンジンがふたたびかかる音が聞こえる。両脚は水を蹴りたがっている。肺は呼吸したがっている。が、そのどちらもできない。僕は思う——生きたいと願うのは、とてつもなく恐ろしい感情にちがいない、と。

これは全部、僕の想像にすぎない。僕が尋ねれば、父は何もかも話してくれたはずだ。でも僕は何も尋ねず、父は僕の手を叩いて同じことばを繰り返しただけだった。「それでいい」それからアルミホイルを剥がして、ポテトを食べはじめた。

二週間後、母がサンタクルーズから戻ってきた。父が飛行機で母のところに行って頼み込んだすえ、ようやく折れたのだ。おまえは母さんに断言しなくちゃならない、と父は言った。おまえが知るかぎり、リチャードは九月に内航路で死んだんだと。父と僕のあいだにはもう隠しごとはなかった。でもそれは、父以外の誰に対しても秘密を持ちつづけるということだった。僕はそのことに気づきはじめていた。

僕は家を掃除し、冷蔵庫の中に食べものを入れ、そしてついに、母が帰ってきた。母は出ていったときよりも若く見えた。より明るい赤に染めた髪を腰まで垂らし、ワシントン州の一月には薄すぎる白いストライプの緑色のサンドレスを着ていた。

父は仕事で留守だったので、母を玄関で出迎えたのは僕だった。母はすぐに僕を抱きしめ、そのまましばらく強く抱いていた。それから妹のエムを紹介した。エムは緑色の眼をしていて、髪は白だった。疲れすぎていて料理は無理だと母が言ったので、僕が昼食のサンドウィッチをつくり、母と一緒に食べた。ふたりしてエムを新しいベビーベッドに寝かしつけ、それから並んで戸口に立って、眠っているエムを無言で眺めた。

母がスタジオに降りていったので、僕もついていった。十二月以来、地下室にはいるのは初めてだった。ミントグリーンのドアは開け放たれていた。カーペットはすでに洗濯済みで、レコードは棚に戻されていた。が、僕には、幅木に沿って残るかすかな黒い線が見えた。部屋の中はまだ僕らの煙草のにおいがした。母は棚のレコードの背を指でさっとなで、それから鼻にしわを寄せた。

「ここにはいった?」と母は訊いた。

「うん」と僕は言い、次の瞬間にはもう泣いていた。

母は奇妙なまなざしを僕に向けて言った。「いいのよ。大丈夫。母さんは全然気にしてないから」

母が何を疑い、何に気づいたのかは、はっきりとはわからなかった。が、母が何かを悟ったことは確かだった。母が戻ってきてから数週間後、僕と母がドライクリーニング店でミセス・チョウと話していたときのことだ。

「ご主人は」とミセス・チョウは言った。「ほんとうに大変なお仕事をなさってるわね。あの青年が亡くなって、さぞかし辛い思いをなさったでしょうね」

母は何も言わずにただじっとミセス・チョウを見ていただけだったので、僕はすかさず月並みな台詞をはさんだ。「誰にとっても辛い時期でした」とかなんとか。母は冷ややかな笑みを浮かべ、そして車に戻るまで黙っていた。車の中で、母は僕のほうを向いて言った。「嘘つきになっちゃだめよ、カル。嘘つきっていうのは、とことん退屈な人間なんだから」その日以来僕はずっと、母がまちがっていることを証明しようと最善を尽くしている。

結局のところ母は、カリフォルニアからほんとうに戻ってきたわけではなかった。そして僕が十八になった夏に、永久にロイヤルティ・アイランドを去った。母はただ僕が家を出るまで、エムを連れてサンタクルーズに帰る日を先延ばしにしていただけだったのだ。ロイヤルティ・アイランドに子供をひとり奪われてしまったように感じ、もうひとりの子供まで失うわけにはいかないと思ったのだろう。

母はどこまで知っていたのだろう？　今でも僕は、自分が母にすべてを打ち明けるところを想像する。でも、そんな日は来ないことを知っている。母とは今もときどき話をするけれど、ロイヤルティ・アイランドや父の話は決してしない。父と離婚したあと、母は弁護士と結婚した。新しい夫がエムをとても大切に育ててくれたことは、電話の向こうのエムの知的な声を聞けばわかる。エムは最近、僕にモンタレー湾を描いた絵を送ってくれた。去年は学校でラテン語の賞を取り、今は高校のオーケストラの第一ヴァイオリンをつとめている。まだ十四歳なのに。

高校の学年末近くのある夜、僕はパーティーで酔っぱらって誰かを怒鳴りつけ――誰だったかは覚えていない――よろめきながら外に出た。ひょっとしたら放り出されたのかもしれないが、いずれにしろ、玄関ドアから広いレンガ造りのポーチに出た。足に力がはいらず、コンクリートの階段のほうにふらふらと歩いていった。もしそのときジェイミー・ノースが階段の上に坐って煙草を吸っていなかったら、そのまま転げ落ちて頭を割っていてもおかしくなかった。

リチャードと過ごしたあの冬以来、ジェイミーとは話していなかった。でも彼のことは僕なりに気にしていた。たとえば、彼がもう〈オーフィウム劇場〉に入り浸っていないことや――彼自身がそう決めたのか、それとも命令されたのかはわからなかったけれど――ここ二年連続で夏には北でサケ漁に参加していることなんかを知っていた。かんしゃく持ちだという評判があることも、つい最近、ピックアップ・バスケットボールの試合で友人の鼻を折ったことも。

ジェイミーは僕の胸ぐらをつかんで立たせた。最初から僕だと気づいていたのかは定かではないが、たぶん、気づいていなかったのだろう。身長は彼の父親と同じくらいで、僕が記憶しているよりもずっと力があった。僕よりもずっと。顎に赤いひげがうっすらと生えていた。

「ひでえありさまだ」とジェイミーは言った。

僕は肩で彼を押しのけ、大げさな身振りで襟を直した。「これが僕って男なんだよ」

「ちがいない」

ジェイミーはサムそっくりだった。でも、その顔にはサムのような柔和さはなかった。「おい」と僕は言った。「ちょっと聞けよ……」

「何を?」と彼は訊いた。「何を聞けっていうんだ? とっとと家に帰れよ」

それ以来、ジェイミーには会っていない。その翌年の夏、つまり最終学年が始まるまえの夏に、ジェイミーはふたたびアラスカへ行き、そしてサケのシーズンが終わったあとも〈コルディレラン〉でタラバガニ漁をするために残った。

僕にもチャンスはあった。高校を卒業した日に、物心ついたときからずっと待っていたことばを、父からついに聞いたのだ。そのころには父はすべてを牛耳っていて、会社を正式に買い取るための資金を準備している最中だった。

父はちょうど仕事から帰ってきたところだった。体重は減り、こめかみにはずいぶん白いものが混じっていた。手にペンキが点々とついていて、服からはテレピン油のにおいがした。ジーンズの片方が脚のつけ根までぐっしょり濡れ、もう一方の脚は乾いていた。

「おまえを探してたんだ」と父は言った。

「無事見つけたみたいだ」

「〈ローレンタイド〉におまえのための空きがある。

今も働きたいと思ってるなら、どうだ？　でなければ、ジェイミーと一緒に働くという手もある。そっちの手配もできる。もうすぐやつは、ドンの古い船を引き継ぐことになってるからな」

「それが僕の望みだとでも思ってるの？」と僕は訊いた。「本気でそう思ってるの？」そう言って、声をあげて笑った。まるで、その申し出ほど滑稽なものは世界じゅうどこを探したって見つからないとでもいうように。僕についてそれ以上の誤解はないとでもいうように。

　結局、僕は大学に進学した。できるかぎり遠くの大学を選び、すべてではなかったことなのだと自分に言い聞かせた。もうリチャードから充分すぎるくらい学んでいたから、自分が二度とロイヤルティ・アイランドに戻れないことを知っていた。でも、彼から学んだのはそれだけではなかった。どうにかしてほんとうの意味で故郷を去ろうと、長い時間を――たぶん、残りの人生をずっと――費やすことになるだろうということも学んでいた。

　家を出てから何年か経ったある晩、僕は女の子と腕を組みながら雪の中を歩いていた。彼女の睫毛はとても長くて、雪はその上にも、彼女の髪にも、コートの白いファーにも降り積もった。僕は歩幅を少し小さくした。道がすべりやすいうえに、彼女は黄色いハイヒールを履いていたからだ。僕らはそのとき、友達が大勢いる暖房の効いたバーに向かっていた。彼女が今晩も、明日の朝も一緒にいてくれることを僕は知っていた。でもそのまえに、お決まりの儀式が待っていた。バーに到着し、コートから雪を落とし、ドアのそばのポールハンガーにコートをかけ、飲みものを注文し、挨拶代わりにうなずいたり握手したり肩を叩いたりする。砂色のカウンターに身を乗り出して話している友人の中から親しい仲間を見つけ出し、「みんなそろったことだし、ボックス席に移動しようぜ」と言い、ぶックス席のふたり分のスペースに三、四人が折り重なるようにして坐り、煙草に火をつけ、話し、笑う。自分が今愉しみにしているのはこれだけなのだ、と僕は思った。期待もなければ失望もないこの感情の根っこにあるのは、幸福感かそれとも恐怖か、そのどちらかしかないのだと。僕は彼女の顔を見た。僕は恐れていなかった。

記憶も過去もほとんど消え去ってしまうようなそんな夜があるかと思えば、ひとりベッドに横になって眼を覚ましている夜もある。そんな夜には、まわりの闇がロイヤルティ・アイランドの濡れた明かりに変わる。僕は待っている。電話が鳴って、父か、ジェイミー・ノースの声が聞こえるのを。〝戻ってこい〟と彼らは言う、〝おまえが必要なんだ〟。シアトルまでの飛行機の旅と、ピュージェット湾を渡るフェリーの旅を思い浮かべる。キングストンの駐車場で、ジェイミーと父が待っている。弱い陽射しの中、紙コップにはいったコーヒーを飲みながら。

でも僕はそこでふたりになんて言うんだろう？　僕はことばを見つけることができない。地球上の何マイルもの冷たい水を思い浮かべることなしには。仰向けになって、陽の光に貫かれた水の中を、空の色から海の色へ、緑からインクの黒へと移りゆく色の層を落ちていく自分を思い浮かべることなしには。僕はことばを見つけることができない。溺れていく自分を思い浮かべることなしには。

謝辞

本書を書くにあたっては、大勢の方にことばでは言い尽くせないほどお世話になりました。以下の方にお礼申し上げます。

〈リバーヘッド〉のみなさん。とりわけ、知性と辛抱強さとユーモアの持ち主であるベッキー・サレタン、初期の段階で大変お世話になったサラ・ボーリン。

ジュリー・ベアラー。彼女のバイタリティーと、献身と、見識の深さにはいつも驚かされました。

執筆中、数多くの優れた資料を参考にしましたが、中でも、アラスカの漁についての傑出した著作、スパイク・ウォーカーの *Working on the Edge* には大いに助けられました。

〈ミッチェナー／コペルニクス・ソサイエティ・オヴ・アメリカ〉。その寛大なサポートがあったからこそ、このプロジェクトを容易に終えることができました。〈アイオワ・ライターズ・ワークショップ〉のみなさん。とりわけ、コニー・ブラザーズ。

すばらしい友人であり、得難い読者であるピーター・ボグナーニ、ブラッド・リーニング、ダニー・カラチ、サラ・ホーテリング、ジェレミー・スノッドグラス、そして、ジョン・ハワード。長年にわたって、僕の作品に何度も目をとおしてくれたスチュアート・ダイベック。

家族。カレン、スチュアート、アン、ティム。彼らの存在がどれほど大きかったか、ことばで言い表すことはできません。

そして、マデリーン・マクダネル。彼女がいなければ、この本を書くことはなかったでしょう。この本の中にいい台詞があるとすればそれは彼女のことばです。僕と一緒に年をとってください。

訳者あとがき

ニューヨーク在住の若手作家、ニック・ダイベックのデビュー長篇をお届けする。

ワシントン州、オリンピック半島の架空の町ロイヤルティ・アイランド。その小さな町で育った主人公のカル。彼が十四歳のときに経験した出来事を、今は故郷の町を離れ、シカゴで暮らす二十八歳のカルが振り返って語る。

ロイヤルティ・アイランドの人々の暮らしを支えているのはカニ漁である。毎年秋になると男たちはアラスカに向けて出港し、翌年の春に戻ってくるまでの半年間、ベーリング海の荒波にもまれながら文字どおり命懸けでカニを捕る。町に残された妻たちは孤独と戦い、少年たちはいつの日か父と一緒にベーリング海に行くことを夢見つつ、男たちが帰ってきてアラスカの話を聞かせてくれる日を待ちわびる。

物語は、町の漁業会社の社長であるジョン・ゴーントが急死するところで幕を開ける。ジョン亡きあと会社を相続することになったひとり息子のリチャードは漁船も漁業許可証も何もかも、すなわち、町の生計そのものを、日本人に売ると宣言する。自分たちの暮らしを守るために、男たちはある行動に出る決意をし、やがてカルは父たちがどんな手段に訴えたのか知る。それはつまり、十四歳の少年の持っていた道徳の物差しが容赦なく壊されることを意味していた——

幼い頃のカルは『宝島』に夢中だった。彼のお気に入りは海賊たちで、中でも一番魅了されたのは悪名高き伝説の海賊、フリント船長だった。そんなカルにせがまれて父は〝フリント船長がまだいい人だったころ〟の話を自作して語ってくれる。そのときのくだりを引用する。

秋が来ると、父はいつものようにアラスカに発ち、その冬のあいだじゅう、僕はフリント船長のことを考えて過ごした。いい人だったフリント船長はなぜあんな人間になってしまったんだろう。骸骨島に宝を埋め、その秘密を守るために手下を残らず殺すような人間に。（略）春が来て父が帰ってくると、僕はまっさきにそのことを訊いた。（略）
「そうだな、たぶん、欲深くなったんだろうな」と父は言った。
「どうして？」と僕は訊いた。「何がほしかったの？」（略）
「そういうもんじゃないんだ」と父は言った。「欲深いというのは、たったひとつのものをほしがるのとはちがう。何もかもほしがることだ。（略）ひとつのものをほしがるのは問題ない。そういうのは欲深いとは言わないんだ」
「じゃあなんて言うの？」と僕は訊いた。

そのときの父の答を覚えていたらどんなによかっただろう。どうして忘れてしまったのだろう?

父はなんと答えたのか? 本書を読みおえたとき、私たちはいやおうなしに考えさせられることになる。〃いい人〃だったフリント船長がどうして〃悪い人〃になってしまったのか? というカルの疑問はそのまま、本書のテーマでもあり、著者はストーリー全体をとおして読者にそれを淡々と問いかけているように思える。とくに派手なシーンなどない、どちらかといえば動より静といった印象の一見地味な小説ではあるが、効果的な情景描写によって醸し出される独特の雰囲気で読者を包み、主人公たちの思考の中に連れ込む不思議な力を持っている。私たちは登場人物の行く末を息を詰めながら見守り、そして最終的に、大きな衝撃を受けることになる。

本書を奥行きのある、味わい深い作品にしているのは、登場人物それぞれにまつわる印象深いエピソードだといっていいだろう。カニ捕りかごの中に閉じ込められたままベーリング海の底に向かって落ちていったサム、カルの父が母をロイヤルティ・アイランドに連れてきたときの逸話、〃世界一話上手な男〃ドン・ブルックの語る町の創設者ローリー・ゴーントの物語、ドンが父親と一緒に鷲を捕ったときのエピソードなど、数々の忘れがたいシーンが物語全体に深みを与え、登場人物ひとりひとりを私たちの眼のまえにくっきりと立ち上がらせる。

灰色の空と灰色の海に(そして雨に)閉じ込められたような海辺の町に暮らす、自らの人生に閉じ込められた人々。その不器用な生きざまの哀しみが胸に染み込んでくる。そして、そんな灰色の雲間にのぞく陽光のようなカルの少年時代の輝きや、彼が友人のジェイミーと過ごした冒険物語のような日々はきらきらと眩しくて、私たちの眼に残像のように焼きつけられる。胸を揺さぶられる作品である。

著者がこの物語を書くきっかけを得たのは、大学を卒業したあとで教師として働いたミシシッピ州の教化施設での体験だったという。被収容者たちに教えながら、彼はまるで普通の学校の教室でごく普通の生徒たちと会話を交わしているような錯覚に陥ったという。が、ふと気づくと、生徒たちが黒白のストライプの囚人服を着ていて驚いた、と。「どうして彼らはこんなところに来るはめになったんだろう」と彼は考え、やがて「いい人間や、普通の人間が、なぜ悪事に手を染めてしまうのだろう?」という疑問を抱くに至ったという。そしてその疑問がこの小説を生んだのである。「最初は『宝島』のことは頭にありませんでした。でも、自分の描こうとしている作品世界が自分自身の経験からかけ離れたものだったということもあり、『宝島』をひとつの判断基準として引っぱってくることでカルという人物をもっとよく理解できるのではないかと思ったのです。『宝島』はファンタジーであると同時にひとりの少年の体験する幻滅について描かれた物語でもあります。語り手のジム・ホーキンズがジョン・シルヴァーやほかの海賊たちと出会ったとき、ジムはまだ男たちのほんとうの正体を知らず、彼らをロマンチックな存在として崇めます。それはカルが父や父の友人の漁師たちに対して抱いていた思いと同じです」(スウェーデンの日刊紙《メトロ》のインタビューより)

本作には数多くの賞賛が寄せられている。ここにいくつか紹介したい。

あたかも、暖かいたき火のそばで顔に傷痕のある男の語る長話に耳を傾けているような気分にさせられる、スリルと緊張、そして数々の英知に満ちた物語である。

——《エコノミスト》

欺瞞と裏切りを描いた、読者の心を釘付けにする作品である。一番大切なものを守るために人はどんなことをしてしまうのか、ということを問いかけている。ニック・ダイベックはこのデビュー作でことばでは言い表せない衝撃を読者に与え、そして彼の次作を待ちわびさせる。鮮烈なデビューである。

——〈ザ・デイリー・ビースト〉

追い詰められ、向かい風が強くなり、カラスの巣から不吉な鳴き声が聞こえてきたとき、われわれは若きジム・ホーキンズのようにふるまうか、それともジョン・シルヴァーのようにふるまうか？　それこそがカルのジレンマであり、本作を読みおえたあと、読者が自分自身に何度も問いかけることになる質問である。

――《ワシントン・インディペンデント・レビュー・オブ・ブックス》

ニック・ダイベックはミシガン大学を卒業後、アイオワ大学のアイオワ・ライターズ・ワークショップで創作を学んだ。ミシガン大学在学中に将来有望な若手作家に贈られるホップウッド賞を受賞し、二〇一〇年にはミッチェナー／コペルニクス・ソサイエティ・オブ・アメリカ賞を受賞している。父親は『シカゴ育ち』（柴田元幸訳、白水Uブックス）などの作品で知られるスチュアート・ダイベック。が、著者自身は長いあいだ小説を書こうという気にならなかったらしく、もっぱらバンド活動に専念していたらしい。「小説を書くよりも、ロックを演奏するほうが、より反抗的だと思ったからです」と彼は語っている。しかし二十代前半に差しかかったとき、あることに気づく。「（小説を書くのは）たとえ僕以外の誰かも（たとえば父も）やっていることだとしても、僕の作品というのは、僕にしか書けないものなのだ」と（《ミシガン・ローカル・ニューズ》のインタビューより）。

現在はニューヨーク在住。謝辞の最後にもほのめかされているとおり、最近結婚したばかりで、現在は第一次世界大戦後の時代を背景にした新作の執筆に向けてひたすら資料を読みあさっている最中だという。ニック・ダイベックの鋭くも繊細な視点で切り取られた世界がどんな様相を呈しているのか、今から読むのが愉しみだ。

二〇一二年六月

HAYAKAWA POCKET MYSTERY BOOKS No. 1862

田中　文（たなか　ふみ）

東北大学卒，
英米文学翻訳家

この本の型は，縦18.4センチ，横10.6センチのポケット・ブック判です．

〔フリント船長（せんちょう）がまだいい人（ひと）だったころ〕

2012年8月10日印刷　　2012年8月15日発行

著　者　ニック・ダイベック
訳　者　田中　文
発行者　早川　浩
印刷所　信毎書籍印刷株式会社
表紙印刷　大平舎美術印刷
製本所　株式会社川島製本所

発行所　株式会社　早川書房
東京都千代田区神田多町2－2
電話　03-3252-3111（大代表）
振替　00160-3-47799
http://www.hayakawa-online.co.jp

（乱丁・落丁本は小社制作部宛お送り下さい
送料小社負担にてお取りかえいたします）

ISBN978-4-15-001862-7 C0297
Printed and bound in Japan

1833 **秘密** P・D・ジェイムズ 青木久惠訳

顔の傷跡を消すため私立病院に入院した女性ジャーナリストが、手術後に殺害された。ダルグリッシュ率いる特捜班が現場に急行する

1834 **死者の名を読み上げよ** イアン・ランキン 延原泰子訳

〈リーバス警部シリーズ〉首脳会議の警備で市内が騒然とする中で、一匹狼の警部は連続殺人事件を追う。故国への想いを込めた大作

1835 **51番目の密室** 早川書房編集部・編

〈世界短篇傑作集〉ミステリ作家が密室で殺された！『天外消失』に続き、伝説の名アンソロジー『37の短篇』から精選する第二弾

1836 **ラスト・チャイルド** ジョン・ハート 東野さやか訳

〈MWA賞&CWA賞受賞〉少年の家族は完全に崩壊した。だが彼はくじけない。家族の再生を信じ、妹を探し続ける。感動の傑作！

1837 **機械探偵クリク・ロボット** カミ 高野優訳

奇想天外、超愉快！ミステリ史上に例を見ない機械仕掛けのヒーロー現わる。「五つの館の謎」「パンテオンの誘拐事件」二篇を収録

ハヤカワ・ミステリ〈話題作〉

1838
卵をめぐる祖父の戦争
デイヴィッド・ベニオフ
田口俊樹訳

私の祖父は十八歳になるまえにドイツ人をふたり殺している……戦争の愚かさと若者たちの冒険を描く、傑作歴史エンタテインメント

1839
湖は餓えて煙(けぶ)る
ブライアン・グルーリー
青木千鶴訳

寂れゆく町で、挫折にまみれた地元紙記者が追う町の英雄の死の真相とは？　熱き友情と記者魂を描き、数多くの賞に輝いた注目作！

1840
殺す手紙
ポール・アルテ
平岡　敦訳

親友から届いた奇妙な手紙は、男を先の見えない事件の連続に巻き込む。密室不可能犯罪の巨匠が新機軸に挑んだ、サスペンスの傑作

1841
最後の音楽
イアン・ランキン
延原泰子訳

〈リーバス警部シリーズ〉退職が近づく中、反体制派ロシア人詩人が殺され、捜査が開始される。人気シリーズがついに迎える完結篇

1842
夜は終わらない
ジョージ・ペレケーノス
横山啓明訳

二十年越しの回文殺人事件をめぐり、正義を求める者たちが立ち上がる……家族の絆を軸に描く、哀切さに満ちた傑作。バリー賞受賞

ハヤカワ・ミステリ〈話題作〉

1843
午前零時のフーガ
レジナルド・ヒル
松下祥子訳

〈ダルジール警視シリーズ〉ダルジールの非公式捜査は背後の巨悪に迫る！　二十四時間でスピーディーに展開。本格の巨匠の新傑作

1844
寅申の刻
R・V・ヒューリック
和爾桃子訳

〈ディー判事シリーズ〉テナガザルの残した指輪を手掛かりに快刀乱麻の推理を披露する「通臂猿の朝」他一篇収録のシリーズ最終作

1845
二流小説家
デイヴィッド・ゴードン
青木千鶴訳

冴えない中年作家は収監中の殺人鬼より告白本の執筆を依頼される。作家は周囲を見返すため、一発逆転のチャンスに飛びつくが……

1846
黄昏に眠る秋
ヨハン・テオリン
三角和代訳

各紙誌絶賛！　スウェーデン推理作家アカデミー賞最優秀新人賞、英国推理作家協会賞最優秀新人賞ダブル受賞に輝く北欧ミステリ。

1847
逃亡のガルヴェストン
ニック・ピゾラット
東野さやか訳

すべてを失くしたギャングと、すべてを捨てようとした娼婦の危険な逃亡劇。二人の旅路の哀切に満ちた最後とは？　感動のミステリ

ハヤカワ・ミステリ〈話題作〉

1848
特捜部Q
―檻の中の女―
ユッシ・エーズラ・オールスン
吉田奈保子訳
未解決の重大事件を専門に扱うコペンハーゲン警察の新部署「特捜部Q」の活躍を描く、デンマーク発の警察小説シリーズ、第一弾。

1849
記者魂
ブルース・ダシルヴァ
青木千鶴訳
正義なき町で起こった謎の連続放火事件。ベテラン記者は執念の取材を続けるが……。アメリカ探偵作家クラブ賞最優秀新人賞受賞作

1850
謝罪代行社
ゾラン・ドヴェンカー
小津　薫訳
ひたすら車を走らせる「わたし」とは？　女を殺した「おまえ」の正体は？　謎めいた「彼」とは？　ドイツ推理作家協会賞受賞作。

1851
ねじれた文字、ねじれた路
トム・フランクリン
伏見威蕃訳
自動車整備士ラリーは、ある事件を契機に少年時代の親友サイラスと再会するが……。英国推理作家協会賞ゴールド・ダガー賞受賞作

1852
ローラ・フェイとの最後の会話
トマス・H・クック
村松　潔訳
歴史家ルークは、講演に訪れた街で、昔の知人ローラ・フェイと二十年ぶりに再会する。一晩の会話は、予想外の方向に。名手の傑作

ハヤカワ・ミステリ〈話題作〉

1853 特捜部Q ―キジ殺し―

ユッシ・エーズラ・オールスン
吉田 薫・福原美穂子訳

カール・マーク警部補と奇人アサドの珍コンビは、二十年前に無残に殺害された十代の兄妹の事件に挑む！ 大人気シリーズの第二弾

1854 解錠師

スティーヴ・ハミルトン
越前敏弥訳

少年は17歳でプロ犯罪者になった。アメリカ探偵作家クラブ賞最優秀長篇賞と英国推理作家協会賞スティール・ダガー賞を制した傑作

1855 アイアン・ハウス

ジョン・ハート
東野さやか訳

凄腕の殺し屋マイケルは、ガールフレンドの妊娠を機に、組織を抜けようと誓うが……。ミステリ界の新帝王が放つ、緊迫のスリラー

1856 冬の灯台が語るとき

ヨハン・テオリン
三角和代訳

島に移り住んだ一家を待ちうける悲劇とは。英国推理作家協会賞、「ガラスの鍵」賞、スウェーデン推理作家アカデミー賞受賞の傑作

1857 ミステリアス・ショーケース

早川書房編集部・編

『二流小説家』のデイヴィッド・ゴードン他ベニオフ、フランクリン、ハミルトンなど、人気作家が勢ぞろい！ オールスター短篇集